北京大学政府创新论丛

俞可平 主编

中国地方政府创新

案例研究报告(2009–2010)

俞可平 主编

Innovations and Excellence in Chinese Local Governance:

Case Study Reports (2009–2010)

图书在版编目(CIP)数据

中国地方政府创新案例研究报告:2009—2010/俞可平主编．—北京:北京大学出版社,2010. 11
(北京大学政府创新论丛)
ISBN 978 - 7 - 301 - 18155 - 3

Ⅰ. ①中… Ⅱ. 俞… Ⅲ. 地方政府 - 行政管理 - 研究报告 - 中国 - 2009 ~ 2010 Ⅳ. D625

中国版本图书馆 CIP 数据核字(2010)第 234755 号

书　　名：**中国地方政府创新案例研究报告**（2009 - 2010）
著作责任者：俞可平　主编
责 任 编 辑：倪宇洁
标 准 书 号：ISBN 978 - 7 - 301 - 18155 - 3/D · 2753
出 版 发 行：北京大学出版社
地　　址：北京市海淀区成府路 205 号　100871
网　　址：http://www. pup. cn
电 子 邮 箱：zbing@ pup. pku. edu. cn
电　　话：邮购部 62752015　发行部 62750672　编辑部 62759634
出版部 62754962
印 刷 者：北京鑫海金澳胶印有限公司
经 销 者：新华书店
730 毫米 × 980 毫米　16 开本　15 印张　271 千字
2010 年 12 月第 1 版　2010 年 12 月第 1 次印刷
定　　价：32. 00 元

代序：鼓励政府创新，促进民主民生

——在中国地方政府创新奖10周年庆祝大会的讲话

2010年10月15日　人民大会堂

俞可平

21世纪已经过去了10年。在这新世纪的最初10年时间中，无论是世界还是中国，都发生了巨大的变化。作为新世纪的产物，中国地方政府创新奖也走过了整整10年的历程。它从一个侧面记录和反映了在全球化背景下中国社会在政治方面的进步与变化。

中国地方政府创新奖最初由中共中央编译局比较政治与经济研究中心、中共中央党校世界政党研究中心和北京大学中国政府创新研究中心联合发起，是“中国地方政府改革创新研究与奖励计划”的一个重要组成部分。这是国内第一个由专业机构举办、以科学的标准和程序对政府创新进行评估的民间奖项。我们发起“中国地方政府创新奖”的根本目的，就是鼓励地方党政机关积极进行政府管理体制改革，改善民生，推进民主法治。与林林总总的各类奖项相比，“中国地方政府创新奖”具有五个突出特点，即独立性、公益性、科学性、综合性和透明性。

10年过去了，作为项目总负责人，现在我可以代表“中国地方政府创新奖”组委会和项目组全体成员，自豪地对大家说，我们基本上达到了预期的目标，实现了我们发起这一活动的初衷。在过去的10年中，我们总共举办了五届地方政府创新奖的评选。先后有1500多个省、市、县、乡镇等各级地方政府的创新项目申报我们的奖项，范围覆盖了中国大陆的所有省、直辖市和自治区。其中有50个项目获得优胜奖，113个项目获得入围奖，获奖项目的内容不仅涉及依法行政、责任政府、行政效率、公共服务、环境保护、扶贫济困、社会管理等政府公共行政改革，而且还广泛地涉及民主选举、政治参与、政务公开、干部选拔、权力监督、立法改革、司法改革、决策改革等政治体制改革。

通过地方政府创新项目的申报、评选、调研、奖励和宣传，我们取得了众多重要的收获。(1)发现了一大批地方政府的优秀改革创新项目，这些创新实践给当地的人民群众带去了实实在在的政治和经济利益，改善了民生。(2)许多政府创新项目通过我们的平台得以在更大的范围内推广和扩散，有些甚至上升为党和国家的制度，有力地推动了社会政治的进步。(3)不少地方政府的改革创新经验,在课题组的帮助下得以在理论上加以总结、概括和提升,既提高了政府创新的水平,也促进我国政治学理论的研究。(4)中国地方政府创新奖致力于搭建各地改革创新经验的交流平台,我们总共召开了9届"中国政府创新论坛",编发了70期《中国政府创新简报》,为各地政府的相互学习交流和上级部门的决策创造良好的条件。(5)通过10年的努力,建立了一个由专家学者、政府官员和媒体朋友组织的政府创新网络,我们努力让更多的人能够通过这个网络共享中央与地方、政界和学界、国内和国外关于政府创新的实践成果和理论成果。(6)建立了迄今为止国内外信息量最大的关于中国地方政府创新的专题案例数据库,为深化对中国政治的学术研究积累了第一手的数据材料。(7)逐步发展起了一整套包括申请资格、选拔标准、评选程序、工作规程在内的中国地方政府创新奖评选规则,以确保评奖的公正、公平、透明和合理。(8)最后,通过对政府创新奖的评选和跟踪研究,我们培养了一支精干而充满活力的青年学者队伍,推出了一批关于中国政府创新的学术成果。

中国地方政府创新奖之所以能够取得上述成果,最主要的原因在于它适应了改革开放以来中国社会政治进步的需要,顺应了政府创新的普遍趋势,反映了地方政府改革创新的现实进程。此外,"中国地方政府改革创新研究与奖励计划"从发起之日起,就得到了社会各界的大力支持,从党政领导和专家学者,到企业界和新闻界的朋友,历届评奖都有各界代表的深度参与。10年的坚持和发展壮大,也与一个充满责任和活力的核心团队、科学而严密的评选规程、友好而共赢的合作网络密不可分。在这里,我谨代表中国地方政府创新奖组委会向所有参与、支持、帮助过我们的各界朋友表示诚挚的感谢和崇高的敬意!

中国的改革开放过程是一个走向富强、民主、文明的全面的社会进步过程。不断地提高民主治理的水平,是中国政治现代化和政府创新的内在要求。经济社会条件的发展变化、公民政治需求的增大、政治发展自身的逻辑、新型政治文化的形成、全球化的冲击以及中国共产党从革命党向执政党的转型,正在催逼着我们进一步解放思想,在政府管理体制的一些重点领域进行突破性改变,实质性地推进我国的民主法治进程,提高政府民主治理的水平。我国的政府创新也同样遵循着政治现代化的五个普遍性发展趋势,即从管制政府走向服务政府,从全能政府走向有限政府,从人治走向法治,从集权走向分权,从统治走向治理。应当说,我国政府改革创新的目标已经非常清晰,这就是:民主、法治、公平、责任、透明、廉洁、高效、和谐。与这些要求相比,政府改革创新依然还面临着一些严峻挑战,如政府改革还缺乏整体性和战略性规划、政府创新的内在动力不足、政府决策机制需要进一步完善、不少改革创新举措应当上升为国家制度等等。我认为,在未来的10年中,社会公正、生态平衡、公共服务、社会管理、官员廉洁、党内民主和基层民主将是政府创新的重点领域。

朋友们,我们今天在这里举行中国地方政府创新奖10周年的庆典活动,主要目的并不是为了宣示我们过去的成就与业绩,而是为了在未来注定将充满挑战的岁月中把这项富有意义的活动做得更好。在这个变动不定、日新月异的时代,过去的成就实在是微不足道的,重要的是未来的行动。积过去10年的经验,我们有信心和决心以10周年为契机,在下一个10年中把中国地方政府改革创新研究与奖励计划推进到一个新的水平。为此,我们将推出以下五个方面的新举措:第一,继续推进和不断完善中国地方政府创新奖的申报、评选、奖励和推广工作,逐渐将申报和评选范围从各级地方政府向包括中央政府在内的所有党政机关开放;第二,借鉴和依托中国地方政府创新奖的评选经验和力量,组织发起"中国社会创新奖"的评选活动,充分发挥社会组织的作用,努力激发社会活力,推进以政府与公民共同管理为主要特征的社会善治;第三,设立支持改革创新的专项基金,从经费上保障"中国政府创新奖"和"中国社会创新奖"的可持续发展;第四,重点开展对未来30年中国社会管理和政治体制的对策研究,为党和国家决策提供高质量的政策建议;第五,推进中国地方政府创新奖的成果转化工作,建立更加广泛的合作伙伴,适时开发政府创新案例数据库,让中国政府创新的成果为更多的人所共享。

同志们、朋友们:过去10年中我们风雨同舟,参与、见证、共享了"中国地方政府创新奖"所取得的各项成果,未来我们更需要各界朋友的竭诚合作、支持和帮助。让我们更加紧密地携起手来,在"创新、民主、文明"的共同旗号下,为推动我国的民主进步事业和社会主义政治文明建设做出更大的努力。

目　　录

深圳市社会组织登记管理体制改革的案例研究

□何增科[*]

2010年1月17日，深圳市民间组织管理局申报的“深圳市社会组织登记管理体制改革”项目经过全国权威专家严格的初选、实地考察评估和现场陈述答辩等程序，从全国358个申报项目中脱颖而出，荣获第五届“中国地方政府创新奖”。“深圳市社会组织登记管理体制改革”作为中国地方政府创新奖的获奖项目，具有一定的代表性。对这个案例的深入分析，有助于我们认识中国地方政府创新的一些重要理论问题。作为实地考察评估的参与者①，笔者将对这项地方政府创新的具体实施过程和主要内容、创新的特点和亮点、创新所取得的成效、创新的动因、下一步创新的展望等问题加以分析和回答。

---

* 何增科，中央编译局研究员。

① 2009年12月3日到12月6日，笔者率“中国地方政府创新奖”调研组一行三人（同行的还有深圳大学周林刚教授、陈文博士），对“深圳市社会组织登记管理体制改革”项目进行了实地考察评估。笔者借此机会对深圳市民政局刘润华局长、民间组织管理局马宏局长及深圳有关方面对调研组的大力支持表示衷心的感谢。

一、深圳市社会组织登记管理体制改革主要内容和创新之处

我国现行的社会组织登记管理体制是一种以限制和控制为主要取向的双重管理体制。[①] 业务主管单位和登记管理机关在民间组织登记成立上的双重许可制度,对获准登记的民间组织由业务主管单位和登记管理机关从其内外部进行严格的双重管理制度,实际上是一种规避社会组织可能产生的政治风险的“双保险”机制。制度设计者试图通过“双保险”机制限制和控制各类社会组织的发展。十六届四中全会以来,我党逐步认识到社会组织所具有的提供服务、反映诉求、规范行为等积极作用,强调要发挥社会组织在社会管理和公共服务方面的协同作用,并为此提出了“培育发展和监督管理并重”的社会组织管理新方略。这种以限制和控制为主要取向的双重管理体制显然已经无法适应新方略的要求,对社会组织登记管理体制进行改革已经提上议事日程。

深圳市党政领导特别是民政部门较早就认识到,双重管理体制是制约社会组织发展的一个重要因素,率先开始改革现行的社会组织登记管理体制。他们从2004年起,采取三个“半步”走的改革策略,选择行业协会这个敏感度较低、风险较小的领域作为突破口,从民间化入手改革行业协会登记管理体制,随后逐步扩大直接登记和无业务主管单位制度适用领域,逐步探索社会组织由民政部门直接登记、规范管理、无业务主管单位的新体制。

第一个“半步”:2004年深圳市成立行业协会服务署,统一行使行业协会业务主管单位的职责,并积极推动行业协会在机构、办公场所、人员、经费等方面与原业务主管单位脱钩。2004年在市委市政府的要求下共有201名党政机关公职人员辞去了在行业协会所兼任的领导职务。这项改革切断了行业协会与原业务主管单位之间的利益联系,使行业协会获得了独立的社团法人地位和内部管理的自主权,从此深圳市的行业协会从官办协会依附性生存走上了民间化自主发展的道路。

第二个“半步”:2006年底,深圳市将行业协会服务署和市民间组织管理办公室合并,组建市民间组织管理局,在全国最早实现了行业协会由民间组织管理部门直接登记、无业务主管单位的新型管理体制。正如王名教授所

---

① 俞可平教授率领的课题组2005年对中国公民社会发展的制度环境进行了全面深入的分析。有兴趣的读者可参阅俞可平等:《中国公民社会的制度环境》,北京大学出版社2006年版。

言,这一次的探索非同寻常,它实际上是在行业协会这种特殊类别的民间组织上将原有的双重管理体制转变为一种单一登记、统一监管的新的制度安排。①

第三个“半步”:2008 年 9 月,深圳市出台了《关于进一步发展和规范我市社会组织的意见》,进一步扩大了直接登记、无业务主管单位的新体制适用的社会组织的类别。该《意见》明确规定工商经济类、社会福利类、公益慈善类的社会组织申请人均可直接向社会组织登记管理机关申请登记。对主要在社区范围内开展活动的社区社会组织实行登记备案双轨制,适度放开异地商会的登记和管理,适度突破一业一会的限制,鼓励行业协会专业化和细分。深圳市还在政府职能转移委托、实行政府购买服务、社会化评估等多方面进行了积极的探索。

深圳社会组织登记管理体制改革项目具有自己独特的创新之处。该项目的创新之处主要有如下几个方面:

(1) 以“公民社会共同成长”的新理念指导改革并为改革护航。深圳市社会组织登记管理体制改革的领导者接受了学术界提出的公民社会、治理与善治等新概念,在此基础上提出了“公民社会共同成长”的新理念和新目标,强调充分发挥社会组织在和谐社会和善治建设中的作用。② 正是在这一新理念指导下,为社会组织发展“松绑”、提供空间、提供资源、提供优质服务成为深圳社会组织登记管理体制改革的主线,改革也在这一思路指导下不断向前推进。

(2) 采取三个“半步”的渐进改革策略保证了每次改革的成功并为下一步改革奠定了基础。原深圳市委书记李鸿忠提出改革的“半步”策略,主张每次改革走“半步”,积极稳妥地推进改革。③ 深圳的改革者将改革的勇气和智慧相结合,采取“半步”的改革策略,逐步深化改革,保证了改革、发展、稳定的有机统一。深圳改革从行业协会主管单位统一归口为行业协会服务署到民

---

① 《深圳民间组织管理勇于创新——专访清华大学 NGO 研究所所长王名教授》,载于马宏主编、郑英执笔:《公民社会共同成长——深圳社会组织纪事》,深圳报业集团出版社 2009 年版,第 215 页。

② 深圳市民间组织管理局与《深圳商报》合作辟出专栏向公众推介行业协会等社会组织的社会贡献,并以《公民社会共同成长》为题结集出版。深圳市委学习实践科学发展观办公室与深圳市民政局联合主编了《你身边有我:社会组织自述》一书作为深圳干部学习实践科学发展观的辅助读本,在干部队伍中普及关于社会组织特征、地位和作用等基本知识。《关于社会组织发展和管理的三个〈实施方案〉的起草说明》明确指出,深圳市社会组织的发展距离“公民社会共同成长”的目标尚有较大距离其积极作用尚未充分发挥,以此作为进一步深化改革的依据。这些都说明“公民社会共同成长”已经成为深圳市社会组织登记管理体制改革领导者秉持的重要理念。

③ 在笔者与深圳市民政局局长刘润华的谈话中他很推崇深圳前市委书记李鸿忠为这项改革命名的半步策略。笔者对此深表赞同。

间组织管理局直接登记,从行业协会直接登记到工商经济类、社会福利类、慈善公益类社会组织直接登记,每一个半步都体现了改革者的政治勇气和政治智慧。这三个半步中每一个半步的实施改革者自身都要承担一定的风险,没有业务主管单位分担政治风险,改革的发起者民政部门实际上是独自承担政治风险,没有政治勇气是不可能迈出这个“半步”的。同时选择政治敏感度低的行业协会等领域实行直接登记和取消业务主管单位,取得经验后逐步扩大直接登记的适用范围,有利于维持政治稳定,并有利于动员社会资源促进经济社会发展。这一改革策略最大限度地减少了改革的阻力,同时不断增加改革的受益人群范围,为改革赢得了广泛的社会支持。

(3) 局部突破了双重管理体制,逐步探索直接登记、服务优先、综合监管的社会组织登记管理新体制。深圳市从行业协会登记改革入手逐步扩大直接登记的适用范围,对社会组织有选择地实行直接登记降低准入门槛,为经济社会发展所急需的社会组织登记注册获得合法身份顺利开展活动提供了极大的便利。他们实行无业务主管和突破一业一会限制的做法,为行业协会等社会组织的自主发展和自由竞争提供了广阔的空间。他们还通过转移委托政府职能实行政府购买服务、对行业协会商会进行评估定级并与享受政府资助挂钩等措施,依靠资源引导和社会评价等方式对社会组织实行柔性监管,使社会组织在享受服务的过程中自觉服从监管。

(4) 实现了政社分开,积极探索构建政府与社会组织之间的新型合作伙伴关系。通过改革登记管理体制,对三类社会组织实行直接登记制度和无业务主管单位制度,使这些社会组织无须再寻找业务主管单位,其内部管理也无须再受业务主管单位的行政干预,实现了政社分开,为社会组织的自主发展松了绑。民间组织对社会组织的管理从入口管理转向过程管理和结果管理,管理方式相应的从控制式管理转向引导式管理,第三方评估、治理指引、信息披露等新的监管机制开始引入。政府职能转移实行合同委托和政府购买服务,为社会组织的发展让渡了空间和资源,并使社会组织与政府职能部门从行政依附关系走向平等的合作关系。行业协会等社会组织作为会员企业和弱势群体代言人角色在反映诉求中的作用日益受到深圳市委市政府的重视,深圳市委和市政府及相关职能部门与这些民间化的相对独立的社会组织之间开始建立决策咨询和沟通机制。这些都标志着深圳社会组织登记管理体制改革项目实施以来,党委政府与社会组织之间正在建立新型的合作伙伴关系。

经过三个“半步”的持续改革,深圳市已经初步建立起了以直接登记、服务优先、综合监管为主要特征的社会组织登记管理新体制。深圳市在社会组织登记管理体制方面的改革探索,为在更大范围内实现对社会组织的管理从身份管理和入口管理向行为管理和动态监管的转变提供了有益的借鉴，发挥了先行先试的改革尖兵作用，具有较高的推广价值。

二、深圳市社会组织登记管理体制改革成功推进的原因分析

深圳市从2004年起分三个半步持续推进社会组织登记管理体制改革并取得了很大的成功。正如有的学者所分析的那样，公共管理改革面临着“政策”难题、“领导者”难题、“制度化”难题、“安全”难题、“改革主体”难题、“参与”难题、“技术”难题和“能力难题”等八大难题。① 一些官员面对这些难题，无所作为，改革难以启动。还有的地方在改革启动后无法克服相应的难题而中途夭折。深圳市从2004年启动社会组织登记管理体制改革以来，这项改革不但没有停止，而且在不断深化，改革成果制度化方面也不断取得新的进展。深圳市社会组织登记管理体制改革成功推进的主要原因有哪些呢？

对深圳市社会组织登记管理体制改革成功推进的原因分析，离不开对成功的中国地方政府创新的理论分析框架的探讨。笔者尝试在借鉴国内外政府创新动力机制已有分析的基础上②，提出自己的理论分析框架。

<table>
<tr><td rowspan="4">作为创新主体的地方党政领导或相关职能部门领导</td><td>创新意识</td><td>强</td></tr>
<tr><td>创新能力</td><td>强</td></tr>
<tr><td>创新需求</td><td>强</td></tr>
<tr><td>创新策略</td><td>佳</td></tr>
<tr><td rowspan="2">作为创新载体的创新者所领导的组织机构</td><td>外部授权</td><td>大</td></tr>
<tr><td>内部氛围</td><td>好</td></tr>
<tr><td rowspan="4">创新者所处的外部环境</td><td>上级领导认可程度</td><td>高</td></tr>
<tr><td>当地民众支持程度</td><td>强</td></tr>
<tr><td>媒体和学界评价</td><td>好</td></tr>
<tr><td>外部竞争对手压力</td><td>强</td></tr>
</table>

图1　成功的中国地方政府创新的决定因素

① 杨雪冬：《后市场化改革与公共管理创新：过去十多年来中国的经验》，载于陈雪莲、杨雪冬等：《地方政府公共管理创新：经验与趋势》，吉林大学出版社2009年版，第20—22页。

② 俞可平、杨雪冬、陈雪莲、谭新娇都从各自的角度对成功的中国地方政府创新的动力机制做过分析，笔者的研究吸收了他们的研究成果。有趣的读者可参阅俞可平主编：《政府创新的理论与实践》，浙江人民出版社，2005年版；陈雪莲、杨雪冬等：《地方政府公共管理创新：经验与趋势》，吉林大学出版社2009年版。谭新娇以中国地方政府创新为主题的博士论文尚未发表。

中国地方政府创新的成功取决于是否有一个创新意识、创新能力、创新需求俱强、创新策略佳的地方创新领导者及创新团队,这个创新领导者及其所领导的组织机构获得了足够的外部授权并创造了良好的内部创新氛围,上级政府、当地民众、媒体和学界对该项创新持友善的态度,外部竞争对手在制度竞争中的明显优势产生了强大的外部压力,这些因素汇聚起来共同促成了特定的地方政府创新的启动和深化。

(一) 深圳市党政领导及有关职能部门领导有着强烈的创新意识、旺盛的创新需求、较强的创新能力和优良的创新策略,他们在深圳市社会组织登记管理体制改革的启动和深化中发挥了关键的作用

中国地方政府创新是一种典型的地方党政领导发起和推动的精英驱动型创新模式。这与中国各级政府权力高度集中的党政领导体制和政府主导的强势地位分不开。成功的地方政府都有赖于一个勇于创新、善于创新的领导者及其创新团队。深圳市社会组织登记管理体制改革的成功推进与深圳市党政领导及有关职能部门领导勇于创新、善于创新有着密切的关系。

(1) 深圳市党政领导及相关职能部门领导有着强烈的改革创新意识。作为中国经济特区的排头兵,历任深圳市委市政府主要领导及分管领导在发展和规范社会组织方面都具有强烈的改革创新意识并提出了明确的改革思路。据原深圳市行业协会服务署署长、民间组织管理局局长葛明回忆,进入新世纪,"深圳市委、市政府就行业协会改革发展问题曾先后三次组织大型调研活动,并召开'行业协会的规范与发展'专题议政会。2004 年 12 月,市委市政府联合下发了《深圳市行业协会民间化工作实施方案》,明确了深圳行业协会改革发展的总体思路,强力推进行业协会民间化改革。……2006 年底,市委市政府顺应社会组织发展的要求,将行业协会服务署并入市民间组织管理局,率先突破了传统的行业协会双重管理体制"[①]。2008 年 9 月,深圳市委市政府又颁布了《关于进一步发展和规范我市社会组织的意见》,进一步创新了社会组织登记管理体制。这些都说明深圳市委市政府主要领导在社会组织发展和管理上具有强烈的改革创新意识,敢为天下先,勇于先行先试。作为深圳市社会组织登记管理体制改革的直接推动者的深圳市民政局局长刘润华、民间组织管理局两任局长葛明和马宏(女)都是具有强烈的创新意识改革精神的创新型领导。葛明在前引同一篇文章中就下一阶段进一步推进行业

---

① 葛明:《深圳市积极推进行业协会民间化改革》,首发于 2008 年 5 月 28 日《中国社会报》,转引自深圳民政在线。

协会商会健康发展和规范管理提出了清晰的思路,反映出他在行业协会商会改革方面具有强烈的创新意识。笔者在与刘润华和马宏的座谈和阅读他们的书籍文章中深深感到他们是民政战线和社会组织管理部门中富有改革创新意识的领导者。深圳市民政局局长刘润华是一位学者型领导,著有《安民立政》一书,在书中提出了深圳民政人要“争当全国民政工作排头兵”的奋斗目标。[①] 他2004年就任深圳市民政局局长以来,在他的领导下,深圳市在发展民间组织、创新社工制度、发展慈善事业等方面都走在全国前列,创造了许多好的经验。没有强烈的创新意识和改革勇气,是无法取得这样的成绩的。这种强烈的创新意识,用刘润华自己的话来说,来自于“自己别无所求,责任感和理想推动着自己去创新”[②]。他还说,行业协会民间化涉及对原有法规的突破,确实有风险,但“作为一个公职人员,如果人人怕风险,社会就难以前进。跟构建和谐社会理想相比,冒这点风险算不得什么”[③]。这种敢冒风险的政治勇气是创新意识的重要支撑。马宏局长在第五届“中国地方政府创新奖”陈述答辩会上提出“小政府大社会”、“公民社会共同成长”代表着社会发展的方向,认准了这个方向,深圳社会组织登记管理体制改革将不断走向深入。这从一个侧面反映出她具有强烈的创新意识。

(2) 实施“深圳社会组织登记管理体制改革”项目的创新领导者及其工作团队具有很强的创新能力。官员的创新能力包括发现当地新问题、新需求的认知能力,吸收接纳国内外新思想新理念新经验的学习能力,将新思想新理念新经验在当地付诸实施以解决问题的行动能力。“深圳社会组织登记管理体制改革”项目领导者及其工作团队具备了这种认知能力、学习能力和行动能力,从而具有很强的创新能力。他们在申请表中谈及发起这一项目的主要动因时表明,市场经济发展的需要、社会治理的需要、行政体制改革的需要、市民利益表达的需要和社会组织规范发展的需要是发起这一制度创新的主要动因。[④] 这反映出他们具有较强的发现当地新需求和新问题的认知能力。成立行业协会服务署的举措,深圳创新的领导者坦言是受到上海成立行业协会管理署的启发,同时他们更强调这一机构为行业协会服务的宗旨,因而称为行业协会服务署。这些都反映出深圳的创新领导者较强的学习能力

---

① 刘润华:《争当全国民政工作排头兵》,载于刘润华:《安民立政》,深圳报业集团出版社2008年版,第283—284页。

② 引自何增科2009年12月初赴深圳考察评估该项目时的调研笔记,何增科调研笔记2009-12-3。

③ 引自何增科调研笔记2009-12-3。

④ “中国地方政府创新奖申请表”,载于深圳市民间组织管理局主编“深圳市社会组织登记管理体制改革”申报项目《中国地方政府创新奖申报材料》,2009年9月25日。

和自主创新能力。实行政府职能转移委托和政府购买服务等创新举措，是深圳市创新的领导者将“小政府大社会”、“公民社会共同成长”等新理念付诸实施的具体体现，反映出他们很强的能动性或行动能力。

(3) 深圳市党政领导及相关职能部门领导有着旺盛的创新需求。中国地方政府创新既是一种精英驱动的创新，又是一种以解决实际工作中遇到的问题为目标的问题驱动的创新。这一点与西方政府创新有相似之处。[①] 解决新问题和老大难问题的需要导致地方领导产生创新的需求。深圳市社会组织领导体制改革项目也表现出问题驱动创新需求的特征。改善投资环境促进经济发展是深圳积极推动行业协会民间化改革的重要动因。深圳经济所有制结构中个体户、私营企业和外资企业比例大大高于国有企业。根据深圳市2008年底开展的第二次经济普查获得的数据，在登记注册的各类企业资产总额中国有企业和集体企业资产合计占18.5%，股份制企业、私营企业、港澳台企业和外资企业合计占80%以上份额。在这种经济所有制结构下，企业要求改善投资环境的呼声不能不引起深圳市政府的高度重视。20世纪90年代中期以来，深圳市投资经商环境受到企业抱怨，行政审批事项过多收费过高，一些企业外迁，新的投资难以吸引进来。为了改善投资经商环境，深圳市从1999年开始实施行政审批制度改革。1999和2001年的两轮行政审批制度改革主要针对政府职能部门，市一级审批事项有了大幅度减少。2002年开始的新一轮行政审批制度改革中，与政府职能部门关系密切的行业协会成为改革的对象。这种官办的行业协会被称为“二政府”，利用行政权力搞“有偿服务”、强拉赞助、收费评比等营利活动，成为政府职能部门干预企业的工具和牟利的工具，束缚了企业的发展，企业所急需的行业协会服务则付之阙如。为了进一步改善投资环境，深化行政审批制度改革，2004年后行业协会民间化改革提上了深圳市委市政府改革的议事日程。深圳市社会组织登记管理体制改革由此迈出了第一个半步。2005年12月2日《广东省行业协会条例》出台，这一条例取消了行业协会需有业务主管单位的规定，行业协会服务署作为行业协会业务主管单位失去了存在的必要性，同时民政局民间组织管理办公室的管理力量薄弱。为了整合社会组织管理服务资源，深圳市迈出了第二个半步，将市行业协会服务署和民政局民间组织管理办公室合并，成立民间组织管理局。行业协会管理由此实现了单一登记管理体制，率先突破了传统的双重管理体制。深圳改革的第三个半步的创新需求在很大程度上来自上级领导和创新者的期望与社会组织发展状况的落差。深圳市每万人平均

---

① 陈雪莲:《地方政府创新的驱动模式》,载于陈雪莲、杨雪冬等:《地方政府公共管理创新:经验与趋势》,吉林大学出版社2009版,第58—61页。

拥有的社会组织数量为3.9个，高于全国平均水平2.7个，但低于上海每万人六个的水平。民政部部长李学举希望深圳做发展民间组织表率，广东省委书记汪洋希望深圳向香港、新加坡等国际化都市看齐。深圳市民政部门领导也把争当全国民政工作排头兵作为自己的奋斗目标。深圳市在社会组织发展及其发挥作用方面的现状与上级领导和创新精英期望之间的落差推动着项目实施者在2008年出台《关于进一步发展和规范我市社会组织发展的意见》，从而迈出了改革的第三个“半步”。①

（4）深圳市党政领导及有关职能部门采取了一种较好的改革策略。创新需要勇气，更需要智慧。创新者既要勇于创新，更要善于创新，惟其如此创新才能启动、实施和深化。深圳的创新发起者在社会组织登记管理体制改革项目上采取了了低风险取向的“半步”策略，减少了改革的风险和阻力，确保了改革的顺利启动和持续推进。深圳的社会组织登记管理体制改革没有采取直接取消所有社会组织的业务主管单位的一步到位的激进改革，而是从行业协会改革开始逐步扩大直接登记的社会组织的适用范围，走了一条渐进改革之路，减少了犯错的机会并提供了纠错的机会。双重管理体制既有国家行政法规依据，又在维护政治稳定方面有一定功效。针对双重管理体制的激进改革，既有被指责违反行政法规的风险，又可能导致社会组织发展失控威胁到政治稳定，因此难以得到党政主管和上级部门的认可和支持，实施起来困难重重。选择行业协会民间化改革作为突破口，既可以满足地方党政领导改善投资环境促进经济发展的需要，又可以在社会组织登记管理体制改革上打开一个突破口，行业协会民间化的政治风险很低。行业协会与原有的业务主管单位脱钩后，这些政府职能部门虽然失去了一些利益，但也不用承担作为业务主管单位的政治风险，因此阻力相对较小。行业协会业务主管单位从各职能部门转往行业协会服务署的做法，既符合国家行政法规对行业协会须有业务主管单位的规定，又可以开启行业协会与原业务主管单位脱钩走向民间化之路，是一种充满智慧的做法。在国家和省对行业协会管理放宽后，深圳取消行业协会服务署实行行业协会单一登记体制乃是顺势而为。行业协会服务署整体并入民政局，署长转任新组建的民间组织管理局局长，行政级别、人员编制等都没有受到大的影响，遇到的阻力也很小。第三个“半步”改革，仍然采取低风险取向的策略，选择工商经济类、慈善公益类和社会福利类社会组织实行直接登记制度，这样可以确保深圳经济社会发展所急需的社会组

---

① 美国学者荣迪内利总结西方政府创新动因时创新一般源于绩效落差，但他谈的是公众期望与组织绩效的落差。在中国目前体制下，上级领导期望和创新精英的自我期许与组织绩效之间的落差似乎更为重要。

织的发展,同时又可以继续采取双重许可双重管理的做法将一些政治上高度敏感的社会组织挡在合法门槛之外。这种低风险取向的改革策略,降低了这项改革所要承受的政治风险,避免了改革被否定而走回头路的风险,因此是一种富有政治智慧、对改革事业高度负责的优良的改革策略。

(二) 深圳市党政领导及相关职能部门领导,为深圳有关改革争取到了较为充分的外部授权,并营造了鼓励创新“敢闯敢试”的良好氛围,从而助推了这项改革

组织创新以组织的自主权和开明的组织文化作为基础。组织推动的创新,若没有获得必要的外部授权,没有鼓励创新的良好的内部氛围,创新将难以启动和深化。深圳的改革者发挥了自己的政治能动性,为自己的改革争取到了外部授权并营造了良好的内部氛围。

(1) 深圳市党政领导及相关职能部门领导为这项改革争取到了必要的外部授权。深圳作为中央确定的经济特区,被中央授予了先行先试的改革自主权并获得了特区立法权。深圳市利用这些权力推动行业协会民间化改革,并利用特区立法权制定了《深圳市行业协会暂行办法》,将第一个“半步”的改革成果加以制度化。在2005年《广东省行业协会条例》出台后,深圳市又利用这一条例所提供的制度空间和隐性授权,将行业协会服务署与民间组织管理办公室合并成立民间组织管理局,率先建立了行业协会单一登记、无业务主管单位的新体制,局部突破了双重管理体制。在深圳市民政部门领导积极争取下,2008年4月14日,国家民间组织管理局确定深圳市为“社会组织改革创新综合观察点”。2008年6月广东省民政厅将深圳确定为“社会组织综合改革观察点”,并明确了社会组织综合改革的主要内容。在深圳市的积极争取下,2009年7月20日,民政部和深圳市签署了《民政部深圳市人民政府推进民政事业综合配套改革合作协议》,民政部授权深圳市在民政改革包括社会组织登记管理体制改革方面先行先试,并充分肯定了此前的改革举措和下一步改革的战略构想。深圳市党政领导和民政部门争取到的这些外部授权,为深圳市启动第三个“半步”改革以及进一步深化社会组织登记管理体制改革并巩固改革成果提供了必要的自主权和制度创新空间。

(2) 深圳市党政领导及相关职能部门领导营造了鼓励创新的良好内部氛围。笔者率领的调研组前去调研“深圳市社会组织登记管理体制改革”项目时,深圳市常务副市长李锋(现已调任汕头市委书记)认为政府职能转变后,社会组织作用发挥得如何,取决于民间组织管理水平如何。市委市政府高度重视民政工作,积极促成民政部与深圳市达成民政改革部市合作协会,

支持社会组织登记管理体制创新。[①] 刘润华2003年8月28日到民政局就职时的讲话中，明确要求民政干部要有改革创新精神，鼓励大家以改革创新的精神解决工作中出现的新问题。[②] 在2009年春节深圳民政系统座谈会上，刘润华重申了深圳要争当"全国民政工作排头兵"的要求。[③] 正是在这种鼓励创新奋勇争先的良好内部氛围中，深圳市在创新社会组织登记管理体制、发展慈善事业、社会工作制度创新等多方面民政工作中走在了全国的前列。

（三）上级领导、当地干部群众、媒体和学界对这项改革的认可和赞许，区域竞争的外部压力，激励和督促着深圳创新领导者不断深化社会组织登记管理体制改革

外部环境对于创新的深化发挥着重要的制约作用。能否争取到一个比较友善的外部环境，能否将区域竞争的压力转化为创新的动力，直接关系着创新的成败。深圳市创新项目的领导者依靠自身的努力争取到了上级领导、当地民众、媒体和学界对这项改革的理解、认可和支持，同时他们将区域竞争的外部压力化为深化改革的动力，从而推动这项改革不断走向深入。

（1）上级领导对这项改革表示认可和肯定。地方政府创新是对现有法律法规的一种突破，容易遭到违反法律合法性的质疑和指责，但它往往是解决现实问题的一种比较合理的选择。如果这种创新能够得到上级领导的肯定，创新的政治合法性或正当性就有了保证，创新者个人所承担的政治和法律风险就会降低，新的制度安排就不会因外部干预而夭折。在当前中国，争取上级领导的支持是为新制度争取一张出生的合法证明，是一种必要的"合法化"过程。2007年初，民政部部长李学举到深圳考察工作时，接受《深圳商报》采访，对深圳市将成立民间组织管理局表示高度肯定，认为"这是件大好事"，并称赞深圳市委市政府高度重视民间组织管理工作，在体制机制方面不断创新，深圳经验可供全国借鉴。[④] 刘润华局长所著的《安民立政》与马宏局长主编的《公民社会共同成长》两书都收录了原载于《深圳商报》的这篇部长访谈。这些都显示出上级部门领导的认可和肯定对地方改革的持续推进发挥着重要作用，为地方改革者增添了改革的动力和信心。深圳改革者还争取到了国家民间组织管理局局长孙伟林为《公民社会共同成长》一书做序，在这篇序言

---

① 何增科调研笔记2009－12－3。

② 刘润华：《同舟共济》，载于刘润华：《安民立政》，深圳报业集团出版社2008年版，第244页。

③ 刘润华：《争当全国民政工作排头兵》，载于刘润华：《安民立政》，深圳报业集团出版社2008年版，第283—284页。

④ 李学举：《深圳应做发展民间组织的表率——民政部部长李学举接受记者专访》，原载2007年1月30日《深圳商报》，转引自刘润华：《安民立政》，第3—5页。

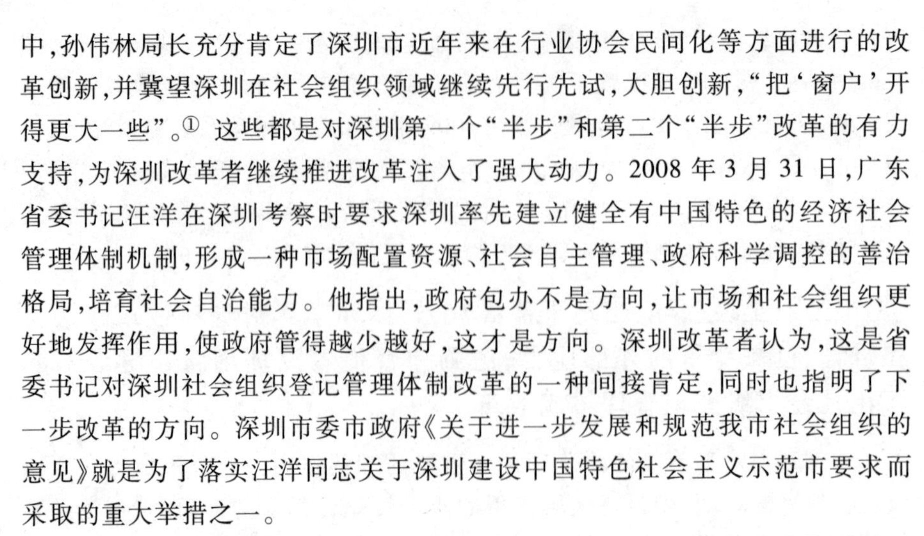

中,孙伟林局长充分肯定了深圳市近年来在行业协会民间化等方面进行的改革创新,并冀望深圳在社会组织领域继续先行先试,大胆创新,“把‘窗户’开得更大一些”。① 这些都是对深圳第一个“半步”和第二个“半步”改革的有力支持,为深圳改革者继续推进改革注入了强大动力。2008 年 3 月 31 日,广东省委书记汪洋在深圳考察时要求深圳率先建立健全有中国特色的经济社会管理体制机制,形成一种市场配置资源、社会自主管理、政府科学调控的善治格局,培育社会自治能力。他指出,政府包办不是方向,让市场和社会组织更好地发挥作用,使政府管得越少越好,这才是方向。深圳改革者认为,这是省委书记对深圳社会组织登记管理体制改革的一种间接肯定,同时也指明了下一步改革的方向。深圳市委市政府《关于进一步发展和规范我市社会组织的意见》就是为了落实汪洋同志关于深圳建设中国特色社会主义示范市要求而采取的重大举措之一。

(2)当地干部群众对这项改革表示理解和支持。深圳市民政局特别是民间组织管理局为了争取当地干部群众对这项改革的认同,做了大量工作。深圳市民间组织管理局与深圳商报社合作,从 2007 年起陆续推出《社会组织视窗》,累计刊发报道 90 余篇。这些新闻报道向当地民众介绍了深圳创新社会组织管理情况,推出了民间化后的典范性的行业协会,展示了新兴社会组织风采。这些新闻报道无疑增强了当地民众对深圳社会组织登记管理体制改革的必要性、主要内容和成效的理解。在学习实践科学发展观活动中,深圳市委学习实践办和深圳市民政局合作编写了《你身边有我——社会组织自述》辅助读本,针对干部群体,宣传社会组织的性质、特征、地位和作用,使干部群体增强了对进一步发展和规范社会组织工作的理解和支持。在我们与民政系统以外其他职能部门代表、行业协会等社会组织代表的座谈和实地考察中,他们普遍反映,社会组织登记管理体制改革后,社会组织得到了解放,焕发了生机和活力,日益活跃在社会生活和公益活动中,已经成为深圳市民和企业日常生活中一个不可缺少的组成部分。②

(3)媒体和学界对这项改革表示赞许。媒体和学界的赞许对于巩固改革成果和深化改革发挥着重要作用。深圳改革者努力做好改革的公关工作,争取媒体和学界的支持。清华大学王名教授、邓国胜博士、北京大学金锦萍教授先后接受《深圳商报》专访,对深圳市前两个“半步”的改革表示高度的肯定和鼓励。深圳社会组织登记管理体制改革实施六年来,《人民日报》、《南方日

① 孙伟林:《把“窗户”开得更大一些(代序)》,载于马宏主编、郑英执笔:《公民社会共同成长——深圳社会组织纪事》,深圳报业集团出版社 2009 年版。

② 何增科调研笔记 2009－12－4、12－5。

报》、《深圳特区报》、《深圳商报》、《长江日报》、《广州日报》等全国性或地方主流报纸对这项改革的主要内容及取得的成绩进行了比较充分的报道，为这项改革提供了重要的舆论支持。2009 年 8 月 31 日，由国家民间组织管理局和深圳市民间组织管理局联合主办的全国社会组织治理创新交流会在深圳召开，有 100 多位来自全国各地的社会组织管理者、著名高校专家学者、社会组织代表参加了该次会议，这次会议为深圳社会组织登记管理体制改革凝聚了必要的外部支持。2010 年 1 月 17 日，深圳市社会组织登记管理体制改革项目荣获第五届"中国地方政府创新奖"。该奖项是由独立的学术机构对政府创新进行评选颁奖，获得该奖项表明专家学者对创新项目的认可和肯定。《深圳商报》旋即以《深圳三个"半步走"赢得专家"齐声赞"》为题报道了深圳市社会组织登记管理体制改革获得"中国地方政府创新奖"的消息。随后《深圳商报》发表深圳市民间组织管理局长马宏的专访，马宏局长表示将进一步深化社会组织管理体制并提出了具体的工作思路。① 这反映出近年来，继上级领导的认可之后，来自媒体和学术界的认可和肯定，成为地方政府创新持续推进的一个重要动力。

（4）来自外部竞争对手的压力成为改革的重要推动力量。区域竞争或竞赛是中国各级地方政府发展和改革的强大动力。深圳原来是把北京、上海等国内先进城市作为自己的竞争对手，在学习这些城市先进经验基础上进行自主创新。2008 年 3 月 31 日汪洋书记考察深圳时，批评深圳还没有用国际视野审视自己，用世界先进标准要求自己。他明确要求深圳面向世界，全球比较，看到与世界先进城市的差距，找到标杆。与香港、新加坡、台北、大阪、首尔相比，深圳还有很大差距。与世界先进城市的差距，要求深圳推进国际化，借鉴人类文明的共同成果进行体制改革，率先建立有中国特色的经济社会管理体制机制。② 汪洋书记讲话后，深圳各级领导干部自觉把世界先进城市作为自己比学赶超的目标。深圳民政系统干部已经认识到深圳社会组织平均数量、规模和实力与世界先进城市的差距。这种与高水平外部竞争对手的差距所产生的压力，成为深圳市深化社会组织登记管理体制改革、进一步发展社会组织的强大动力。

---

① 有兴趣的读者可参阅：《深圳三个"半步走"赢得专家"齐声赞"》，《深圳商报》2010 年 1 月 26 日 A5 版；《营造法制好环境　完善扶持新体系》，《深圳商报》2010 年 2 月 2 日 45 版。

② 以上内容出自笔者调研时查阅的内部资料：《汪洋同志在深圳考察时的讲话》（根据录音整理，未经本人审阅），2009 年 3 月 31 日。

三、深圳市社会组织登记管理体制改革的成效与可持续性

一项新的制度安排能否持续下去,取决于受制度影响各方能否从新的制度安排中受益或者即使利益受损方也能得到适当的补偿。只有实现互利多赢的改革创新才能得到各个利益相关方真心实意的拥护和支持,从而具备可持续性。深圳市社会组织登记管理体制改革所涉及的利益相关方有作为制度供给方的政府及相关职能部门,有直接受制度影响的各类社会组织,有间接受制度影响的深圳居民、企业和弱势群体。对深圳市社会组织登记管理体制改革的成效分析表明,它作为一种制度创新,实现了上述三个利益相关方的多赢或共赢,因此具备了较高的可持续性。

(一) 作为制度供给方的深圳市政府及相关职能部门从这项改革中受益

深圳市政府及相关职能部门是社会组织登记管理体制改革的受益者。他们的受益主要表现在以下三个方面:

(1) 改善了投资经商环境,促进了经济社会发展。在地方政府政绩考核中,经济社会发展特别是经济发展是最重要的内容,而改善投资经商环境对于深圳这个非公有制成分在经济结构中占有相当大比例的特区政府来说就显得特别重要。行业协会民间化改革既是社会组织登记管理体制改革的一项重要内容,更是行政审批制度改革的一项重要内容。行业协会改革方案本身就是由市审改办行业协会改革组设计的。行业协会民间化改革的一个重点是实行政社分开,即行业协会与原业务主管单位实现人员脱钩,办公场所基本分开,财务独立建账,清产核资明确资产产权归属。政社分开斩断了行业协会与政府职能部门的利益链,对行业协会等中介组织利用政府职能部门权力干预企业经营和牟利的行为起到了釜底抽薪的作用。行业协会从“二政府”彻底转变为民间性的独立社团法人。它是深圳市行政审批制度改革的一个自然延伸。行业协会民间化改革为企业减轻了负担,优化了投资经商环境[①],从而促进了经济发展。

---

① 深圳市统计局2004年以来历年国民经济和社会发展统计公报数据显示,深圳市2004年以来引进外资和实际使用外资的数量连年增长,这从一个侧面说明2004年以来深圳的投资经商环境进一步改善。

（2）降低了行政管理成本，提高了行政效率。政府职能转变要想从口号转变为现实，政府转移出去的职能需要有社会组织来承接，这样社会管理和公共服务才不会出现真空和断档。而实现了民间化的社会组织不再与原来的业务主管单位有任何利益瓜葛，这样就为承接政府转移出来的职能提供了便利条件。深圳市在行业协会民间化改革完成后，将行业管理的一些具体事项委托给行业协会来承担，并通过政府购买服务的方式来购买行业协会所提供的行业普查、调研、咨询建议等服务，提高了决策质量，降低了管理成本。如商务部和深圳市政府委托深圳市零售商业行业协会编制5个全国零售商业行业标准，每个标准仅用了13.5万元，如由政府自己制定至少需要30万元。深圳市在向行业协会购买服务尝到甜头后将政府购买服务向其他类别社会组织延伸。如深圳市福利中心以低于自身服务成本一半的价格即每人每月1120元将25个残障儿童委托给民办的华阳特殊儿童康复中心代养并配备了两名社工，节省了服务成本。这种政府购买服务的领域正在逐步拓展。政府将更多的社会事务委托社会组织管理，并通过购买服务等方式继续提供基本公共服务，改变了以往靠设立机构、增加编制、经费和人员来加强管理的方式，降低了行政管理成本，提高了行政效率[①]，走出了一条小政府大社会从事社会管理和公共服务的新路子。

（3）有效防范了政治风险，引导了急需的社会组织的发展。从双重管理走向统一登记、统一监管的新体制后，能否有效防范政治风险、能否更大程度地发挥社会组织的积极作用，是衡量这项改革是否成功的重要标准。取消业务主管单位后，防范政治风险的“双保险”机制变成了日常监管权责相对集中于民间组织管理部门的新体制。民间组织管理部门在充实机构、编制力量基础上改进监督管理方法，探索通过资源引导、社会化评估等方式引导社会组织的发展方向，同时协调建立社会组织与政府之间的沟通对话机制和参政议政机制。这种疏导的方法增强了社会组织对党和政府的信任和支持。在我们调研组与行业协会等社会组织代表的座谈中，一些行业协会代表说，我们和民间组织管理局是朋友，他们的服务很到位，我们和他们的感情很深。[②] 深圳市社会组织在抗震救灾捐助活动以及日常公益活动中都发挥了重要的协同作用，成为深圳市委市政府的好帮手好伙伴。2008年底深圳市委市政府出台的《关于进一步发展和规范我市社会组织的意见》的文件，立足于培育发展，提出了一系列重大的政策扶持措施。这反映出对深圳市政府对自身的社

① 有兴趣的读者可参阅：“中国地方政府创新奖申请表”，载于深圳市民间组织管理局主编“深圳市社会组织登记管理体制改革”申报项目的《中国地方政府创新奖申报材料》，2009年9月25日。

② 引自何增科调研笔记2009-12-4。

会组织管理体制的高度自信,这种自信来自高水平的监管和服务,来自新体制所促成的新型政社伙伴关系的初步建立。从这个意义上说,深圳市政府及民间组织管理部门是这一制度创新的重要受益者和"大赢家"。

(二)深圳市行业协会等类社会组织作为直接的利益相关方是这项改革的受益者

社会组织登记管理体制改革首当其冲受到影响的是行业协会等类社会组织。这些社会组织均从这项改革中受益。

(1)登记管理体制改革使行业协会等类社会组织获得了自主权和更大的发展空间。政社分开使行业协会摆脱了业务主管单位对其内部决策的干预,获得了人事、财务、外事等多方面的自主权。取消业务主管单位和直接登记制度使新成立行业协会不再面临登记注册难和一业一会限制等问题,可以放开手脚去发展。行业协会面向企业提供服务,会员企业根据其服务质量决定支持的力度,促使行业协会以高质量服务求生存求发展。这种新的体制使行业协会等类社会组织获得了很大的发展。据统计,2004 年之前,深圳市共有 146 家行业协会登记注册,平均每年 7.7 家;随后五年中新增行业协会 82 家,平均每年新增 16.4 家。2007 年以来深圳市社工机构和社会福利服务组织从无到有,到 2009 年 9 月已登记注册 36 家社工机构和 101 家社会福利服务组织。各个社会组织的规模和实力也在增强。以深圳市物流与管理链管理协会为例,2003 年该协会只有 7 名专职工作人员,现已扩展到 61 名专职工作人员,每年来自政府购买服务的资金高达 450 多万元。[①]

(2)政府购买服务和沟通协调机制的建立使行业协会等类社会组织获得了发展所需的资源并感到自身受到了尊重。政府设立行业协会发展专项资金,以及转移委托职能实行购买服务,既为行业协会等类社会组织发展提供了必要的资源,又使双方从原来的行政附属关系变为平等的契约式关系。2008 年,全市社工机构共获得市、区两级政府购买社工服务经费高达 5000 多万元。各社区老年人组织通过"老有所乐"和"居家养老"项目获得的资助达 8966.4 万元。政府购买服务、政府资助使政府与社会组织之间建立了良性的互动关系。民间化的、相对独立的行业协会等类社会组织成为会员企业或服务对象真正的利益代言人,他们的意见也更容易受到政府的重视。深圳市每年都召开市政府主要领导与行业协会代表座谈会,听取行业协会代表意见。社会组织代表也当选为省、市人大代表、政协委员,通过人大、政

---

① "中国地方政府创新奖申请表",载于深圳市民间组织管理局主编"深圳市社会组织登记管理体制改革"申报项目的《中国地方政府创新奖申报材料》,2009 年 9 月 25 日。

协渠道反映所代表群体的诉求。政府与社会组织之间正在形成一种较为平等的协商沟通机制，社会组织的政治地位得到提高。[①] 调研组与行业协会等社会组织代表的座谈进一步证实了上述事实。如深圳市零售商业行业协会会长花涛在座谈中指出，该协会 1997 年成立，由贸发局发起仅有 26 家会员单位，目前有 250 多家会员单位，3 万多个门店。原来为官办协会，2004 年开始民间化，感觉特别好。原来局长一句话下个指示，协会就得办。现在不同了，不再是政府部门的下属。现在政府让我们做什么事，会给我们经费。政府制定政策时也会来找我们征求意见。我们感到受尊重。花涛本人也当选为市政协委员。协会和政府的关系从上下级关系变为平等的协商关系。体制理顺了，我们的工作就很好开展。因此我们对这个改革非常赞成，受益很大。[②]

（三）会员企业、服务对象和居民作为间接的利益相关方从这项改革中受益

（1）会员企业从行业协会提供服务、维护权益、反映诉求等活动中受益。行业协会民间化后，会员企业是其生存和发展的重要资金来源之一。只有为企业提供优质服务、积极维护会员企业权益、反映其诉求，行业协会才能在会员企业支持和资助下不断发展壮大。深圳市各类行业协会在市场机制激励下在这方面做了大量工作，涌现出了一批被称为行业典范的先进行业协会。以深圳市家具行业协会为例。该协会自主举办家具展会，并引领企业走出国门参加海外知名展会参观和参展，协会获得了三个国际大型家具专业博览会的中国独家代理权，树立了中国深圳家具的品牌。2004 年当协会得知美国将发动对华家具产品反倾销后，立即组织企业集体参加应诉，协会的六家会员企业最终拿到了最低税率。协会还积极调研，向政府建言建立家具产业集聚基地并积极组织企业报名入驻。协会还先后建立了深圳家具研究开发院和家具质量检测中心，为会员企业提供公共技术服务。[③] 在 2008 年的行业协会评估中，47 家行业协会会员的满意度达到 78%，9 家 5A 级行业协会的会员评价为 52 分（满分 60 分）。[④]

---

① “中国地方政府创新奖申请表”，载于深圳市民间组织管理局主编“深圳市社会组织登记管理体制改革”申报项目的《中国地方政府创新奖申报材料》，2009 年 9 月 25 日。

② 引自何增科调研笔记 2009－12－4。

③ “把握行业潮流实现持续发展：深圳市家具行业协会”，载于马宏主编、郑英执笔：《公民社会共同成长——深圳社会组织纪事》，深圳报业集团出版社 2009 年版，第 78—80 页。

④ “中国地方政府创新奖申请表”，载于深圳市民间组织管理局主编“深圳市社会组织登记管理体制改革”申报项目的《中国地方政府创新奖申报材料》，2009 年 9 月 25 日。

(2) 服务对象从慈善公益服务、社会福利服务、社区社会服务中受益。深圳市对慈善公益组织、社会福利组织和社区社会组织实行直接登记或备案登记制度,并采取措施扶持培育这几类社会组织的发展,使这些社会组织的服务对象从中受益。深圳市从2006年开始启动"老有所乐"计划,鼓励老年社团注册登记。从2006年到2008年底,仅老年人协会就登记了273个,各种老年文体组织每年获得2000万元开展活动,受资助项目达3000多个,极大地丰富了老年人的生活。2006年至今,共有17000名老人享受到"居家养老"社会组织提供的服务。深圳市信息无障碍研究会开展免费盲人电脑培训班,已累计培训学员8000多人次。[①] 不断发展壮大的慈善公益组织、社会福利机构和社区社会组织使越来越多的人从他们所提供的服务中受益。

(3) 社会组织内部治理民主化和基层社会自治使深圳公民从中受益。在民间组织管理部门的外部监管和社会化评估压力下,面对激烈的市场竞争,行业协会等类社会组织为了增强内部凝聚力,积极推动自身治理机制的民主化。以深圳市钟表行业协会为例。"从一开始,深圳市钟表行业协会走的就是纯粹的民间化、民主化道路。"深圳市钟表行业协会执行副会长如是说。他认为协会成功的关键是一直都秉持民间化、民主化发展道路。根据该协会的章程和选举制度,钟表行业协会实行全面的差额选举制度,全体理事、秘书长、副会长、会长全部都是通过竞争、差额选举出来的,竞选前会长候选人要相互握手并郑重承诺无论谁当选都要支持协会工作。这种竞争性的、差额的选举,起到了凝聚会员企业的积极作用。[②] 深圳市桃源居社区,以公益事业发展中心为核心,以公益事业发展基金会为支撑,成立了各种社区自治组织,2008年桃源居社区居民参与社区组织的比例高达67%,初步实现了社区高度自治。[③] 社会组织政治地位提高后,公民参政议政反映诉求的渠道更加畅通。公民的民主意识、自治能力在社会组织民主治理和基层社会自治中得以增强。

由于制度供给方和受制度影响各方的利益在新的制度安排中都得到增强,因此深圳市社会组织登记管理体制改革得到了各个利益相关方的支持,这项改革的可持续性由此得到了较为充分的保证。

---

① 《深圳市信息无障碍研究会:让弱势群体共享社会文明》,载于马宏主编、郑英执笔:《公民社会共同成长——深圳社会组织纪事》,深圳报业集团出版社2009年版,第181—183页。

② 《深圳市钟表行业协会:民主办协会品牌促创新》,同上,第84—86页。

③ "中国地方政府创新奖申请表",同上注①。

四、深圳市社会组织登记管理体制改革的前景展望

深圳市社会组织登记管理体制改革项目具有较高的推广价值和可推广性。该项目得到国家民政部的充分肯定。2008 年 4 月,国家民政部副部长姜力在深圳市调研考察时指出:“深圳市的行业协会已经形成了适应市场经济需要的发展模式,为全国行业协会改革提供了可资借鉴的宝贵经验,使我们看到了社会组织发展的方向和目标。”广东省领导对深圳改革也给予充分肯定,并在全省范围内推广深圳的做法。2006 年 12 月,广东省行业协会商会经验交流会在深圳市召开,推广深圳市行业协会商会改革经验。广东省也将借鉴深圳市的做法,改革公益服务类社会组织的管理体制,实行直接向民政部门申请登记。近两年来,全国各省市共有 100 多批次 700 多人次来深圳市考察。① 在笔者率领的调研组座谈中问及该项目的可推广性时,深圳市民政部门领导、民间组织管理部门领导和盐田区民政局领导都认为该项目是可以复制的。社会组织登记管理体制改革涉及对原有法规的突破,由基层先行突破是唯一合理的路径。目前许多地方都在进行相关的探索,海口市力求一步到位,内蒙古赤峰市也在积极探索行业协会民间化。深圳市民政系统同志对这项改革的前景充满信心,认为自己的改革决不是孤本,而且在现实中也得到了扩散。②

深圳市社会组织登记管理体制改革是一项尚未完成的改革,改革仍处于现在进行时的状态。目前取消业务主管单位实行直接登记的社会组织主要限于工商经济类、慈善公益类和社会福利类社会组织,文化体育类、学术研究类、劳动维权类社会组织等尚不能实现直接登记和取消业务主管单位。深圳对双重管理体制的突破仍是有限度的突破。深圳市在将社会组织登记管理体制改革成果法制化以巩固改革的成果方面仍处于滞后状态。2005 年 6 月 21 日发布的《深圳市行业协会暂行办法》已经落后于形势发展的需要,该《暂行办法》仍对行业协会业务主管单位仍作出了明确的规定,明显与 2006 年颁布的《广东省行业协会条例》的规定不一致。深圳市也缺乏一部统一的社会组织母法,将深圳市探索的社会组织直接登记、政府购买服务、政府资助、政府奖励、社会化评估、内部治理民主化、建立孵化基地等优良的改革实践用特

---

① “中国地方政府创新奖申请表”,载于深圳市民间组织管理局主编“深圳市社会组织登记管理体制改革”申报项目的《中国地方政府创新奖申报材料》,2009 年 9 月 25 日。

② 何增科调研笔记 2009 - 12 - 3。

区立法的形式固定下来。改革成果制度化的不足使优良的改革实践的存续仍面临着一些不确定性。政府对社会组织的扶持资助力度与社会组织的期望之间仍存在着较大的差距。社会组织快速发展过程中出现了良莠不齐的状况,影响到社会组织的整体形象和公信力。

深圳市领导和市民间组织管理部门领导不仅清楚地认识到了改革尚存在的这些问题,而且就如何解决这些问题提出了具体的措施。马宏局长在获得第五届中国地方创新奖后为解决这些问题给出了答案,这就是"营造法制好环境　完善扶持新体系。"她提出了四个方面的具体措施①:

首先深圳市将继续推进社会组织直接登记改革适用范围,继续扩大基金会和异地商会的登记;对社区社会组织实行备案登记双轨制;先行先试探索跨省区行业协会商会登记管理试点;研究出台公职人员不在民办非企业单位兼职政策,保证社会组织民间化方向。

其次,完善社会组织法规体系,营造良好法制环境。尽快修订出台《深圳经济特区行业协会商会条例》,对已列入人大立法计划的《深圳市非营利组织条例》将加快立法调研,探索建立社会组织培育扶持与监督管理的法律框架,依法保护社会组织的权益,维护社会公共利益。

再次,完善财政扶持体系,构建多渠道扶持社会组织发展的体制机制。具体措施包括政府购买服务从民政福利彩票"种子基金"向政府财政资金置换的对接机制;推动社会组织孵化基地项目建设,引入支持性机制,批量孵化公益项目;推动社会组织承接政府职能和工作事项"费随事转"机制制度化。

最后,改善政府监管方式,引导社会组织健康发展。推动社会组织年检改革,将年检与日常监管、绩效管理、信用建设、执法查处结合起来,委托专业机构对社会组织的财务状况进行抽样检查,提高年检效力。完善评估程序、评估方法和指标体系,扩大社会组织评估范围,对公益性社会团体和社工机构开展评估。探索分类执法,制定执法流程,规范执法流程。认真做好社会组织执法查处工作。做好承接政府委托购买服务和接受政府资助的社会组织的信息公开和监管工作。

上述四个方面的措施具有很高的针对性。他们对于解决深圳社会组织登记管理体制改革中面临的问题进一步深化社会组织登记管理体制改革将发挥重要作用。基于此,我们有理由对这项改革的前景表示乐观。深圳社会组织登记管理体制改革实际上是在为全国探索一种社会组织登记管理的新体制,它对于全国范围内社会组织登记管理体制改革将发挥探路和示范作用。

① 以下内容参见深圳市民间组织管理局局长马宏接受本报记者的专访:《展望今年深圳社会组织发展前景:营造法制好环境　完善扶持新体系》,记者郑英,《深圳商报》2010年2月2日A4版。

政府决策公开化、民主化的有益探索

——浙江省杭州市“开放式决策”案例报告

□王　柳*

引言

管理就是决策。① 政府决策是公共管理活动的起点和首要环节，是政府履行计划、组织、指挥、控制、协调等各项功能的基础。从本质上看，政府决策是关于社会价值物的一种权威性分配活动。② 是否做出以及如何做出公共决策，直接关系政府汲取、整合和分配社会资源的方向和效率，进而影响当地经济社会发展水平和社会公众的切身利益。建立科学民主的决策机制，一直是政府决策面临的重大课题，它关系社会公平正义的实现，经济社会协调的发展和社会主义民主政治的发展。

将科学民主决策、依法行政、加强行政监督作为政府职能转变的主要方

---

* 王柳，浙江大学公共管理学院博士生。

① ［美］赫伯特·A. 西蒙：《管理决策新科学》，中国社会科学出版社1982年版，第33页。

② ［美］戴维·伊斯顿：《政治体系——政治学状况研究》，马清槐译，商务印书馆1993年版，第123页。

面,将决策机制建设与规范政府行为,作为建设服务型政府的重要突破口,列入全面履行政府职能的三项任务之一,是党的十六大以后政府工作的新亮点。2004年1月,国务院常务会议强调决策必咨询论证、决策必专家评议、决策项目必公示,将政府决策纳入社会、企业、公民共同参与的视野,表明对决策问题"公共性"的认同,表明注重决策的透明度和公众参与度,已成为决策机制建设的重要突破口。党的十七大又提出了"公民有序政治参与",也为加快实施决策中的公众利益表达提供了重要的理论支持。

基于对此理念的高度认同,各级各地政府均行动起来,突出公众参与性成为新决策观的鲜明特点,杭州市即为先行者之一。杭州市把民主作为发展动力,把民生作为发展重点,实施"民主民生"战略,积极探索"以民主促民生"工作机制。市政府坚持科学民主决策,实施问情于民、问需于民、问计于民,落实人民群众的知情权、参与权、表达权、监督权,推进民主决策的制度化、规范化、程序化。"开放式决策"就是其中重要的制度创新,并于2010年1月17日荣获"第五届中国地方政府创新奖"称号。在推动决策科学化民主化、促进公民参与的探索进程中,很有必要对这一模式进行具体而深入的分析,对其呈现的特点、取得的经验和进一步发展的空间进行深入的思考。[①]

一、开放式决策的基本实践与制度创新

(一) 杭州市基本概况

杭州是浙江省省会和经济、文化、科教中心,长江三角洲中心城市之一,国家历史文化名城和重要的风景旅游城市。现辖8个城区和5个县(市),全市面积16596平方公里,其中市区面积3068平方公里;户籍人口672万,常住人口786万。杭州国内生产总值连续19年保持两位数增长。2009年,杭州实现生产总值5098.66亿元,增长10%;三大产业比重为3.7∶47.8∶48.5;财政总收入1019.43亿元,增长12%,其中地方财政收入520.79亿元,增长14.4%;市区城镇居民人均可支配收入26864元,农村居民人均纯收入11822元,分别增长11.5%和10.6%。在经济实力不断增强、经济结构不断优化的同时,杭州致力于人与自然、文化与经济社会的协调发展,加快建设服务型政府,推进生活品质之城建设。杭州被世界银行评为中国城市总体投资环境最

① 本报告的案例部分根据中国地方政府创新组委会调研组赴杭州调研情况和杭州市人民政府"开放式决策"项目的相关申报材料整理而成。

佳城市，连续五年荣登《福布斯》中文版中国内地最佳商业城市榜首，荣获联合国人居奖，被世界休闲组织命名为“东方休闲之都”，被世界康乐组织评为“国际花园城市”，最近又荣膺全国十佳和谐可持续发展城市榜首。秉承“精致、和谐、大气、开放”的杭州正加快转型升级，创新体制机制，把杭州的改革开放事业不断推向深入。

（二） 开放式决策的实践与创新

1. 基本做法

“开放式决策”是指杭州市政府就公共服务和公共管理决策事项，从草案的提出、方案的讨论、决策会议的举行、决策实施和反馈等全过程向市民与媒体开放，并依法组织公众有序参与的决策制度。

据统计，2007 至 2009 年，杭州市政府常务会议已先后邀请 238 位人大代表、政协委员、市民与专家列席，并通过网上视频直播接入 110 位市民与市长在线互动交流，共有 38.5 万人（次）点击网站参与，共同讨论 2008 年政府工作报告、国民经济和社会发展计划报告、财政预算报告、“十一五”规划（纲要）中期评估报告、市政府信息公开规定、高校毕业生和留学回国人员创业三年行动计划、廉租住房保障管理办法、社区卫生服务运行机制改革、创业投资引导基金管理办法、宗教活动场所管理、数字化城市管理、建立市长信访联络员制度、实施低收入农户奔小康工程、加快创业人才（大学毕业生）公寓和外来务工人员公寓建设、开展农产品质量安全追溯管理、计算机信息网络安全保护管理、西湖文化景观保护管理、经济适用住房租售并举、加强地铁建设安全工作、市区新型农村合作医疗实施办法等 79 项决策事项，取得良好的效果。

2. 制度建设

“开放式决策”是公共治理方式的创新，决策事项公示和听证、《杭州市人民政府重大行政事项实施开放式决策程序规定》、《开放式决策有关会议会务工作实施细则》等一系列系统性的制度，保障了“开放式决策”的有效实施。

（1） 建立市政府决策事项事前公示、听证制度。2007 年 12 月 11 日，市政府发出《关于对涉及群众切身利益的行政规章和公共政策实行事前公示的通知》，决定对涉及群众切身利益的行政规章和公共政策，在正式决策前，必须在相关政府门户网站、报刊、广播、电视等媒体上公示，在有关公共场所或社区宣传栏公示，同时，举行听证会，收集民众意见和建议。

（2） 建立人大代表、政协委员列席市政府常务会议制度。2007 年 11 月 19 日，市政府发出《关于加强政府与人大代表政协委员联系的通知》，决定市政府召开的重要会议及工作调研和工作检查时，应视情邀请市人大常委会、市政协领导以及市人大代表、政协委员参加；在制定重要规划、方案、政策时，在对涉及群众切身利益、社会关注度较高事项进行决策时,事前主动征求人大代表、政协委员的意见。

(3) 建立市民代表和专家列席市政府常务会议制度。按照《杭州市人民政府重大行政事项实施开放式决策程序规定》,市民和专家可以参与市政府常务会议的重大行政事项决策。他们与列席会议的政府官员一样,都有发言权,普通市民参与市政府常务会议决策活动逐步进入常态化。

(4) 建立市政府常务会议向媒体开放制度。除了邀请中央、省级媒体参加会议外,还开通网络视频直播,使市政府决策进一步开放。

(5) 实现市政府常务会议网络互动交流。《杭州市人民政府开放式决策有关会议会务工作实施细则(试行)》规定,市政府召开常务会议,在网络视频直播的同时,设置市长与市民通过网络连线进行视频对话的互动环节。

(6) 推行《政府工作报告》"两会"前社会公示制度。根据《关于对涉及群众切身利益的行政规章和公共政策实行事前公示的通知》,2008 年 1 月,市政府首次将《政府工作报告(征求意见稿)》在网上公示,收到各类意见 938 人次(件),最后 68 条意见被直接吸收写进政府工作报告。2009 年 1 月,杭州市"两会"前将《政府工作报告》和《计划报告》、《财政报告》征求意见稿同时向社会公示,这在全国尚属首创。

(7) 开放式决策向区县市延伸。2009 年,杭州市及所辖 13 个区、县(市)政府全部推行开放式决策。拱墅区实行政府常务会议网上视频直播;萧山区将《政府工作报告》向社会公示;余杭区探索"开放式征集、多层次互动、全透明办理"政府为民办实事新模式;上城区将开放式决策的会议视频和文字记录载入政府门户网;西湖区出台《西湖区人民政府开放式决策实施办法》;淳安县建立专家咨询制度等。

3. 创新探索

"开放式决策",是贯彻科学发展观,构建行政权力阳光运行机制的创新探索。

一是深化政务公开的新形式。20 世纪 80 年代中后期以来,从基层开始,经过"两公开一监督"、初步探索、试点、逐步推广、全面推广五个阶段和 20 多年的实践,初步形成了具有中国特色的政务公开制度,并在我国民主法制建设,行政体制改革和发展市场经济等方面发挥了积极的作用。但从实际情况来看,政务公开更多地表现为一种政策、法规、文件等政务信息的公开,严格意义上来说,这主要是对政府决策结果的一种告知和通报,属于决策之后的事情。政务公开保证了公民的知情权,是政治透明在行政上的重要表现。而"开放式决策"又使政务公开向互动参与发展,从权力运行上保证了政府行为的公开性,使更多的民众在事前、事中实现了参政议政,从而使政府"阳光决策”，这正是对以往政务公开的深化与完善。

二是完善科学民主决策的新途径。科学民主决策是各级政府的一项基本准则。任何一个决策者与决策集体的智慧和认识都不可能覆盖所有领域，领导者不可能对所有问题都有深入透彻的研究，也不应该仅凭经验决策，否则极易导致决策失误。通过“开放式决策”，特别是把互联网等信息技术充分运用于决策过程，有利于广泛吸收社会各个阶层、各个方面的意见建议，使政府领导能直接获得第一手的社情民意，从而使政府制定的公共政策在解决公共问题、满足社会多层次的需求方面更具有效性和回应力，更能兼顾各方利益，体现公开、公平、公正，推进了决策的科学化、民主化。

三是扩大公民有序政治参与的新渠道。国家的一切权力属于人民。“开放式决策”维护和扩大了人民群众的知情权、参与权、监督权，保障人民依法管理公共社会事务、管理经济和文化事业。“开放式决策”有利于广泛吸收市民的建设性意见，尊重市民的利益诉求，体现公共政策所具有的公共性，真正“让民意领跑政府”，从而激发民众主动、积极参与经济发展和社会事务管理的热情；实行“开放式决策”，市民有机会与参加市政府常务会议的政府官员一起，面对面地平等展开交流讨论，充分地直接地真实地表达意见和诉求，这真正体现了“以民为本”；实行开放性决策，这一来自行政权力体系之外的公民制约，使得权力在每时每刻、每个环节都受到严密的监督，督促决策者牢记公仆责任，从而避免权力寻租、政绩工程、面子工程、拍脑袋决策的发生。

二、开放式决策的主要动因与发展历程

（一）主要动因

该项目发起的主要动因源于以下几个方面：

1. 经济发展的客观要求

政治民主总是与经济发展相伴而生。杭州市推行开放式决策，同样是经济社会发展到一定阶段的内在要求。改革开放30年来，杭州市发生了翻天覆地的变化，目前已处在人均GDP突破1万美元的发展阶段上。人民群众的经济权益得到极大提高的同时，必然对民主政治提出新的要求。同时，伴随着经济体制改革的深刻变革，社会利益格局也在进行着深刻的调整，经济利益主体多元化和社会利益关系复杂化的情况日益突出，这必然对政府决策科学化民主化提出新的更高的要求，要求决策者准确了解各种利益主体的需要、心态及其变化，畅通利益表达渠道，以保证决策的科学性、认同度和执行力。

确立广开渠道、尊重民意、重视专家、讲究程序、明确责任的决策观,完善决策规则、程序、方式和体制机制,通过在政府与民众的互动中,提高决策的民意基础和认可程度,已是新形势下地方政府应对复杂局势和提高执政能力的必要条件。适应这种形势的变化,2000 年以来,杭州市积极探索以体制机制创新来扩大社会主义民主的新途径,进而提出并实施开放式决策。

2. 打造民本政府的客观要求

杭州市深入贯彻落实科学发展观,坚持“人民唯大、创新为先、法治为道、务实为要、清廉为范”的施政理念,实施“民主民生”战略,近年来在推进民主决策方面已经有了一些积极探索,对于涉及人民群众切身利益的重大问题,坚持问情于民、问需于民、问计于民、问绩于民,一定程度上提高了人民群众在政治生活层面上的主观需要和满意度。但民主渠道不畅、决策信息不充分和市民参与热情不足、引导不够的问题依然突出,“扩大参与”和“有序参与”的双重任务同时存在。为了在前些年扩大基层民主参与实践探索的基础上,进一步提升杭州“扩大公民有序政治参与”的制度化水平,在更高的决策层面上直接开放市民参与政府决策的通道,实现打造民本政府、“让民意领跑政府”的目标,必须建立一套制度化的科学民主决策机制。把决策民主化提升到市政府常务会议“开放式决策”法定程序的新探索,是打造民本政府所提出的实践要求。

3. 建设生活品质之城的客观要求

杭州市在建设“与世界名城相媲美的生活品质之城”的过程中,必然在经济、政治、文化、社会、环境等涉及民生的诸多方面提出一系列新的目标和要求,从而对政府决策统筹兼顾多元目标和重大利益关系提出了更高的要求。杭州在人均 GDP 达到“中等发达”国家水平的形势下,既要解决经济社会发展尚未解决的城乡分割、市区与五县(市)发展不平衡的历史问题,又要面对快速发展带出的要素制约加剧、投资后劲不足、就业压力增大、社保基础较弱、收入差距较大等新问题。兼顾诸多难题的政府决策,往往涉及一些重大利益关系的调整、一些专业性问题的抉择以及一些前瞻性政策的酝酿,不同类型政策对决策的参照条件、目标定位、专业含量、方案选择的要求各有不同,决策的难度、复杂度和风险性明显提高。因此,必须坚持统筹兼顾,用更加开放的办法实现利益平衡,促进社会和谐。实行“开放式决策”,提高政府决策的民主化、科学化水平,是打造“生活品质之城”对政府提出的历史性要求。

4. 信息时代的客观要求

近年来以信息网络技术为特征的高科技革命,不仅推动了原有社会分工和社会管理方式的更新,也使网上交流、网上舆论监督成为现代信息社会生活的一部分,充分利用网络视频技术了解民意既有了可能也成为必须。杭州作为“中国电子商务之都”与国家信息化综合试点城市、国家电子政务试点城市、政务信息资源共享及业务协同试点城市，已形成了高度发达的网络社会。全市互联网注册用户已突破150万户，网民约占常住人口的70%。实施“开放式决策”利用网络视频和电子通讯技术了解民意，实现政府与民众的沟通互动，既是信息时代的客观要求，也是政府在新时期提升管理能力的应有之义。

（二）发展历程

近年来，杭州市政府一直坚持把群众的需要作为决策的出发点和落脚点，把解决民生问题作为政府工作的重中之重，以“权为民所用，情为民所系，利为民所谋”作为政府工作的原则，重视听取市民群众意见建议，使群众有更多的机会参与决定政府“做什么、怎么做”，集中民智民意推动政府依法行政与科学决策。杭州市“开放式决策”走过了一个政府决策逐步开放的过程。它表现为决策领域逐步拓展、决策层次逐步提升、社会参与度逐步扩大的形态，目前大致已经历了三个阶段：

1. 起步阶段：民意改进政府工作

在探索的起步阶段，其特征表现为创制载体、广纳民意帮助政府改进工作。主要举措有：

——1999年5月，杭州市发出《关于进一步完善全市经济和社会发展重大事项行政决策程序的通知》，提出“坚持决策民主化、科学化的原则。市政府对全市经济和社会发展重大事项的决策，要广泛听取人民群众和社会各界的意见，同时要认真征求市人大常委会、市政协及人大代表、政协委员的意见”。

——1999年6月，杭州市在国内首创“12345”市长公开电话，逐步形成了以电话、电子邮件、手机短信等多种形式为载体的公共服务平台，“12345，有事找政府”在杭州家喻户晓。杭州市政府筛选了一批与市民生活关系密切的48个职能部门及市属9家新闻单位，作为“12345”市长公开电话受理中心的网络成员单位，设立了专门电话，落实了专门人员，明确规定主要领导分管这项工作。“12345”市长公开电话还与中国杭州政府门户网站联合，每月举办一次的“网上接待室”活动，邀请相关职能部门主要负责人，就市民关注的民生热点问题在网上释疑解惑。从“12345”开通以来，日均电话受理量一直在400件左右，成为市政府了解社会动态信息，保护公民与其他组织的合法权益和监督政府机关及其工作人员依法履行职责的重要渠道。

——2000年杭州创建“满意不满意”市民评议政府工作机制，低于市民评议分数达标线的单位给予公开告诫，处于末位的即为“不满意单位”，不满意单位由市委、市政府予以批评处理;连续三年被评为不满意单位的,由市委调整领导班子。随着工作的推进和经验的积累,杭州参评选单位已从2000年的54个扩大到2007年的114个单位,几乎覆盖了所有市直单位;投票层面从4个扩大到9个,代表着更广泛层面的群众意愿。综合考评由社会评价、目标考核和领导考评三大部分组成。在此基础上,杭州已形成完善的综合考评体系。评选活动通过让人民群众评判政府,使市民群众的主人翁意识不断增强,杭州委、市政府的号召力、向心力、凝聚力不断增强。

——2000年6月,杭州市成立人民建议征集办公室,在政府网站上设立"建言献策"栏目,受理群众对政府工作的意见建议。涉及全市性的重大工作和活动,在新闻媒体上公开向社会专题征集金点子,对征集到的建议及时筛选整理,交由职能部门采纳处理,并每年评选优秀建议和好建议市民。

——2002年3月,杭州市政府开始向社会公开征集办实事项目方案。除向市人大代表、政协委员征求意见外,还通过市城调队的8000户民情民意调查网络征集,通过市人民建议征集办公室在政府门户网站和新闻媒体上向市民征求实事项目建议和意见。征集办公室平均每年收到提建议的来信、来电、电子邮件、传真等1500件以上,各类建议6000条以上,民情民意调查网络收到各类意见建议也将近5000条。对上述建议,市政府按照集中程度、反映问题的普遍性、与大多数市民群众利益的紧密程度、年内解决问题的可能性以及政府财力承受程度等原则,确定当年的为民办实事项目方案。

——2002年3月和2004年2月,杭州把"12345,有事找政府"市长热线,延伸到政府门户网站上的"12345"电子信箱(市长电子信箱)和"12345"短信平台,引导市民"12345,网上找政府",保证"件件有着落,事事有回音"。"网上平台"政府门户网站开辟的"政务论坛"也人气高涨。网友们的观点、意见乃至批评,限时整理成篇报送相关领导,成为完善决策的依据,并由论坛版主回帖,有针对性地解释沟通。杭州市还率先开通"市民邮箱",这是"中国杭州"政府门户网站最大的一项互动应用,邮箱用户可以进行网上订阅,直接成为网站注册用户参加"政务论坛"讨论。

——2002年7月,杭州市委市政府开通96666效能监督电话。主要是针对党政机关工作人员的服务态度、效能进行电话投诉。"12345"主要办事(有事找政府),而"96666"主要对人,寓意是"96666,服务创一流"。如经过调查,发现群众投诉件属实,将要对有关部门和相关工作人员进行严肃处理,包括批评教育、警告或诫勉、调离岗位或辞退、通报曝光;对由于教育管理不严、内部作风问题严重的单位,要追究该单位领导的责任。

2. 发展阶段:民众参与政府决策

在这一阶段,杭州市政府决策的开放度在实践中向纵深发展,其特征表

现为民众参与政府决策的广度和制度化水平进一步提高。主要举措有:

——建立市领导班子成员联系企业家、科技人员、文艺界人士的制度。杭州市建立了四套领导班子成员联系企业家、科技人员、文艺界人士的制度,定期走访和征求意见建议;在人大、政协组织中高度重视安排各界人士包括新生社会阶层的代表参政议政。重大决策前征求企业组织、民间组织和利益相关人的意见已成为惯例。

——完善专家学者政策咨询机制。杭州市政府在《关于进一步完善全市经济和社会发展重大事项行政决策程序的通知》中明确提出,“对一些专业性强、情况复杂、影响深远的社会经济问题,还要组织专家学者和有关专门机构进行论证。要严格执行决策工作程序,凡未经征求意见和进行事先协商、协调,没有形成多个比较方案,没有对决策方案在实施中可能产生的负效应进行分析并提出相应对策的事项,不得提交市政府常务会议、市长办公会议审议决策。”为此,杭州市加强了市政府专家咨询委员会和其他咨询机构的建设,专家咨询委员会分为宏观经济组、产业发展组、城市建设组、社会发展组、农村组、教育组等多个专业组,由省内外50多名知名专家学者组成,常年活动,重大决策先征求专家意见建议。随着经济社会事业的发展,杭州市近年来根据工作重点不同,还先后建立了杭州市城市规划专家咨询委员会、“两港”建设专家咨询委员会、历史文化名城保护专家咨询委员会、杭州市信息化专家咨询委员会、杭州市科技专家咨询委员会、杭州市新药港建设专家咨询委员会、杭州市地名专家咨询委员会、杭州市党风廉政建设专家咨询委员会、杭州政府采购咨询专家系统、杭州市社区家庭医生专家支持系统等市一级专家咨询机构。

——制定城市重大工程建设民主参与机制。为了推进城市重大工程民主参与,杭州市打破原有的规划设计方案在机关大厅固定场所展示的单一做法,在全市推行“阳光规划进社区”,将规划方案拿到社区进行公示,听取居民群众意见;在规划公示期间,联合新闻媒体到社区宣讲规划理念,安排规划技术人员进行现场讲解,分发公示资料和征询意见表;公示结束后,将群众意见分类梳理,并将修改意见反馈到社区;此外,还把建前公示与社区联动相结合,确保项目建到哪里,方案公示到哪里。2004年开始的背街小巷改善工程,涉及258个社区的153万市民,实行了“三问四权”(问计于民、问需于民、问情于民,让群众拥有监督权、选择权、参与权、知情权),推动了民主参与。市民参与面之广和参与人数之多,在杭州历史上是空前的,共收到市民对改善工程的各类建议和意见4492条,其中被采纳的有3420条,采用率达76%。

——完善重大事项决策程序和规则。2007年4月16日,市政府下发《杭州市人民政府关于印发〈杭州市人民政府工作规则〉的通知》(杭政〔2007〕5

号)和《杭州市人民政府关于进一步完善全市经济和社会发展重大事项行政决策规则和程序的通知》(杭政〔2007〕6号),要求政府实行科学民主决策,在决策程序上要求做到决策准备阶段、提交阶段、反馈阶段均保证公民的参与和监督。《通知》要求,"坚持决策民主化、科学化的原则。市政府对全市经济和社会发展重大事项的决策,要广泛听取人民群众和社会各界的意见,同时要认真征求市人大常委会、市政协及人大代表、政协委员的意见"。

——建立党代表参加市委常委会和全委会制度。党的十七大后,杭州制定了《杭州市党的代表大会代表列席市委全委会和市委常委会实施细则(试行)》。2007年12月12日,杭州三替服务集团总经理陶晓莺和其他35名来自基层的党代表,列席了中共杭州市委十届三次全体(扩大)会议。浙江省委常委、杭州市委书记王国平和市长蔡奇参加了他们的分组讨论,基层党代表和书记、市长一起,共商全市党委政府的主要工作,提出各自的建议。

3. 提升阶段:双向沟通层次提升

随着民众参与政府决策的广度和制度化水平不断提高,怎样进一步提高政府民主决策对群众参与行为的激励作用,特别是怎样使基层民主信息更为迅速、直接地反映到政府重大决策中来,并将以往相对单向的征求民意方式提升为公众与政府之间双向互动的沟通机制,成为杭州市决策者们思考的又一个新课题。杭州开始尝试将政府最高决策机构进一步"开放"的大胆实践。其特征表现为将民众参与政府决策的方式直接提升到"政府常务会议"层面。主要举措有:

——建立人大代表、政协委员列席市政府常务会制度。2007年11月4日,金六民等6位市人大代表和政协委员列席市政府第17次常务会议。随后,市政府发出《关于加强政府与人大代表政协委员联系的通知》,决定市政府召开的重要会议及工作调研和工作检查时,应视情邀请市人大常委会、市政协领导以及市人大代表、政协委员参加,面对面地听取意见和建议,共商解决问题的办法。在制定重要规划、方案、政策时,在对涉及群众切身利益、社会关注度较高事项进行决策时,事前主动征求人大代表、政协委员的意见。

——建立"事前公示制度"和"完善政务公开"条例。2007年12月11日,市政府发出《对涉及群众切身利益的行政规章和公共政策实行事前公示的通知》,决定对涉及群众切身利益的行政规章和公共政策应当在正式决策前向社会公示,或在政府初步讨论后公示。公示时间一般为一周。对一些涉及面广、与群众利益密切相关的事项,在公示后,还应通过召开座谈会、听证会等方式进一步征求市民群众和人大代表、政协委员、民主党派人士的意见。2008年4月,杭州市人民政府办公厅发文(杭政办函〔2008〕177号)提出,重点加大

“公共权力大、公益性强、公众关注度高”的政府部门和人民群众最关心、反映最强烈、社会普遍关注的政府信息的公开力度。“除危及国家安全、公共安全、经济安全和社会稳定,涉及国家秘密、商业秘密、个人隐私的政府信息外,其他政府信息均应及时、准确公开”。2008 年 8 月,《杭州市人民政府关于修改〈杭州市政府信息公开规定〉部分条款的决定》(杭州市人民政府令第 243 号)进一步提出,“政府信息以公开为原则,不公开为例外”。

——建立《政府工作报告(征求意见稿)》网上公示。2008 年 1 月 23 日到 28 日,市政府首次将《政府工作报告(征求意见稿)》在网上公示,收到各类意见 938 人次(件),最后 68 条意见被直接吸收写进政府工作报告,其他意见由市政府办公厅转交 40 多个政府部门和区、县(市)政府研究处理。2009 年 3 月,政府工作报告、国民经济和社会发展计划报告、财政预决算报告,提前一个月向社会公示,点击浏览量达 16 万人次,市民通过网络发表意见 606 件,有 1147 人次参与了网上调查投票。被《政府工作报告》直接采纳的内容涉及意见建议 177 条,在报告中作了 47 处重要补充与修改。

——实现市政府常务会议媒体开放和网络直播。2008 年 4 月 2 日,第 26 次市政府常务会议打破常规,除了邀请中央、省级媒体参加,并通过“中国杭州”政府门户网站直播。市政府门户网站事先公布了相关议题材料,供市民查阅;同时开通论坛专题讨论区,请市民参与讨论。相关意见在政府决策过程中予以回应。1066 人次通过政府门户网站观看了视频,2346 人次参与了网络讨论,发帖 136 条。

——实现市政府常务会议网络视频直播互动交流。2008 年 5 月 19 日,市政府召开第 28 次常务会议,此次会议不仅通过“中国杭州”进行网络视频直播,还增加了市长与 6 名市民通过网络连线进行视频对话的互动环节。会后,市政府办公厅通过政府门户网站对网民意见作答复。

——建立市民代表参加市政府常务会制度。2008 年 7 月 8 日,市政府举行第 30 次常务会议,会议首次通过市政府门户网站开通市民参会报名通道,并从 40 位报名者中邀请了 6 位市民代表与会。自此,普通市民参与市政府常务会议决策活动进入常态化。

——开通手机收看会议直播。2009 年 7 月 16 日,第 44 次市政府常务会议首次开通手机收看会议直播,移动、联通、电信用户都可以登录指定的 WAP 地址进入专题收看页面,并通过发送短信方式提出意见建议。

三、开放式决策的基本特点与初步成效

(一) 基本特点

“开放式决策”的基本原则是坚持“以民主促民生”,扩大公民有序政治参与,落实市民参政议政权利,增强决策科学化、民主化;其主要特征是“公开、透明、参与、互动”。

1. 开放拓展参与面,互动提升参与度:将公开进行到底

(1) 公开

“公开”的理念贯穿于决策的全过程。过去的政务公开更多地表现为政策、法规、文件等政务信息的公开,主要是对政府决策结果的告知和通报,属于决策之后的公开。而“开放式决策”使政府决策从事后公开转向事先事中事后全过程公开,并使一般意义上的政务公开向决策公开发展,从权力运行上保证了政府行为的公开性,这是对以往政务公开的深化完善与创新。公开表现在:一是决策方案草案会前公示,公开征求市民意见;二是政府常务会议实行网络(包括手机)视频直播,会议视频载入市政府网站相关栏目予以公开,接受公众监督;三是决策结果会后公布,有关部门对网民相关意见在网上给予答复,决策事项的公文在政府网站和《杭州政报》公布。

(2) 透明

决策的整个过程都是公开透明的,减少信息不对称,降低公职人员渎职的可能性。具体为三个“透明”:一是决策程序透明。重大事项都要提交政府常务会议讨论,进入公开决策程序,并以程序透明来保证决策的公正;二是决策过程透明。公众参与市政府常务会议,决策过程一目了然,可以避免“权力寻租”或“暗箱操作”,实施“阳光行政”;三是决策成果透明。决策结果在网上发布,公开透明。

(3) 参与

开放式决策吸收公众参与政府决策,通过协商实现共识。参与方式有现场参与、视频连线参与、网络论坛参与、手机短信参与等形式。

市民代表参与:广大市民通过市政府门户网站等进行网上报名或手机短信报名,从报名者中按名额抽选列席会议,或通过互联网视频连线,就相关议题发表意见建议;社会参与:任何人都可以通过市政府门户网站、手机网站等收看会议视频直播,在市政府门户网站和手机短信上发表意见建议;市人大代表、政协委员参与:每次市政府常务会议邀请市人大代表、政协委员列席会

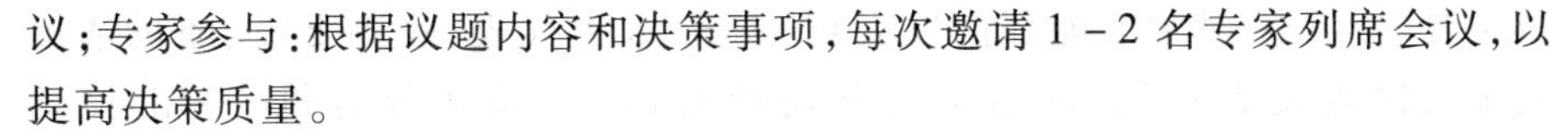

议;专家参与:根据议题内容和决策事项,每次邀请1-2名专家列席会议,以提高决策质量。

(4) 互动

市民有权对政府决策发表赞成或不赞成的意见,提出补充或修改意见,政府及时予以回应,将公众的意见和建议切实融入政府决策,使决策的过程成为群策群力、集思广益的过程。互动包括现场互动、视频互动和网上论坛互动。

"公开、透明、参与、互动",体现了决策过程的公开性、决策机制的民主性、决策基础的广泛性、决策程序的规范性、决策技术的时代性。

——决策过程的开放性。开放式决策实质上是政务公开和"阳光政府"的深化与拓展,其开放的特性覆盖决策前、决策中、决策后的全过程,既向市民开放,又向媒体开放。这就使"自上而下"贯彻精神与"自下而上"民意传递相结合,从而更好地体现民本理念。

——决策机制的民主性。实行开放式决策,避免了"精英决策"模式可能造成的对一般民众利益的忽视,使一般民众都能参与公共决策,就事关切身利益或经济社会发展的议题,面对面地与官员平等展开交流讨论,直接地真实地表达意见和诉求。同时,对市民(网民)提出的意见建议,相关政府部门分门别类地予以回应。市民有序参与决策,政府与市民加强互动,落实了市民参政议政的民主权利。

——决策基础的广泛性。知情权是一项基本的民主权利。市民是城市的主人,有权知道和参与事关城市发展的决策。"开放式决策"有利于市民知情并提出利益诉求,体现了公共政策所具有的公共性,从而激发民众主动、积极参与经济发展和社会事务管理的热情。在社会利益诉求多元化、多样化、多层化的情况下,"开放式决策"既有利于保证不同利益群体通过正式合法的民主途径来表达自己的诉求,又有利于政府在决策过程中权衡取舍、统筹兼顾各个阶层的利益,恰当地把握公共决策中效率与公平之间的"度",从而把民意的表达与吸收作为政府科学民主决策不可或缺的重要环节,最终有利于决策的顺利实施。

——决策程序的规范性。凡是涉及政务公开、事先公示、市民参与、网络直播等与政府常务会议开放决策相关的创新,都尽可能通过地方政府法规规章的形式出台文件,明确相关规定、流程和法律约束性。如邀请市民代表列席并实行互联网视频直播,涉及讨论议题的选择、代表的产生和准入要求、发言的秩序和要求、发言的记录和反馈、事后的反馈和修改落实等,杭州制定《杭州市人民政府开放式决策程序规定》,规定出具体法规程序:会前公示决策事项——会中讨论(市长主持会议,先由部门阐述有关政策文件起草背景及主要内容——其他职能部门发表意见——人大代表、政协委员、随机选择的市民代表发表意见、网络留言和视频对话——市领导意见——市长总结)——职能部门根据会议意见修改政策文件,对民众意见建议予以反馈、回应——提交市政府公布有关政策。

——决策技术的时代性。“开放性决策”充分利用电子信息手段,通过市政府门户网站与《杭州网》、《杭州日报》、市民邮箱等,向社会公布市政府的决策事项、会议时间、参与途径等,让公众提前了解情况;有意列席会议或通过互联网视频连线发言的市民可以通过网上报名,并有针对性地进行民意收集等议政准备。会前公示、会中听取市民网上意见,经过充分的讨论,市政府才做决策。电子信息技术和现代传媒手段的运用使政府决策“公开、透明、参与、互动”成为可能,使得行政权力受到严密的监督,使决策更加理性,结果也更加客观公正。

2. 开放中有规范,开放中显自信:保公开有序有效

(1) 开放议题适度,“有序参与”提高参政层次。

按照十七大“有序政治参与”的根本要求,稳健推进民主参与的制度化、规范化和法规化,杭州“开放市政府常务会议”表现为一个持续、逐步开放决策的发展历程,其实质有下列三点:开放议题适度,逐步提升层次和注重实现“三化”,从而平衡公民参与的代表性与政府管理效率之间的平衡。

——开放议题适度,事关民生重大议题都要向市民开放。按照《杭州市人民政府工作规则》规定,“市政府常务会议的主要任务是,传达和研究贯彻党中央、国务院、省委、省政府及市委的重要指示和决定,传达和贯彻市人大及其常委会的决议以及需要提请市人大及其常委会审议的重要事项,讨论地方性法规草案,审议规章草案;审议本市经济社会发展中的重大事项以及与人民群众密切相关的重要事项”。“市政府常务会议由市长、副市长、秘书长、副秘书长参加,根据需要可安排或邀请有关人员列席会议”。但什么情况下需要有关人员列席,安排什么人员列席,是杭州探索的首要问题。杭州的经验是,政府常务会议向民众扩大开放,并不意味着所有决策都要马上直接向社会开放,也不是任何人都适宜参与市政府常务会决策。考虑到决策事项的专业性、利益相关性、社会关注度以及决策的成本和效能等因素,开放议题选择要适度。“政府常务会议”性质要求决策开放是“有限适度”和“不断扩大”的统一体,一般来说,事关民生议题原则上都要经过这一过程。大体涉及以下几类内容:一、拟提交人代会审议的政府工作报告(征求意见稿);二、城市总体规划、重点专项规划;三、重要的行政法规;四、事关群众切身利益的重要改革方案与公共政策;五、群众日常办事服务和社会公共服务事项等的重大调整;六、涉及群众生产生活的重大公共活动、重大突发公共事件应对方案;

七、其他涉及公共利益的事项。从实际情况看,杭州市政府实行的开放式政务决策,在议题选择上主要集中在上述与民生关系比较直接的问题上。

——逐步提升层次,引导群众在内容和平台上参与高层次决策。公众参与是个多层次、逐步提升的过程。一般而言,公众更关注与自身利益直接相关的决策过程。就杭州开放式决策的发展历程看,市民参与决策主要表现出有序演进的特点,一是形式上,从起步阶段通过市长电话、信访投诉、单位发言、社区听证、街谈巷议等基层民主平台参与,到逐渐发展为通过专家咨询、满意不满意评比、人民意见征集、对公示项目评议等提升的民主渠道参与,直至市民直接进入到杭州最高决策层次的政府常务会议参与;二是内容上,从开始主要集中在柴米油盐、生老病死等基本生活需求层面,到后来开始关注背街小巷改造、庭院楼宇改善、安居乐业政策等利益攸关重大决策,直至进入到政府常务会议参加涉及产业规划、人才管理、西湖申遗、农业科技、交通规划等事关杭州中长远发展的重大政务议题的讨论。这一方面说明,随着经济社会发展,公民基层民主需求及理性参政能力明显提高;另一方面也提示我们:政府领导层引导公众有序参与诸如政府常务会议这类高层次决策,事实上起到了顺应社会发展、给具备某些条件的公民以政治平等权利的先导作用。

(2) 开放领域广泛,"扩大参与"实现多方求证。

随着政务信息公开范围的扩大和市民参与渠道的拓宽,公众决策参与的领域日益广泛,各种意见进入决策层推动了多方论证,进一步保证了决策的科学性和抗风险性。

——根据决策类型确定参与对象,参与对象领域广泛。根据《杭州市人民政府工作规则》,市政府常务会议"根据需要可安排或邀请有关人员列席会议"。这里的"有关人员"主要包括:政府部门负责人、人大代表与政协委员、专家和市民代表等。邀请什么对象列席会议,取决于决策的性质与类型。按照常规,与决策事项起草、审查、执行、管理、监督等直接相关的部门负责人,一般应当列席;研究涉及国家安全与涉密的或特定社会敏感性事项的决策,只能安排政府部门负责人列会;如果决策事项涉及拟提交人代会审议的政府工作报告(征求意见稿)、城市总体规划、重点专项规划、重要的行政法规、事关群众切身利益的重要改革方案与公共政策、群众日常办事服务和社会公共服务事项的重大调整、涉及群众生产生活的重大公共活动重大突发公共事件应对方案等,则安排或邀请人大代表与政协委员、专家和市民代表等列会。

——体制内和体制外参与结合扩大求证范围。杭州市民在政府常务会议决策过程中的民主参与,可以分为体制内参与和体制外参与两种类型。体制内参与,是指人大代表、政协委员应邀参会,《关于加强政府与人大代表政协委员联系的通知》便是其制度化保障;专家学者参与政府决策事项也因决策咨询委员会的成立,有了明确的制度规范。体制外参与,是指市民代表通过网络留言、视频直播对话、直接应邀参会等形式参与决策,邀请市民代表列席市政府常务会已成为一种常态化的制度。

——传统式“面对面”讨论和互联网现代技术运用结合扩大参与范围。从2007至2009年,杭州市政府常务会议已先后邀请238位人大代表、政协委员、市民与专家列席,并通过网上视频直播接入110位市民与市长在线互动交流,共有38.5万人(次)点击网站参与;市政府常务会议网络直播8个月以来,政府门户网站视频直播页面累计浏览量达到16117人次,视频直播论坛累计点击量达到75803人次,市民通过网站直播论坛以发帖的形式提出意见建议2259条。杭州市市长蔡奇说,“这一举措的目的就是扩大市民参与政务活动的空间,加强政务活动的透明度,最大限度把群众呼声体现到政府决策中。这既是政务公开的需要,也是对政府执政能力的促进。”

(3) 开放表达直接,“提升参与”减少信息失真。

“开放式决策”把政府决策和市民意见的表达,通过政府常务会议及其相关程序直接联系在了一起。这种“直接性”主要表现在:一是市民直接入会倾听会议内容并发表言论,二是市民通过网络现场直接提问或与市长直接交流对话,三是市民通过视频直接与市领导互动或直接观看会议实况,四是市长或主管部门对代表提出的意见建议给予直接回应。这种制度性安排,为使政府决策过程与市民的近距离、高效率的双向交流成为现实,其根本意义在于使高层领导直接了解民意和民众直接参与政务,可以达到保证决策民主科学、培养民众参政能力和展示政府亲民形象的三重功效。杭州市政协副秘书长兼研究室主任龚志南认为,“政协委员参政原来也有很多形式,比如提案,社情民意简报等,但都没有这样的参与方式直接”。

如2008年11月26日召开的杭州市政府第38次常务会议,分别审议《杭州市人民政府关于切实加强地铁建设安全工作的意见》和《杭州市交通工程质量和安全生产监督管理办法》,逾万人次点击关注本次常务会议相关论坛,提出意见建议309条。市民代表郦雨霞和网友“8月24日”的建议不谋而合,他们建议杭州仿效成都为所有在建地铁站点安装摄像头,通过远程监控系统既可以24小时监控地铁工地的安全,还可以监督其是否文明施工、安全操作,如果发生事故,还可以作为取证材料之一。市民代表和网友的这一建议得到了蔡奇的当场肯定和采纳。市人大代表张金荣认为随着高速公路的不断发展,新技术也越来越多,建议组建一个专门的专家委员会,对一些超出现行设计规范的内容进行论证。市民代表刘佑清建议在管理办法中增加对施工单位禁止行为的规定,比如违章分包、转包和挂靠等行为,以及相应的处置手段。市民代表陈路在会上提出,工程在招投标时实行“合理低价中标”,但最后却变成最低价中标。中标方为了在报价内完成工程往往偷工减料或不按规范要求施工。他建议政府在招投标时，尤其是一些大型工程不能一味要求“最低价中标”，应该全盘考虑。第38次会议在充分讨论后形成决议强调：杭州交通工程项目多、任务重，要精心组织，加强监管，确保工程质量安全、不出事故。实施全过程的工程质量安全管理，抓好招投标、施工、监理等各个环节，防止不合理的超低价中标和层层转包、分包。危险性较大工程要建立专家组进行技术把关。对存在安全隐患的危桥要进一步采取工程性措施，有计划地进行加固维修，3年内全部整改到位。

(4) 开放体现自信，“推动参与”彰显执政理念。

杭州开放市政府常务会议的探索，直接目的为了解决重大决策的民主化科学化问题。其背后蕴含和反映出的，是当代杭州市政府执政的三个理念。

——顺应自下而上的民主诉求，通过自上而下的推动加快民主政治建设步伐。杭州的以民主促民生工作，在以往的城市建设和管理中已经有了一些有益探索。市政府常务会议“开放式决策”作为以往民主实践的延伸，突出体现了杭州决策者们对执政环境和任务的一种判断：政府协调民众日益多元化的差异性需求的难度不断加大，政府行为和市民意愿之间的沟通协商工作日益迫切。杭州自觉、系统地运用“以民主促民生”的理念，将“自下而上”的民主诉求与“自上而下”的政治推动相结合，使“民主”促“民生”工作在上下呼应、形成合力的过程中得到了实实在在的推动。杭州市长蔡奇说：把市民最大的呼声、最强烈的要求写进《政府工作报告》，指导全年的工作，是本届政府的职责。对于政府常务会议决策过程向广大市民开放的举措，蔡奇市长认为：“开放式决策真正‘让民意领跑政府’，将‘自上而下’的精神贯彻与‘自下而上’的民情诉求相结合，对政府的决策、管理乃至自身建设都具有很强的创新意义”。杭州的实践告诉人们：从历史长河看，人民群众的知政、参政能力在“民主”发展过程中起着决定性作用；而在某一阶段、某一地域范围，执政者的政治理想和民主精神，则对民主建设起着加速推动的重大作用。

——现阶段城市民主建设的重点，首先应放在“民意表达机制”的营造上。杭州的实践告诉人们：把“民主”放在国情和操作意义上做实际的推动，应该确立这样的阶段性认识：现阶段的人民群众，虽然还难以做到都直接当家做主，但应该也可以做到直接影响决策；虽然还难以实现多数人治理，但应该也可以做到让多数人评判；虽然还难以都来直接行使决策权，但应该也可以享有对决策必要的表达权和裁判权。杭州“以民主促民生”和市政府常务会议“开放式决策”的务实探索，已在一定程度上实现了两者的双促进、双丰收。

——现阶段民主建设的作用，具有优化决策“手段”和提高居民生活品质

“目的”的双重价值。杭州市政府常务会议“开放式决策”的实践,一方面使“民主”直接服务于实现决策科学、作风改进和民生质量提升,在这个意义上,“民主”是“手段”。但是“民主”更是目标,杭州近些年一以贯之地推动和不断提升“政治生活品质”建设,进而努力把“开放式决策”工作制度化、常态化,就是蕴含着这种基本信念。直接参加或通过网络直播参加政务会议的形式,一定程度上已经改变着杭州公众的传统社会生活,民众在参与政府常务会议的实践中,可以达到锻炼自我、完善自我、改善心境进而提高政治生活品质的目的。

(二) 初步成效

“开放式决策”顺应了公众参与公共管理的时代特点,适应了现代政府科学民主决策的发展趋势,符合信息社会对政府决策的开放要求,形成了初步的成效和影响。广大市民是项目的最大受益者,政府更是本项目的直接受益人。

1. 激发公民参与热情,营造良好民主氛围

开放式决策使市民不仅可以参与政府决策过程,而且能够通过政府领导的及时、真诚回应,切身感受到自己的权益、自己的声音受到尊重,这种参与是实实在在的,是有效的。这种效果反过来又激励了公民政治参与的热情,使其感受到当家做主的快乐和充实,从而促进公民社会的成长。而且,市民参加市政府常务会议不是作秀,而是真正落实公众知情权、参与权、表达权和监督权。在2008年12月10日召开的第39次市政府常务会议审议《杭州市个人信用信息征集和使用管理办法》时,市民代表和网民在个人信用信息征集的范围和使用、征信中介机构设立等方面争论比较激烈。最后,市政府常务会议认为该办法还不成熟,决定暂不通过,交由有关部门再做深入研究。这次暂缓的政府决策真实地展现了“民意领跑政府”的民主决策理念。

2. 降低政策成本,增加社会收益

一是降低了会议的组织成本和行政成本。通过视频直播、网络论坛与手机短信,可在不增加会场人员的情况下,让更多的市民有参会和发言的机会,减少政府行政成本;二是降低了社会获知信息的成本。会议通过视频直播与市民见面,节约了市民为取得信息而花的时间和精力;三是降低了政府信息公开的成本。网络直播使会议以最直观的方式公之于众,从而简化了政务公开的工作环节。四是节约了政府决策的宣传推广成本。网上直播、双向互动,市民在参与过程中了解政府决策的全过程,政府决策过程同时成为宣传和推广决策的过程,大大节约了政府决策的宣传推广成本。

3. 提高政府决策质量,推动政府管理绩效

一是提高政府决策制定和执行的质量。常务会议在网上直播前提前预告,使市民有时间提前去了解和研究相关事项,使提出的问题和建议更具有针对性和有效性;会中鼓励市民提出意见和建议,使政府能及时听到各方意见和建议,更好地关注和协调各方利益,从而使决策更加科学,更具有可操作性;由于会议决策过程的透明、公开和互动,市民对决策结果认知度大大提高,对政府管理的理解大大提高,执行效果也会更好。

二是形成对市各职能部门的有效监督。开放式决策建立了一道阻断部门利益膨胀的防火墙,搭建了一个实体政府通过网络平台接受群众监督的平台。市人大代表、政协委员、专家学者、市民在决策现场对政府决策工作发表意见,并且能得到有关部门的回应和反馈,这无形之中督促各部门加强对拟出台政策的深入研究,并在执行中更加高效规范。"开放式决策"不仅是打开政府大门的过程,也是转变机关作风的过程,据市纪委监察局效能监察室统计,杭州市"开放式决策"实施后,2008 年比 2007 年的行政投诉率下降 11.9%。政府公信力逐渐提升。

三是推动民生问题的解决。市政府常务会议的决策事项大多属民生议题。在 2008 年 4 月 2 日召开的第 26 次常务会议审议《杭州市高校毕业生和留学回国人员创业三年行动计划》时,许多市民的意见建议被采纳。在此基础上,杭州市又出台了创业实训指导意见、鼓励和扶持大学生在杭自主创业的若干意见、向大学生发放教育培训券等。《杭州市高校毕业生和留学回国人员创业三年行动计划》、《杭州市万名大学生创业实训工程指导意见》,由国家人力资源和社会保障部向全国推广。大学生创业带动就业由此蓬勃开展。2008—2009 年,每年有 6 万多大学生留杭创业就业。2009 年杭州新增大学生创业企业 1282 家,带动了更多大学生就业。

4. 优化政府良好形象,集聚宝贵行政资源

在互动沟通模式之下,政府不再高高在上,而是在平等基础之上与市民协商合作:(1) 透明。公开透明不但可以减少政府与服务对象之间的信息不对称,而且可以减少公职人员渎职的可能性;可以方便行政相对人顺利地找到与自身利益相关的主体,提高行政效率。(2) 公平。市民参与政务,有利于保证不同利益群体通过正式合法的途径来表达自己的意志,有利于政府在决策过程中权衡取舍、统筹兼顾各个阶层的利益,使决策更加理性、更加公平。(3) 责任。责任政府的本质是:在与市民的关系上,政府从权力本位向责任本位转变,政府必须向市民负责,有责必究、有过必惩。(4) 高效。效率是评价政府的重要标准和尺度。在政务高度公开的环境下,低效率低效能的政府部门将被淘汰。而这种良好的政府形象是一种无形资产,是宝贵的行政

资源。它体现政府信誉,激励公务员与市民树立共同的价值观,为共建共享生活品质之城而奋斗;它决定政府的号召力,动员市民同心同德、同舟共济、战胜困难;它代表政府的公信力,政府全心全意为市民谋利益,尊重市民、平等待人,市民就会信任和支持政府;它引领社会道德,透明、公平、责任、高效的政府信誉,公开、公正和说真话、办实事的从政道德,必然带动社会道德水准的提高。

5. *形成良好社会反响,得到专家认可好评*

"开放式决策"得到了社会的广泛关注和高度评价。2007 年以来,安徽、成都、昆明、温州、宁波、北京通州区等 10 多批次代表团先后来杭考察"开放式决策"。国内 30 多所知名高校公共管理专家来杭访问指导。国家行政学院两次邀请杭州市领导赴京为省部级领导干部培训班做开放式决策专题报告。

"开放式决策"作为政府管理和自身建设的制度创新,也受到国内外媒体关注。中央人民政府网站、新华网、人民网、中央电视台、《人民日报》、新华社、中新社等 160 多家国内有影响力的主流媒体及门户网站对开放式决策进行采访与报道。《人民日报》评论:以往政府办公会议议题研究之前,通过广泛调研了解民意,但存在一定的局限性。如今利用网络平台向社会同步公开政府办公会议内容,改变了公众的政治参与方式,也较好地传播了政府的改革举措。《中国新闻周刊》评论:充分听取民意才能实现决策科学化、民主化,杭州这个创举值得各地借鉴、推广。

"开放式决策"还获得了专家学者的好评。2008 年 12 月 20 日,来自中央党校、国家行政学院、中央编译局、北京大学等单位的 11 位国内知名专家研讨杭州开放式决策模式。专家们认为:杭州市开放式决策是对社会主义民主政治的一种探索,也是深化行政管理体制改革的一项生动实践,它不仅体现了以民为本的执政理念,更体现了新世纪对政府治理模式创新的要求,为拓宽政府决策空间,提高决策的科学化、民主化提供了重要的实践经验,具有合理性和可操作性,有较强的推广和借鉴意义。在 2009 年的"杭州市政府'开放式决策'项目评估"研讨会上,来自中国社科院、北京大学、南开大学、吉林大学和南京大学等单位的公共管理专家认为:开放式决策适应了信息社会、网络社会对执政方式的新要求,创造了普通百姓进入并参与决策的民主治理模式,该经验具有在更大范围推广的价值。

2009 年,杭州市政府常务会议视频直播与民互动案例荣获"全国十佳电子政务公共服务优秀应用案例"。2010 年 1 月 17 日,杭州市"开放式决策"荣获"第五届中国地方政府创新奖"称号。创新奖评选组委会给出的获奖理由是:"透明是民主的前提,参与是民主质量的保证"。

结语："开放式决策"的挑战与前景

在决策形成过程中，吸收和听取各类利益群体的利益表达意见，是提高决策质量、求得政府决策合法性以及民众支持的重要途径，是推动社会主义民主政治的有益探索。突出公民在政府决策中的参与已成为现代政府的共识。杭州作为先行者之一，取得了很好的政治成效和社会影响，其中展现出的具有推广性的经验和提出的富有启发性的问题对推动民主决策具有重大的意义。但是，我们也必须清醒地认识到，在开放政府决策、深化公民参与、推动民主政治的进程中，还有一些关键问题需要厘清，还要作出进一步的努力。

第一，如何保持项目的可持续性？"开放式决策"的可持续性取决于三个基本要素：项目推动者的动力，制度的持续力和社会公众的响应力，而这三者都可能存在风险。改革需要政治家的推动，尤其是自上而下的改革，以解决初始的推动力问题，杭州市政府"开放式决策"的动力主要来自于领导的自觉，这是目前民主得以推动的关键，因此需要强化项目的非人格因素，克服"人走政息"；任何制度运行到一定程度都会出现边际效益递减，制度的持续力取决于制度对环境的适应性及其相应的调整能力，需要避免制度僵化；没有公众的有效参与，决策开放的积极意义就要降低。

第二，如何界定"开放式决策"在政治参与上的制度承载力？"开放式决策"被称为是政务公开的新形式、扩大公民有序参与的新渠道和科学民主决策的新途径，承担了实施"民主促民生"战略、实现"民意领跑政府"的政府治理理念。然而，民意的广泛性、差异性与参会代表的有限性是现实的矛盾，参与空间有限的现实与参与度扩大的期望之间存在巨大落差，如何让有限的代表充分代表民意，这是个需要认真思考并重新回答的问题。因此，在实现民本政府的过程中，"开放式决策"不能独善其身，需要激活原有的协商民主参与制度，并与之相衔接，避免在政治参与问题上销蚀原有制度的运行规范。

第三，如何平衡"开放式决策"的效率与民主张力？效率讲究的是行政效果和成本，决策快速高效，民主考量的是政府的合法性和回应性，平衡冲突的价值和利益，这是两种不同甚至冲突的逻辑，但是却现实地集中在"开放式决策"的过程中。杭州市"开放式决策"的实践引起我们的反思，决策开放是一个政治领域的创新，还是行政领域的创新？是一个侧重于决策民主化的项目，还是决策科学化的实践？这是政府创新的目标定位问题，从而决定项目的细节设计和进一步发展的方向。

第四,如何促进“开放式决策”从手段到目标的无缝衔接?在项目中,公开和参与是手段,实现民意对决策的影响力是最终目标,但从目前实施的效果来看,对手段的评价胜于对目标实现的关注,从而造成项目的政治效应良好,社会轰动效应强烈,但是市民参与热情是否能够持续?全国众多推行类似项目的地方政府均面临此问题。因此,要根据“目标决定手段”的思路,界定民意能够影响决策的内容和领域,能够影响决策的环节,从而回溯性地思考相应的公开手段和领域,并进一步强化对市民的回应、反馈以及市民意见的最后采纳等工作细节,从政务公开促进真正的协商民主。

第五,如何继续扩大开放效果?“开放”是“开放式决策”的重要特征,目前,项目以其开放的高层次(政府常务会议开放)、开放的彻底性(网络直播)、开放的回应性(市长市民网络视频互动)见长。这是一种巨大的进步,政务公开是保证公民参与、评价、监督政府的基础环节和首要环节,所以必须把“开放”进行到底。然而,“开放式决策”的“开放”还有很大的空间:从公开的内容分析,政策问题的界定、政策议程的设定、政策方案的确定、政策执行的绩效、政策评价的情况等,都可有进一步开放的空间;从公开的途径分析,网络公开以波及面广见长,电视、报纸杂志等媒体公开以影响力大著称,两者的有效结合值得进一步研究;从公开的对象分析,网络的公开方式实质上限定了公众的参与面,现有的这种公开方式如何扩大受益面?兼顾可及性和有效性的标准,继续扩大开放的效果需要进一步的思考和研究。

第六,如何从开放走向有意义的参与?公民参与是“开放式决策”的另一个重要的特征,但从目前执行情况来看,有质量的公民参与还要进一步探索。政府常务会议的开放是有价值的,但是政府常务会议的参与是有限的,如何从开放走向有价值的参与,这是下一步的方向。而要思考的问题包括进一步开放的领域和内容与参与效率的匹配问题,即,为了服务于有质量的参与,应该开放什么?如何开放?对谁开放?从这个意义上说,决策开放要提高对政治参与的足够的制度承载力。

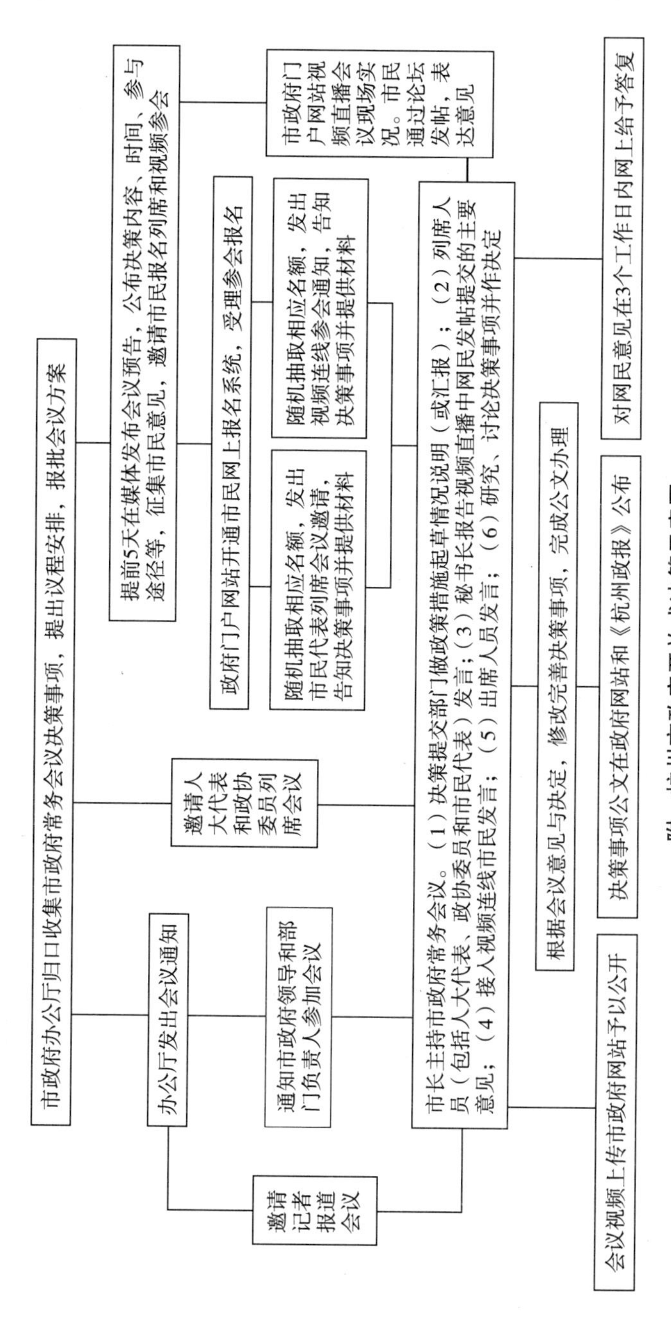

附：杭州市政府开放式决策示意图

让民众成为政府绩效评估体系的主体

——"幸福江阴综合评价指标体系"的创新及其意义

□冯　雷*

近年来,各地政府纷纷出台了一些评价指标体系,对促进地区发展、客观评价政府绩效、提高政府治理水平和效能无疑起到了一定的作用。但是,在这些指标体系的制定和实施过程中也存在着许多不能回避的问题,例如评价方法和数据获取往往缺乏科学性和真实性;具体指标设计缺乏创新性;在指标制定和实施过程中缺乏公众参与,等等。如何克服当前评价指标体系工作中存在的这些不足,在理论和技术层面完善评价指标体系,在实践上正确发挥评价指标体系的导向作用,已经成为政府和专家学者共同关心的问题。在这方面,江苏省江阴市"幸福江阴综合评价指标体系"的做法和经验,给我们提供了一个具有启发意义的研究实例。

2005 年,江阴市在江苏省率先实现全面小康达标后,开始思考更深层次的问题:"经济发展为什么? 区域领先争什么? 小康达标后干什么?"他们得出的结论是:经济发展的最终目的是增进人民幸福。在这个思想指导下,他

---

* 冯雷,中央编译局当代马克思主义研究所研究员。主要研究领域:人类学哲学,现代性与后现代性。

们提出了建设“幸福江阴”的口号，确定了“五民五好”[①]的努力目标，并通过对“五好”的目标进行分解、细化和量化，制定出“幸福江阴综合评价指标体系”，以此作为衡量和引导地区发展、考核政府绩效的重要依据和手段。在实施过程中，相关指标被量化并具体化到对乡镇基层的目标考核体系中，发挥考核的指挥棒作用，推动各项工作。

“幸福江阴综合评价指标体系”的最大特点在于，不仅测评地区发展和政府工作的一系列客观指标，而且测评民众的主观满意度和幸福感。换句话说，这种测评方法较之通常的评价体系发生了双重变化，即不仅考评政府做得怎样，而且评估效果怎样；不仅测评“物”的发展状况，而且测评“人”的主观认知。测评内容的这种变化相应的带来了评价指标体系从理念到方法的一系列创新。

一、“幸福江阴综合评价指标体系”的构成和评价方法

（一）“幸福江阴综合评价指标体系”的构成

“幸福江阴综合评价指标体系”的框架是依照“五民五好”的目标设计的。“五民”体现政府的追求，是理性的。相比之下，“五好”反映了百姓的期盼，是感性的。抽象的理念和冰冷的数字往往不易为群众所理解并产生共鸣，他们更加关注的是身边的、易于感受的民生问题，所以，“幸福江阴综合评价指标体系”通过把“五好”的目标具体化和量化，设计出具体的评价指标。

另外，“幸福江阴综合评价指标体系”设计了依据统计数据的客观评价指标和来自民意调查的主观评价指标这两个部分。两个系列的评价指标总体上有机统一，操作上相对独立。（见图 1）

客观评价指标以“五好”为 5 个子系统，设计了 26 个一级指标，44 个二级指标。5 个子系统下的 26 个一级指标分别包括：

（1）个个都有好工作。具体指标为：① 劳动力市场每年提供的就业岗位数；② 城镇登记失业率；③ 农村调查失业率；④ 农村青壮年劳动力技能培训率。

---

① 所谓“五民五好”，即：以民生为本，力求个个都有好工作；以民富为纲，力求家家都有好收入；以民享为先，力求处处都有好环境；以民安为基，力求天天都有好心情；以民强为重，力求人人都有好身体。

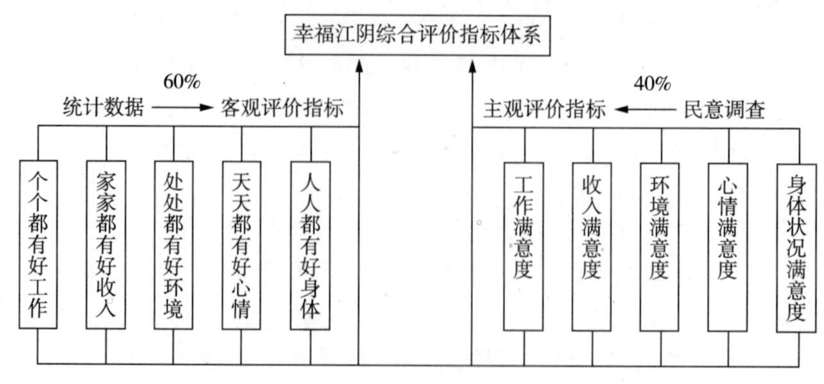

图1　核心指标数据

(2)家家都有好收入。具体指标为:① 城镇居民户均可支配收入;② 农村居民户均可支配收入;③ 工资性收入;④ 财产性收入;⑤ 家庭经营性净收入;⑥ 社会保险综合覆盖率;⑦ 基尼系数。

(3)处处都有好环境。具体指标为:① 城市公共交通分担率;② 城市绿化覆盖率;③ 森林覆盖率;④ 环境质量综合指数;⑤ 文明社区占全部社区的比重;⑥ 安全社区占全部社区的比重;⑦ 新农村建设示范达标率;⑧ 人民群众对社会治安的满意率。

(4)天天都有好心情。具体指标为:① 居民文教娱乐服务支出占家庭消费支出的比重;② 全社会人均慈善捐款数;③ 城乡居民人均文化公共场馆面积;④ 公益性文化设施达标率;⑤ 每万人拥有福利院床位数;⑥ 城镇居民人均住房建筑面积;⑦ 农村居民人均住房建筑面积。

(5)人人都有好身体。具体指标为:① 人均受教育年限;② 每万人拥有医生数;③ 食品检测合格率;④ 人均预期寿命;⑤ 城乡居民健康档案建档率;⑥ 体育人口占总人口的比重;⑦ 城乡居民人均公共体育设施面积。

主观评价指标也按照“五好”的标准设计了五个方面的指标,下设33个主要指标和14个辅助指标,重点反映市民的满意度和幸福感,综合体现“五好”的实现程度。

(二)“幸福江阴综合评价指标体系”的评价方法

首先,客观评价指标按相应的评价功能进行归类,对各项指标确定“目标值”,并按“赋权法”确定权重,各项指标累计权数设定为100。客观指标的测评由统计局会同相关部门根据当年度完成情况测算出完成状况综合指数。

其次,主观评价指标即民意调查的内容,也分类赋以权重,最后计算综合指数为100。主观指标的测评委托第三方社会专业评估机构进行,通过随机抽取1200户左右市民(或家庭)进行上门问卷调查或电话访问调查等形式获得相关信息,综合反映全市面上的情况。

再次,把客观评价指标和主观评价指标这两个部分合在一起,按客观指标占60%权重,主观指标占40%权重进行加权平均,计算出全市的幸福指数,最后向社会公开发布。

二、"幸福江阴综合评价指标体系"的特点

"幸福江阴综合评价指标体系"具有以下一些明显的特点。

(一) 客观评价和主观评价结合,注重百姓主观满意度评价

"幸福江阴综合评价指标体系"由客观评价指标和主观评价指标两部分组成,之所以加入主观评价指标,并非由于像通常的指标体系那样因为技术原因难以确定客观量化指标(比如服务态度评价,通常的做法也是调查接受者的满意度),而是由于该指标体系以评价幸福度为目的,并确立了"幸福不幸福,百姓说了算"的原则。这样,就必然使该指标体系有别于其他指标评价体系,尤其重视民众的主观感受评价。也是由于同样原因,该指标体系中主观评价指数所占权重达到40%之多。现在,该指标体系的制定者们正在考虑将主观评价指数的权重提高到50%以上。

(二) 着重关注民生问题

在"幸福江阴综合评价指标体系"中,与家庭和个人直接相关的指标数达到了80%以上。该指标体系的制定者之所以如此突出民生指标的比重,正是为了贯彻"发展经济的目的是为了致富百姓、造福百姓"的宗旨。他们明确提出:"群众关心什么就靠什么",把民众最关心的、甚至直接由民众评选出的具体的民生问题纳入到指标体系中,从而使该指标体系呈现出明显的以人为本、关注民生的特色。

(三) 注重缩小贫富差别、城乡差别

"幸福江阴综合评价指标体系"专门设计了城镇居民户均可支配收入指标,力求解决平均数代替大多数、城市代替农村的问题。指标体系的制定者认识到:平均数不代表大多数,富裕村还有贫困户,统筹城乡发展的重点在农村,难点在农民。他们的目标是:幸福江阴不仅要让富裕户说好,还要让贫困户说好;不仅要让市民说好,还要让农民说好。

(四) 把制定指标体系当作动态的过程

一般的指标体系总是在设计时力求完美,一旦完成并实施便很少进行修订。但是,“幸福江阴综合评价指标体系”在制定之初就确定了每年进行修订,把制定指标体系当作动态的过程的原则。该指标体系实施以来,每年都开展“幸福江阴”高层论坛和“幸福指标万人大调查”活动,根据实践效果和现实变化,根据人民群众新的利益诉求,以及有关专家学者的意见,对具体指标、相应权重进行合理调整。

(五) 委托“第三方”测评,确保测评结果的科学性、客观性和公正性

由于政府自己承担测评工作很难避免测评结果受人为因素影响,且由于地方政府的评估人员受专业水平所限难以确保评估结果的科学性,因此近两年,江阴市委托第三方测评机构——中郡县域经济研究所对1200个样本进行调查和分析,通过测评的“去行政化”,确保了测评结果的科学性、客观性和公正性。这在目前国内实施的各种政府绩效考核中,还是很少采用的一种先进的方式。

三、“幸福江阴综合评价指标体系”的创新之处

“幸福江阴综合评价指标体系”的创新性主要体现在以下三个方面。

(一) “幸福江阴综合评价指标体系”体现了新的发展观

改革开放以来,发展成为我国经济社会活动的主题,人们的发展观念也随着实践的变化而不断进步。最初人们所理解的发展基本限于经济领域,所谓发展就是指经济不断增长。后来随着经济持续发展和人民物质生活水平的普遍提高,民众的政治诉求和文化需求变得日益突出。这使人们意识到发展不仅仅意味着实现经济增长,而且要实现经济、社会、文化的综合发展。进入21世纪,人们的发展观又前进了一步,不仅重视经济和社会的可持续发展,更关心生态环境的可持续性,人与自然的和谐发展成为当今社会追求的目标。多年来各种社会发展指标体系的制定,体现了发展观的逐渐深化过程。

但是,发展是否就是最终目的?换句话说,制定评价指标体系是否就是为了进一步加快发展呢?在这个问题上,“幸福江阴综合评价指标体系”向我

们展现了一种新思路。前面我们已经提到,江阴市之所以推出幸福指数评价体系,正是因为江阴市在江苏省率先实现全面小康达标后,他们给自己提出了一个更深层次的问题:“经济发展为什么?”他们的回答是:发展的根本目的是为了造福于民,让人民群众过上幸福的、满意的生活,具体来说就是生活富裕、精神愉快、身体健康。于是,他们把通常流行的测评综合发展水平的指标体系,改成了测评人民群众幸福程度的指标体系,以“工作好、收入好、环境好、心情好、健康好”这五个方面的满意度为框架制定出了“幸福江阴综合评价指标体系”。

因此,不难看出,“幸福江阴综合评价指标体系”的制定和实施,不仅转换了一种指标评价体系,而且实现了评价标准从过去以经济社会发展程度为基准到现在以人民是否幸福满意为基准的根本转变,意味着一种以人民幸福为明确目的的新的发展观正在形成。

(二)“幸福江阴综合评价指标体系”体现了新的执政理念

“幸福江阴综合评价指标体系”并不仅仅是为了考核政府绩效而制定的,如前所述,它是为了贯彻发展的目的,是为了增进人民的幸福得理念制定的,同时,也是为了贯彻执政为民的理念制定的。这个特点充分体现在“幸福江阴综合评价指标体系”的制定和实施的全过程中。

首先,在指标设计阶段,就充分地“问需于民”、“问计于民”。民生的需求就是发展的目标。对每年民生五大类39个指标设置,包括与之相对应的为民办的十件实事,都通过大讨论,通过对江阴市公共服务呼叫中心“12345”民生热线受理的十多万件市民诉求件和建议件的研究分析,通过书记、市长信箱、社情民意、群众座谈会等途径广泛听取基层群众意见,再进行汇总、梳理、提炼。在选择确定指标阶段,群众关心什么就考核什么。让市民在由干部和专家提供的备选指标中投票选出他们最关注的“幸福指标”,在此基础上经过专家学者反复论证,最终形成了“幸福江阴综合评价指标体系”。其次,在指标的测评上也采取“问绩于民”的方法,即由群众参与给政府打分。幸福不幸福百姓说了算。每年随机选取1200个样本,其中1000个本地家庭和200个新市民家庭,由人民群众对权重占40%的主观指标进行评价和打分。再次,在指标体系的修订过程中,仍然听取群众意见。

“幸福江阴综合评价指标体系”的制定和实施,包含了“问需于民”、“问计于民”、“问绩于民”三项内容,概括起来,就是让民众给政府出题目,让民众给政府打分。民众不仅始终参与到这项工作中,而且在制定和实施过程中扮演重要的角色。它打破了原来“自上而下”的施政理念,以“自上而下、自下而上、再自上而下”的方式,推动“政民互动”,加速政府转型,增进政治民主。

“幸福江阴综合评价指标体系”的制定和实施,贯彻了胡锦涛总书记提出的“权为民所用,情为民所系,利为民所谋”的执政理念,是这一执政理念在党和政府实际工作中的具体体现。而由群众参与政府绩效考核的这种做法,在某种意义上来说也体现了权为民所授的更为根本的政治理念。

(三)“幸福江阴综合评价指标体系”对主流指标体系的突破和创新

第一,它是指标体系制定主体的一次创新尝试。评价指标体系通常是由政府和专家制定的,这是由制定指标评价体系的目的及其专业性特点所决定的。但是,“幸福江阴综合评价指标体系”在设计之初就突破了这个惯例。由于该指标体系的制定者确定了“幸福不幸福,百姓说了算”、“群众最关心什么、最关注什么,就考核什么”的宗旨,因此就不能只由干部和专家关起门来制定指标体系,而是要充分发动群众参与到指标体系的设计工作中来。他们在一开始设计指标体系的时候,就通过开展大讨论和公共服务热线等途径广泛听取基层群众意见,再由专家进行汇总、梳理,提炼出 50 个备选的评价指标。开展“幸福指标大家选”活动,向市民发放 15 万张选票,让市民在 50 个备选指标中选出 10 项百姓最关注的“幸福指标”。在此基础上,通过座谈会、研讨会,听取和吸收专家学者、干部群众的意见,历经 12 次修改才最终形成。所以,在某种意义上可以说“幸福江阴综合评价指标体系”是一个由百姓“制定”的指标体系。

第二,它是指标体系构成上的一次创新尝试。通常的指标评价体系由于主要是用于考核工作绩效,因此在制定具体指标的时候,总是力求选择易于明确的、量化的客观指标,而避免使用定性的、因人而异的主观指标。但是,“幸福江阴综合评价指标体系”因为是以测评人们的幸福度和满意度为目的,所以突破了以往指标体系的传统。该指标体系不仅制定了客观评价指标,也制定了主观评价指标,并将两个相对独立的系统合为一体。既注重幸福感受的客观物质基础的测评,也注重百姓对幸福的主观感受的测评,把客观量化指标和主观感受指标有机结合在一起。更有特点的是,该指标体系突出了主观指标在综合评价中所占的权重,使之达到 40% 之多。他们不仅不担心主观指标的权重过大会降低测评结果的客观性和准确性,反而计划进一步增加主观指标所占的权重,让评价指标体系更突显为增进百姓幸福服务的目的。这是评价指标体系构成上的一次非常有意义的创新。

第三,它是指标体系操作程序上的一次创新尝试。通常的指标体系是由政府或专家制定并实施测评,但是“幸福江阴综合评价指标体系”打破了这种封闭的、自上而下的操作程序。市民不仅通过投票的形式参与了确定具体指标的工作,还以权重为40%的主观指标参与了对政府工作的测评工作,并且通过公共服务、市长信箱、群众座谈会等途径提出指标体系的修改意见,间接参与了指标体系的修订和完善工作。这是指标体系操作程序上的一种创新。

第四,它是指标体系测评环节的一次创新尝试。通常的指标体系是由政府自己来实施测评的。为了克服这种做法的弊端,保证综合评价数据的客观公正性与科学准确性,自2008年起,江阴市委托北京中郡县域经济研究所进行民意问卷调查,并结合年度经济社会发展情况,对该年度"幸福江阴"建设情况进行综合评价。这种采用政府购买服务方式进行政府绩效测评的举措,是指标体系测评的一次有益尝试。

四、当前评价指标体系普遍存在的问题及"幸福江阴综合评价指标体系"给我们的深层启示

(一)当前评价指标体系普遍存在的问题和困境

由于种种原因,目前各地制定和实施的各类评价指标体系普遍存在着诸多缺陷,例如:

1. 具体指标的内容、标准、权重制定得不合理

造成这种情况的原因很多,有指标体系制定者技术能力不足的因素,但其他因素更多,比如是否对制定者有利往往会成为决定指标取舍、标准高低、权重大小的重要原因。某些方面(例如教育水平)基础条件好的地区,往往倾向于把这类指标的绝对值作为考评标准,并提高其权重。而比较落后的地区,则往往把相对值(比如增长速度)作为考评标准,并提高权重。

2. 指标项目庞杂,往往包含不同依据,缺乏内在逻辑

有些指标来自于政府规划,有些指标来自部门职能分工,有些指标来自领导的意见,有些指标又是为了突出地方特色,等等。指标选择的随意性使得指标体系失去评估的科学性。

3. 指标项目过多

因为很多指标体系是根据考核指标制定的,所以列出的评价指标项目过多。这样就造成了评估成本过大,繁琐的评估工作往往又会导致敷衍了事和弄虚作假。而且更大的问题是指标过多会相互冲突,加上权重不合理,导致最终得出的指数失去可信性。

4. 数据不真实

数据获取体制机制不完善,统计方法不科学,对数据造假也缺少监督,都

降低了数据的真实性。

5. 评估主体是政府自己,民众和社会参与度低

由于指标体系大多是政府出资立项、政府主导制定、政府实施评估,所以即使邀请专家参与制定和评估,专家的作用也非常有限,更不要说普通民众更是很少参与其中,最终难免变成政府自己"既划船又掌舵"。

指标体系制定和实施中存在的种种问题反映出当前政府治理所处的深层困境,比如政府权力过大;职能不清;政绩观扭曲;科学管理水平低;群众参与度低;公信力差;等等。这些深层问题不解决,就会影响到指标评价工作的客观性、科学性、有效性。但是这只是事物的一个方面。从另一方面来看,尽管在指标体系的制定与实施过程中存在着这些深层问题,但是制定与实施评价指标体系的过程也是不断改进政府工作、推动政治进步的过程。指标评价工作中的每一点具体的改进,每一项科学化、民主化的创新,实际上都具有全局意义和深远的政治影响。这也是"幸福江阴综合评价指标体系"给我们的最大启示。

(二)"幸福江阴综合评价指标体系"的启示——实现"问绩于民"、"问需于民"、"取信于民"三级跳

1. 问绩于民——从政府或专家评估到公众评估

评估工作一般是由政府专业人员或聘请社会专业机构进行,评估内容主要是比较明确的、易于量化的客观指标,同时也设计一些问卷调查项目作为补充。鉴于评估工作专业性强,以及问卷调查存在着被调查者的认知差异等不确定因素,所以由政府专业人员或聘请社会专业机构进行评估的传统方式有其合理性。但是,"幸福江阴综合评价指标体系"作为专门评估公民幸福度的评价指标体系,如果不直接听取民众的声音就显得奇怪了。因此,江阴市在设计指标体系的时候就提出了"幸福不幸福,百姓说了算"的原则。他们每年随机选取1200个样本,其中1000个本地家庭和200个新市民家庭,由群众对权重占40%的主观指标进行评价和打分。尽管这种设计是否完美还值得继续探讨——例如有专家提出不妨把主观指标的权重提高到50%,而依笔者的看法,是40%还是50%其实都没有理论依据,如果就是以测评民众的幸福感和满意度为目的,那么主观指标占100%也未尝不可——但是,设计权重占40%的主观指标的真正意义不在这里,而在于使评估主体发生了变化。无论是政府自评,还是委托第三方评估,通常的评价指标体系基本是把作为最主要的利益相关者的市民排斥在了评估主体之外。而"幸福江阴综合评价指标体系"通过设置主观评价指标的方式,使民众回归到政府工作的评估主体的地位。

同时，评估主体从政府或专家转向公众这一变化还为克服当前评价指标体系存在的诸多弊端提供了可能。我们已经谈到，当前的评价指标体系往往只考评政府做了什么，而不考核其效果如何；指标体系从设计到实施往往消耗巨大的人力、物力和时间，成本过高；数据的真实性也存在问题；特别是民众对名目繁多的各类评估活动很少关心和了解。而一旦公众成为评估主体，上述这些缺陷和困境就可望从根本上得到改善。

2. 问需于民——从公众参与评估到公众给政府出题

前面已经提到，在“幸福江阴综合评价指标体系”制定过程中也发生了指标制定主体的变化。原来的评价指标体系是由政府和专家制定的，但是“幸福江阴综合评价指标体系”在一开始设计具体指标的时候，首先通过各种方式广泛听取基层群众意见，专家将这些意见总结成 50 个备选的评价指标，制作了 15 万张选票发放给市民，让市民从中选出 10 项百姓最关注的“幸福指标”，最终被用到评价指标体系中。通过这种方式，实现了评价指标体系的设计主体的变化。当然，在笔者看来，这种做法还可以进一步彻底化，一是全部指标都可以以投票方式由市民来决定；二是每年都可以用这种市民投票的方式重新制定评价指标体系，而不是只在初次制定评价指标体系时这样做。如果这样改进的话，百姓就真正扮演了给政府出题的角色，而政府和专家恰如其分地成了执行者和配角。

同时，公众成为指标体系制定主体也为克服当前评价指标体系存在的弊端提供了可能。如前所述，现行各类指标体系存在着指标项目过多过杂，内容、标准和权重不合理，随意性很大等问题。而造成这些问题的深层原因，既有政府方面的因素，也有专家在指标体系制定方面存在着理论和方法上的欠缺。而一旦公众成为指标体系的制定主体，就有可能有效地避免陷入上述困境。

3. 取信于民——从公众给政府出题到政府向公众施政承诺

“让民众给政府出题”，“让民众给政府打分”，尽管“幸福江阴综合评价指标体系”的这两项创新举措还只是限于一定程度上和一定范围内，但这个创新的方向却颇具意义。因为政府能够主动让民众来决定——虽然现在还是部分地决定——政府绩效考评的内容，政府去执行和落实，然后政府让民众来评价——虽然现在还是部分地由民众评价——政府的执行情况，这个过程实际上包含了政府对公众的公开承诺，承认公众的监督权利，以及政府接受公众问责等基本要素。在我国，政府或领导者一般不是由普选产生的，因此候选人一般并不公开对选民做施政承诺，这在一定程度上制约着我国责任政府的建设。在这种情况下，江阴市在制定和实施“幸福江阴综合评价指标体系”过程中采取的“让民众给政府出题”，“让民众给政府打分”的做法，为我们提示了一条把我国政治改革引向深入的可能的途径。

政府绩效管理体制改革的制度环境和发展空间

——以北京市"三效一创"绩效管理体系为个案的研究

□陈雪莲*

自20世纪80年代以来,绩效理念随着新公共管理运动的兴起逐步受到世界各国尤其是发达国家的普遍重视,并得以广泛应用。从20世纪90年代开始,我国一些地方政府和行政部门结合实际,引入现代绩效评估的理念、方法和技术,开展了政府绩效评估实践。经过近20年的发展,绩效考评以各种形式在各级政府中得到运用和推广。中央政府总结各地经验,于2005年明确提出要建立科学的政府绩效评估体系。① 提高绩效水平是每一个现代政府不可回避的任务,要提高绩效,除了需要了解和评估政府及其部门现有绩效水平,应用科学的方法、标准和程序,对政府及其部门的运行过程、工作业绩作出尽可能准确的评价之外,还需要运用绩效评估的结果优化政府管理流程,后者是绩效评估的意义所在。从绩效评估的完善到绩效管理的建立,是深化行政改革的不可或缺的内容。

从建立和完善政府绩效评估机制到推行政府绩效管理,是近年来中国行

* 陈雪莲,中央编译局比较政治与经济研究中心助理研究员。

① 参见十届全国人大三次会议《2005年政府工作报告》。

政改革的重要组成部分。2008 年,中央政府在深化行政管理体制改革方案中明确“建立科学合理的政府绩效评估指标体系和评估机制”的目标,要求“推行政府绩效管理制度”①。在宏观政策鼓励的背景下,北京市政府以前期目标管理、督查考核工作为基础,从 2008 年开始在北京市级国家行政机关探索建立以“三效一创”为核心内容的绩效管理体系。本报告将在简要介绍北京市绩效管理改革经验的基础上,分析建立政府绩效管理体系所面临的困难和阻力,并进一步探讨政府绩效管理体制改革对中国行政体制改革的影响和深层含义。

一、政府绩效管理体制改革的制度基础

自改革开放尤其是进入 21 世纪以来,中国政府管理机制正逐步进行着系列变革:在政府定位上,由“物本政府”到“人本政府”、由“全能政府”到“有限政府”;在政府运行机制上,由“人治政府”到“法治政府”、由“经验管理”到“科学管理”;在政府运行标准上,由“低效政府”到“高效政府”、由“暗箱行政”到“透明行政”;在政府运行目标上,由“缺信政府”到“诚信政府”、由“轻责政府”到“责任政府”。在这些新行政理念的引导和支撑下,传统政府管理机制中存在的“人治化”、“运动化”、“唯上是从”、“谨守陈规”等现象开始衰减,当前行政管理体制改革的目标是“优化政府组织结构,加强公共服务部门建设,推进以公共服务为主要内容的政府绩效评估和行政问责制度,完善公共服务监督体系,依法规范政府职能和行政行为”②。深化行政管理体制改革的总体目标是“通过改革,实现政府职能向创造良好发展环境、提供优质公共服务、维护社会公平正义的根本转变,实现政府组织机构及人员编制向科学化、规范化、法制化的根本转变,实现行政运行机制和政府管理方式向规范有序、公开透明、便民高效的根本转变,建设人民满意的政府”③。无论是要实现当前目标还是长远目标,行政管理体制改革都需要一个“着力点”和“抓手”。“绩效管理”正是这样一个行之有效的管理工具和改革目标,按照绩效优先原则优化政府组织结构,依据绩效评估结果加强行政问责,根据规范化绩效管理流程实现管理有序透明,公民参与绩效评估和监督可以切实完善公共服务体系、建设人民满意政府。

---

① 见中共中央十七届二中全会《关于深化行政管理体制改革的意见》,2008。

② 胡锦涛 2008 年 2 月 23 日在中共中央政治局第四次集体学习会上的讲话。

③ 见中共中央十七届二中全会《关于深化行政管理体制改革的意见》,2008。

绩效理念运用于政府管理的雏形是20世纪80年代中期开始的"目标责任制"和"效能监察",这一阶段的"目标管理"以"首长目标责任制"为主要形式,而不是系统评估组织绩效状况;"效能监察"的内容是纪检监察部门对党政机关和国有企事业单位管理和经营中的效率、效果、效益、质量等进行监督检查,重在为经济建设服务。随着行政理念和行政环境的变化,进入90年代,各级地方政府开始重视行政效率、服务质量和群众满意度等指标,积极探索形式多样的政府绩效评估机制,积累了诸多绩效评估的技术和经验。在各地涌现的诸多绩效评估模式中或多或少存在着一个尚未解决的根本问题[①]:重技术环节、评估环节,轻绩效评估结果的运用。绩效评估结果运用是否科学化、规范化、制度化是从推行绩效评估深化到建立绩效管理机制的根本标志。各地丰富的绩效评估经验和国家"推行行政问责制度和政府绩效管理制度"的宏观政策引导是地方政府进一步大胆探索政府绩效管理体制改革的实践基础和制度依持。北京市政府正是在这样的改革背景下,在实施目标管理督察考核的基础上,经过逐步的发展和完善,形成了"三效一创"绩效管理体系。

二、北京市"三效一创"绩效管理体系

北京市政府绩效管理起源于岗位责任制,经历了目标管理督察考核、多元评价综合考评、综合绩效管理体系三个阶段。1999年至2002年期间,北京市政府对部门工作目标、依法行政、勤政廉政开展督察考核工作;2003年至2007年期间,推出"群众网上评政府"、委托第三方机构评价政府工作等,逐步形成以重点工作任务落实、加强基础工作、推行电子政务、社会满意度调查、部门互评、领导评价为指标的综合考评体系;2008年,北京市政府成立绩效管理课题组,按照科学合理、简便易行的原则,借鉴政府管理的"4E"模式(效率、效益、公平、成本),吸纳平衡记分卡、360度考评等理论,探索建立综合绩效管理体系。

1. 绩效评估指标设计

绩效管理必须以绩效评估为基础和依托,北京市绩效评估体系的主要内容是"三效一创、八大指标"。该绩效评估体系的核心是"三效一创",包括"履职效率、管理效能、服务效果和创新创优"四个组成部分,下设八项评估指标,百分制计分,不同的指标赋值不同(见图1)。"履职效率"是指基本职责任务

① 如第三方评价政府绩效的"甘肃模式"、实施目标绩效管理的"青岛模式"、"万人评政府"的南京模式、"综合考评"的杭州模式等。

的完成情况，设置“职责任务”指标以评估各部门常规的“三定”职责的履行情况和重点工作任务完成情况，分值 40 分。“管理效能”指依法行政和能力建设的情况，设置“依法行政”(8 分)和“能力建设”(7 分)两大指标来评估政府部门依法行政、行政审批、行政效能监察以及公务员队伍建设的质量。“服务效果”包括工作效果和服务对象满意程度两个方面，设置“服务中央(5 分)、公众评价(20 分)、领导评价(10 分)、协调配合(5 分)”四个评估指标。“创新创优”(5 分)鼓励各部门的创新意识，该指标主要涵盖重大工作创新成果、重要表彰奖励的情况。在“三效一创”之外另设置了“行政问责”扣分项目，发生违法违纪案件、发生重大责任事故的、造成重大社会负面影响的，出现这三种情形之一，并被行政问责的，予以减分，出现一项扣 5 分，扣分累计不超过 10 分。“三效一创”考评得分之和减去行政问责扣分为最终考评得分，绩效管理考评结果对各部门得分进行排序。

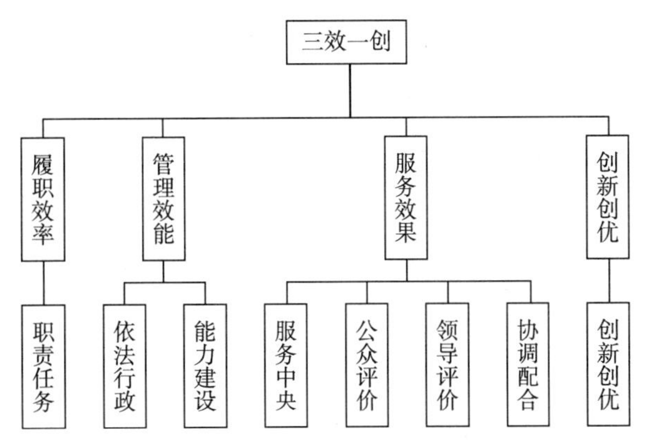

图 1　北京市绩效评估指标体系构成图

2. 组织依托

“三效一创”绩效管理体系的组织架构包括三个部门：最高决策机构——政府绩效管理联席会议；日常协调执行机构——政府绩效管理办公室；绩效考评执行部门——各专业部门。

绩效管理的对象涉及多个政府部门，为了加强跨部门协调，北京市建立了“政府绩效管理联席会议制度”，市政府秘书长任召集人，联席会议由市政府办公厅、市监察局、市人保局、市政府法制办、市编办等部门组成。该联席会议的主要职责是：(1) 确定绩效管理指标体系和年度绩效计划；(2) 组织开展年度绩效管理工作；(3) 审定绩效管理专项考评细则；(4) 研究和协调解决绩效管理工作中的重大问题。该机制的建立一方面提高了绩效管理的权威性，有助于加强各相关部门的配合力度，另一方面也整合了多个传统考核项目，减轻被考核部门的负担，降低行政成本。

绩效管理的日常组织协调和监督指导职能由“政府绩效管理办公室”负责,简称绩效办。绩效办与原有的政府督查室为一个机构、两个牌子。该机构的主要职责是负责市级国家行政机关绩效管理工作,组织汇总、评审绩效计划,加强日常监督检查,协调各专项考评部门做好绩效考评工作,并承担“公众评价”、“协调配合”、“创新创优”等专项考评工作。市政府督查室此前所负责的考核工作整合进“三效一创”考核体系中。

政府体系中存在着由不同部门负责的多个专项考评工作,这些专项考评的考核内容被整合进“三效一创”体系,相关指标由各专业部门负责。承担绩效管理专项考评任务的部门按照市政府绩效管理联席会议的要求,负责制定专项考评实施细则并开展考评工作。市政府办公厅、市编办负责“职责任务”考评,市法制办、市监察局负责“依法行政”考评,市监察局和市人力社保局负责“能力建设”考评,市办公厅负责对“服务中央在京单位”考评,市政府绩效办负责“公众评价”、“协调配合”、“创新创优”指标的考评,“领导评价”由市领导负责考评。

3. 运行机制

绩效管理的基本流程包括五个基本环节:绩效计划、绩效实施、绩效考核、绩效反馈和绩效结果应用。绩效管理具有计划辅助、预测判断、监控支持、激励约束和资源优化等多项功能,通过评估绩效和绩效结果的科学应用,可以改进激励机制、竞争机制、监督机制、责任机制,最终实现优化政府运行机制的目标。北京市“三效一创”绩效管理体系的整体运行流程是“绩效计划制订—日常监控管理—年终考评—绩效结果应用”(见图2)。

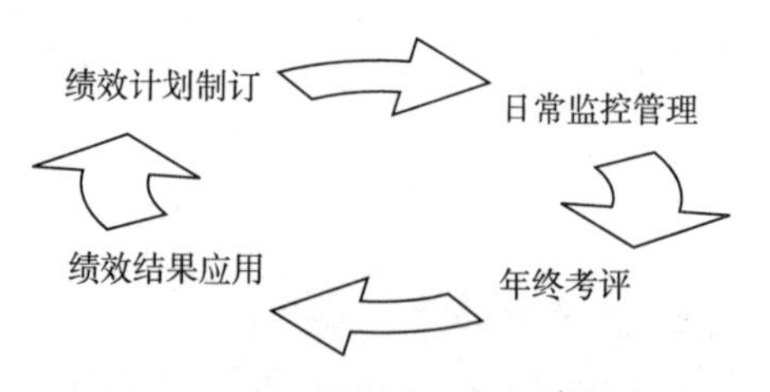

图2 北京市绩效管理体系流程图

“计划制订”指被考核单位根据本部门主要职责和所承担的市政府年度重点工作,制订本部门年度绩效计划及落实措施。“过程管理”和“年终考评”主要体现在市政府绩效办负责对各部门的绩效计划进行汇总和评审,经市政府绩效管理联席会议审议并报市政府审定后,制定《市政府绩效管理任务书》并印发实施。绩效办建立并依托绩效管理信息平台,加强日常考评管理,并落实月底自查、年度抽查、半年检查、年终考评。

“三效一创”体系从四个方面运用绩效考评结果:(1) 年终绩效管理综合

得分经市政府绩效管理联席会议审议，报市政府党组会审定后，进行通报；(2) 完成绩效管理任务的，发放年度绩效奖金；凡被行政问责或未完成市政府重大绩效管理任务的，由专项考评部门提出，经市政府绩效管理联席会议审议并报市政府党组审定，减发5%的年度绩效奖金；(3) 年度考评结果提交市委组织部门，作为考核领导班子职责绩效的重要依据；(4) 根据年度考评情况，形成绩效改进建议予以反馈，督促进行整改，促进工作水平提升。

4. 成绩与困难

北京市“三效一创”绩效管理体系自2008年至2009年年底，运行一年多以来，在推动政府执行力和公共服务质量的提高方面取得了比较明显的效果。(1) 通过绩效管理推动了城市管理和公共服务的完善。将为群众办实事、“五无”工程纳入绩效管理的重点，建立实事评估体系，提高了办实事的质量和效果。2009年，累计为群众办实事近800件，实现了城乡一体的社会保障体系；(2) 通过绩效管理理顺政府内部流程、提升了政府执行力。绩效管理平台为市政府指挥调度部门工作提供了新的管理模式，提升了部门一把手统筹管理部门工作的水平，部门职责更加清晰，同时有效提升了各级公务员的绩效意识，提高了工作效率。北京市2009年项目审批的整体时间从220个工作日压缩到40—80个工作日，效率明显提高。(3) 该体系的示范推广效应有了初步体现，北京市政府下属各部门和一些区县积极探索构建绩效管理体系。多数部门建立了绩效管理领导组织机构，一些部门制定了内部绩效管理工作体系，一些区县研究提出了符合地区特色的绩效管理体系。(4) 通过强化公众评价，提高了公众对公共事务的参与，提高了公众对政府的满意度。该体系委托第三方机构开展对政府及各部门工作质量、效率和作风等方面评价，调查结果显示群众和服务对象满意度逐年增长。

推行绩效管理体系的困难主要有两个方面：一是来自政府内部。正如北京市在总结2009年政府绩效管理工作的报告中所提到的，一些政府部门的绩效意识不强，对绩效管理的理解局限于绩效考评，因此比较关注结果，对如何应用考评结果来优化管理过程、提升管理水平、强化服务效果重视不够。还有些部门对公众参与绩效考评有所顾虑，因为担心公众评价的结果而对绩效管理体系持有抵触心理。二是公众评价环节。因为政府与公众之间的信息不对称，公众不了解评价对象的相关绩效信息，导致公众评价得来的信息存在一定程度的偏差和失真，从而影响绩效管理体系的权威性和被认可度。

5. 创新之处

北京市“三效一创”管理体系在专家组成的智囊团队支持下，在10年督查考核(目标管理)工作经验的基础上，借鉴了国际国内的政府绩效管理实践经验而提出。相较于国内其他地方政府进行的绩效管理改革探索，北京市的

"三效一创"体系在三个方面有比较突出的特征:一是指标设计相对完善。"三效一创"体系中的绩效评估指标设计结合了绩效管理理论中的先进理念和中国地方政府的行政管理工作实际情况,在不脱离中国行政环境的前提下尽可能地实践更先进的理念。以考核为管理工具、考核标准量化、考核主体多元化、公众参与等现代绩效考核的新理念在这一机制设计中都得到了体现和落实。在充分吸纳了平衡计分卡、360度考评、战略管理和激励理论之后,"三效一创"体系中的八大指标既重视政府部门传统功能的履职效率,也鼓励创新创优;在确保政府内部流程流畅的前提下,也适当引入了外部监督和公众参与。二是该体系可以有效解决"多头评估"问题,同时没有造成行政成本的明显增加。政府系统中长期存在着"多头评估"的问题,多个部门具有考核的职能,但评估标准、评估程序和评估时间各不相同甚至互相冲突,缺乏系统性和综合性。"三效一创"体系是一个综合的绩效管理平台,能够整合既有考核资源,强化了管理的系统性,基本不增加考评环节和各参与方的负担。三是注重改革的渐进性,避免理念先行,稳步推进改革。该体系引入了中央在京单位、公众、领导和基层部门等多元评价主体,强调各部门对"上下左右"的沟通能力,力求实现对部门服务的全方位评价。这种改革思路有助于减少改革阻力。

三、"三效一创"绩效管理体系中存在的问题

与传统政府管理机制相比,绩效导向的政府管理机制强调"效率、效益、公平、成本",为了实现这些目标,绩效管理体系的设计和实施至少需要遵循三个基本原则:一是增值产出原则,注重成本控制,强调"投入—产出"比;二是结果导向原则,变注重程序到侧重结果;三是公民导向原则,变向上负责到向下负责。从这三个原则出发,可以发现北京市"三效一创"绩效管理体系还存在一些有待完善的方面,这些问题也是许多正在探索建立绩效管理体系的地方政府所需要克服和解决的。

1. "投入—产出"考量不足

要全面、客观地考量政府工作绩效,需要将政府活动流程全部纳入绩效评估和管理的对象中。一个完整的政府活动流程由"投入—管理—产出—结果"四个环节组成。"投入"是指政府为社会提供管理与服务所需的资源消耗,包括人力、物力和财力的支出;"管理"是指政府依据一定的行政规则和秩序为实现目标而采取的管理手段、体现出的行政能力;"产出"是指政府活动

所产生的所有输出和服务;“结果”是指政府产出在公众中产生的影响。对照整个政府活动流程来看,北京市的“三效一创”体系中“履职效率”部分是对政府管理过程的把控,“管理效能”部分是对政府产出的考量,“服务效果”则是对政府活动结果的反映,对政府“投入”的考量并没有纳入该评估体系中。与传统公共行政只计投入、不计产出不同,公共管理改革对效率的重视不仅仅应该体现在强调绩效评估的标准化和科学化,也意味着要更加重视成本概念。[1] 对政府活动进行“投入—产出”的考量,并根据评估结果优化财政资源配置,是通过绩效评估实现绩效管理不可缺少的重要内容。

正是因为对政府投入—产出比的重视,美国、英国、澳大利亚等实施绩效评估多年的国家在绩效评估主体、绩效评估内容以及评估结果的运用方面有很多做法是北京市“三效一创”绩效管理体系尚未实现的:审计部门是绩效评估的重要主体;预算管理部门对政府各部门的年度预算执行情况的评估是绩效评估的重要内容;将绩效评估结果与部门预算相结合。

2. 公民导向不突出

以绩效为导向改革和优化政府管理流程的目标之一是推动公共部门承担相应的责任,公民导向是绩效管理的原则之一,政府绩效管理体系强调以人为本,以公民为中心。公民是政府所进行的公共管理和公共服务的最终承接者,对政府绩效最有发言权。

“三效一创”体系中八大指标主要由四个部分构成:对上级和对政府内部负责占 60 分(职责任务 40 分、领导评价 10 分、服务中央 5 分、协调配合 5 分),对程序负责占 15 分(依法行政 8 分、能力建设 7 分),对民负责 20 分(公众评价 20 分),创新创优 5 分。从绩效评价主体构成来看,该绩效管理体系优先强调对政府内部(包括上级)和既定程序负责,共占 75% 的比重,民意和鼓励革新的比重相对较轻。一个成熟的政府运行机制应该相对稳定,所以创新创优的比重设置为 5%,起到一定的积极引导作用,该比重设置较为合理。在公众评价方面,“三效一创”体系中由政府绩效办委托第三方调查机构组织实施公众评价,评价主体为抽样产生的城乡居民、企事业单位、公务员,评价方式为采取入户方式进行城乡居民满意度问卷调查,采用电话访谈进行企事业单位满度问卷调查,在政务外网上进行公务员满意度问卷调查。最后根据各部门与评价的服务相关度,分别确定城乡居民、企事业单位、公务员评价结果的相应权重,得出各部门公众评价的分值。这个公众评价机制的设计相对封闭,没有突出体现出公民导向的重要地位,在绩效指标设计上也没有体现出开放、外向化的特征。没有有效整合已有的民意表达、收集机制,仅有作为问

---

① Christopher Hood. Comparative Public Administration. Vol. 1, Dar Ermonth Publishing Grop, 1998.

卷调查对象的少数公众可以表达对部分部门的意见。

3. 考评结果应用不深入

绩效管理能够实现既定目标的前提和基础是绩效评估的结果可以真正用于奖惩组织成员、监督组织运行,这恰恰是很多引入绩效管理理念和实践的地方政府在实际操作过程中的薄弱环节。奖惩不明确、考评结果的公开程度不足、没有明确的运行机制确保可以有效利用考评过程中发现的问题和整改建议优化政府管理流程,这些问题最终使得绩效管理仅仅停留在最初级的绩效评估阶段。

一些发达国家运用绩效评估结果进行绩效管理的经验大致有五个思路:一是将评估结果用于优化政府预算配置,不再仅仅依照法律规定的份额进行编制,而是以政府绩效评价结果为依据编制预算、执行预算、审查预算。[①] 二是将评估结果与政府雇员的薪金、晋升等因素挂钩,用于政府雇员的考核和管理。三是把绩效评估结果作为推行政府管理体制改革,特别是机构改革的重要依据。四是把绩效评估结果引入政府工作的计划,根据评估结果有针对性的提高公共产品和服务质量、改善政府形象。五是运用绩效评估结果比较个人、组织以及不同项目之间的绩效水平,扩大竞争性,即实施标杆管理。相比较而言,北京市"三效一创"体系对绩效评估结果的运用中存在两点不足:①强调绩效管理的激励和导向作用,即,采取按分排序、不分档次、结果公开、达标完成都给奖、受到问责才减扣的方式,而绩效考评结果的应用有更广阔的思路,"三效一创"体系需要进一步挖掘改革空间。②绩效评价结果不够公开、透明。评估结果没有对社会公开,也不在政府内部公开,只有相关较高层级的领导才能够看到评估结果,直接影响了绩效评估结果的充分、有效运用。

四、讨论:政府绩效管理改革的走向

从世界范围来看,绩效管理是新公共管理改革运动中的一项重要内容,起源于英、美等行政程序和法律法规已相对成熟的发达国家。在这些国家里,公共管理改革的任务是提升政府管理能力、改善政府管理绩效。绩效管

① 美国1993年颁布的《政府绩效与成果法令》(The Government Performance and Results Act, GPRA)要求美国所有的联邦机构都要制定一个至少包括未来5年工作目标的战略规划,并将战略计划分解成年度执行计划,同时每年都要对年度计划执行的结果进行评价,形成年度计划执行情况报告。战略规划、年度执行计划、年度执行计划情况报告提交给国会中相应的专门委员会、美国审计总局以及行政管理和预算局。各机构的规划制定情况及工作绩效的评估情况与第二年的财政预算分配挂钩。美国的绩效管理思路是运用财政预算杠杆调节政府部门的工作绩效。

理改革对于他们来说，是一个单纯的公共行政议题。而在中国的行政环境下，实施绩效管理不仅是一种管理工具的革新，更意味着行政理念和制度模式的转变。建立绩效导向的政府管理机制，需要同时解决好几个方面的问题。

首先，明确政府绩效管理的价值取向。政府的任务是提供公共产品，公共产品必须由消费者——公众来评价，所以，评价政府行为的基本标准该是从公众需求出发，为公众提供安全、秩序、正义、自由和福利等核心公共产品[①]；以绩效为导向改善政府管理流程的目标应该是提高政府管理能力、扩大公众参与、实现财富增长、保障社会分配公平。因而，政府绩效管理的基本价值取向可以确定为以实现增长、公平、民主、稳定为目标。增长主要是经济增长和民众物质利益的普遍提高，公平是指财富和社会福利的分配公平，民主是指个人基本权利和自由得到体现和保护，稳定是公共秩序的良性维持和社会安全的实现。

其次，科学界定政府绩效评估的内容。由于政府职能在不同层次、不同地区和不同部门差异较大，而且政策目标具有多元性，或与政治相关、或与管理效率相关，或与政府责任相关，是极其复杂、模糊、甚至是相互冲突的，要把这些法定的职能和目标转化成具体的、清晰的、量化的、广为接受的、可考核的目标难度不小。实现绩效管理的前提是对政府工作的内容和领域应该有清晰的界定。随着政府工作重心的调整，绩效评估的重点也应该随之发生变化。当前阶段，政府的工作重心是提供公共服务、维护社会安全、保障社会公平与正义。因此，政府绩效评估指标的设计除了要考评出政府社会管理能力，更应强调政府提供公共服务的能力和质量。

再次，在政府绩效管理流程中的绩效评估和绩效监督环节扩大公共参与。由于政府部门主要是通过公共财政资源的支持，向社会提供公共物品和公共服务的部门，而公共物品和公共服务的非营利性和公共垄断性导致政府工作的效益体现具有一定的滞后性。与此同时，政府与公众之间的信息不对称性，使得公众获取准确政府绩效信息的难度较大。因此，如何将打造“透明政府”和“绩效政府”有机整合，在评估指标体系中提高公民评估的权重，设置制度化平台吸引和方便公众监督政府绩效，是个很大的议题。一些地方政府已经在探索利用电子政务平台扩大公众获取信息的渠道，从而提供公众评价的准确性和效率。

最后，实现政府绩效管理常规化、法制化，尤其是考评结果的应用制度化，避免把绩效管理改革当作“政绩工程”。传统行政注重程序，而新公共管理的一大转向是侧重结果，强调责任机制。在中央政府确立的行政管理体制

---

① 阿尔蒙德:《比较政治学:体系、过程和政策》，上海译文出版社 1987 年版，第 458—460 页。

改革方案中,推行政府绩效管理和推行行政问责制是一同提出的两个相辅相成的制度建设任务。[①] 因为推行政府绩效管理的直接目标是优化和规范政府管理,但最终目标是提高政府执行力和公信力。如何有效运用绩效评估的结果,是真正实现以绩效为导向的政府管理体制改革的核心内容。有效利用绩效评估过程中发现的问题和整改建议,结合行政问责制,明确奖惩范围、规范问责程序,加大责任追求力度,才能使得绩效评估不流于形式。

① 见中共中央十七届二中全会《关于深化行政管理体制改革的意见》,2008。

草原110:边境地区新型公共治理模式

——内蒙古公安边防“草原110”项目的案例调查及分析

□刘银喜　任　梅*

“草原110”是内蒙古边境地区历经十余年探索而确立的一种新型公共治理模式。它将边境地区社会治安综合治理多主体联动系统、边境地区应急管理指挥系统和边境地区公共服务系统有机地整合在一起,为边境地区固边安民和固边富民发挥了很大的作用。本报告在大量实地调研的基础上,对“草原110”发展的背景及动因、运行机制、成效、创新性及其面临的问题做出分析。一方面,笔者沿内蒙古自治区边防线,走访锡林郭勒盟、兴安盟和呼伦贝尔盟等三个公安边防支队所属边防派出所及警务室,对干警们进行访谈,与各级相关政府职能部门座谈,对边境地区牧民、联防队员和报警点住户进行入户调查,为客观认识和评价“草原110”的发展现状和功能定位获得了第一手资料。另一方面,通过深入分析“草原110”建设相关业务资料、政策文件、会议资料、理论研究及典型事件,对“草原110”予以全局把握。

---

* 刘银喜,管理学博士,内蒙古公共管理学院副教授、副院长;任梅,内蒙古财经学院讲师,北京大学政府管理学院博士生。

一、“草原110”的发展背景及动因

从20世纪90年代开始,随着国际形势的发展变化,以及中国在政治、经济和社会生活领域改革事业的全面推进,边境地区社会治安综合治理和经济社会发展产生了新的现实需求,推动了“草原110”的建设。这些需求包括:加强边境地区社会治安综合治理的需求;提升边境地区公共危机管理能力和应急管理能力的需求;边境地区公共服务的需求。

(一) 加强边境地区社会治安综合治理的需求

社会治安综合治理是中国政府有效的治理工具,其基本任务是,在各级党委和政府的统一领导下,各部门协调一致,齐抓共管,依靠广大人民群众,运用政治的、经济的、行政的、法律的、文化的、教育的等多种手段,整治社会治安,打击犯罪和预防犯罪,保障社会稳定,为社会主义现代化建设和改革开放创造良好的社会环境。边境地区的社会治安综合治理更是关系到了边疆稳定、民族团结、领土完整、主权独立和国家安全。

随着中国经济实力增强、国际地位和国际影响力的提升,国际交流日益增多,以及国际国内敌对势力、恐怖分子的渗透、破坏,边境地区社会治安综合治理面临更多的不确定性,产生了新时期边境地区社会治安综合治理更为复杂和更为紧迫的需求。

1. 加强防范偷盗和破坏的治安管理功能的需求

边境地区幅员辽阔、人口稀少的现状没有改变,而且随着国家环境保护政策(围封转移)的推行,边境地区大量农牧民内迁或向城镇集中居住,使得边境地区人口更加稀少,边境地区治安管理和防控体系难度加大。随着经济发展日益活跃,牧区市场的逐步形成,来自境内的偷盗行为普遍发生。如何防范和整治来自境内的盗抢和破坏行为,是“草原110”在社会治安综合治理领域需要不断强化的基础功能。

2. 加强管控偷渡、走私等犯罪活动的需求

随着经济全球化趋势飞速发展和区域间政治经济联系的加强,国家之间、边疆与内地之间的交往越来越频繁,原来一些人迹罕至的边境地区已逐步发展成繁华的联结通道和边境口岸,人流、物流、信息流迅速增加;随着自治区国际交流日益增多,以及口岸数量增加和功能的扩展,边境走私、偷渡等违法犯罪活动有所升级,尤其近年来很多朝鲜籍偷渡分子假中、蒙边境线偷渡到韩国者居多。仅2007年,内蒙古边防总队共查获偷渡案件81起,抓获组织运送者42人、偷渡人员234人。因此,如何整合军警民边防力量对日益猖獗、形式多样的偷渡活动进行了预防和整治,是"草原110"在边境管理领域面临的新任务。

3. 应对草原牧区社会关系复杂化的需求

随着经济和社会的不断发展进步,边境地区贸易、旅游日益发达,流动人口增加,社会关系日益复杂,地广人稀的草原牧区甚至成了犯罪分子首选的藏匿之地。近五年来仅锡林郭勒盟一地就抓获在逃犯罪嫌疑人30人。兴安盟阿尔山市伊尔施目前流动人口占到总人口58%左右。日益复杂的社会关系,为边境地区社会治安综合治理提出了新的要求,边境地区社会治安综合治理面临新的挑战。

4. 加强防控敌对势力和恐怖主义活动的需求

近些年,国际上重大恐怖事件不断发生,恐怖主义的危害上升,给世界和平与发展带来不利影响,我国也面临着恐怖活动的现实威胁。随着中国开放程度的扩展,国际地位的提升,国际上的各种恐怖分子、敌对势力、反华势力的活动由国际领域逐步向中国国内渗透,边境地区成为其破坏活动的重要领域和目标。中国政府一贯反对任何形式的恐怖主义,主张加强国际合作,实行标本兼治,防范和打击恐怖活动。因此,目前边境地区面临着防范和打击恐怖活动的现实压力和艰巨任务。

(二) 提升边境地区公共危机管理能力和应急管理能力的需求

1. 提升边境地区政府公共违纪管理能力的需求

随着经济社会的发展,应对突发事件已成为政府管理的一项重要职能。我国目前正处在经济体制和经济增长方式双重转轨的特殊时期,诱发公共危机的潜在的制度及非制度因素有所增加。另外,内蒙古边境地区独特的地理位置和自然环境,近些年随着城镇化的发展而出现的人口集中度增加、外来人口增多、能源工业发展步伐加快等趋势,都对政府的公共危机管理提出迫切的需求。如何防范和处理公共危机,是新时期边境地区和基层政府必须面对的考验和重任。

2. 内蒙古边境牧区对应急管理的现实需求激增

社会应急是指当发生各种自然灾害,重大生产安全事故和公共卫生事件,刑事、治安、火灾、交通事故等突发警情以及医疗急救等各种紧急求救事件时,政府相关部门需采取措施快速进行现场处置和人员救助,以尽量减少损失,并尽快恢复正常秩序。集中式的应急管理指挥系统在我国城市应急管理指挥系统建设中初露锋芒。

内蒙古边境地区诸多复杂因素对其构建应急管理体系提出了客观要求。(1) 由于国际形势变幻莫测,国内外恐怖势力的威胁,市场经济发展带来的影响治安的因素,边境牧区突发事件和危机出现的概率增加。(2) 近些年全球气候反常,农村牧区的各类自然灾害的破坏性越来越大;随着经济社会的全面发展,农村牧区各类灾害(包括火灾、白灾、畜牧业疫情、新型灾害等)的破坏性越来越大。(3) 生产安全应急处理的需求在迅速增长。内蒙古边境牧区随着市场经济的发展而日益开放,各地招商引资的项目日益增多,尤其是能源相关项目。这类企业往往是安全生产的重责任区(诸如井喷、爆炸、毒害物质泄露等事故多发生在这类企业),也容易成为薄弱环节,因此在加强安全生产监管的同时,必须尽快建立生产安全应急体系。(4) 食品安全应急管理的需求在增长。目前,中国的食品安全监管本身存在很多问题,近些年频发的食品安全事故引起各界重视;而本已薄弱的中国食品安全监管体系的薄弱环节又在农村,因此农村牧区往往成为不合格食品、甚至有毒食品的市场。

(三) 边境地区公共服务需求增加

市场经济体制的建立与完善,需要建立与之相适应的、能够促进社会经济协调发展的公共服务体制。构建公共服务型政府、更好地提供公共服务,这是中国改革事业在新时期的迫切要求。公共服务是维护社会基本公平的基础,通常发挥着社会矛盾的“缓冲器”作用,有利于缓解我国当前面临的各种突出社会问题。因此,强化政府公共服务职能,加快改善我国公共服务状况,有利于缓解我国当前经济社会中所面临的诸如地区间和城乡间发展不平衡、居民收入差距偏大、资源环境约束增加、投资消费结构不合理等各种突出矛盾,顺利推进和谐社会建设。

随着边境地区社会治安的好转和经济社会全面发展,边境地区各类公共服务需求日益凸显,成为边境地区经济社会发展的现实背景。

1. “撤乡并镇”加剧了边境地区基层政府部分公共服务的缺失

内蒙古农村牧区公共服务供给状况存在一些与内地农村相同的困境:受传统的二元体制影响,农村各项公共服务普遍薄弱;而各地农村公共服务的提供受当地地方财政财力的限制,对地方财政收入普遍低于内地省市的内蒙古农村牧区而言,对公共服务的投入更是心有余而力不足。

1998 年全国推广的撤乡并镇的改革使农村牧区公共服务的“缺位”现象有所加重。边境地区本来乡镇设置就不是很密集,撤乡并镇后,乡镇管辖面积大幅增加,如呼伦贝尔市新巴尔虎左旗乌布尔宝力格苏木的管辖面积达到

3666平方公里[①],相当于南方省份的一个地级市的管辖面积。由于管辖面积太大,加之牧民居住分散,基层政府服务无法及时到位,表现出政府职能缺位,出现管理和服务真空,导致边境地区公共管理和公共服务缺失,主要表现为:一方面,群众办事难。撤乡并镇后,乡镇地域扩大,部分偏僻地区农牧民到乡政府办事要跑更远的路。另一方面,诸多公共服务的提供受到影响。撤乡并镇后,被撤乡镇原政府所在地的市场管理、基础设施维护、乡镇卫生管理等出现真空;调整后的乡镇管理范围扩大,管理难度加大,修路、架桥、饮水等公共服务的提供受到消极影响。

2. 草原牧区牧民、集体(嘎查)和企业的公共服务需求不断增长

随着经济的发展和收入的增加,牧区的牧民、嘎查和企业都产生了新的服务需求。随着收入的提高,广大牧民的生活也在发生着改变,对能够提高他们生活质量的公共产品和公共服务有了更高更多的需求,如对教育、医疗、自来水、交通等公共产品的需求日益强烈。而牧区地广人稀的特殊环境,增加了农牧民获取这些服务的难度;牧民通过电视、网络等现代通讯手段拓宽了视野,希望通过便捷的渠道获得更多的市场信息,如农畜产品的供需、价格、养殖技术、疫情信息等;在生产生活中,夏秋季节的畜群转场、大规模接羔、打草季节人员雇佣、草场纠纷、夫妻吵架、老年人的陪护和帮助、大宗生产生活用品的采购和运送、送医送药等,牧民的需求更加多样化。

村集体(嘎查)希望通过将牧民的畜产品进行深加工,使资源充分合理配置,产生更大的经济效益;随着草原牧区经济发展和旅游业的不断发展,牧区商品交易市场和旅游市场日趋繁荣,这些市场的规范和管理任务也日益加重;在草原牧区投资的各类企业,需要大量劳动力和安全的生产经营环境。

国际国内形势的发展变化、边境地区牧民群众对社会治安综合治理和公共服务需求的增加,成为"草原110"继续发展的现实背景和依据;良好的警民关系,深入牧区提供服务的固定警务室和流动警务室,遍布草原各处的报警点,不断完善的基础设施,正在探索的多种服务渠道,都构成了"草原110"在优化传统警务职能的基础上,创新性地在应急管理和公共服务领域进行一些有益探索的现实基础。

二、"草原110"的运行机制

作为一种边境地区新型的警务模式,"草原110"的创新在于其独特的功

① 《新巴尔虎左旗志》,内蒙古文化出版社2002年版,第13页。

能定位,即边境地区社会治安综合治理多主体联动系统、边境地区应急管理指挥系统和边境地区公共服务系统等三大系统的相辅相成和共同作用。

(一) 作为边境地区社会治安综合治理多主体联动系统

将"草原110"建设成内蒙古边境地区社会治安综合治理的跨区域的警民军政联防的多主体联动系统,是"草原110"基本功能的深化和延续。依靠牧民群众——联防人员的力量,集各个警种、解放军边防部队和多个政府职能部门的合力,协调一致,维护社会治安,打击犯罪和预防犯罪,保障社会稳定。边境地区社会治安综合治理多主体联动主要体现在如下几个方面。

1. "警"与"民"的联防联治

"警"与"民"联防联治,一是指继续巩固群防组织已经发挥出的在治安防范和管理方面的积极作用;二是指发掘群防组织在其他应急处置与信息收集和传播中的积极作用。

对群防力量的有效发动和组织是"草原110"取得卓著成效的一个重要原因。"草原110"从强化群防基础出发,组建了群众性治安防范组织——"草原110"联防队,协助公安边防部门执勤巡逻。联防队员多由群众基础好、工作积极性高的嘎查领导、退伍军人及青年牧民充任,实行统一选拔培训、统一着装上岗、统一考核计酬制度。同时,一些联防队员将自购的汽车、摩托车、农用三轮车等车辆作为巡逻车,并安装通讯工具,统一归边防派出所调度。这支专业管理的辅警力量在边境牧区治安防范和管理中发挥了积极作用。

"草原110"的警民联防联治目前已进入规范化阶段。(1) 建立了保障机制,在管理上建章立制,经费上予以保障;(2) 联防形式多样化,如包户联防、三五户联防等多种形式;(3) 联治的功能得到拓展,各群防组织在完成协警工作的同时,积极参加当地的抢险救灾等活动。

联防队在应急处置与信息收集和传播领域的作用不容小觑。即使覆盖边境地区的指挥中心建成,各警种联动作战能力得以增强,受限于内蒙古边境地区人口分散且交通不便,出现应急事件时,警力或其他救助人员到达事发现场往往需要较长时间。此时,在事发现场的先期处置将对提高应急事件处置效果起到很大作用。如遇到医疗急救事件时,联防队员的简单急救,用巡逻车将病患送往急救地;遇火险时,现场先行组织群众开辟隔离带;遇交通事故时,先行去除隐患,进行事故人员救治。"草原110"联防队员培训制度,可以确保联防队员掌握一些有关紧急事件处理常识,从而对上述事件予以先期处理。另外,联防队员本身就是当地的群众,便于得到各类治安信息和生产生活需求信息;作为与派出所联系紧密的群众,便于将各类信息迅速传播到牧民中,这种优势在“草原110”功能履行中得到较好的发挥。

2. “警”与“警”的联防联动

“警”与“警”的联防联动,即包括公安边防、消防、交警、森警等各警种之间的联防联动。“草原110”在工作实践中承担着多个警种的服务项目。“草原110”在内蒙古边境牧区的知名度很高,农牧民遇事紧急求助时都会到各报警点和公安派出所报警,因此“草原110”接处警事件的范围比城市110宽泛得多,包括治安事件、医疗救助、交通事故、火警等自然灾害或其他危害公共安全的事件,“草原110”一直都在承担着城市中由110、119、120和122承担的功能。

3. “警”、“民”与“军”的联防联动

“警”、“民”与“军”联防联动,是在实现“点”、“线”与“面”的分工基础上的协作和互通有无。“民”的基础地位;“警”的群众基础;“军”的军事打击能力,三方优势得以充分发挥和互补。

目前,“草原110”通过与解放军边防部队密切配合,在共同打击偷渡、走私,贩枪、贩毒等违法犯罪活动,预防和处置边境突发事件及各类涉边违法案件,参与边境地区抢险救灾、控制违法犯罪嫌疑人和堵截非法出入境人员等活动中,军警民联防发挥了其特有的优势,但这种优势显然可以在“草原110”未来的发展中得到强化。

4. “警”与“政”联防联治

“警”与“政”联防联治,即公安边防部队与政府相关职能部门之间的联防联治。主要体现在政府除公安边防之外的其他相关职能部门之间的协调,为提升“草原110”的效能提供更好的环境,尤其是在公安边防提供和推进基层公共服务方面发挥更大作用创造良好的环境。

目前的警政联防联治在内蒙古边境的农村牧区十分普遍。首先,各地的公安边防部队与各级政府政法委的合作非常密切,在联防队员的经费保障、联防巡逻队的路政费用减免、相关业务经费和办公场所的解决等方面,得到积极的配合。此外,公安边防派出所与政府其他职能部门的联系和协调也很多,尤其是诸如民政、农牧业、卫生、教育、社保等与居民日常生活联系紧密的一些部门。调研所到之处,基层公安边防派出所推动甚至直接进行修桥补路、失学儿童复学、孤寡老人供养、农村居民最低生活保障、农业技术信息推广、法律法规咨询等项工作,而这些工作多数是可以找到分管的政府职能部门的。公安边防派出所在推行社区警务战略过程中服务意识的加强、与农牧民感情的加深、基层相关职能公共服务的缺位等客观情况,使公安边防民警在实践中处理了大量相关政府职能部门承担的公共服务。

(二) 作为边境地区应急管理指挥系统

“草原110”将发展成为覆盖内蒙古边境地区,具有集中的指挥中心,集公安110、火警119、交警122和急救120功能,兼容重大生产安全事故与公共卫生事件应急处理于一体的应急管理指挥系统。该系统的构建主要基于多警种联合作战从而提高反应能力、提升防控能力的角度考虑,同时也是提升农村牧区应对突发事件能力的积极探索。

“草原110”经过十年的建设,为其发展成为内蒙古边境牧区应急管理指挥系统奠定了坚实的基础:(1) 由相关部门领导组成的“草原110”领导小组的建立,为应急管理指挥系统的建立奠定了坚实的领导基础;(2) “草原110”的警务室、报警点、联防队的建立及其运行的规范化,为其发展成为应急管理指挥系统奠定了周密的组织基础;(3) “草原110”在广大农村牧区享有很高的知名度和社会美誉度,为应急管理指挥系统的建立奠定了广泛的群众基础;(4) “草原110”在基础设施和通讯设备方面殚精竭虑的投入,为其发展成为应急管理指挥系统奠定了必要的物质基础;(5) 针对内蒙古边境草原牧区的刑事、治安、群众求助等紧急警情和事件以及交通事故和火灾事故,目前“草原110”都予以接出警,为其发展成为应急管理指挥系统奠定了一定的业务基础;(6) 一些地区通过实现“草原110”通信网与草原防火指挥网的对接、建立义务消防队等形式,依托“草原110”开展医疗救助、防火救灾活动①,为成立应急管理指挥系统奠定了各警种之间的合作基础。

“草原110”在事实上承担着在城市中由多个警种和多个应急管理指挥中心承担的救助功能。内蒙古边境地区人口分散,居民即使可以将求助信息发出,很多救助主体也无法及时到达事发现场。在公安边防部队的警务改革中,已通过警务室的设置和联防力量的调动,将应急反应速度提高很多,且与居民保持密切联系。因此,居民在遇到紧急情况时,无论是发生治安事件,还是火灾、交通事故、自然灾害或突发疾病等,首先会想到向公安边防干警求助。因此,“草原110”在运行中,派出所民警帮助牧民灭火、处理责任明确的简单交通事故、对突发疾病的居民予以救治、在自然灾害中施以援手等等,这类在城市中属于“越界”的服务现象非常普遍。这也能够说明,边境居民一直都存在应急服务的需求,而且目前这种基本的服务由公安边防部门提供。目前,内蒙古公安边防总队正在建设的“草原110”指挥中心,将给其发挥应急管理功能提供坚实的技术保障。

---

① “2007年草原110建设工作总结”,《草原110工作简报》第24期。

(三) 作为边境地区公共服务系统

“草原110”作为边境地区公共服务系统,是将一个阶段内边境地区最迫切需要解决的几个重点内容,如卫生、教育、社会保障和农村基础建设,作为核心服务内容的公共服务系统。该功能是“草原110”适应新时期新需求的拓展功能。公共服务是政府机构及其他公共部门本应履行的职责,但一些传统上由基层政府各职能部门提供的公共服务,因各种原因而“缺位”。在撤乡并镇的改革中,内蒙古边防派出所并未像很多省市那样撤并一些派出所,反而通过增设警务室,组织发动联防力量,将警务工作向前推进,在一定程度上补充了基层政府公共服务的“缺位”。

公安边防派出所的非紧急警务服务涉及多项政府职能,大致可归为两类:第一类是由公安边防派出所或警务室直接提供的公共服务,这些服务原来由相关政府职能部门提供,现在因各种原因,通过各种方式由“草原110”直接提供。农业部门本应承担的农业技术推广,政府职能部门出台的政策的宣传,一些职能部门通过委托方式由派出所代为办理的事件,如简单交通事故的处理,办理低保手续,代发补助金等,这些都是基层政府职能部门公共服务的延伸。第二类是通过“草原110”的协调机制推动政府职能部门提供的公共服务,即通过协调方式,督促或帮助相关政府职能部门更好地提供服务。政府职能部门的公共服务项目中只有极其有限的一些简单的执行类项目可以通过委托管理的方式由派出所代为执行,达到便民的目的;绝大部分的服务仍然需要职能部门工作人员直接处理,给“草原110”提供了推动这些公共服务提供的空间。如兴安盟公安边防支队探索的“综合警务室”,就是集法庭联络、司法调解、民政资助、土地纠纷调解、街道村(社区)委员会防范和派出所警务等功能于一体的警务室,其推动相关职能提供公共服务的作用已得到初步验证。

换言之,除处理紧急警务外,公安边防干警针对辖区内农牧民的“服务”可谓无所不包:(1) 与生产相关的内容,如农产品生产技术、农产品销售价格及走势、农资采购等信息;(2) 与生活相关的信息,如生活困难、子女辍学、老人无人供养、学校缺乏资金等;(3) 与到政府职能部门办事相关的服务,如政策法规的咨询、办事程序的咨询、请干警代为办理的手续或证照、请干警帮忙与有关政府职能部门协调办理一些事务。这些事情多数并非找不到分管的政府职能部门,而是辖区的农牧民在警民关系不断改善,警民感情不断加深的前提下,遇到困难首先想到的是民警;而公安部社区警务战略的实施,使民警的服务意识增强,总是尽己之力,提供帮助;撤乡并镇带来的农村牧区公共服务“缺位”加剧的现实,给民警在公共服务领域发挥更广泛作用开拓了空间。

从图 1 可以看出,“草原 110”的服务功能占用了干警很大的精力,呼伦贝尔市“草原 110”“登门服务”不但绝对数字大,远远超过查处的刑事案件和治安案件数;而且数字增长速度也很快,甚至 2008 年上半年登门服务次数(880 次)已接近 2007 年全年的登门服务次数(948 次)。这也说明“草原 110”除了在维护国家主权、保证边境安全、打击违法犯罪等方面可以发挥不可替代的重要作用外,在与居民生产生活密切相关的服务项目上已经发挥了重要效能。当然,登门服务以及其他形式的服务中,究竟有多少可以划入直接提供或协助提供公共服务,因统计口径的原因,我们不得而知。但根据调研中接受访谈的民警和入户调查的牧户所列举的常常遇到的服务事项分析,其中绝大部分是可以找到对口负责的政府职能部门的。

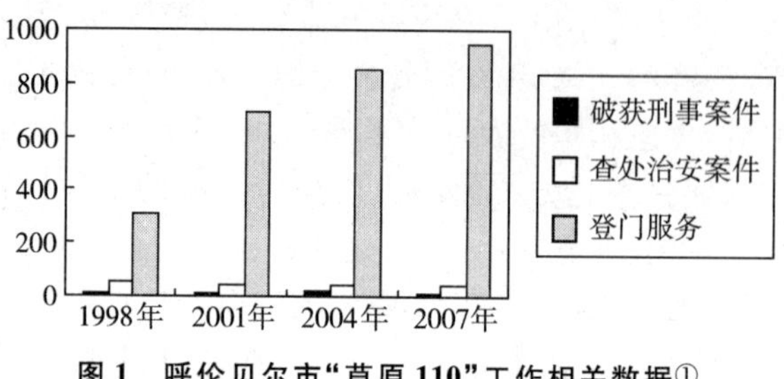

图 1　呼伦贝尔市“草原 110”工作相关数据①

三、“草原 110”的创新成效

经过十年发展,“草原 110”已经发展成为“保家卫国的边防线、打防犯罪的高压线、服务群众的保障线、警务工作的第一线”。通过实施“草原 110”项目,内蒙古边境地区不仅大幅提升了警务服务质量,建立了良好的警民关系,还创新了警务模式。

首先,警务服务质量大幅提升。一方面,治安状况明显改善。“草原 110”破获刑事案件 927 起,查处治安案件 2041 起;查获偷渡案件 91 起,抓获偷渡人员 323 人;查获走私案件 14 起,案值 1300 余万元;便民服务大幅增长。十年来,“草原 110”服务群众 20670 余次,为群众找回失散牲畜 14600 余头(匹、只),而且便民服务的数量呈大幅增长趋势。另一方面,救急救险能力增强。“草原 110”在十年间救助遇险、病重边民 560 余人次。及时扑救草原火灾 66

① 内蒙古自治区呼伦贝尔市公安边防支队内部统计数据。

起,为牧民群众挽回直接经济损失1030余万元。

其次,建立了良好的警民关系。“草原110”在边境牧区享有美誉。公安边防派出所民警的警民联系卡总是随身携带,“有警必出”的承诺印在警民联系卡上,也贯彻在干警的行动中。调研数据显示,100%的受访牧民知道“草原110”可以在自己遇到困难的时候提供帮助,也知道在遇到可疑情况的时候应该通知“草原110”。100%的受访牧民与本地公安边防派出所民警交谈过,82%的受访牧民曾通过“草原110”向公安边防干警寻求帮助,100%的受访牧民对公安边防派出所目前提供的服务表示满意。警务服务质量的大幅提升,增进了边民对干警的信任;民警服务领域的拓宽,增加了警民联系,也加深了警民感情。

再次,不断实现自我突破,创新警务工作模式。一方面,从牧民有逐水草而居、游动放牧的生产、生活习性的实际出发,“草原110”创建了具有地域和民族特点的流动警务室工作模式。流动警务室最初是通过改造报废汽车车厢,购置多功能帐篷等方法发展起来的,目前其载体主要有蒙古包、牵引或动力方仓、帐篷三种。这种在距边防派出所较远、人员临时聚居且治安管理任务相对较重的地区建立的警务室,有效拓展了“草原110”的服务空间,方便了牧民群众。另一方面,成立了“草原义务消防队”,提升整体救助能力。一些地方依托“草原110”积极开展医疗救助;部分地方成功实现了“草原110”通信网与草原防火指挥网的有效链接,大大提高了处置火险灾害的能力;锡林郭勒盟东乌旗边防大队给萨麦苏木联防队配备灭火器,把“草原110”联防队发展成“草原义务消防队”。此外,“草原110”项目还适应市场需求,拓展服务功能。各边防派出所根据辖区特点,因地制宜地拓展“草原110”的各项服务功能:阿拉善盟“草原110”为牧民商品交易提供市场信息,锡林郭勒盟“草原110”为牧业生产提供气象服务,呼伦贝尔“草原110”为草原旅游业提供安全、信息保障等服务,切实解决了边疆地区各族群众日常生产生活中遇到的困难。同时,“草原110”成立了“综合警务室”,搭建公共服务平台。兴安盟公安边防支队建立了综合性警务室,将法庭联络、司法调解、民政资助、土地纠纷调解、街道(社区)委员会防范和派出所警务等功能集中在一个警务室,形成“党委政府领导,边防派出所牵头,其他相关职能部门协调联运,人民群众广泛参与”的多元化的社会治安管控机制,探索了一种在促进基层部分政府职能部门服务、调解各类矛盾纠纷、处置群众性事件等方面发挥积极作用的服务平台。

十年间,“草原110”破案率达95%以上,治安案件处理率达100%,各地党委政府和人民群众对“草原110”的满意度不断攀升;以服务草原群众为宗旨,积极探索,打造了极具推广价值的创新模式。

四、"草原110"的创新性:"多位一体"治理模式

"草原110"是一项集管理、服务功能于一体的系统工程,在历经十年的建设过程中,体现了一系列机制创新和理念创新。"草原110"是一种因地制宜的创新,是基于边境地区客观现实和农牧民的实际需求而诞生的。边境地区社会治安综合治理多主体联动系统、边境地区应急管理系统、边境地区经济社会发展公共服务系统是"草原110"的三大功能。如果城市的公安部门也涉足这么多政府职能领域,必将被视为职能混乱。而在人口密度小、公共服务薄弱的边境地区,公安部门职能的扩展,却是以最小的成本拓展了多重的功效:在既没有增加机构与人员,又没有增加财政负担的前提下,提高了治安管理效率、初步建立了应急管理体系,一定程度缓解了农村牧区一些公共服务供需差距大的矛盾。三个功能系统的相得益彰,是其最突出的创新点和亮点所在。

(一)"草原110"是多主体共同参与的公共治理新模式

"草原110"构建了边境地区警、民、军、政、企多主体联动系统,这是一种多元主体共同参与公共治理在广袤的内蒙古边境地区的践行。

公共治理理论是对传统公共行政学的发展,体现了人们对政府管理和公共部门管理在组织结构、功能作用、行为方式及治理理念上的全新认识和理论升华。在传统的社会公共管理观念中,政府是公共事物的唯一统治者和管理者;而公共治理理论则强调根据公共事务的不同类型或特点,实行不同主体治理,并以此对不同的实施主体进行科学定位、合理分工。换言之,参与管理的主体已不再仅仅局限于政府部门,而是各种非政府组织、社会团体、私人部门在内的多元主体共同参与公共治理。

内蒙古边境地区"草原110"在运行过程中已经融合了公共服务多元化供给的若干要素,为"草原110"功能扩展和公共服务多元化奠定了基础。例如,"草原110"体系中报警点、联防队和村民自治委员会与派出所的广泛合作,属于典型的公民参与模式;"草原110"体系中与企业共建的"合作警务室",属于典型的企业参与模式;"草原110"与政府部门联合创建的"综合性警务室",属于典型的警民政共建模式。"草原110"运行中的警、民、军、政、企多主体参与和多渠道提供公共服务的探索,既是对公共服务供给多元化与全民参与理论的践行,也是其下一步功能拓展的实践基础。

借鉴公共治理理论,结合“草原110”自身优势和已经具备的平台,依托“草原110”深厚的群众基础和良好的军、警、民、企、社关系,完全可以构建起以政府为主导,边防为核心,企业公民全面参与,社会各界积极扶持的公共服务供给模式。

(二)“草原110”是集多项应急管理功能于一体的农村应急管理体系

内蒙古“草原110”不但在地广人稀的边境地区承担了多项应急管理功能,还独创性地建立了集中式应急管理系统,这是对农村应急管理的独创性尝试。“草原110”建立的覆盖广阔边境的集中式应急管理系统,是对在人口覆盖率低的农村牧区或边境地区如何提供应急服务这一公共产品的一次有益的探索。

因各种历史的和现实的原因,即使在中国经济发达地区,农村的应急管理也大大滞后于城市,大部分农村的应急管理几乎处于空白状态。“草原110”在发展过程中,逐步建立内蒙古边境地区集中式应急管理系统,是改变应急服务在农村的空白或滞后状态,扭转应急服务逐步从城市向农村拓展的传统思维,利用现代信息化手段对应急管理薄弱环节的颠覆性改变,将对提高内蒙古边境的社会治安综合治理能力、提高警民军的联合作战能力、提高紧急事件的处理能力发生至关重要的作用。

内蒙古边境牧区建立集中的兼容城市110、119、122和120功能的应急管理指挥系统是一个低成本高收益的选择。我国大多数城市的应急指挥系统采用分散管理的模式,即各警种分别建设各自的应急指挥中心,各负其责,各司其职:公安局110负责刑事、治安、群众求助等紧急警情和事件的报警受理与处置;交警队122负责交通事故的报警受理与处置;消防队119负责火灾事故的报警受理与处置。如遇重大紧急事件需多部门协调配合时,由政府领导或相关部门出面协调指挥。因这种应急指挥系统存在基础设施重复建设、社会应急号码多、应急指挥中心多、指挥决策层次多、应急反应速度慢等弊端,广西南宁市率先试行集中式的城市应急系统,社会评价较高。集中的应急指挥系统的建立可以大大增强接处警能力,加快接处警速度,并提高多警种联合出警率。

地处边境的内蒙古农村牧区地广人稀,人口分散,交通不便,且通讯基础设施建设滞后,到目前仍未完全消灭通讯盲区。如果照搬城市的传统的分散模式的应急管理系统,每种应急服务都单独发展,自成体系,不但会造成基础设施建设和警力分配的低效,而且必然面临很长的建设周期。相反,如果各警种合力建立统一的应急管理指挥系统,并在农村牧区的紧急事件处理中鼎立配合,优势互补,则可以在一定程度上弥补边境地区基础设施建设滞后于国内其他地区的劣势,以较少的硬件投入和警力配置,达到较大区域的警务覆盖和较高效率的警务处置。

“草原110”既可以通过调配各警种、联防队员、医护工作者及附近居民等各方力量,对一些突发事件快速、有序、高效地予以处置或先期处置,有效保障辖域内人民群众的生命安全和生活生产秩序;同时,又可以通过信息处置,将第一时间获得的现场的相关信息传递到由各政府职能部门领导组成的“草原110”建设领导小组,以供事故处理和管理决策用作参考。

(三)“草原110”是边境地区基层政府公共管理模式的一种新探索

“草原110”在人员不增加,机构不膨胀的前提下,借助现代信息技术手段,通过基层政府管理职能的微调,实现了公共服务整体落后的农村牧区广大区域内公共服务质量的整体提升,这是对边境地区基层政府公共管理模式的一次有益的探索。

市场经济条件下,政府要服务于市场,相对中央政府而言,地方政府微观规制职能更为突出。基层政府管理体制改革中提倡各类主体的积极参与,尤其是边境地区基层政府管理缺位,给“草原110”作为理性治理主体积极强化公共服务功能开辟了广阔的空间。“草原110”公共服务系统的定位与城市110普遍担负的咨询服务职能有本质的差别,因为除了咨询服务外,它还提供和推动以若干公共服务项目为核心的政府公共服务。目前,这一公共服务系统在改进当地的一些公共服务,尤其是阶段性较突出的问题中,发挥了很多积极的作用。

“草原110”帮助公安部门在边境地区建立了深厚的群众基础。这一特点,在地方公安部门执法违法和公信力持续下降的案例并不鲜见的今天,尤其具有研究和借鉴意义。由于信息渠道的畅通,部分居民因公共服务缺位而对某些政府职能部门的不满情绪得到疏导,解释性的工作也可以减少误解和不满情绪,很大程度上改善了基层的民政关系。警务人员在处理许多严格意义上不属于警务范围的各类琐事的过程中,增加了与农牧民的直接接触,增进了警民之间的了解、理解与谅解,公安部门的群众基础自然会很深厚。

这种改变,需要付出的成本很小:一方面,机构和人员没有增加,仍在原有的公安派出所、警务室及警务人员的编制基础上展开相关服务,需要的支出多为基于原有业务基础上的支出;而借助现代信息技术,与公安边防部队信息化建设的“科学规划、顶层设计、注重实用、突出应急、平战结合、安全可靠、运用最新科技、完善传统手段”的建设原则是一致的,不会增加额外的财政负担。另一方面,基层政府管理职能的微调,也并非很难跨越的障碍,如对于提供公共服务时服务主体合法性的问题,基层派出所就通过建立“综合警务室”、委托授权等方式予以解决。

政府管理体制改革是中国市场经济体制不断完善和经济社会全面发展的保障和配套机制。随着政府管理体制改革的不断推进和完善,当前的难点和重点集中在地方政府,地方治理理念的提出和基层政府管理体制改革的不断推进,为地方政府管理体制改革提供了思路。目前,“草原110”已经是地方治理的主体之一,随着市场经济体制的不断完善和地方治理理念的深入,可以通过更为深入地参与地方治理,为市场经济体制运行提供更为广泛的公共服务。

五、“草原110”发展面临的问题

“草原110”发展目前存在的最突出的问题是:由于缺乏理论指导和系统规划,还带有一定的自发性和探索性,即部分功能尚处探索和起步阶段,有待建立相应的长效机制。

如应急管理指挥系统这一功能,随着正在筹建的应急管理指挥中心的落成,其应急管理的相应职能方可得到拓展和保障。目前正在建设的“草原110”指挥中心,建成后应当成为不同警种的联防调度中枢,以“草原110”联防队为群防基础,以公安边防、消防、交警、森警等警种的联动为工作机制,实现“草原110”向覆盖边境地区的兼容治安、火警、交通事故、医疗救助和重大生产安全事故、重大卫生安全事故先期处置为一体的综合性应急服务系统的转变。

再如边境地区经济社会发展公共服务系统这一功能,只有随着公安部门与相关政府职能部门的逐步协调,才能建立全区普适性的长效机制。

只有在通过系统严谨的理论论证使其功能定位明确化和发展规划系统化的基础上,在内蒙古自治区党委和政府的认可并推动下,在相关政府职能部门的互相协调和配合下,“草原110”才有可能逐步解决上述问题并获得长足发展。

新疆生产建设兵团发展体制创新的成功探索

——以农七师奎屯天北新区发展模式为例

□葛海彦*

胡锦涛总书记最近在中共中央、国务院召开的新疆工作座谈会上指出，新疆生产建设兵团在新疆发挥着建设大军、中流砥柱、铜墙铁壁的作用。要把城镇化、新型工业化、农业现代化作为兵团特殊体制和社会主义市场经济体制紧密结合的有效措施，增强兵团自我发展能力，支持兵团切实履行好屯垦戍边的重要职责。近年来，新疆生产建设兵团农七师大力发扬兵团人敢为天下先的精神，自觉加强体制机制创新，为各项事业发展不断注入新的生机与活力。2010年1月，由农七师奎屯天北新区管理委员会申报的"天北新区兵地融合管理体制创新"项目，即奎屯天北新区发展模式，荣获第五届中国地方政府创新奖，受到学界和社会有关方面的充分肯定，成为兵团在发展体制创新方面的成功案例。

一、天北新区创立的背景和起因

1. 奎屯市和农七师的基本概况

奎屯市为新疆维吾尔自治区伊犁哈萨克自治州直属县级市，位于天山北

* 葛海彦：男，中共中央编译局政党研究中心副研究员，博士。

麓,准噶尔盆地西南缘,与新疆克拉玛依市、乌苏市、沙湾县和独山子国家石化基地接壤,扇形辐射伊犁、塔城、阿勒泰、博乐等地区和新疆北部所有的边境口岸,东距乌鲁木齐市 253 公里,处于新疆天山北坡经济带"金三角"(奎屯市、乌苏市、克拉玛依市独山子区三地构成三角布局)区域的中心位置。全市辖 5 个街道办事处、1 个乡,行政区总面积 1109.89 平方公里,城市规划控制面积 300 平方公里,建成区面积约 40 平方公里;户政管辖人口 29.4 万人,市区总人口 14.2 万人,由汉、哈、维、回、蒙等 30 多个民族构成,其中汉族人口占全市总人口的 92.87%。全市海拔 450—530 米,属北温带大陆性气候,年降水量 182 毫米。奎屯交通便利,能源充足,工业体系比较完整,近年来成为新疆和我国西部对外开放的重要桥头堡。

前身为中国人民解放军 22 兵团 25 师的农七师,1950 年进驻新疆垦区,1953 年改编为新疆军区农业建设第七师,1954 年新疆军区生产建设兵团成立后列入兵团序列,师部驻地奎屯市。全师有总面积 5986 平方公里,其中耕地面积 158 万亩,种植面积 120 万亩,草原面积 120 万亩。有煤、石油、天然气、天然沥青、芒硝、石棉等矿产资源,储量丰富。境内三条河流,年径流量 13.8 亿立方米。有农牧团场 10 个,主产棉花、小麦、玉米、甜菜、西红柿等农作物以及优质瓜果。有工矿企业 12 个,运输和建筑安装工程公司 3 个;直属多家内外贸企业,主要经销粮食、棉麻等物资。下属农科所、勘察设计院以及卫生防疫、新闻出版、广播电视等多家事业单位。2009 年,全师总人口 21.8 万人,其中专业技术人才 1.1 万人。垦区有完整的两级公、检、法机构以及民兵组织,肩负着维稳戍边的光荣使命,是北疆地区一支重要的建设大军和稳定力量。

农七师作为新疆生产建设兵团的重要组成部分,改革开放以来特别是西部大开发以来,坚持"守边固边、富民强师"的宗旨,以科学发展观为指导,以经济发展、社会进步、职工增收为目标,大力实施资源转换、结构优化和可持续发展战略,全师经济社会健康发展。2008 年,全师完成生产总值 43.8 亿元,同比增长 15%。其中第一产业 18.71 亿元,增长 13.9%;第二产业 12.53 亿元,增长 16.2%;第三产业 12.56 亿元,增长 15.3%。三次产业结构比为 42.7∶28.6∶28.7。实现社会消费品零售总额 11.5 亿元,增长 30%;完成固定资产投资 20.45 亿元,增长 28.1%;完成进出口总额 594.08 万美元。2009 年,完成生产总值 50.5 亿元,增长 13%;实现农林牧渔业总产值 21.5 亿元,增长 12.6%;完成工业总产值 16.89 亿元,增长 20.7%。完成工业销售产值 15.4 亿元,增长 29.1%。实现商品销售总额 24.36 亿元,其中社会消费品零售总额 9.01 亿元,增长 18.8%。完成国有及其他经济类型投资 18 亿元,同比增长 30%。全师经济社会发展态势良好。

2. 天北新区创立的背景和起因

20世纪50年代,奎屯原为乌苏县一个村庄,有各族群众100余户共300多人。1957年,农七师师部从炮台迁驻奎屯,展开大规模的城市规划建设,到1975年,奎屯拥有电力、棉纺、针织、印刷、造纸、食品、化工、建材、酿造、加工和煤炭15种企业,有耕地面积10余万亩,职工近万人的大型机械化国营农场。同年,农七师撤销师级建制,将奎屯无偿移交地方管理,奎屯也于当年经国务院批准设市。1982年,农七师恢复建制,师部仍驻奎屯市。

奎屯作为兵地共建城市,改革开放以来,经济社会各项事业取得长足发展。2005年,奎屯市实现国内生产总值28.9亿元,全口径财政收入7.7亿元,其中地方财政收入2.6亿元;完成各项固定资产投资9.98亿元。城镇居民人均可支配收入7487元;农牧民人均纯收入2303元。即使如此,到本世纪初,由于种种原因,奎屯市发展的区位优势并没有充分发挥出来,城市发展不平衡,基础设施滞后,产业结构单一,发展速度缓慢等,成为制约其科学发展的主要因素。这种情况下,如何摆脱困境,是兵地双方都需要认真思考的问题。经过深入分析讨论,双方感到现实的挑战主要包括:

一是奎屯自身发展条件有限。奎屯由于所处地理位置特殊,交通便利,历史上就是一个天然的物流中心和商品集散中心。改革开放以来,由于处在两条国道即312国道和217国道的交汇处,又是欧亚大陆桥进入中国的第一个编组站,奎屯依托这些优势,积极挖掘城市发展资源,大力发展商贸和服务业,取得了一定成绩。但同时由于其地处各方之间,土地面积、资源、产业和人口总量等明显受到限制,特别是缺乏深度发展的支撑力和物质条件,造成奎屯在相当一段时间经济社会发展徘徊不前,令地方政府深感困惑。

二是农七师在奎屯发展不足,作为有限。农七师长期以种植棉花为主,产业结构单一,工业力量薄弱,面对市场经济大潮的冲击,显得后劲不足。奎屯本为农七师所建,但现归地方管理,七师作为驻市单位,一方面对参与城市建设的积极性不高;另一方面由于发展有限很难有所作为。对此农七师深感需要解放思想,开拓创新,为自身发展寻找新的突破口。

三是兵地关系不顺,相处不够融洽。20世纪90年代末期,兵团和地方为争夺发展资源经常发生纠纷,尤其在土地、草场划界方面关系紧张。如伊犁哈萨克自治州(以下简称“伊犁州”)、奎屯市希望获得能促其发展的属于农七师的一些土地,七师就不愿意轻易让与。由于地方得不到发展空间,而七师拥有的土地因受产业结构所限又不能获得较高的产业价值,双方资源优势无法互补,导致利益不能共享。因此如何整合资源,实现兵地利益最大化,是摆在双方面前迫切需要解决的问题。

四是如何才能利用好自治区提出的经济发展战略借机生力。新疆沿天山北坡一带基础条件好，交通便利，经济靠前，自东向西包括乌鲁木齐、昌吉、石河子等城市，发展势头十分强劲。自治区党委、政府根据这一实际，提出应集中力量，优先发展天山北坡经济带，以带动整个新疆区域经济发展。这就要求，天山北坡一带区域，要自觉加强资源整合，实现优势互补，推动经济快速发展。同时，乌鲁木齐与昌吉实行一体化战略，综合实力明显增强，这为天山北坡经济带合作发展提供了很好例证。奎屯处于天山北坡“金三角”的中心，如何在该区域发挥作用，抓住天山北坡经济带优先发展的机遇借机生力，乘势而上，需要奎屯市和农七师很好把握。

五是如何汲取历史经验教训，推动兵地双方共同发展。奎屯系兵团所建，1975 年以前，奎屯由农七师统一领导，经济发展较快。1976 年后，奎屯分为农七师和奎屯地方政府两个主体管理，即奎屯由伊犁州直管，农七师划归乌苏中心县管理，这导致兵地双方经济发展速度很快放慢。1979 年到 1982 年，奎屯市与管理农七师的奎屯农垦局合署办公，这时奎屯的生产总值又快速增长。此后，兵团恢复建制，奎屯再次划分为农七师和奎屯市两个管理主体，双方经济社会发展速度随之相应放缓。反反复复，奎屯的历史发展经验启示人们，奎屯经济社会的快速发展需要兵地融合。

这种背景下，2002 年春季，借助西部大开发的有利形势，农七师党委围绕如何实现跨越式发展、为区域经济发展多作贡献的主题认真思考，深感陈旧的观念和现行的体制严重束缚了农七师发展的手脚，制约了农七师在市场经济条件下的发展。他们认为，农七师虽然地处奎屯，但由于各项管理职能不到位，没有调节经济的杠杆，没有直接管理的城区，没有施展拳脚的场所，因而在发展二、三产业方面缺乏动力机制，缺乏参与城市建设的积极性和主动性；同时，农七师作为兵团所拥有的组织化、集团化和集中力量办大事以及高素质的职工队伍优势之所以没有充分发挥出来，丰富优质的农产品资源之所以没有得到高效利用，缺少的就是兵团特殊体制同社会主义市场经济接轨的桥梁与纽带，缺少的就是大力推进农业产业化、工业新型化和驻地城镇化以及实施产业结构大调整的平台与载体。为此，必须转变观念，创新体制机制，力争在奎屯划出一片土地，由七师实施规划、建设和管理，为地方和兵团创造新的发展空间。

按照这一思路，农七师党委提出创建天北新区的构想，即通过土地置换的办法，将农七师与伊犁州、奎屯市其他地方相邻的土地大约 18 平方公里让与地方，换取奎屯市北郊同等规模的可用于建立天北新区的土地面积，与农七师自己所有的 43 平方公里的土地面积连接起来，构成面积约 61 平方公里的天北新区。天北新区作为一种特别行政区，城市建设规划纳入奎屯市统一规划之中，按照区内事务委托授权、利益双方共同分享、融合发展、共建双赢的模式,由农七师行使除工商、税务之外的各项行政管辖权实施管理。经农七师与自治区伊犁州和奎屯市沟通协商,这一构想很快得到伊犁州党委、政府以及奎屯市党委、政府的理解、支持与赞同。2002 年 5 月,农七师、奎屯市联合提出方案,7 月 16 日伊犁州党委、政府行文批复同意。2002 年 9 月 18 日,奎屯天北新区正式挂牌成立。

二、天北新区发展模式的基本概况和优势分析

1. 天北新区的基本概况

经过紧张筹备,2003 年 2 月,天北新区管理委员会正式成立运行。天北新区管理委员会采取一套班子、两块牌子,即“奎屯市天北新区”、“农七师奎屯天北新区”兵地共建的管理模式,管委会是农七师和奎屯市的共同派出机构。辖区规划面积 61 平方公里,现有人口 5.8 万人,其中常住人口 2.45 万人,暂住人口 2.25 万人,流动人口 1.1 万人。驻区纳税单位 657 个,行政单位 22 个。天北新区管委会下设办公室、经济发展局、财政局、城建局、国土资源房产局、综合行政执法局(下属综合行政执法大队)、招商局、纪检监察局、市政管理办公室、社区建设指导办公室 10 个职能部门,另辖 7 个社区居委会、4 个企业社区、12 个基层党支部和 1 个城投公司。农七师、奎屯市派驻机构有:天北新区国税分局、天北新区地税分局、伊犁路派出所、准噶尔路派出所、巡警大队、交警中队等。

2. 天北新区发展模式的优势分析

作为兵地双方相互融合、共创共建的新生事物,天北新区创造的发展体制和模式,有着明显的特点和优势:

(1) 拥有相对独立的行政管辖权和政府管理职能。

2002 年 7 月 16 日,中共伊犁哈萨克自治州委员会、伊犁哈萨克自治州人民政府联合发文,在《关于对建设奎屯天北新区若干问题的批复》(伊州党发[2002]34 号)文件、即批准成立天北新区的文件中明确指出:按照有关法律、法规和法定程序,委托农七师全权负责新区的投资、建设、管理和内部司法、行政事务和社区服务。天北新区的工商、税务由奎屯市工商、税务系统进行管理。为完善对天北新区的管理,农七师、天北新区管委会随后制定了《奎屯天北新区管理条例》并以议案形式提交伊犁州人大和政协进行审议。经过兵地双方积极协商,2007 年 10 月,伊犁州政府在《关于印发自治州州直行政执法主体及执法主体资格依据的通知》(伊州政发[2002]20 号)文件中明列:奎

屯天北新区管委会财政局、经济发展局、城建局、国土资源房产局、综合行政执法局为自治州州直属行政执法主体、拥有执法主体资格。从实践看,在运行中,天北新区实际是一个享有相对独立管理权限的行政区域,天北新区管委会拥有除工商、税务之外的全部政府管理职能,行使对本辖区61平方公里的行政管辖权。应当说,天北新区并不是完全意义上的行政区域,但为了保证其拥有相对独立自主的权利和发展活力,通过奎屯市政府作为行政主体的合法授权有效地实现了这一目的。

(2) 明确税收分成比例和保障兵地双方各自权益。

中共伊犁州委、州政府在《关于对建设奎屯天北新区若干问题的批复》(伊州党发[2002]34号)文件中明确规定:天北新区税收中地方收入部分实行分成制,按照奎屯市六成、农七师四成进行分配。同时规定:考虑到新区成立后前几年基本建设投资比例较大,税收中地方收入这部分前五年可先征后返,这部分税收原则上全部用于新区的基础设施建设,不得用于其他方面。如何确定税收分成比例,是兵地双方合作的关键所在,天北新区较好地解决了这一问题,既尊重了地方政府的权益,又维护了兵团和新区的利益。这种合作互利、双赢共享的模式,一方面,对于奎屯市来说,积极地落实了自治区提出的"天山北坡经济带优先发展"的战略构想,借力做大做强自己,为整个城市发展提供新的动力,实现双轮推动;另一方面,对农七师来说,可以调动其建设城市、经营城市的积极性,充分利用兵团计划单列和规模化、集团化以及集中力量办大事的优势,迅速有效组织资源,推动新区城市化和驻地城镇化。如天北新区成立第二年,兵团即两次拨付基础设施建设资金1800万元,并把新区列为优先发展区域,向国家有关部门申报了投资约3.4亿元的5个基础建设项目。同时通过税收留成建立造血功能,实现新区的可持续发展。

(3) 具有比较健全的城市区域自主发展功能。

中共伊犁州委、州政府在有关文件中规定,天北新区产业结构定位以房地产开发、商贸、文化教育和旅游等产业为主。天北新区利用其拥有自主开发建设、招商引资、社会管理的职能,发挥其享有比较健全的城市独立运行功能优势,在奎屯市整体规划基础上,进行具体规划设计,推动新区科学、创新、快速发展。在新区规划建设上,按照"一岛(天北绿岛)、二湖(人工建设姊妹湖)、四区(行政区、商业区、工业园区、旅游区)"的框架,突出大绿化、大水面、大广场和人文景观,在绿化、美化、亮化和净化上做文章,在城区品牌化、环境生态化、建筑艺术化、基础数字化、服务个性化上下工夫,真正落实以人为本。在经济发展上,发挥优势,加强结构调整,重点发展轻工业,尤其着力发展棉纺业以及农副产品加工、绿色食品、房地产、生物技术、电子信息、新能源和旅游等产业,坚定不移地走新型工业化道路。在发展目标上,新区管委会坚持把加快发展作为第一要务,实施科技人才、城市开发、纺织食品、物流商贸、旅游休闲、生态环保等六大战略,抓住西部大开发和天山北坡经济带优先发展的重大历史机遇,用活用足政策,使新区向着面向全疆、辐射全国、联通海外的商品交易中心、区域性物流中心、农副产品加工贸易中心、商品信息传播中心和现代文化交流中心目标迈进。

(4) 实行精简高效的"小政府、大服务"市场化运作方式。

目前奎屯市城区建设面积约36平方公里,其中天北新区占18平方公里;市区总人口约15万人,其中天北新区约有5万多人。这就是说,天北新区管理着奎屯市二分之一的城市面积和三分之一的市区人口,而新区设置的职能部门却只有10个,管理人员包括城市开发建设投资经营公司在内共有50多人,仅占奎屯市政府除市委、市人大、市政协以及开放区工作人员共670多人的十三分之一。新区管委会以有限的机构、精干的人员和按照服务型政府的要求,通过市场化运作方式实施有效管理。如新区环境卫生管理问题,就通过向奎屯市环卫部门支付一定费用购买服务来解决,这样既不用增加新区人员编制,又可以使奎屯市原有的人力资源得以充分利用。这种集约化、低成本、服务主导的管理方式,大大提高了行政效率,促进了政府职能转变,有力地推动了城市经济社会发展。

3. 同类发展模式的比较分析

充分认识天北新区发展模式的创新价值和意义,有必要将天北新区的发展模式和其他同类发展模式做些比较分析。兵团在新疆的城市建设与管理一般采用两种模式,即"师市合一"或"师地共建"。师市合一模式,是指师部与驻地城市两块牌子、一套班子。目前这种模式操作相对规范,在现行体制下得到中央政府认可,在区域内有较强辐射力,有效带动了兵团经济社会发展。但要形成这种模式,需要中央批准,操作难度较大,程序也比较复杂。师地共建模式,是指师部与驻地城市两块牌子、两套班子,分别作为兵团师级单位和自治区地方政府行使各自职权,为了共同发展经双方协商划出一块区域,实行共建共享。这种模式,操作比较方便,但在开发建设、行政执法和财政管理等方面牵扯较多,运行也有待规范。

在师地共建模式中,与天北新区模式属同类型的项目,可列出两例做些比较分析。一是农十二师与乌鲁木齐市合作建设的经济技术开发区项目。乌鲁木齐市早在1994年就成立了面积为16.22平方公里的经济技术开发区,经过多年建设有了很大发展,但面积狭小制约了开放区做大做强。兵团农十二师驻乌鲁木齐市,地理位置优越,管辖5个农场,在天北新区模式的影响下,农十二师与乌鲁木齐经济技术开发区积极联系协商,并于2006年经报请乌鲁木齐市委、市政府同意,决定双方合作建设。即农十二师以土地进行投入,挂

“乌鲁木齐经济技术开发区十二师分区”牌子，扩大开发区规模，规划分三期用15—20年将开发区扩大到约70平方公里。开发区十二师分区的利益分配约定为：前五年按固定基数定比增加，向十二师转移支付固定基数为0.18万元/亩·年，定比率为5%；第6—10年开发区和十二师的分成比例定为8∶2；第11年后双方的分成比例调整为7∶3。此合作项目需要解决的问题是：第一，扩大开发区规模有一定难度。乌鲁木齐经济技术开发区是国家级开发区，从2003年开始，国家从严管理土地，对开发区的申报审批从严掌握。第二，农十二师拿出的土地属于农业用地，乌鲁木齐经济技术开发区要求十二师将农用地转为建设用地后方能上报扩区，考虑到70平方公里是一个较大面积，因此这种转变土地使用性质的运作需要突破的政策界限难度很大。第三，土地补偿的分成比例有待斟酌。第四，税收分成存在不确定因素。农十二师与乌鲁木齐市合作的这一项目是单纯的经济技术开发区，不同于天北新区的城市区域定位，其功能发挥必然受到较大限制。

二是农四师62团与霍尔果斯口岸共同建设的兵地融合经济示范区项目。62团因地处边境地带，在受益于兵团党委实施的“金边工程”建设的同时，还被列入国家500个小城镇建设试点单位之一。在加快西部大开发的形势下，2002年，62团与霍尔果斯口岸协商确定按“统一规划、共同投入、优势互补、共同发展”的原则，打破区域与行政界线，充分利用口岸信息、人才、项目和团场农业等优势，进行全方位合作，建立兵地融合经济示范区。该示范区分工业园区、仓储区、生活区三部分。其中生活区以团部驻地金边镇为主体。可以看出，这种合作以地方口岸的功能区建设为主导，对62团来讲系从属地位，被动参与，如何管理特别是在利益分配上如何确定还需要继续关注。此外兵团还有其他一些单位与地方开展着不同形式的合作，应当说这种合作发展的方向无疑是正确的，但像农七师的天北新区那样作为一种发展模式来认识还需要假以时日。

三、天北新区发展模式的主要绩效和示范作用

1. 天北新区成立以来取得的主要成绩

天北新区成立以来，通过自我创新、自我积累、自我滚动、自我发展，取得了良好的绩效。截止到2008年底，新区累计完成生产总值50.2亿元，完成社会固定资产投资16.1亿元，实现地方财政收入2.85亿元，完成招商引资14.3亿元，完成房地产开发面积70余万平方米，先后有2000多户棚户区居民迁入

新居。其中2008年,完成生产总值10.2亿元,与2003年的4.6亿元相比,年均递增18%;实现地方财政收入1亿元,同新区成立初期的560万元相比,年均环比增长45%。2009年1—10月,完成生产总值10.04亿元,同比增长13.7%;实现地方财政收入9111万元,完成招商引资3.75亿元,项目建设投资完成3.13亿元,房地产开发完成15万平方米。目前,新区经济社会各项事业健康发展,城市面貌焕然一新,市区基础设施和环境明显改善,人民生活水平显著提高。新区取得的这些成绩,得到了自治区、兵团以及伊犁州、奎屯市等社会各界的充分肯定。

2. 天北新区发展模式的主要示范作用

(1) 为兵团正确处理屯垦与戍边关系提供了新的思路。党中央和国务院对兵团的地位与作用向来十分重视和肯定,对兵团的发展建设一直非常关心。几十年来,兵团几代人发扬艰苦奋斗、无私奉献的精神,推动兵团各项事业取得了伟大成就。在新的历史条件下,兵团如何适应新的形势和任务需要,如何应对新的挑战,如何赋予"屯垦戍边"以新的时代内涵,完成从"屯垦戍边"到"屯城戍边"、从以从事农业为主到以从事二、三产业为主的历史性转变等等,是摆在兵团人面前的重大而紧迫的课题。天北新区的成立,为兵团没有城区平台的师、局发展提供了启示和借鉴,为兵团正确处理屯垦与戍边的关系、实现新形势下战略性转变、有效完成中央赋予的神圣使命提供了新的思路。

(2) 为兵团特殊体制与市场经济对接搭建了桥梁。天北新区的成立,使农七师较好地解决了兵团特殊体制与社会主义市场经济对接的难题。天北新区有一个重要功能,就是依托现代城市和农七师的优势资源,通过税收返还等利益分配机制,为新区市场经济发展注入体制动力,从而大大调动了各方面参与市场发展的积极性。目前,以招商引资为重点,新区积极引进和培育农业产业化龙头企业,产业化拉动作用逐步显现,一些团场参与市场合作的进程明显加快。同时新区还通过出台优惠政策,把全师优势资源集中起来,介绍出去,把市场上的资金、技术、人才等宝贵资源引进来,实现了农七师经济的内涵发展与外延扩张,真正做到了资源共享,共同发展。

(3) 为促进兵地经济结构调整提供了平台。多年来,农七师主要以农业为主,工业相对薄弱,因产业结构单一,经济发展较慢;奎屯市也因为缺乏大工业支撑,发展后劲明显不足。新区成立后,一方面加大对工业园区和基础设施建设的投资,不断改善投资环境,吸引投资;同时加大培育税源力度,做大蛋糕,筑巢引凤,为工业化发展奠定基础;另一方面,按照"抓煤业、上电力、重化工、增纺织、扩食品、兴建材"的发展思路,先后引进锦业纺织、裕华纺织、银桥乳业、天康植物蛋白、天屯节水器材、隆平高科技等一大批农产品加工龙头企业和机械、金属加工等企业，为推动农七师农业产业化和新型工业化、实现农七师和奎屯市产业结构战略性调整起到了巨大的推动作用。

（4）为推动兵地城镇化建设提供了动力。没有师市合一、没有相应的政府职能，单纯的兵团驻地推行城镇化建设举步维艰。天北新区的成立，不仅为兵团拓展二、三产业搭建了平台，还为团场劳动力转移创造了条件，有力地促进了城镇化建设。特别是新区成立后，奎屯优越的地理位置充分显现出来，大大加速了生产要素流动，使相邻周边区域城镇化建设优势从潜在变为现实。天北新区处在217国道与312国道交汇处，公路、铁路交通便利，扇形辐射霍尔果斯、阿拉山口、巴克图、吉木乃等边疆口岸，物流、人流、信息流、资金流集聚。同时新区依托七师10个农牧团场，南与国家级石化基地独山子毗邻，西接乌苏农牧大县，与奎屯市连成一片，三地区域相连、人口集中、资源互动，产业发展互为补充，是新疆产业发达和集中的区域，也是自治区确定沿天山北坡经济优先发展的核心区域，必将为全疆城镇化建设起到重要的带动和示范作用。

（5）为改善和提高居民生活水平创造了条件。奎屯天北新区成立前，辖区内有8家师、市破产企业，造成“四多一差”，即下岗工人多、贫困人口多、流动人员多、治安案件多，投资条件差。为尽快改善新区民生环境，管委会在逐步完善社会管理职能的基础上，不断加大旧城改造力度，大力改善辖区居民居住生活条件，短短六年多时间，就使数千户特困群众通过旧城改造告别了破旧的棚户区平房，搬进了新楼。为提高辖区居民收入水平，新区还通过开发商业、扩大服务业和工厂招工等途径，先后安置下岗职工1200余人，安排4000多人从事城市环卫、绿化和物业管理等工作，辖区群众成为新区发展最直接的受益者。

（6）为推进新疆兵地融合发展提供了成功经验。天北新区创建以来，以新的理念、模式、体制机制，开创了新时期兵地融合发展的新局面。天北新区与奎屯市统一规划、合作发展、利益共享，奎屯市为新区提供发展空间，新区为奎屯市提供高端产业和发展后劲，有效促进了两者之间良性互动，防止了相互之间恶性竞争。可以说，这种融合是实质性的互利融合，是各方面都满意的融合，因而成为全疆兵地融合的典范。近年来，天北新区吸引全疆各地、兵团各单位纷纷前来学习考察，并迅速在自治区各地以不同方式兴建了一批天北模式的兵地融合发展区域。毫无疑问，这种融合发展已成为新疆兵地双方的共识，它为促进边疆区域经济跨越式发展提供了成功范例。

四、对天北新区发展模式的若干认识

1. 新的形势需要兵团在新疆不断发展壮大

建立和发展新疆生产建设兵团,是党中央、国务院治国安邦的战略决策,是国家开发西部、建设新疆、维护边疆稳定的重要手段,是中央支援地方、内地支援边疆、各兄弟民族相互支援的有效形式。兵团的发展实际是新疆的发展,兵团的壮大必将成为西北边疆实现长治久安和繁荣稳定的重要基础和可靠保证。在新形势下,进一步促进兵团在新疆的发展壮大,切实加大国家对兵团的政策以及财政供给力度,有效提高中央财政对兵团各项事业发展的保障水平,大力加强兵团干部人才队伍建设,不断增强兵团自我发展能力,对于保证260万兵团人在新疆安居乐业、更好地履行屯垦戍边的光荣职责和神圣使命具有重大意义。

2. 兵团的发展壮大离不开融入社会主义市场经济

建立和发展社会主义市场经济体制,是我国深化改革、扩大开放的必然要求。新疆生产建设兵团作为一支参与新疆建设和发展的重要力量,虽然是在计划经济年代形成的特殊体制,但也不能游离于社会主义市场经济之外,而要积极、全面融入社会主义市场经济大潮。兵团只有融入社会主义市场经济,积极参与市场分工与合作,通过市场竞争锤炼自己,才能借助市场机制有效整合资源,调整产业结构,转变生产方式,提高生产效能,把自己的优势产业做大做强,从而发展壮大自己。否则,就可能被市场经济边缘化,造成自我萎缩,甚至可能被市场经济所淘汰。市场永远是造就强者的舞台,这一法则同样适用于兵团。

3. 天北模式是兵团超越传统体制和融入市场经济的成功典范

天北新区是打破兵地条块分割、整合兵地资源、实现兵地优势互补的新生事物。天北模式突破了传统体制机制的束缚,通过巧妙的制度设计和深谋远虑、科学合理的布局,充分调动起各方面积极性,让创造财富的各类要素积极涌动释放,打造了一个具有强大生命力和发展潜力的全新的体制机制。这一体制机制,不仅大大解放和发展了生产力,而且有效解决了历史上兵地在水土、矿产资源和利益分配等方面常有的争执以及由此产生的矛盾与隔阂。特别是天北模式为兵团科学有效地找到了成功融入市场经济的接口,为兵团人在市场经济中奋力拼搏、大显身手提供了舞台,为兵团在市场经济中发展自己、壮大自己注入了动力和活力,值得充分肯定。我们有理由相信,从这一模式中产生出的巨大效能和作用必将随着时间的推移日益显现出来。

4. 天北模式是创新的产物同时需要在创新中不断深化

天北模式是创新的产物,是兵地双方通过观念创新、制度创新和体制机制创新在实践中探索形成的,没有思想解放和观念转变、没有对科学发展观的深刻理解和创造性的贯彻落实、没有开拓创新意识和创新性思维、没有超前的胆识和拼搏精神,就没有天北新区今天的发展。面对新的机遇、特别是国家对新疆新的建设发展战略的启动,需要自治区、兵团尤其是天北新区进一步解放思想,创新观念,深化认识,开拓奋进。目前,在天北新区的发展模式上,还有些模糊认识,有的自觉不自觉地用传统的观念和框框衡量、评判天北模式,譬如认为兵地融合是一种权宜之计的短视行为;兵团、地方是两家,天北新区到底归谁家;融合经济就是吃亏经济;天北新区就是兵团和地方联合成立的一种开发区和工业园;等等。这些认识,或是计划经济时代的旧观念在作祟,或是本位主义和形而上学思想严重,尽管声音不大,但在一定程度上影响甚至阻碍着天北新区的发展。对此应清醒看到,天北模式是在生动的实践中总结出来的,是西部社会主义市场化进程的迫切要求,是实现“大奎屯”区域经济跨越式发展的现实需要。天北模式的关键是创新,核心是融合,根本是发展。在西部大开发的大潮中,在新疆这个特殊区域,兵地双方将长期存在,兵地融合发展也将长期存在,要推进新疆大发展特别是要加快兵团发展壮大,需要汇集各方面力量,尤其要发挥兵地融合发展的力量,要通过融合真正达到优势互补、形成合力的目的。要做到这点,最主要的就是要深化改革,加快创新,要坚定不移地通过观念、政策、制度和体制机制创新,切实增强人们的开放发展意识、经济区域概念和相融共赢思想,努力解决天北模式中存在的各种问题,从而推动天北模式不断深化发展。

5. 要通过建设完善使天北模式成为真正成熟的样板模式

设立天北新区,既是为兵团农七师融入市场经济、推动其发展壮大搭建平台,也是为不断加快奎屯城市化建设、推动奎屯经济与社会事业快速发展、增强奎屯经济在天山北坡经济带乃至北疆地区的辐射力和推动力创造载体。在中央实施西部大开发和推动新疆实现跨越式发展的战略背景下,天北新区需要紧紧抓住机遇,进一步明确发展思路,理顺管理体制,完善运行机制,加强法律主体地位建设,推动天北模式不断走向法制化、制度化和规范化。

首先,应加大政策供给力度,在科学理顺新区管理体制的基础上尽快明确天北新区的法律主体地位。天北新区的长远目标是成为天山北坡经济带的重要一极,并以“三地四方”大奎屯的优越位置成为适合人居的生态化城市。因为天北新区的重心是发展区域经济、发挥辐射和带动作用,一是可请自治区、兵团和中央有关部门按照国家有关经济开发区的政策思路对天北新区给予扶持,包括在项目、资金、技术和人才等方面予以支持和倾斜;二是可请自治区或自治区授权伊犁州及早立法,明确天北新区作为一个相对独立的行政区域所拥有的法律主体地位,为新区发展、建设和开展对外交往提供法律保障;三是为充分发挥兵团在新区建设中的作用,可考虑将兵团所拥有的行政事务管理权,通过新区管委会作为农七师派出机构模式延伸至新区范围内的相关事项;四是可考虑按照新区行政权属于地方政府序列的制度性要求,通过新区管委会作为奎屯市政府派出机构的模式,行使各项政府职能,同时也接受奎屯市政府的监督。这样,就可以保证天北新区在管理上做到独立、统一、高效,使之真正成为区域经济发展和城市化建设的带动者。

其次,应明确天北新区管委会是新区唯一拥有独立法律地位的行政主体。应依法规定,新区管委会下设的行政机构在法律上对外代表管委会行使相应管理权,同时在业务上分别接受农七师、奎屯市相关部门的指导与监督,并受兵地上述部门的委托在新区内依法行使行政执法权。

再次,应促使天北新区的行政管理体制和运行机制尽快走上法制化、制度化和规范化的轨道。改革开放以来,自治区先后成立了不同模式的经济开发区,为加强管理,促进园区健康发展,自治区、乌鲁木齐市和伊犁州人大常委会等,相继出台了如《石河子经济技术开发区管理条例》、《乌鲁木齐经济技术开发区管理条例》和《伊宁市边境经济合作区管理条例》等法规。为此可请伊犁州人大或其常委会照例出台《奎屯天北新区管理条例》,明确规定天北新区的范围、功能和管理体制机制,明确规定新区管委会职责、权限以及与农七师、奎屯市政府有关部门的职能关系等。这样,就可以防止因无章可循而导致的主观意志、行政干预以及只看眼前、不顾长远等现象的发生;同时在处理双方关系上,都能保证按制度和规定办事,譬如地方政府拖欠新区管委会税收返还款等问题(2003—2007 年共拖欠 3462.6 万元),就可以有效解决,从而保证这种模式权责明晰、体制科学、管理顺畅、运行规范。

最后,应始终坚持市场化的模式主要通过市场的手段建设完善的方针,切实做到突出服务,转变职能。天北模式是时代创新的体现和反映,“小政府、大社会”是天北模式的显著特征。新区管委会要自觉按照现代政府治理的要求,坚持把深化行政体制改革、转变政府职能、提高服务效能和水平、建设法治政府、实行依法行政等理念和目标落实到新区发展建设的各个方面,体现到全体员工的思想和具体工作中,特别是要着力在区域规划、产业引导、政策供给、提供完备服务和良好投资环境等方面,履行政府职能。同时,新区要下工夫苦练内功。市场经济有其自身的客观规律,市场对参与市场竞争的主体来讲始终是公平的。新区只要遵循市场规律,按市场法则办事,潜心建设自己、完善自我,真正形成优质高效的服务品牌,就一定能够成为西北乃至整个西部投资的天堂和高品质的宜居生活区,天北模式也必会以其旺盛的生命力和成功的典范为推动兵团发展壮大、为促进新疆繁荣稳定作出更大贡献。

“软部门”和“硬实力”：沈阳市信访工作新机制研究

□丁开杰*

沈阳市是我国东北地区的一座老工业基地城市，进入21世纪以来，尤其是随着体制转轨和社会转型，诸如企业改制、城镇拆迁、农村征地补偿等方面累积的社会矛盾多，所产生的信访案件多，加上非法集资等新情况、新问题的出现，新老矛盾相互叠加，信访形势一直十分严峻。在2008年以前，沈阳市群众上访量每年都在近16万人次的高位徘徊，进京访、非正常访居高不下，占辽宁全省的40%以上。全国“两会”期间的进京访，连续多年位居辽宁省第一位。2008年在全国“两会”期间，沈阳市进京上访人数达到330人次，在全国省会城市中是最多的。但是2008年以来，沈阳市进京访同比下降68%，到省访则同比下降35%，在2009年全国“两会”期间更是实现了进京访“七个为零”的历史性突破①。

是什么原因导致这样的显著变化呢？最根本的原因是沈阳市委市政府创建了信访工作新机制，实现了“软部门”和“硬实力”的有效结合，切实提高了信访部门就地解决问题的能力。本报告对沈阳市信访工作新机制的创新

---

* 丁开杰，中央编译局比较政治与经济研究中心，副研究员。

① 霍仕明、张国强：《沈阳创新信访工作体制维护社会稳定》，2009年8月7日《法制日报》，http://news.sohu.com/20090807/n265785004.shtml。

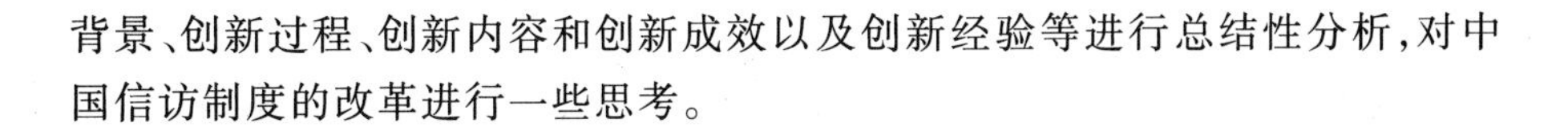

背景、创新过程、创新内容和创新成效以及创新经验等进行总结性分析,对中国信访制度的改革进行一些思考。

一、创新背景:我国信访制度的变迁

信访是我国社会主义公民政治参与的重要渠道,也是实现和维护人民民主政治权利的具体形式。而信访制度是具有中国特色的社会主义制度体系中体现民主、反映民意、救济权利的一种特殊制度,它的正式确立以 1951 年 6 月 7 日政务院颁布《关于处理人民来信和接见人民工作的决定》为起点。在过去 60 年里,我国信访制度大致经历了三个发展阶段。第一个阶段从 1951 年 6 月到 1979 年 1 月,这一阶段的信访制度是大众动员型,信访受到政治运动的制约。每逢政治运动一开始,人民来信来访就猛增,其内容主要是揭发他人的问题,而到运动后期及运动结束后相当一段时间里,反映运动中存在的问题或要求落实政策的信访就开始增多。第二个阶段从 1979 年 1 月至 1982 年 2 月,这一阶段的信访制度是拨乱反正型,信访迅速从国家政治生活中的边缘位置走到了中心位置,信访的人数之多,解决问题之多,都史无前例,主要内容是要求解决历史遗留问题,平反冤假错案。第三个阶段从 1982 年 2 月至今,这一阶段的信访制度是安定团结型。随着国家在 1982 年宣告拨乱反正任务的基本完成,信访制度最主要的功能转变为化解纠纷、实现救济①。

从 20 世纪 90 年代开始,中国经济社会进行急剧转型期,社会矛盾和问题表现得更加复杂多样,群众信访工作中出现历史遗留问题与现实问题相互交织,经济利益诉求与政治权益诉求相互交织,正当要求与不合法方式相互交织,多数人的合理诉求与少数人的不合理要求相互交织,群众自发行为与敌对势力恶意插手操纵相互交织的复杂局面②。全国群众信访总量不断攀,信访工作的压力不断加大。到 2000 年,全国县以上党政机关受理的群众来信来访量首次突破 1000 万件(人)次,在 2003 年引发了持续上升的"信访洪峰"。此后,我国信访总量一直保持高位运行,至 2004 年已"连续 12 年信访总量攀升",2004 年全国县级以上党政信访部门受理的群众信访总量达到了约 1400 万件(人)次。虽然从 2005 年起全国信访数量增幅有所下降,但信访洪峰尚未平息,2006 年全国信访总量达到 1069.4 万件(人)次,截至目前,全国信访

① 应星:《新中国信访制度的历史演变》,载《瞭望东方周刊》2003 年第 4 期。

② 刘素华:《进一步改革和完善信访制度——"信访、法治、科学发展观"研讨会综述》,载 2009 年 2 月 23 日《学习时报》。

总量在“高位运行”[①]。

党中央国务院高度重视信访工作。从党的十六大以来,中央领导同志对信访工作的批示、指示多达700余件次,并多次专题研究信访工作。2004年8月,面对当时信访总量连续攀升、集体上访和群体性事件频发的严峻形势,中央审时度势,果断决策,决定建立处理信访突出问题及群体性事件联席会议制度。2006年8月5日,胡锦涛总书记批示指出,“信访工作是为人民群众排忧解难的工作,也是构建社会主义和谐社会的基础性工作。在当前社会矛盾多发的情况下,信访问题是回避不了的。信访工作必须坚持不懈地抓下去。”

在党中央的一系列重大决策部署下,新时期的信访工作得到了全面加强,信访工作定位进一步明确,格局日趋完善,法制化不断加强,工作效能全面提升,在维护群众合法权益、反映社情民意、促进社会和谐等方面作出了重要贡献。特别是党的十七大关于“完善信访制度、健全党和政府主导的维护群众权益机制”的要求,更加鲜明地从制度、机制层面为做好新时期信访工作指明了方向、路径和重点。

二、沈阳市信访工作新机制的产生过程

沈阳是辽宁省省会所在地,总面积1.3万平方公里,全市总人口720万,城区人口506万;2008年,全市GDP 3860亿元,地方财政一般预算收入291亿元,地方财政一般预算支出401亿元。

以2004年为分水岭,沈阳市的信访制度变迁大体分为四个阶段[②]。第一阶段,在2004年以前,沈阳市信访制度呈现“从信访接待,再分派处理”特征。第二个阶段,2004年到2007年,沈阳市建立信访综合大厅,从统一受理,分派处理,走向了集中办公,各部门直接受理。其中特别需要指出,2004年沈阳市《政府工作报告》要求进一步完善各级信访、市民投诉及社区人民调解机制,认真稳妥地处置群体性事件,扎实有效地化解人民内部矛盾。这对推动沈阳市信访工作起到极大推动作用。2004年2月,针对日益突出的信访问题和传统调处矛盾体制的弊端,沈河区从城区信访工作实际出发,立足集中用权,用权为民,在全国率先创立了人民信访接待大厅,形成了信访工作的新体制和

① 张大成:《论信访制度改革的立场选择与制度完善》,《辽宁工业大学学报》(社会科学版)第10卷第4期,2008年8月。周定财:《善治:我国信访制度改革的目标》,《沈阳大学学报》第20卷第5期,2008年10月。

② 曹波:《沈阳信访制度改革探析》,吉林大学硕士学位论文,2009年4月,第1—2页。

新机制,被国家信访局定义为城区信访工作之"沈河模式"。第三个阶段,2007 年到 2008 年 6 月 5 日,沈阳市信访工作与法律结合在一起。在沈阳市信访接待大厅,至少有 1 名律师值班,提高了信访的法制化程度。在这个阶段,沈阳市的信访工作有了很大发展,尤其是涌现出了以潘作良为代表的一支优秀信访工作队伍[①]。第四个阶段是 2008 年 6 月 5 日以来,为从根本上摆脱信访工作的被动局面,沈阳市提出"要以解决问题为中心,创新体制机制,建立解决信访的长效机制"[②],建立市、区(县)两级信访大厅,政府各职能部门集中在大厅接访,当场解决问题。

2008 年以前,沈阳市信访工作力量比较单薄,责任主体的责任落实不到位,解决信访问题效率不够高,重治标轻固本,重平息轻解决,重事后轻源头,总是"摁下葫芦起来瓢"。沈阳全市群众上访量每年都近 16 万人次,大量群众的合法诉求得不到解决。2008 年 1 月,辽宁省委常委、省委秘书长曾维调任沈阳市委书记,随后一场意在做好信访稳定工作、解决信访积案的工程启动。4 月,沈阳市委出台 7 号文件,并且开展信访稳定工作"百日会战",各县区市逐一排查,对 1752 件积案进行了一一梳理。其中,7 号文件提出"发展是政绩,稳定也是政绩",决定把与稳定问题相关联的部分司法、执法、行政权力资源以及干部、资金等资源,集中至信访部门,重构信访新模式,目标是"集中权力,就地解决信访问题"。

根据 7 号文件精神,在总结沈河区信访工作经验基础上,沈阳市大胆改革创新,探索建立了以"四个一",即"一站式接待,一条龙办理,一揽子解决,一竿子插到底"为基本模式的市、区县(市)两级信访大厅,形成了信访工作新体制。在一个多月间,沈阳市财政投资 5000 万元建成了占地 7416 平方米的信访大厅,大厅内集中了公安、法院、民政、劳动、规划、房产、教育、城管、卫生等 19 个单位的专业骨干。2008 年 6 月 2 日,沈阳市信访大厅正式启动。当天,就有 200 多名群众来这里集体访,反映居住弃管房的 1357 户居民 14 年没有用上煤气的问题。刚上任不久的信访局长兼大厅主任陈国强同志立即派人听取意见,调查研究,在摸清情况的基础上决定,由大厅先从解决疑难复杂信

① 潘作良是辽中县信访局局长,他在走上信访工作岗位一年八个月中,接待受理群众来访 3848 人次,下基层 200 余次,办理疑难信访案件 107 件,使 104 件重点案件的信访人止诉息访。而他却累到在工作岗位上,直到献出了宝贵的生命。2008 年 5 月 9 日 18 时,潘作良把当天最后一个上访人送走后,又与有关同志研究案卷,突然昏倒,诊断为脑部大面积出血,经抢救无效,于 5 月 10 日上午 10 点 30 分逝世,年仅 43 岁。中共中央总书记、国家主席胡锦涛为此作出:"深切悼念优秀信访干部潘作良同志,我们要学习他为党分忧、为民解难的崇高精神和奋力拼搏、苦干实干的优良作风,把信访部门建设成为工作一流、群众满意的部门"的重要批示。

② 曾维,以"事要解决"为目标积极探索完善新时期信访工作体制机制,2009 年 11 月 30 日,辽宁省沈阳市,全国信访工作经验交流现场会。

访问题备用金中垫付240万元,市煤气总公司减免部分费用,群众企盼多年的问题迎刃而解。煤气开通后,上千名群众敲锣打鼓给市信访大厅送来锦旗。沈阳市信访工作新机制得到了老百姓的拥护,迅速取得了实效。

三、沈阳市信访工作机制的创新内容与特征

在新的阶段,沈阳市信访制度解决了群众上访无门到处围堵、越级上访的问题,把原本分散在各个职能部门的权力集中起来,由间接调处向直接调处,形成了以党委、政府为主导的维护群众权益的新体制和信访工作新格局。沈阳市信访工作新机制的一大亮点是创造性地提出了“一个中心、两个基本点”的总体改革思路。“一个中心”即所有信访工作都要围绕解决信访问题为中心;“两个基本点”就是集中职权、直接调处。在这个总体改革思路指导下,沈阳市建立市区两级信访大厅,形成了“四个一”的信访工作模式,并且具备了“八个有”特征。

(一)沈阳市信访大厅基本情况

沈阳市信访大厅被称作“全国第一信访大厅”,总投资2000多万元,总面积7416平方米。一、二楼为接待区,设有候访大厅、各部门接待室、信访法庭、治安办公室等;三楼为市民诉求专线、网上信访和远程视频接访等,四至九楼为办公区。信访大厅全部实现微机化管理,配置了微机、摄像、录音、监控、三通电话等设备,实现内部微机联网和辐射区县(市)信访大厅的党政内网及门户网站,构建了信访工作电子化操作平台。设立了供信访干部免费使用的餐厅、浴室、理发室、棋牌室、健身室、医务室等,功能齐全,设备一流。信访大厅有工作人员380人,其中信访局干部编制86人,18个部门派驻人员102人(驻厅1年以上),市民诉求专线天使(全为近年毕业的女大学生)100名,保安及服务人员近80人。同时,沈阳市信访局还修建了“沈阳市信访干部培训中心”暨沈阳市信访稳定分流调处中心,作为法制教育的场所和处置进京访的工作站。该中心坐落在市区棋盘山风景区,占地面积27000平方米,建筑面积5800平方米,总计投资约5000万元。

(二)信访工作模式

沈阳市“四个一”工作模式包括“一站式接待”、“一条龙办理”、“一揽子解决”、“一竿子插到底”(见图1)。

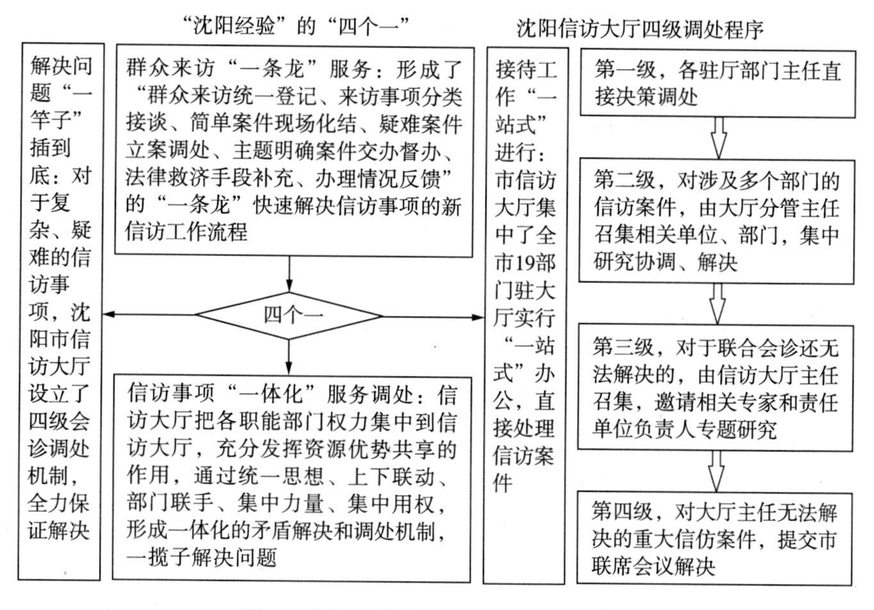

图 1　沈阳市信访工作的“四个一”模式

所谓“一站式接待”，主要是指全市信访问题终点站设在沈阳市信访大厅。市信访大厅集中了全市 19 个部门驻大厅实行“一站式”办公，直接处理信访案件。

所谓“一条龙办理”，就是形成了“群众来访统一登记、来访事项分类接谈、简单案件现场化结、疑难案件立案调处、主体明确案件交办督办、法律救济手段补充、办理情况反馈”的“一条龙”快速解决信访事项的新信访工作流程，从信访事项的提出、受理、办理、督办到回复等各个环节，都在信访大厅里完成。

所谓“一揽子解决”，就是对应该解决的信访问题，无论是涉及一个部门还是多个部门，无论是案情简单还是成因复杂，都能够在信访大厅实现“件件有着落、案案有结果、事事有回音”。沈阳市的信访大厅把各职能部门权力集中到信访大厅，充分发挥资源优势共享的作用，通过统一思想、上下联动、部门联手、集中力量、集中用权，形成一体化的矛盾解决和调处机制，一揽子解决问题。

所谓“一竿子插到底”，是指对复杂、疑难的信访事项，沈阳市信访大厅严格按照《信访条例》的规定，紧密结合实践，设立了四级会诊调处机制全力、保证解决：第一级，各驻厅单位、部门主任直接决策调处；第二级，对于涉及多个部门的信访案件，由大厅分管主任召开相关单位、部门联席会议，集中研究、协商解决；第三级，对于联合会诊仍不能解决的信访事项，由信访大厅主任召开主任联席会议,邀请有关专家和责任主体单位负责人专题研究解决;第四级,对于大厅主任联席会议仍解决不了的,提交市联席会议研究解决。

(三) 信访工作特征

沈阳市信访工作新机制具备“八个有”的特征,包括“决策有权威、指挥有力度、调处有效率、基层有网络、打击有措施、资金有来源、干部有保证和预防有效果”。

(1) 完善联席会议制度,确保决策有权威。沈阳市委市政府出台了《处理信访突出问题及群体性事件联席会议组织与议事制度》,完善市和区县(市)两级联席会议的领导协调体制,使联席会议真正代表各级党委、政府集中行使信访稳定工作的组织领导和协调指挥职能,形成了政令上下贯通的领导体系,大大增强了工作的权威性。新制度实行以来,市联席会议制度化运作、规范化运行,每周定期召开例会对沈阳信访稳定工作中一些重点、难点问题进行讨论,每次例会都有联席会议召集人主持。

(2) 做强信访大厅,确保指挥有力度。沈阳市委市政府重新制发了《信访大厅组织规则》,确立信访大厅为信访稳定工作组织协调中心和指挥调度中心,赋予了信访大厅集中使用权力、调动相关资源、直接调处纠纷、及时处置突发事件的职权。同时,理顺了原信访局内设机构,并吸纳了由司法、行政机关21个部门派出的工作小组,使信访大厅具备了诉讼指导、立案引导、协调调解、行政复议、法律咨询、司法援助等职能,指挥力度明显加强。

(3) 优化运行规程,确保调处有效率。在全力打造电话专线受诉、网上信访受理、远程视频接访等三个平台,不断畅通信访渠道的基础上,沈阳市委市政府着力优化规范信访大厅内部信访案件办理规程,并通过实时实地召开处长、厅副主任、厅主任调度会,保证了信访大厅“一站式”办公,提高了调处解决问题的效率。

(4) 延伸工作触角,确保基层有网络。沈阳市委市政府对构建基层信访稳定工作网络格外重视,在街道(乡镇)建立了由党委主要领导任组长的信访工作领导小组,并要求具备一定硬件条件的街道(乡镇)设立信访接待室,社区(村)建立基层矛盾调解组织,负责对本级管辖的信访稳定问题进行调处和化解。同时,沈阳市在15个区县(市)全面推行了人民信访代理工作制,选聘出2300名社区、村“人民信访代理员”,初步形成运转高效的基层信访工作网络。

(5) 推行项目风险评估制度,确保预防有效果。2008年6月,沈阳市委颁布《关于对重大建设、改革项目实施稳定风险评估的规定》,明确把拆迁、土地征用、国有企业重大改革等项目作为信访评估的重点,完善了公众参与、专家论证和政府决策相结合的决策机制。而沈阳市信访大厅建立了由法律、房地产、社会学、金融等方面的40名专家学者组成的信访稳定风险评估专家库,并且确定了风险评估领导责任制,把好风险评估的"三个关口"。一是把好事前的静态评估关口。项目上不上,沈阳市让群众来把关;保障群众的知情权、建议权和监督权。凡是群众满意率达到80%以上的项目方可进入下一道程序。二是把好事中的动态评估关口。在决策实施和项目建设中,实行"阳光操作",接受群众监督,信访评估小组人员主动上门,征求相关部门和所涉及的群众代表的意见建议,填写"群众意见评估情况反馈表"。三是把好事后的跟踪评估关口。对群众意见大、有可能诱发群体性上访的拆迁或建设项目,都组织召开由相关部门领导、人大代表、政协委员、法律人士和群众代表组成的信访评估会[①]。经过一年的摸索,沈阳市在2008年完成了42个信访稳定风险评估项目,而其中4个规模较大的动拆迁项目,因为没有达到风险评估的"稳定"标准,都被及时叫停,有效地化解了社会风险。

(6) 推动维稳队伍的专业化建设,确保处置有力量。为切实提高应对突发事件、驾驭复杂局面的能力,沈阳市委市政府将市维稳办从市委政法委整建制划入市公安局,由市公安局局长兼任市维稳办主任。各区县(市)也参照市里的模式理顺了维稳体制。市公安局组建了维稳支队,各区县(市)也相应成立了维稳大队,着力打造一支职业化、专业化的500余人的维稳队伍。市信访大厅信访突发事件处置办公室,由专门人员处置非正常访地点的突发情况的处置工作,全面提高了处置突发事件的快速反应能力。

(7) 加大财力支持,确保资金有保障。沈阳市区两级多渠道筹措资金,调整财政支出结构,按照各区每年不少于3000万元、开发区和县(市)不少于1000万元的标准,依托大厅建立了信访稳定工作资金保障制度,并确保所需资金及时足额到位。2008年以来,全市用于解决信访案件和帮扶救助困难信访人累计支出31.1亿元。

(8) 建立后备干部培训基地,确保干部素质有保证。沈阳市委制定了《沈阳市市管党政领导班子后备干部工作实施细则》。"细则"明确规定,市管后备干部实践锻炼的形式之一,就是到信访部门挂职锻炼。对工作成绩突出的,要优先予以提拔重用;对表现不好的,及时予以调整。先后有655位市、区县(市)干部被派驻信访大厅。其中,市管后备干部17名,区管后备干部98名。

---

① 何勇:《沈阳推出新机制:项目可能诱发上访,信访部门要说"不"》,载2009年2月9日《人民日报》。

四、沈阳市信访工作新机制的创新之处

沈阳市信访工作新机制是中国信访制度演变的最新动态。具体而言，“信访工作新机制”的创新之处包括五个方面：

第一是搭建了一个集中处理信访问题的平台,改进了信访工作的硬件建设。目前,沈阳市在市一级和15个区县建立了信访大厅,方便群众上访。目前,沈阳市区两级信访大厅总面积达到3.9万平方米,全市信访部门的电脑和车辆分别由过去的95台、30辆,增加到现在的1354台、128辆,与全国信访信息系统并机工作的电子化操作平台日益完善。

第二是对信访工作的人才培养和激励机制进行了创新。沈阳市在信访改革一开始就注意把对群众有感情、对工作有责任感的干部和重点培养的各级后备干部选派到信访大厅工作。21个职能部门的干部进驻信访大厅,直接解决问题,并从信访大厅得到提拔任用。对进厅干部的考核,信访局党组的意见一票否决。市委要求,对工作成绩突出的,要优先予以提拔重用;对表现不好的,及时予以调整。

第三是对信访程序进行创新,集中受理各种信访案件。沈阳市、区(县)两级信访大厅采取“统一登记、分类接谈、现场答疑、立案调处、交办督办、法律救助、回复回访”的闭合式程序,对信访诉求实行“一竿子插到底”,做到有访必接、接之必办,并在“立案调处”上下工夫,设计了“四级调处”流程,确保信访事项通过不同层面得到有效解决。对于一些特别重大的、疑难的信访事项,大厅主任仍无法组织协调的,启动第四级调处程序,提交市一级联席会议研究解决,通过形成会议纪要,各负其责抓好落实。

第四是充分利用网络技术,整合和提升了群众的各种利益诉求渠道,开通了市民诉求专线。2008年5月22日零时,沈阳市信访局正式开通市民诉求专线“12345”,由毕业于沈阳大学的90名应届女大学生担纲,组建了“百名信访天使团队”,实行365天全天24小时接听百姓诉求电话,这一号码还与电信部门的“114”有效链接,使线路资源更丰富,百姓电话信访渠道更畅通,架设了便捷的“空中诉求渠道”,并使用全国信访信息系统接收上级部门网上转送、交办的信访事项。与此同时,各区县(市)和责任单位也建立了相应的空中网络,形成了与接待走访相呼应、相衔接、相支撑的“立体化、综合性”接访平台,成为目前国内规模最大的电话信访受理平台。这个平台既方便了群众,又提高了效率,还推动了信访秩序的进一步好转。

第五是积极建立了信访工作的长效机制。沈阳市出台了《处理信访突出问题及群体性事件联席会议组织及议事制度》,从制度上杜绝了办事拖拉、互相推诿等陋习,建立了一个负全责、有权威的矛盾调处新体制。出台了《关于对重大建设改革项目实施稳定风险评估的规定》,建立了访稳定风险评估制度,如果某重大建设或改革项目有可能诱发群体性上访,信访部门有权说“不”,将信访工作的关口前移,重心下移,从而“早发现,早预防,早消除”,在源头上减少了信访初访。在信访大厅设立了法律援助、心理疏导、政策咨询等窗口,更好地帮助群众排忧解难。此外,沈阳市还在全国率先在信访局建立了纪检组,对信访工作进行责任追求。目前全市15个区县信访大厅都建立了纪检组,一共有92名纪检干部,形成了责任追求网络。

五、沈阳市信访工作新机制的创新成效和社会影响

沈阳市信访局积极适应信访工作形势和任务的需要,大力加强信访部门自身建设,为信访工作更好地服务于改革发展稳定大局提供必要条件和有力保障。截至目前,沈阳市信访工作新机制已经产生了使“政府、群众和干部”三赢的效益。

一是让政府受益。沈阳市委市政府对沈阳经验的工作模式和内涵进行了总结和提炼,并通过召开现场会、下发文件、组织督查等方式,在全省范围内全面推广。目前,辽宁省全省14个市有10个市建成或在建“一站式”联合接访的平台,有4个市已经列入了规划。100个县(市、区)有60个建成,24个在建,16个待建。过去,信访工作难以摆脱“上访—接访—再上访”的“怪圈”,一些原本可以花很少的钱就能化解的问题,由于工作不到位,解决问题不彻底,时间越拖越长,金额越要越高,矛盾越来越激化。最后,财政不得不忍痛高额“埋单”。现在,大量信访问题得到及时就地解决,群众往上跑的少了,财政的负担轻了。沈阳市建立两级信访大厅以来,信访事项一次性办结率高达95.7%,国家和省两级交办案件的结案率分别达到了97%和94%。2008年,沈阳市辽中县的越级访大幅下降,信访工作经常性支出就下降了60%左右,效益十分明显[①]。

二是让老百姓受益。信访大厅从硬件上方便了老百姓,工作新机制则使

---

① 辽中县委书记张东阳,整合资源直接调处,努力把信访问题解决在基层,全国信访工作经验交流现场会,2009年11月30日。

得老百姓能够逐级、有序和理智地上访,信访部门能够调动各种资源真正为老百姓排忧解难。而信访干部也“站在信访人的角度办事”,“真正落到了信访人的心上”。自从2008年以来,沈阳市信访大厅的19个窗口共接待受理5.5万件次8.9万人次,现场化解1.6万件,立案调处1.2万件,直复化解2.6万件;两级信访大厅共接待群众来访9.5万件次、22.6万人次,直接答复3.8万件,现场化解3.2万件,立案调处2.5万件。诉求专线共受理市民诉求电话12.9万件次,即时办结9.2万件次,向网络单位交办3.7万件次,办结率99.23%。受理网上投诉536件,经协调督办,结案率96%;收到群众来信6715件,交办1716件,结案率92%。另外,国家、省交办沈阳市信访案件共计1177件,到期应结案件1111件,已办结1065件,结案率96%;息访913件,息访率82%。同时,去年以来化解重点疑难信访积案1.2万余件。以上涉及人民群众达45万人次之多。其中,涉及动迁人口25%,企业转属转制人员26%,农村土地承包流转人员10%,土地征地人员15%,无法办理房证人员5%,其他人员19%[①]。

三是让干部受益。信访大厅成立以来,改变了过去“中转站”的做法,真正替老百姓解决问题,改变了信访干部在老百姓心中的形象,培养和锻炼了一支优秀的信访干部队伍。沈阳市信访局荣获全国“五一劳动奖状”,5名党组成员全部一次性被评为“沈阳市劳动模范”;驻厅10个单位被评为“辽宁省信访工作先进集体”,全市113名信访干部被授予沈阳市“五一劳动奖章”,有9名同志被评为“辽宁省劳动模范”。四是让地方收益,推动了沈阳老工业基地的复兴。目前,在信访大厅挂职锻炼的后背干部,已有9个提拔到了市管副局级领导岗位,28人提拔为正处级,47人提拔为副处级。

沈阳市信访工作新机制实施以来,受到了党中央国务院的高度重视和充分肯定,已有多位领导批示,多个地方政府前往沈阳考察学习。中央政法委书记周永康、国务委员马凯、国务院副秘书长信访局局长王学军曾亲临市信访大厅视察工作,要求全国向沈阳学习。从2008年开始,全国60多个省市地区2600多人到沈阳市参观学习。人民日报、新华社、中央电视台等中央媒体对沈阳市创新信访工作体制机制,建设联合接访大厅,集中相关职能部门协同作战,全力解决信访问题的经验做法进行了集中宣传报道。2009年11月30日至12月1日,全国信访工作经验交流现场会在辽宁省沈阳市召开,中共中央政治局常委、中央政法委书记周永康,国务委员、国务院秘书长马凯出席会议并讲话,32个省部委领导出席此次会议。马凯同志指出,“沈阳经验”至少具有三个特点:一个是经验很具体,可以说是摸得着、抓得住的;第二个特

① 以上数据来自2010年1月的实地调研。

点是理念很先进,理念很深刻。实际上对信访工作不实就信访论信访,而在讲在社会主义条件下,在新的历史时期如何做好群众工作;第三个特点是效果很明显,在经济社会发展中起到了实际的作用①。

六、沈阳市信访工作新机制的经验与启示

沈阳市适应新时期新形势的需要,对信访工作制度进行创新,取得了明显的实效,为我国其他省市地区开展信访制度改革提供了可借鉴的经验。总结来看,沈阳市创建信访工作新机制,至少形成了如下十个方面的经验。

一是领导干部高度重视信访工作,有魄力有能力,敢担当。沈阳市委书记曾维上任伊始就高度重视信访工作,强调"发展是政绩,稳定也是政绩"的理念,积极采取了多种措施推动信访工作。沈阳市市长李英杰也明确指出:"该给老百姓的一分都不能少,宁可少修一条路,也要把群众的问题解决好。"而具体负责信访工作的市委副秘书长、信访局局长陈国强更是积极履行信访工作者所担负"为国分忧,为民解难"的责任。他指出,"以前大部分信访都是针对行政问题的,而现在随着市场经济的深化,劳资纠纷越来越凸显。"虽然许多问题本应由法院处理,但由于成本太大,加上百姓相信信访,"在咱们这么一个体制内,作为政府就不能不管。"②

二是多部门参与信访工作,通过工作组等形式开展工作,专项解决信访案件。除了21个职能部门派出干部驻厅就地解决信访问题以外,沈阳市在信访大厅还专门成立了两个专案组,专门负责协调解决疑难积案;对难以解决的重大案件,则由25名市级领导包案解决;对需要出资解决的信访案件,沈阳市财政保证随用随支,确保所需资金及时足额到位。这些举措有力地推动了信访案件的解决。在2008年,沈阳市财政投入资金22.4亿元,共解决突出信访问题7634件,彻底解决了一批困扰沈阳多年的历史遗留问题。

三是各职能部门吃透信访条例,切实贯彻执行信访条例,维护法律效力。在中央提出"慎重使用警力"的意见后,不少基层一时无所适从,甚至由于没有警方的保护,有的法院对某些案件迟迟不敢判决。但在沈阳市信访大厅,沈阳市公安局派驻了大约19名干警维护信访秩序。对于缠访闹访、甚至采用极端手段滋事的情况,公安局都会果断出击。尤其是对于群体性上访,按照规定,大规模群体上访需要选出5人代表介绍情况,在沈阳市信访大厅,如果

① 马凯:《在全国信访工作经验交流会上的讲话》,2009年11月30日,辽宁省沈阳市。
② 王开、李静:《沈阳信访局调19单位骨干息访》,载《瞭望东方周刊》,2009年9月7日。

发现不按规定、甚至挑衅闹事的行为,第一次警告,第二次就会被拘留。

四是及时总结基层经验,加以提升和总结。制度创新层面是不断提高的过程,往往较高层级的制度创新来自对基层实践经验的学习。沈阳市沈河区信访局,就是沈阳市信访模式变革的一个标本。早在2004年,沈河区就建设了信访大厅,包括司法建议权、干部考核权等一系列职能,形成了全国闻名的"沈河模式"①。这为沈阳市推动全市范围的信访工作新机制打下了良好的基础。

五是建立基层信访工作网络,搭建信访工作平台。沈阳市信访工作打造了由市信访大厅构成的"大航空母舰",15个县区信访大厅为"小航母"构成的战无不胜的"航母舰队"。此外,沈阳市还建立了乡镇街道、城市社区等基层网络,在全市社区、村聘请了2300名专(兼)职信访代理员。为确保信访干部业务精干,沈阳市共向两级信访大厅派驻了工作人员655人。为保证资金有来源,还投入30多亿元设立了解决疑难复杂信访问题专项资金②。这个庞大的基层信访工作网络,为解决各类信访问题搭建了一个广泛而牢固的工作平台。

六是建立风险评估机制,对潜在的上访事件进行预防。"风险评估机制"最早来自沈阳市沈河区的信访改革,其主要意思是,在当地政府进行重大决策之前,协助其对稳定问题做出充分的考察评估。沈阳市委探索把信访稳定风险评估纳入信访工作新机制之中,强化了事前预防,从而将信访工作的关口前移,有效地防范了社会风险,降低了信访问题的治理成本。

七是要重点解决改革中的关系民生和社会稳定的困难问题。沈阳市是老工业基地,在改造过程中推动国有企业的改革,带来了不少亟待解决的问题。比如,皇姑区的棚户区改造本来是政府的一项惠民工程,但是由于项目摊子过大、实际情况复杂,出现了巨大的资金缺口。此后,在沈阳市、皇姑区两级政府的多方协调和帮助下,开发商虽然陆续建成回迁房,可是因为资金问题,回迁房在管道煤气、供电、供水、消防等方面仍然有很多未完成的工程,留下了很多难以解决的遗留问题。在2008年沈阳市创建信访工作新机制后,沈阳市委市政府通过联席会议制度,专门进行协调处理,争取各部门的支持,很好地解决了老百姓的实际问题。

八是进行有效的制度建设和机制建设,确保工作的有序化和规范化。为

① 信访沈河模式,是指沈阳市沈河区在2004年从新时期中心城区信访实际出发,着眼于加快构建社会主义和谐社会,立足于在基层、在当地有效解决信访问题,以"人民信访接待大厅"为载体,坚持"集中用权、用权为民"形成的城区信访工作新体制和新机制。

② 孙潜彤:《抓源头、促和谐——沈阳市创新信访工作机制记事》,载2009年12月8日《经济日报》。

了推动信访工作的切实开展,沈阳市先后针对联席会议、信访大厅运行、风险评估等制定出台了《处理信访突出问题及群体性事件联席会议组织及议事制度》、《信访工作规则》、《后备干部进驻信访大厅轮岗锻炼制度》、《信访工作资金保障制度》等一系列规章制度,建立了四级会诊调查处理机制、风险评估机制,从制度上杜绝了办事拖拉、互相推诿等现象,大大提高办事效率和公平性,维护了社会稳定。

九是建立一支优秀的信访工作人才队伍。信访工作人才队伍是一个开放和广泛的概念,并不仅仅局限在专业的信访干部队伍上,而是与信访工作有关的干部人才队伍。沈阳市通过整合资源,有效地组建了一支优秀的信访工作人才队伍。这包括在信访大厅派驻各职能部门的后备干部,在大学创建信访专业培养人才,招聘大学生作信访天使,负责电话网络专线。此外,在沈阳市也涌现出了一批以潘作良代表的"为国分忧,为民解难"的优秀信访干部,为沈阳市信访工作取得突出成效形成了坚强的后盾。

最后,舍得投入,对社会稳定进行成本—收益分析。在沈阳,对还账的钱,维护群众利益的钱,市委市政府是舍得投入的。为解决疑难复杂信访问题,沈阳设立了专项资金,主要解决"骨头案"、"钉子案"、"无头案",并实施困难救助。对这些资金,市财政保证随用随支,敞口供应。市财政以每年 1 亿元为起点,上不封顶,各区每年不少于 3000 万元,县(市)和开发区不少于 1000 万元。同时,沈阳市要求对这些专项资金形成制度、长期坚持,在资金使用中,严格报批程序,要求大厅报请联席会议研究,并视情况提请党委和政府相关会议决定,确保"该花的一分不少,不该花的一滴不漏"。到 2009 年底,沈阳市各地区共筹集专项资金 6.7 亿元,支出 5.3 亿元[①]。

七、余论:"软部门"也可以有"硬实力"

目前,关于中国的信访制度改革,大致存在三种基本的研究取向。一种取向认为,应重新构建信访体制框架,整合信访信息资源,探索"大信访"格局,并通过立法统一规范信访工作,从而建立高效的信访监督监督察机制。这是主流的观点,其核心思想是扩大信访机构的权力,使其具有调查、督办甚至弹劾、提议罢免等权力。一种取向认为,从政治体现现代化的视野来看,首先需要重新确定信访功能目标,即在强化信访制度作为公民政治参与渠道的

① 曾维:《以"事要解决"为目标积极探索完善新时期信访工作体制机制》,2009 年 11 月 30 日,辽宁省沈阳市,全国信访工作经验交流现场会。

同时,把公民权利救济方面功能从信访制度中分离,以确定司法救济的权威性;其次要改革目前的信访体制,可以考虑撤销各部门的信访机构,把信访全部集中到各级人民代表大会,通过人民代表来监督一府两院的工作,以加强系统性和协调性;再次,也是最为重要的,要切实保障信访人的合法权益,对少数地方迫害信访者的案件要坚决查处。还有一种取向认为,站在政治现代化的战略高度来看,信访制度应该废除①。

结合对沈阳市信访工作新机制的考察来看,我们认为,第一种取向更可取,也更具有现实意义。沈阳市创建信访工作新机制的经验说明,追求善治是信访制度改革的方向,“软部门”也可以有“硬实力”,从而能切实地解决信访难题,为维护社会稳定起到安全器的作用。

所谓善治是指使公共利益最大化的社会管理过程,它是政府与公民对公共生活的合作管理,是政治国家与公民社会的一种新的合作关系②。根据世界银行的观点,衡量一个政府善治的标准主要包括合法性、透明性、责任性、法治、回应、有效、参与、公正等。沈阳市信访工作新机制在多个方面体现了对善治的追求,比如透明性、责任性、回应性的提高,参与的扩大和有效性的加强,等等。

但是,显然,中国现阶段的政府治理还远未达到善治程度。我们的调研也发现,与善治的标准相比,沈阳市信访工作的新机制也还存在一些不足之处。尤其是作为一种整合资源的强权、集权改革,需要注意加强协调,防止信访部门权力过度扩张。此外,信访工作队伍人员素质建设也需要加强,重点是抓好基层工作。从长远和宏观上看,要解决好我国信访问题、直至无信访,国家应加快完善和健全法律法规的步伐,真正做到事事有法可依;加快信访工作科学化建设。以善治为方向的信访制度改革也要求,在加强信访法制化的同时,还应重视拓展信访对社会管理向治理和善治方面转化的意义,使信访制度与治理的要求更加一致③。在信访法制化的过程中,应该扩大公民参与,积极听取公民意见,构建符合公益的法制体系;在信访科学化的过程中,应该坚持以疏为主的信访工作思路,摈弃以堵为主的陈旧思想,积极构建符合新时期新形势的利益诉求表达机制,比如充分利用信息通讯技术(ICTs)构

---

① 关兴:《转型期我国信访制度改革问题研究述评——兼谈对我国信访制度改革的反思》,载《四川行政学院学报》2008年第1期,第62—63页。

② 治理理论认为:社会治理的主体不仅包括作为公共权力中心的政府,还包括各种公共组织、民间组织、行业协会以及社会个人等。政府不应是全能政府,但它在多元主体中占据优势,其他主体在参与公共事务治理时要接受政府的管理。治理手段既包括政府使公民服从正式制度和规则的强制性手段,也包括公众对符合其利益的各种非正式制度安排的自愿认同;既包括政治的、法律的手段,也包括经济的、市场的以及社会的、文化的手段。

③ 王雅琴:《治理语境下的信访制度》,载《中共中央党校学报》2009年第1期。

建便民利民惠民的利益诉求通道;完善风险评估机制,有效提高风险防范能力,为和谐社会构筑坚强的防"风"坝;培养专业化的新型信访工作人才,让他们运用包括心理学、社会学、经济学、政治学、社会工作等多学科知识解决信访人员面临的各种难题,有效化解社会矛盾和社会风险,做好新时期的群众工作。

从技术化行政到民主化行政

——以青岛市“多样化民考官”机制的发展轨迹为个案

□陈雪莲*

行政理念确定行政价值目标、引领行政发展方向。传统公共行政向现代公共管理转变的过程中,行政理念的建构经历了从工具理性到价值理性的历史性变迁,新公共行政随之由传统的价值中立、技术理性优先转向以公正和民主为价值指向。新公共行政的价值追求是社会公平正义而不是单纯的行政效率,行政是民主治理过程而不是单纯的管理过程。在新的价值取向引导下,现代行政的理念和目标是责任和服务,行政活动承载着多种责任而不再是简单机械的服从,行政的目标是通过最优的管理实现最佳的服务。因此,现代行政改革的内容已经超越管理技术层面的革新,走向民主行政、责任行政和服务行政的构建,这也是当今许多国家行政改革的目标。中国政府的行政改革是否也在实践着新公共行政的理念和价值目标?对于“一党领导下的多党合作制”的中国来说,行政改革由技术层面深化到价值层面,意义尤为深远。

中国的行政改革是否已经开始由管理技术、管理制度的改革转向更深层次的行政价值理念的变革?这一改革的动力、压力乃至阻力是什么?由技术行政向价值行政转变的新行政体制改革会给中国政治体制改革进程带来什么样的新思路和新空间?山东省青岛市的绩效考核改革经历了从注重绩效

---

* 陈雪莲,中央编译局比较政治与经济研究中心助理研究员。

考核指标设计的科学性向强调绩效考核的公众参与性的转变,这正是一场由技术化行政到民主化行政的改革。本报告以青岛市政府绩效考核工作的演进为个案,在介绍和分析“多样化民考官”机制的诞生背景和发展轨迹的基础上,探讨上述问题的答案。

一、从技术行政到民主行政的历史基础

传统行政管理模式以“政治—行政二分法”和“科层制”为理论基础,以提高公共部门行政效率为目标。20 世纪 70 年代末期,以绩效管理为核心的新公共管理运动仍将提高政府部门行政效率为主要目标,力图通过最少的行政消耗获取最大的行政效果。如撒切尔时期的英国行政改革以及里根时期的美国行政改革,“效率”是政府绩效评估最重要的指标。进入 20 世纪 90 年代,政府绩效评估的重点开始由效率标准转向效益标准,同时开始关注公共服务的质量和效果。如英国的“公民宪章”运动中政府强调对公共服务的内容、方式和标准做出具体承诺,保证公共服务的质量,提升公民满意度。1993 年,美国颁布的《政府绩效与结果法案》提出政府绩效评估的重点是服务质量和用户满意度。从西方发达国家行政改革重点的演变历程可以看出,管理工具、管理技术和管理方式的提升是传统行政管理改革的目标,追求公众满意度是现代行政管理区别于传统行政管理的根本性标志,现代行政管理的任务是满足顾客(公众)的需要,而不是官僚政治的需要。

中国自改革开放以来不断推进行政管理体制改革,经过三十年的努力,在政府职能转变、政府机构优化、依法行政、公务员队伍建设、提升社会管理和公共服务水平等领域取得明显成效。但是已有的改革主要是政府内部组织结构和运行机制上的调整和优化,在这其中更注重管理工具、管理技术和管理方式的革新。而新形势下,高效的政府需要以公众为导向,才能有效解决政府时常遭遇的管理困境和信任危机。中国政府在 2008 年提出的深化行政管理体制改革的总体目标中充分认识到了时代背景的转换对政府改革目标的影响。新的行政改革目标是“通过改革,实现政府职能向创造良好发展环境、提供优质公共服务、维护社会公平正义的根本转变,实现政府组织机构及人员编制向科学化、规范化、法制化的根本转变,实现行政运行机制和政府管理方式向规范有序、公开透明、便民高效的根本转变,建设人民满意的政府。”[①]在新的

① 见中共中央十七届二中全会《关于深化行政管理体制改革的意见》,2008。

行政改革目标中,政府职能由过去的“为经济建设创造良好发展环境”拓展为同时“提供优质公共服务、维护社会公平正义”,政府运行机制和管理方式不仅仅要“规范有序”,更需要“公开透明和便民高效”,政府首先应该是“人民满意的政府”。这一系列对政府职能、运行机制、管理方式、价值定位的界定,意味着公众对行政流程的参与、监督和评价是必不可少的要素,民主不再只是政治体制改革的话语,同样是行政体制改革的目标。中国的行政体制改革将超越技术和工具层面的革新,深化为民主行政的构建。

二、“多样化民考官”机制的内容及特征

青岛市从1998年起逐步建立的“目标绩效管理体系”被理论界誉为“青岛模式”——整体推进型绩效评估模式。[①] 2006年起,青岛市考核办开始在目标绩效管理体系框架内重点探索实施多样化“民考官”,以人民群众满意度考核评价区市党委政府以及市直政府部门的工作绩效。青岛绩效管理体系改革的形成、发展以及转变在全国各地涌现的政府绩效管理实践中具有很强的典型性和代表性。

1. 诞生背景

青岛绩效管理体系改革在起步阶段,推行的是目标则责任制管理,以提高政府执行力为目标。随着改革的深入,建立起目标考核与督查工作双动力机制,以提高政府效能为目标。在1998年至2006年期间,政府绩效考核改革的重点是完善考核指标体系的设计、优化考核的流程、创新考核方式方法。如,在指标体系的设计上,借鉴战略管理、质量管理、标杆管理等先进理论和管理方法,合理分类分组考评。针对区市的考核,以“五个建设”(经济建设、政治建设、文化建设、社会建设、党的建设)为框架提出“五位一体”的考核体系;针对市直单位的考核,提出从业务职能工作目标、日常工作目标和监督评议三个方面进行“三足鼎立”的考核。在考核方式方法上,青岛市被认为是在全国范围内率先实行答辩制评估的城市。青岛市在目标绩效考核工作中的成绩受到广泛认可,被理论界总结为“地方政府绩效评价四种典型模式”之一。[②] 由此可看出,青岛市在绩效评估技术上已经达到较高水平。

---

① 中国地方政府绩效评估体系研究课题组:《中国政府绩效评估报告》,中央党校出版社2009年版,第297—327页。

② 另外三种模式指“甘肃模式”、“思明模式”和“珠海模式”。

目标绩效考核只是对政府内部管理流程的评估，重点是评估政府机构的执行力和效能，这只是政府绩效评估的最初形式。随着现代公共服务型政府理念的深入，政府评估的内容逐步侧重于公共服务质量评估，这一评估必须有公共服务对象——公众的参与，评估结果也必须向公众公开并向服务对象负责。中组部2006年发文《体现科学发展观的地方党政领导班子和领导干部综合考核评价试行办法》（中组发〔2006〕14号），号召把民意调查作为评价领导班子和领导干部工作绩效的重要方法，但无具体操作规则。青岛市考核办意识到，以民意指标来量化并考核党委政府部门的工作绩效，是深化绩效考核工作的新方向。要提高绩效考核的导向性、真实性和权威性，必需丰富民主形式、拓展民主渠道，扩大公众评价的比重。在宏观政策鼓励下和改革需求的推动中，市考核办从2006年11月开始具体探索如何以人民群众满意度来考核评价区市党委政府工作绩效。经过三年多的逐步完善，形成了以“多样化民考官”为突出特点的政府目标绩效考核体制。

2. 运行机制

青岛市“多样化民考官”机制的核心内容是“调查对象多元化、调查内容民本化、调查途径多样化”。“调查对象多元化”包括普通居民、学生家长、低保户、失业人员、中小企业管理者；“调查内容民本化”包括人居环境、文化建设、社会事业、社会保障、机关作风和行政效能。“调查途径多样化”包括电话调查、入户调查、窗口调查和网上调查。组织机制方面，针对市直单位的考核机制分为党群法检机关考核和政府部门考核两类，市考核办负责牵头抓总，市委办公厅、市政府办公厅按照分工负责具体组织实施；各考核委成员单位负责抓好各自领域内的专项考核，并配合市考核办和市委办公厅、市政府办公厅完成各项考核任务。针对区市的考核机制：市考核办统筹协调，各专项考核单位负责抓好各自领域内的专项考核，并配合考核办完成各项考核任务。

在政府绩效评估中引入公众评价和民意调查出现在许多地方政府的绩效评估改革实践中。青岛市的“民考官”机制是青岛市目标绩效管理体系中的一部分，从三个方面不同于普通的民意调查式绩效评估。

首先是民意的真实性和民意在整体绩效评估结果中的比重较高。民意调查的组织权在政府外部，引入第三方评估，确保民意的真实性。2009年，在针对区市的目标绩效考核体系中，民意调查占21%的比重（见图1），在针对市政府部门的考核中，“社会评议”占35%的比重（见图2）。而2007年的目标绩效考核体系中，民意调查没有纳入针对区市的目标绩效考核体系，“社会评议”仅占8%，民意所占比重在逐年上升中。

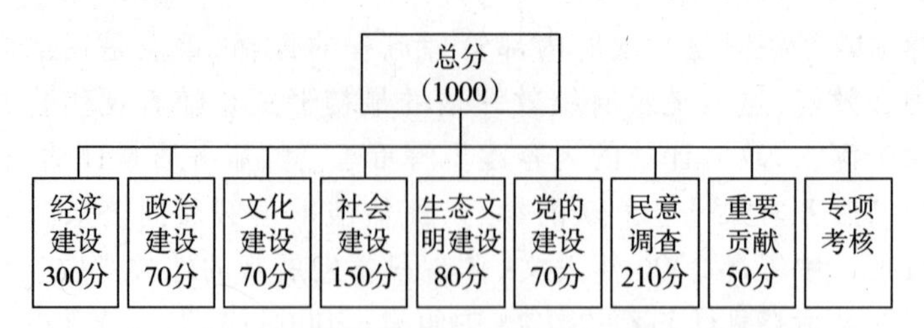

图1　青岛市2009年度区市目标绩效考核体系框架图

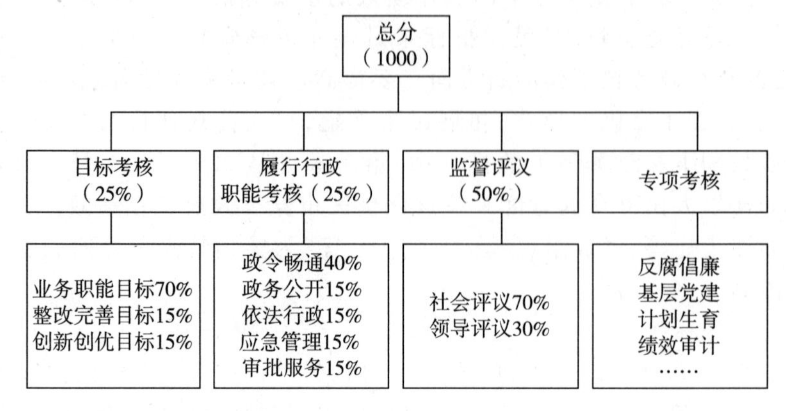

图2　青岛市2009年度市政府部门目标绩效考核体系框架图

其次,民意的采集和反映有多种渠道,称之为"多样化"。青岛市"多样化民考官机制"有三个实施载体:一是电话民意调查,以真实有效的"民意排行榜"考核工作绩效。2006年开始,在国内首创性地采用"电话民考官",运用计算机辅助调查(CATI)技术,通过随机电话访问的形式,针对普通市民和学生家长、低保人员、失业人员以及中小企业经营管理者等特定群体,以解决老百姓最关心、关注的问题为重点,围绕社会保障、劳动就业、教育医疗、环境保护、社会治安等内容,调查市民对区市党委政府"促进经济社会又好又快发展、解决民生民计问题"措施的真实评价。民意电话调查结束后,现场公布调查数据。在国内首创了"民考官"现场直播系统,通过网络视频技术,将调查情况直播到区(市)、街道办事处或镇两级党委政府,让基层干部直面市民评价,增强了调查的信度与实效。二是引入独立第三方,实施"外考内"模式,强化外部主体的参与。2008年采取公开招标的形式,委托国内知名专业机构零点调查公司实施第三方评价,独立评价市直公共服务和社会管理部门的履职绩效情况,提高绩效评价的独立性和专业性。评价主体涵盖了市民、企事业单位、外来务工人员等各类知情者群体,促使党政机关自觉接受外部监督,进一步转变工作理念和工作作风。三是"特邀考官制",聘请"两代表一委员"(即人大代表、党代表、政协委员)和专家学者担任"特邀考官",构建专业化考官队伍。充分发挥考官贴近群众、知识丰富、了解情况的优势，请他们全程参与决策目标、执行监控、考核评议等各个环节，根据效益性、创新性、重要性和工作难度四个评价维度，对市直单位实施“四维评审”。

第三，有相对制度化和规范化的考核结果使用机制。“多样化民考官机制”在考核结果的有效使用上，有三个途径：一是将民意考核结果上报组织部门，作为领导班子调整和干部使用的参考依据，连续两年不合格的区市和市直单位，其主要负责人工作岗位将进行调整；二是民意调查结果占区市年度绩效考核成绩的21%，社会评议占市政府部门年度绩效考核的35%，民意成为政府各部门年度奖惩的重要依据；三是运用考核结果优化政府工作，市考核办跟踪督办老百姓反映强烈的问题和政府工作中存在的薄弱环节，要求责任单位限时整改，及时反馈答复办理情况，促进热点难点问题的解决。如青岛市四方区某居委会的居民在2007年年底的电话民意调查中反映小区河道改造问题，2008年年内由区政府出资将该河道改造成居民体育锻炼场所——体育文化大道。此外，在电话民意调查现场，请各区市、职能部门分管考核工作的同志出席，听取受访市民的意见和建议，有条件现场协调解决的当场提出解决方案。

3. 特点与成效

相较于国内其他地方政府正在进行的政府绩效考核制度改革，青岛市“多样化民考官”机制的主要特征有：(1) 突出“民意”在政府绩效考核中的特殊地位，有利于推动民主政府和责任政府的实现和完善。(2) 运行成本相对较低，具有一定的可推广性。“民考官”的数据收集工作主要依托于统计局社情民意调查中心、“两代表一委员”等已有的机构或机制。2008年委托第三方调查机构进行民意调查的成本为17.8万，2009年计划将“第三方调查”调整为“政府述职、市民评议”的新考核形式，进一步降低考核成本，优化考核质量。(3) 通过相对稳定的机制设置确保考核结果能够切实运用于政府流程优化和改造，而不是流于“形式民主”。2008年，青岛市有5个市直单位被问责扣分，直接降低了考核等次。(4) “多样化民考官机制”为实现“以民主促进民生”提供了一个有效的制度平台。即在考核内容上注重民生，在考核过程上保证民主，在考核结果上体现民意。在考核内容上，50%以上的指标为民生指标；在考核过程中，通过媒体发布预告，请市民监督；在考核结果上，将“民考官”分数确定为“第一指标”，逐年提高权重，2009年达到21%；在“民考官”问卷设计方面，把“命题权”交给群众，面向市民征集民意调查“金点子”，让市民设计考核政府的“民意指标”。2008年，有51.5%的调查题目是吸收采纳市民意见的结果，确保群众意愿得到充分体现。

“多样化民考官机制”的创新意义在于在行政程序中引入民主机制，以民主约束官员、通过公众参与优化政府流程、以民主促民生。具体说来,该机制首先较好地解决了传统“官考官”考核体制中存在的信息失真、考核造假问题。面对电话随机访问和问卷随机抽样的调查,被考核部门很难造假,有助于考核部门更为全面、公正、客观地掌握党委政府工作绩效的真实情况;其次,有助于政府官员转变工作作风和价值观念,“民考官”促使官员增强群众意识、责任意识,重视民意和民声;再次,社会公众作为第三方的“民考官机制”,既有效地增加了政府考核信息获取渠道,也扩大了民意表达渠道,从而强化和锻炼了群众参与意识和参与能力;最后,该机制促进了重点、热点民生问题的解决,有助于维护社会动态稳定。“民考官”使各级决策层更加注重掌握民情、听取民意、改善民生,将群众反映强烈的问题作为筹划工作的重要参考,并纳入为民办实事的范围加以解决。

4. 问题与前景

青岛市“多样化民考官机制”受制度环境和改革经验的限制,仍然在一些有待完善的地方:(1)“民考官”的考核结果运用没有定量、硬性的标准,考核结果需要与行政问责、部门奖罚、官员选拔任用之间有明确、直接的联系才可能真正确保“民考官机制”的权威性。(2)群众对考核的参与是被动的“意见收集型”参与,缺乏日常化的民意主动表达渠道,该项目还需要在变“民意收集专业化”至“民意畅通常规化”方面有所突破。(3)考核结果不够公开透明。现有的公开方式是:媒体公开考核等次,考核评价的具体结果只上报党委政府领导层。群众参与的积极性与信息公开透明程度成正比,而且,考核结果公开透明有利于推动政府更积极地回应民众需求。

如果要解决上述问题,则需要在建设绩效政府的同时,打造透明政府、责任政府和民主政府。这已经超越了传统行政体制改革的范畴,走向民主化行政是行政体制改革无法回避的改革方向。在现有的政治体制环境下,青岛市通过一些技术手段和制度平台的搭建进一步探索行政民主的空间。2010年试行以“向市民报告、听市民意见、请市民评议”活动取代公众参与面较窄的第三方独立机构实施“民意问卷调查”的方式来收集民意、扩大公众参与渠道。“向市民报告”指由市政府各部门的主要负责人通过公开述职的方式,面向市民报告全年工作的完成情况、存在的问题及改进措施;“听市民意见”指听取市民代表和社会各界对政府和政府部门工作的意见和建议;“请市民评议”指请市民代表对政府各部门工作进行评议。市民代表以随机抽样与组织推荐相结合的方式,从群众基础好、公道正派、具有较高参政议政热情和较强责任感的市民中产生,主要由城乡居民代表,基层代表,企事业单位代表,社会组织代表,专家代表,人大代表,政协委员代表等构成。市政府各部门主要负责人的述职报告、部门工作职责和年度主要工作目标放置在青岛政务网等网站上，供市民查阅。年底，各部门主要负责人在主会场集中、依次述职报告，并通过视频网络系统向12个区市分会场直播，市民代表在各会场听取部门负责人的述职。部门主要负责人述职结束后，将述职视频放置在网站上，供市民观看视频和提出意见建议。市民代表根据市政府各部门工作职责、年度主要工作目标、述职报告，结合市政府各部门负责人现场述职和平时掌握的情况，现场填写测评票。述职结束后，对各会场市民代表填写的测评票进行统计，测评票分值即为2009年度市政府各部门目标绩效考核中的社会评议得分。这一新的“民考官”形式扩大了绩效考核的透明度和参与性，是对行政民主的另一种尝试。

三、讨论：“多样化民考官”的双重意义

中国政府自改革开放以来历经几轮行政体制改革，这几轮改革的主要内容是政府职能转变和机构调整，以优化政府内部流程、提高工作效率为主要目标。政府绩效评估隶属于公共行政管理的范畴，自20世纪90年代在各级地方政府中涌现的政府绩效评估实践是中国行政管理体制改革的一部分。通常来说，公共部门的任务是实现四个基本目标：责任、合法性、效率和公正，行政改革的关键是如何实现这些基本目标。[①] 绩效评估可以通过制度设计来推动和提高政府的责任、合法性、效率和公正。

历经二十年的理论研究和实践探索，绩效评估的理念和技术日臻成熟和完善，在这个过程中，绩效管理体制改革是以理顺行政关系、提高行政效率为首要目标。改革有自己不可逆的发展逻辑，随着改革的深入，绩效评估不再局限于行政成本、效率、产出等经济问题，也不再停留于行政体系内部实行技术性的专业化改革。科学的绩效评估既强调绩效观念、重视量化评估方法，更关注政府的公共受托责任，即评估政府如何承担和实现自身的责任和合法性。

现代政府是以公众为导向的政府，以公众为导向的政府必定是服务优先而不是管理优先。建设服务型政府是当下中国政府改革的基调，服务型政府是要强化政府的公共服务职能，以公共利益为目标，以公众的客观需求为尺度，提供高质量的公共产品。政府如何知晓公众的需求？公众如何表达对政府行政行为的意见？解决这些问题，需要的不仅仅是管理技术和管理工具的

---

① 简埃里克莱恩：《公共部门：概念、模型与途径》，经济科学出版社2004年版。

革新,更需要引入民主机制。在绩效评估中引入公众参与的“多样化民考官”机制因而具备了双重意义:一是通过公众参与推动了政府流程优化,二是探索了行政民主的空间,为民主化行政改革提供了有益范本。

关于中国的改革是行政体制改革优先还是以政治体制改革为突破口,学者和实践者们具有不同的意见。一种观点认为,行政体制改革与政治体制改革是两个不同的范畴,对于中国来说,只有优先进行行政体制改革,调整行政结构、提高政府执行力,才能进一步推动政治体制改革。另一种观点认为,我国的行政体制改革已经到了瓶颈期,需要通过政治体制改革给深化行政体制改革带来新的发展空间。从理论上来说,将政治与行政二分是传统公共行政的理念,在这一理念下,行政定位于执行国家法律与公共政策,实现政治决定的目标;民主价值以及公共政策制定的事务由政治家们与立法机关完成,行政是单纯的执行性工具。而在当代行政发展中,行政除了重视效率和经济等管理价值外,更强调公民精神、公正、公平、责任等价值。行政本身已成为重要的价值性表达活动。从实践环境来看,在中国的政治体制下,政治和行政无法实现真正的“二分”,行政管理体制改革就是政治体制改革的一部分,行政民主的发展必将意味着政治民主的进步。

哈尔滨市行政复议机制改革

□吴　杨*

为了有效提升行政复议案件办理的透明度与公信度,更好地发挥行政复议在服务经济社会发展和构建和谐社会中的作用,加快建立与服务、高效、便民的现代行政管理体系相匹配的工作机制,2007 年 7 月,哈尔滨市政府结合复议工作实际,改革了行政复议组织形式,设计了新的运行模式和程序,在全国率先进行了市政府行政复议委员会试点改革。在现行法律、法规规定的框架内,该机制充分借鉴国内外行政救济的先进经验,开展了以"行政复议机制改革"为主要内容的创新探索,走出了一条以创新推动改革,以改革促进发展的新路,取得了良好的效果。

一、哈尔滨市行政复议机制改革的背景

行政复议是现代行政法律体系中,相对人获取行政救济,解决行政争议的主要途径,是近代民主政治的产物。包括美、英、法、德、日、韩等国在内的许多国家,在本国法律体系中普遍确立了该项制度。我国行政复议制度经历了一个曲折发展过程,20 世纪 50 年代后期到 60 年代初,行政法规对行政复

* 吴杨,清华大学公共管理学院博士后。

议有了规定,称为“申诉”、“复审”、“复验”。“文革”期间,行政复议制度实施陷入停滞。80年代,随着法制化进程的加快,行政复议制度得到了恢复和发展。《行政诉讼法》颁布后,为配合行政诉讼制度的实施,国务院于1990年12月24日通过了《中华人民共和国行政复议条例》,对行政复议做出了比较系统的规定。1999年4月29日,《中华人民共和国行政复议法》经九届人大常委会第九次会议审议通过,以法律的形式确立了行政复议制度。《行政复议法》在总结《行政复议条例》实施实践的基础上,进一步完善了行政复议制度。据国务院法制办统计,自1999年《行政复议法》实施以来,全国行政复议案件受案数量逐年上升,平均每年通过行政复议解决的行政争议有8万多起,经过复议,83.7%的案件没有再提起行政诉讼。行政复议制度已经成为法治政府的“助推器”、和谐社会的“减压阀”。但由于复议制度还存在一些问题,导致权利救济效果和社会预期有很大差距,影响了人们对行政复议制度的信任,削弱了行政复议的公信力,很多群众不愿意或不习惯通过行政复议表达诉求,转而采取信访等方式寻求解决问题的途径,行政复议矛盾解决机制的作用发挥的还不够充分,行政复议制度有待改革完善。

二、哈尔滨市行政复议机制的改革动因

我国正处于经济转轨、社会转型时期,各种社会矛盾加剧,发生在基层的行政争议呈逐年上升趋势,影响到了社会的和谐稳定。由于最初定位于行政机关的内部纠错机制,原有复议机制主要以内部运行为主,导致了透明度不高,公信力不强,严重制约了行政复议制度作用的发挥。为此,哈尔滨市政府必须探索一种更科学的工作机制,从程序上体现复议的民主性,从结果上保证复议的正义性,切实增强行政复议的公信力。哈尔滨市作为东北老工业基地之一,在改革发展中累积了很多矛盾,更加需要推进行政复议改革的进程。

1. 机构缺少独立性,复议公正难以实现

各级政府及其职能部门的行政复议机构,附属于行政机关,作为行政复议机关的内设机构,复议活动受人为因素影响和干扰较为普遍,行政复议决定维持的多,变更、撤销的少。从2000年至2006年哈尔滨市行政复议案件审理结果看,7年共受理复议案件4714件,维持2836件,占63%;撤销681件,占15.1%;变更162件,占3.6%。由于复议机构和复议人员难以保持超脱和中立立场,缺少独立性,导致复议案件公正性受到影响,行政复议权威性

难以树立。

2. 行政复议申请渠道混乱

由于法律、法规、规章规定了不同的复议渠道，导致行政复议机关众多，很多群众无法知晓这些规定，不知到哪里申请复议，也不会申请复议，出现了“一不知告、二不会告、三不敢告”的“三不”问题。同时，由于复议机关工作地点也较分散，“摸错门”的现象时有发生，有的还相距很远，给申请人尤其是偏远地区、农村的申请人造成困难，在不能通过法律途径维权的情况下，就容易采取激化的非理性方式寻求问题解决渠道。有的复议机关受理案件要报行政首长层层审批，效率低下，阻塞了群众的诉求渠道。

3. 运行方式行政化，复议公信力受到影响

不少复议机关简单地认为行政复议只是行政机关内部层级监督的手段，复议工作混同于一般行政工作。复议办案过程只在行政机关内部进行，过程封闭，透明度差。这种制度设计行政化色彩浓厚，违反了解决行政争议所需要的准司法化程序规则，难以保障当事人的平等地位和争讼对抗，难以保证复议机关的独立性和中立性，导致复议制度的公信力大打折扣。

4. 复议人员专业性不强，案件办理质量不高

行政复议是专业性很强的法律工作，需要复议人员受过系统的法律专业教育，具备一定的行政管理经验。根据我们对哈尔滨市所辖区、县(市)政府复议人员的统计，八区十县(市)政府法制部门核定复议人员编制 65 人，实有 50 人，正规大学本科毕业 3 人，占实有复议人员 6%；其中法律专业毕业 2 人，仅占实有复议人员 4%。复议人员普遍存在法律素养不够，法律信仰欠缺，专业知识不足，裁判角色意识缺乏等问题。这些问题的存在迫切要求复议法对复议人员资格准入做出具体规定。

5. 行政复议程序复杂，影响效率，增加成本

行政复议机关的部门多则数十个，少则十几个，无论有案无案都要配置复议编制和人员。多个复议机关并存的现状，膨胀了行政编制，增大了行政成本。对简单的复议案件，一律适用普通程序，步骤多、耗时长，不仅无端消耗行政资源，也使行政争议双方对复议程序感到厌倦。一些本来并不复杂的案件得不到快捷审理，也会影响重点疑难案件的审理。

基于上述原因，行政复议工作理应在全面构建和谐社会的新形势、推进科学发展的新要求、建设法治政府的新任务和建设哈尔滨“三个适宜”现代文明城市的新目标的大背景下，不断通过机制创新，在调处化解矛盾、维护和谐稳定、保障公平正义等方面发挥出更大的作用。

三、哈尔滨市行政复议机制的主要内容

针对以往行政复议工作出现的实际问题以及行政复议委员会相关问题的研究,哈尔滨市政府法制办公室于2007年经市政府批准,改革了行政复议组织形式,成立了哈尔滨市政府行政复议委员会,作为办理行政复议案件中议决机构,针对疑难法律问题、影响重大的案件和专业性较强的问题进行研究处理。在组织机构和功能上实现了相对独立、专业和公正,从而使复议案件的议决向科学、民主和依法决策的方向迈进了一步。

(一)哈尔滨市行政复议委员会的组织形式

行政复议委员会作为直接对市政府负责的行政复议案件议决机构,经市政府以规章形式授权审查议决行政复议案件,委员会不占政府的机构数和人员编制。行政复议委员会委员主要由法律界专家学者组成,其中主任由市政府常务副市长兼任;副主任由市政府法制办主任和分管副主任兼任。其余35名委员,主要由大学法学院院长、教授、人大代表、政协委员、资深律师、法院主管行政审判工作的院长、庭长、政法委熟悉法律的处级以上干部以及省、市政府具有复议工作经验的处级以上干部组成,从复议委员会委员的整体构成来看,市政府以外的"外部委员"占81%。

行政复议委员会下设行政复议委员会办公室作为委员会办事机构,办公室设在市政府法制办,职责包括:受理行政复议申请;调查案件基本事实,提出初步处理意见;向委员会提报需要议决的复议案件;办理行政复议委员会议决事项;主持行政复议调解工作;办理市政府行政应诉、应议案件;开展调查研究等。行政复议办公室下设立案应诉与指导处(现有4人)和案件调查处(现有6人)两个业务处。立案应诉与指导处对外挂市政府行政复议受理办公室牌子,在受理市政府管辖的行政复议案件同时,还负责集中受理全市范围内其他行政复议案件,如图1所示。

市政府行政复议委员会委员议决经费由财政专项列支保障,2007年7月至2009年6月每年12.5万元,2009年6月起每年25万元,每次议决会议一般可议决4—6个案件,有5—7名委员参加,按参加议决委员每人500元标准支付。

(二)行政复议委员会的运行程序

原来的行政复议受理、审理都是比较原则化的规定,程序上的滞后与现

实中纷纭繁杂的复议要求构成了急需解决的矛盾，行政复议改革后，行政复议流程和模式发生显著变化，如图2所示。

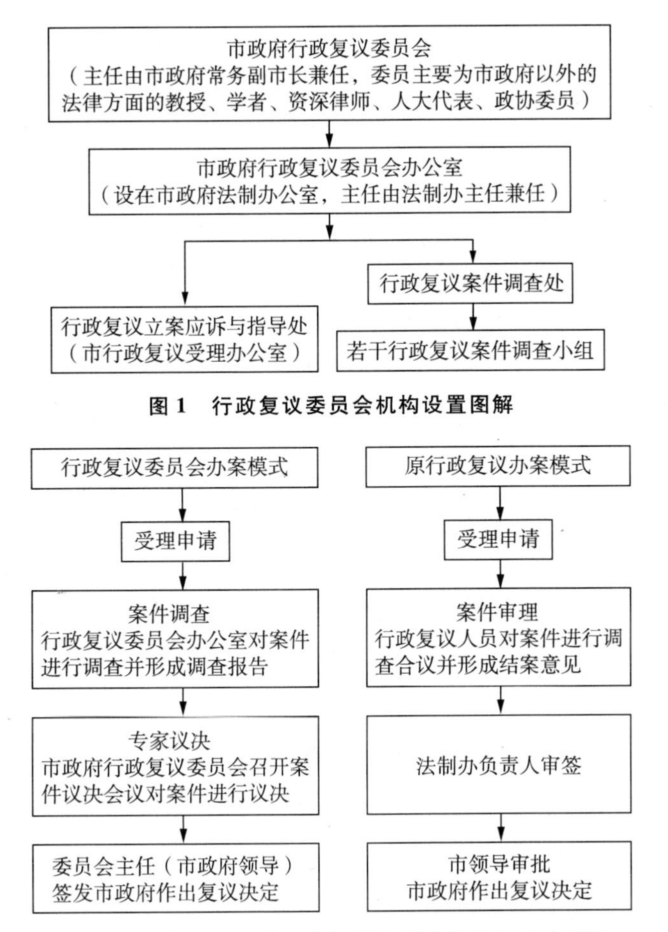

图1　行政复议委员会机构设置图解

图2　行政复议委员会工作机制与原办案机制对比图示

为更好体现行政复议的准司法性，在行政复议委员会运行方式设计上，哈尔滨市政府法制办公室按照分权制衡、民主决策的理念设计了委员会的运行程序包括四个方面：

一是实行了立案权与调查权相分离。立案应诉与指导处对外挂行政复议受理办公室牌子，在市区交通便利地点设立市行政复议受理中心，集中受理全市范围内的行政复议申请，畅通诉求表达渠道，解决了群众申请复议难，一些机关不依法受理案件，积压矛盾的问题。受理后的案件，转案件调查处调查，实现了立审分离。

二是实行了调查权与议决权相分离。案件调查权在法制办案件调查处，议决权在复议委员会。适用简易程序案件由行政复议委员会办公室进行审理。一般程序案件,能够调解的调解结案,调解未果的案件全部呈请委员会议决。案件调查处在议决会议召开5日前将相关材料通过电子信息系统发给委员研究。

三是以少数服从多数表决确定行政复议决定意见。复议委员会每半月召开一次案件议决会议,会议按照委员名单顺序和与案件业务研究范围有关联委员优先原则,选择5至9名单数委员参会。案件议决会议由法制办主任、副主任或其指定的复议人员主持,议决会首先由案件承办人汇报案件基本情况,提出初步处理意见。委员在听取案件调查情况并就有关问题提问后,对案件的处理进行讨论磋商,讨论结束后各自填写表决票,现场统计,以少数服从多数原则确定每起案件的议决意见,行政复议委员会办公室按照委员会议决意见形成复议决定书文稿报委员会主任(常务副市长)签发。

四是决策权的相互制衡。这项机制赋予了市长对委员会议决意见的否决权,即市长可以拒绝签发复议决定书,但必须将案件退回委员会并充分说明理由和依据,由委员会另行组织召开案件议决会议或召集三分之二以上委员参加的会议重新议决,市长再次拒签复议决定的,必须提交市政府常务会议集体研究。

至此,经过精心的设计,形成了比较完整的行政复议委员会工作运行程序。为使这项创新具有制度保障,哈尔滨市通过政府规章《哈尔滨市行政复议规定》的立法形式予以确定,成为一项制度安排。

(三)哈尔滨市行政复议的改革历程及工作流程

2009年6月,哈尔滨市按照国务院法制办和省政府法制办的要求,在2007年行政复议委员会试点的基础上,继续深化改革,探索相对集中行政复议审理权工作。此次深化改革工作,哈尔滨市在组织形式上进一步创新,在复议委员会原有35名个人委员的基础上,将50个具有行政复议权的部门增设为单位委员,法定复议机关作为单位委员参与议决,与其他委员同样具有一票表决权。

1. 实施步骤

考虑到市政府法制办两个复议处现只有10名工作人员,很难承担全市各部门全面集中过来的案件,为此,哈尔滨市根据近年来市政府各工作部门受理行政复议案件等情况,将有行政复议管辖权的50个政府工作部门分成三类,分两个阶段实施。第一类是近几年来没有受理过复议案件的26个政府工作部门,第二类是复议案件数量不多的19个政府工作部门,第三类是复议案件数量较多的5个政府工作部门。

第一阶段。对以第一类部门名义受理的行政复议案件,完全由市政府行政复议委员会办公室调查并提交市政府行政复议委员会议决；对以第二类部门名义受理的行政复议案件，由市政府行政复议委员会办公室和部门共同组成案件调查组，形成调查报告提交市政府行政复议委员会议决；对以第三类部门名义受理的行政复议案件，由该部门独立组成案件调查组，形成调查报告并由市政府行政复议委员会办公室审核后提交市政府行政复议委员会议决。以部门名义受理的行政复议案件经市政府行政复议委员会议决并报委员会主任审签后，行政复议决定书等法律文书加盖法定行政复议机关（部门）公章，送达当事人。

第二阶段。2010 年下半年根据政府机构改革情况，增加政府法制机构复议人员，条件具备时，将第二类、第三类部门案件办理方式转成第一类部门案件办理方式，调查和议决工作均由市政府行政复议委员会及其办公室负责。同时，视情况在案件调查组中吸收相关部门工作人员参加。

2. 工作模式与流程

此次改革相对集中于行政复议审理权工作。其工作模式采取“三集中一分散”方式，即：集中受理、集中调查、集中议决、分散决定。整个行政复议流程，如图 3 所示。

（1）集中受理。将 2007 年设立的市行政复议受理中心集中接收转送案件的方式变为直接集中受理方式，集中接收处理应由市政府和市政府工作部门受理的行政复议申请，市政府工作部门不再单独接收行政复议申请。市行政复议受理办公室统一刻制各法定行政复议机关行政复议专用章，由市行政复议委员会办公室主任签字后，以法定行政复议机关名义受理全市的行政复议申请。全市各级行政执法机关在具体行政行为的法律文书上，必须明确告知市行政复议受理中心的地点和电话。

（2）集中调查。对以市政府名义受理的行政复议案件，仍按原办案方式由市行政复议委员会办公室进行调查。对以第一类部门名义受理的行政复议案件，行政复议案件调查工作完全由市行政复议委员会办公室组成案件调查组负责调查。必要时，可以抽调一名法定行政复议机关相关业务工作人员参与案件调查工作。对以第二类部门名义受理的行政复议案件，行政复议案件调查工作由市行政复议委员会办公室与法定行政复议机关共同承担，组成由市行政复议委员会办公室复议人员为组长，两名法定行政复议机关人员为成员的调查组负责调查。待条件成熟后，转为第一类部门的调查工作模式。对以第三类部门名义受理的行政复议案件，行政复议案件调查工作暂由各法定行政复议机关独立承担，组成有 3 人组成的案件调查组进行调查。

（3）集中议决。对于以部门名义受理的案件，适用简易程序办理的案

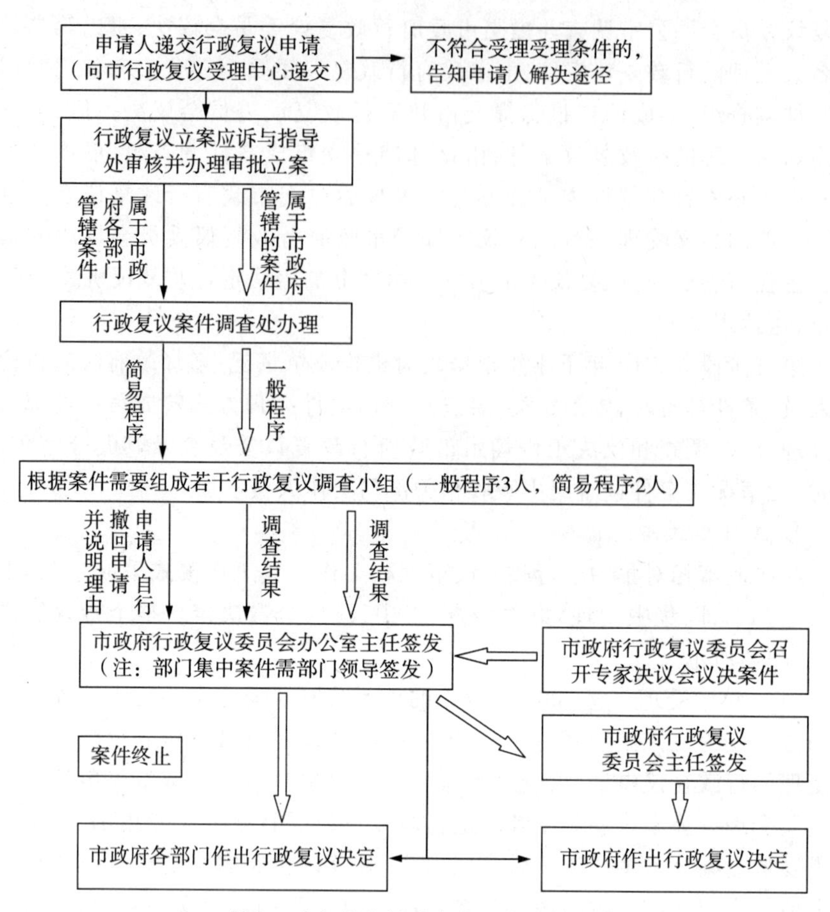

图3　哈尔滨市行政复议工作流程图

件,调查组形成调查报告后报市政府行政复议委员会办公室审核,同意案件调查组意见的,由市政府行政复议委员会副主任签署决定意见;经市政府行政复议委员会办公室审核认为案件事实没有查清的,发回案件调查组重新调查。适用一般程序办理的行政复议案件,案件调查组形成调查报告报市政府行政复议委员会办公室审核后,由市政府行政复议委员会办公室统一安排委员会议决会议对案件进行集中议决。委员会议决后将案件议决意见报委员会主任(常务副市长)审签。

(4) 分散决定。属于市政府管辖的行政复议案件,市政府行政复议委员会主任审签(适用一般程序)或副主任审签(适用简易程序)后,行政复议委员会办公室加盖市政府印章,以市政府名义作出行政复议决定并送达当事人。属于市政府工作部门管辖的行政复议案件,市政府行政复议委员会主任审签(适用一般程序)或副主任审签(适用简易程序)后,市政府行政复议委员会办公室将案件调查报告和行政复议决定书送法定行政复议机关盖印,以法定行政复议机关名义作出行政复议决定并送达当事人。

四、哈尔滨市行政复议机制改革的价值

哈尔滨市行政复议机制改革不仅具有创新性,而且还具有效益性、节约性、公平透明性、广泛性等特征,对推动中国行政复议改革非常有价值。

一是具有创新性。哈尔滨市行政复议机制的改革具有很大的创新性,包括在复议案件受理方式和组织构成、行政复议运行方式和监督机制、行政复议程序和制度等方面都具有创新性。

(1) 复议案件受理方式和组织构成的创新性。首先,受理方式采用集中接收转送复议申请,方便群众复议。向全市公布办公地点和电话,除了处理市政府直接受理的复议申请外,接收转送申请人递交的属于全市行政复议机关管辖的复议申请。其次,组建行政复议委员会,用形式正义保证实体正义,委员会议决经费由财政专项列支予以保障。该机构委员,实行聘任制,主要由法律界专家学者组成使案件议决更体现了依法决策和民主决策的特征。

(2) 行政复议运行方式和监督机制的创新性。首先,哈尔滨市行政复议机制改革实行两个"分离",用程序正义保证实体正义。一个是实行了立案权与调查权相分离,即立案处负责审查受理复议申请,案件调查处负责案件调查;另一个是实行调查权与议决权相分离,即委员会办公室具体调查行政复议事项,委员会委员集体议决行政复议案件的处理意见。其次,监督复议机关依法履行职责,解决群众诉求。

(3) 行政复议程序和制度的创新性。首先,哈尔滨市行政复议机制改革实行听证机制,保证办案准确性。市政府法制办制定了《哈尔滨市行政复议听证规则》,对听证会的原则、程序、听证范围等方面做了明确规定,要求每一起案件都要通过听证会查明事实。第二,实行合议机制,保证办案公正性。采取合议的方式办理案件,简易程序以外的所有案件均由合议组负责处理。第三,实行咨询机制,保证办案正确性。哈尔滨市政府法制办成立了行政复议理论研究学术团体——哈尔滨市行政复议委员会,针对专业性较强及重大、疑难问题进行研究处理。第四,实行调解机制,保证纠纷解决的有效性。为了更好地引导群众以法律途径解决问题,实行了行政复议调解机制,在查明事实、分清是非的基础上,对行政争议双方进行调解。

二是具有效益性。行政复议集中了诉求表达、利益协调、矛盾调处和权

益保障机制等几方面的内容,涉及群众利益的具体行政行为都可以通过行政复议的渠道加以解决。与信访相比,具有更严格的程序性和执行力;与行政诉讼相比,具有高效便民、受案广泛、不收费等优势。人民群众对行政复议制度的认知度日益提高,认可度日益增强。行政复议在全面构建和谐社会的新形势、推进科学发展的新要求、建设法治政府的新任务下,发挥出更大的作用。

三是具有广泛性。哈尔滨市行政复议机制改革实施以来,哈尔滨市辖范围内八区十县各级行政机关,皆被纳入创新体系。案件范围涵盖公安、交通、规划、土地、工商、环保等各类行政部门,案件类型囊括行政处罚、行政征收、行政许可等各个行政管理领域。本行政区域内的行政机关和行政相对人都是新机制的潜在的受益者,规模之大、影响之广、参与人数之多在哈尔滨市政府法制工作发展历史上都属罕见。行政复议已经成为我市化解行政争议、解决社会矛盾的重要渠道。

四是具有公平透明性。哈尔滨市行政复议机制改革对内涉及行政复议受理、立案、审查、议决等各个必经环节,尤其是打破了复议案件机关内部审理的传统,在委员会议决过程中引入了专家机制,实现了民主决策,阳光办理。由于市政府实行了行政复议委员会新机制,以往政府各级部门在市政府找人说情的情况基本得到了杜绝,行政机关在行政复议程序中主动纠错的案件比例不断增加。

五是具有节约性。哈尔滨市行政复议机制改革的实施过程充分秉承了建设节约型政府的理念。行政复议机制改革程序简化,成本降低。考虑申请人利益,简化程序,缩短办案周期,提高办案效率。同时,所需各项经费均由市财政部门全额保障,申请人在通过项目受益的同时,没有增加任何经济负担。市政府法制的行政复议改革形成了低成本、高效率的良性工作发展模式。

五、哈尔滨市行政复议机制改革的成效与影响

哈尔滨市政府行政复议委员会运行后,收到了五个方面的效果,实现了程序正义对实体正义的保障,探索出了科学、民主、依法决策的新方式。

一是强化了行政复议的功能,提高了行政复议工作的质量。行政复议委员会试点工作可操作性比较强,保证了复议机构的独立性、专业性和公正性。市政府受理的案件中,除调解结案和适用简易程序审理的案件外,需要做出决定的212件案件,经过42次委员会议决全部结案。这些案件结案后,申请人没有再上访和起诉,做到了“定纷止争,案结事了”。市政府对适用简易程

序和经调解结案以外的须作复议决定的案件全部经委员会会议议决。被申请人存在违法和不当问题的案件,由于被申请人对委员会机制的信服,在委员会议决前经复议人员调解,被申请人大都能够自行变更或撤销原具体行政行为,申请人撤回复议申请,案件依法终止。上委员会经委员会议决后作出复议决定的案件以维持的居多。在两年多的实践中,市长没有否决过一次委员会的议决意见。如图4、图5所示。

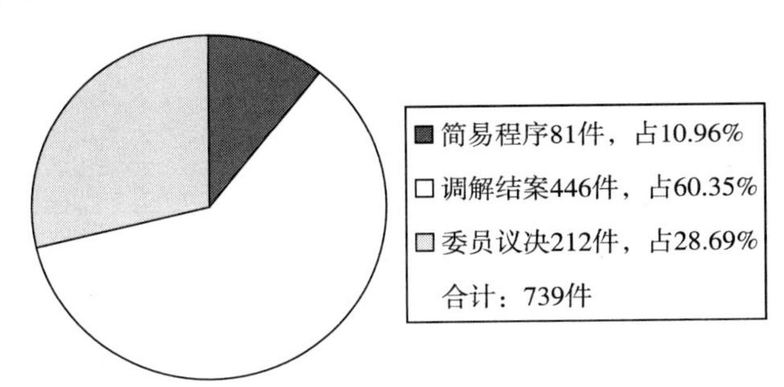

图4 市政府行政复议委员会案件议决情况(2007年7月—2009年12月)

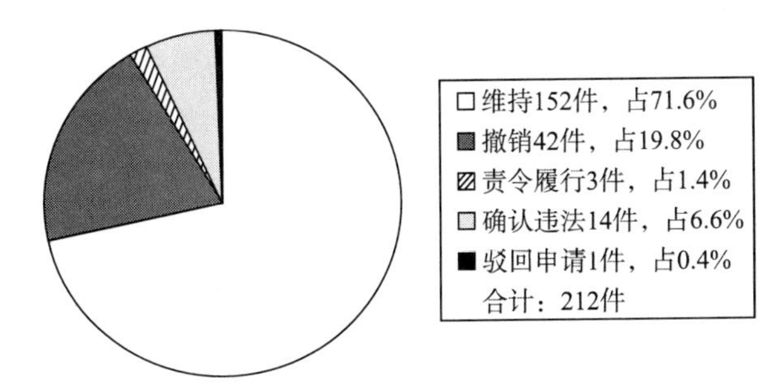

图5 市政府行政复议委员会案件办理情况(2007年7月—2009年12月)

二是人民群众广泛受益,政府公信力进一步提高。行政复议改革使政府行政复议公信力明显增强,树立了社会的公平正义感,畅通了群众诉求表达渠道。哈尔滨市辖范围内八区十县各级行政机关,皆被纳入行政复议的创新体系。行政复议申请渠道畅通,行政机关履行复议职责的情况受到依法监督。通过哈尔滨市行政复议机制改革的实施,有效地遏制了个别复议机关存在的"门难进、脸难看、事难办"的不良现象,全市经济社会发展的外部法制环境得到不断改善。人民群众对行政复议这项法律制度更加信任,各行政机关对行政复议工作也更加重视。

哈尔滨市行政复议受理中心年平均接待申请人近2000人次,受理案件300余件,复议委员会年平均议决案件80余件,案件受理类别由以往单一的公安管理、房产登记、土地权属纠纷扩展到劳动保障、药品监督、工商和税收管理、政务信息公开等热点领域,出现在行政管理的各个领域,都收到了良好的效果。从 2006 年到 2009 年,复议案件不断增加,全市共受理行政复议案件 1347 件,同比增长 24. 37%,如图 6 所示。

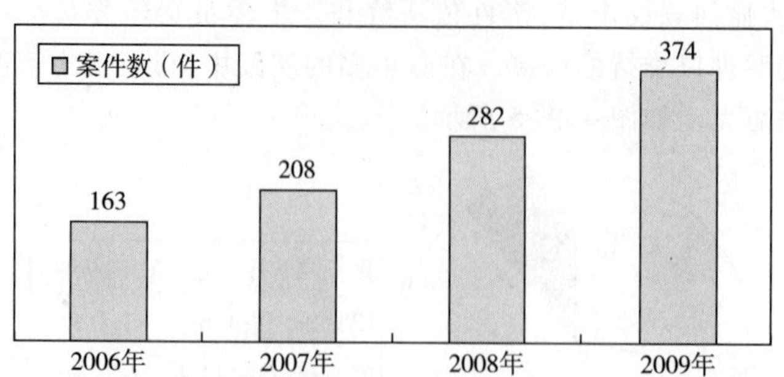

图 6　市政府行政复议委员会案件统计情况(2006—2009 年)

三是诉讼案件及上访率明显减少。由于行政复议改革的良好效果,大大减少了法院的行政诉讼案件及上访率。哈尔滨市各级法院一审行政诉讼案件从 2007 年的 771 件,下降至 2008 年的 607 件,同比下降 20. 27%,全市行政复议案件数量 2008 年比 2007 年同比上升 30. 44%,调解结案率达到 60%,如图 7 所示。

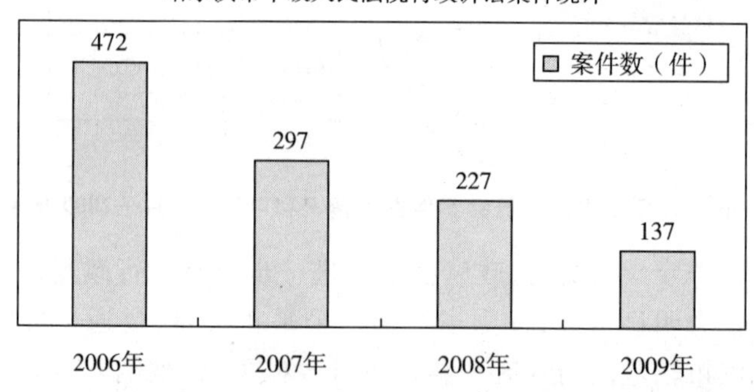

图 7　哈尔滨市中级法院行政诉讼案件统计情况(2006—2009 年)

委员会打破了复议案件机关内部审理的传统,纠错机制效果较好,公民、企业申请复议不仅不花钱,而且合法权益得到了保护。政府行政复议更加取信于民,进一步引导了群众以合法、理性和便捷的方式解决矛盾,人民群众更希望通过行政复议法律途径而不是到处信访或者诉讼解决问题。

四是简化了行政复议程序,降低了各方费用成本。哈尔滨市对行政复议程序进行简化,缩短了行政复议案件的期限。《哈尔滨市行政复议规定》第 45 条规定,适用简易程序审理的案件被申请人的答辩期为 7 日,比《行政复议法》规定少了 3 日。《哈尔滨市行政复议规定》第 47 条规定适用简易程序审理的案件30日内办结，而《行政复议法》行政复议期限为60日。哈尔滨市行政复议改革对适用简易程序的案件相应缩短了审理期限，符合行政复议法的立法精神，更有效地维护了复议申请人的合法权益。

行政复议中各方成本最低化，形成一条高效便民、公平公正的行政救济渠道。我国《行政复议法》规定，行政复议机关受理行政复议申请，不得向申请人收取任何费用，而且专家委员会不属于政府机构，不单独增加人员编制。行政复议过程中所需各项经费均由市财政部门全额保障，申请人在通过行政复议受益的同时，没有增加任何经济负担。同时，哈尔滨市在行政复议机制改革的实施过程中充分秉承了建设节约型政府的理念，自项目启动以来，市政府法制办用于行政复议工作的经费支出，没有大的增加，奠定了低成本、高效率的良性工作发展模式，降低了各方成本。

五是政府各部门的自我纠错能力逐渐提升。行政执法得到了规范，推动了政府依法行政。由于市政府实行了行政复议委员会新机制，以往政府各级部门在市政府案件中找人说情的情况基本得到了杜绝，行政机关在行政复议程序中主动纠错的在70%以上。同时，委员会在个案办理中发现普遍性违法问题还通过政府《行政意见书》形式予以纠正，从普遍意义上规范行政执法，促进了政府依法行政。

哈尔滨市行政复议机制改革在启动之初便得到了包括国务院法制办在内的上级机关的充分肯定。全国已有10个省份推广行政复议委员会制度，而在黑龙江省有4个地级市实施这项改革。2009年6月，国务院法制办决定在全国部分地区进行行政复议委员会试点，充分参考吸收了哈尔滨市行政复议机制改革的实施经验，提出建立省、市、县三级政府行政复议委员会，探索相对集中行政复议权。黑龙江省被确定为试点省，并确定哈尔滨市为开展行政复议委员会试点单位。2010年，在黑龙江省各地市全面推开了这项改革，哈尔滨市的改革走在前面并且得到了推广和提升。这一新机制被市委、市政府评为2007年度振兴哈尔滨优秀创意奖。2010年1月，哈尔滨市政府法制办公室“行政复议机制改革”项目获得了第五届“中国地方政府创新奖”提名奖。

由于哈尔滨市是全国率先实施行政复议机制改革的城市，自2007年以来，市政府法制办已累计在全国性会议上介绍相关经验5次，目前已有20多个省、市的政府法制部门来到哈尔滨市考察，《人民日报》、《光明日报》、《法制日报》、人民网、新华网、新浪网等媒体对哈尔滨市的复议改革工作都做了报道。一些法学专家给予了高度评价，通过总结创新项目实施成果形成的《对实施行政复议制度的几点思考》等四篇论文分别在东北法治论坛、省市法学会、市社科联等学术团体获奖。哈尔滨市行政复议机制改革已为全国的行政复议改革工作提供了广泛的学习借鉴平台。

六、哈尔滨市行政复议机制改革存在的问题

行政复议机制改革的成果得到了包括上级机关、专家学者、新闻媒体和人民群众在内的社会各界的广泛关注和充分肯定,但也存在一些问题。

一是法律规定相对滞后。现行《行政复议法》在职能定位、办案机制等方面的规定已不能满足现实的需要,制约了行政复议制度作用的发挥,影响了新机制的效果。为解决这一问题,国务院法制办已将行政复议委员会机制纳入修改《行政复议法》的范畴,目前,该草案正在加紧制定当中。

二是原有复议体制滞后。我国现行的行政复议工作体系是条块结合的管辖体系,对同一具体行政行为一般均可选择上级行政业务主管部门和同级人民政府复议。条块并存的管辖体制存在着易受到非正当因素干扰、难以统一管理、浪费行政管理资源等重大缺陷,也制约了新机制的运行。

三是行政复议委员会专家队伍还应进一步壮大。目前,哈尔滨市行政复议受理中心受理复议案件数量不断增加,复议委员会年平均议决案件也同样不断增加,案件受理类别由以往单一的公安管理、房产登记、土地权属纠纷扩展到劳动保障、药品监督、工商和税收管理、政务信息公开等热点领域,出现在行政管理的各个领域。随着形势的不断发展,现有哈尔滨市政府行政复议委员会35名专家,从专家数量和研究领域来看有些偏少,还应进一步增加以适应工作的需要。

四是对行政复议法律宣传力度还应进一步加强。虽然有关媒体进行了报道,但仍有很多群众不知道。今后还应加强宣传,畅通信息渠道。采取各种有效措施,通过在各类媒体及网络上发表相关信息等方式,加强对行政复议法律制度的宣传力度,提高人民群众对行政复议制度的认知度,使他们更加了解行政复议制度的便民、高效的制度优势,提高公众的知晓度和公信力,形成浓厚社会氛围。

五是复议案件办理需要进一步公开、透明。复议案件办理的公开、透明不应局限于复议程序向社会公布以及复议机关通过听证会公开听取各方意见,还应当将复议案件的受理情况、审理情况、复议决定、办理时限等复议全过程通过政府网站向社会公开。要防止复议裁判的恣意和专断,就要制定公开透明的复议程序和规则。不但立案要公开透明,复议过程和复议决定也要向社会公开,应当允许当事人查阅、复制证据材料、复议法律文书。复议机关应当将被申请人的答辩意见、提供的证据材料送达申请人,复议决定应当载

明当事人的观点和证据，阐明作出复议决定的理由。

六是增加行政复议中专业人员的比例。具备独立性和中立性的行政复议机构，如果不能保证行政复议人员具有与其职责相适应的专业化水平，也最终无法有效地解决行政纠纷。专业性的纠纷解决机构也是现代社会职能分离要实现行政复议妥善处理各种利益冲突，维护社会秩序的功能，解决人员不仅需要受过系统法律专业教育，具备专业的法律知识，还必须具备丰富的行政管理知识，恪守职业道德的复议工作者。所以，在行政复议的相关部门应广纳具有专业知识的，高素质的成员及后备力量，提高专业人员在行政复议中的比例。

七、一些理论思考

在任何国家，社会纠纷都是普遍存在的。存在纠纷并不可怕，重要的是如何使这些纠纷能够得到迅速、妥善的解决。任何纠纷都能够进入正常的纠纷解决机制范围，这是和谐社会一个不可或缺的要求，因此，通过一定的纠纷解决机制消除因纠纷而产生的紧张状态是非常重要的。行政复议制度是一种解决行政纠纷的重要法律制度。行政纠纷是一种特殊的社会纠纷，其特殊性在于纠纷一方当事人为握有公权力的行政机关，另一方是个人。行政纠纷在实质上是公权力与私权利的冲突，进而可能成为国家与由多数个人构成的社会的冲突。这种冲突如果得不到有效解决，对既有法律秩序将造成重大的危害，甚至动摇国家的统治。所以，作为解决行政纠纷的行政复议机构，必须具备纠纷解决机构的基本要求和标准。在这方面，哈尔滨市行政复议机制改革在全国率先进行了开拓性的、大胆的、全新模式的探索，取得了一定的成效，具有较强的示范效应。

（一）秉承科学发展理念，推动行政复议改革创新

按照党中央、国务院提出的行政管理体制改革的要求，充分吸收了行政公开、民主参与、专家论证、权力制衡、程序规范、监督有效等现代行政理念，保证了行政复议工作在体现自身特点的同时，切合建立权责一致、分工合理、决策科学、执行顺畅、监督有力的行政管理体制的要求。行政复议制度客观上存在的问题要求立法者和执法者对其进行适时的改革和创新。行政复议如何取信于民，做到复议为民、便民、利民，是建设法治政府的重要举措。

(二) 体现了民主政治的要求

民主政治,是凭借公共权力,和平地管理冲突,建立秩序,并实现平等、自由、人民主权等价值理念的方式和过程。行政复议委员会是由政府主导、社会参与、专业保障、民主决策的复议工作机制。其组成充分体现了民主参与、民主决策、民主监督的特点,运行充分贯彻了讨论、妥协、少数服从多数等民主原则,自身形成了一个容纳各方意见,综合各方诉求,协调各方利益的民主决策平台,体现了由单向规制型管理向双向回应型管理的转变,由全能型政府向有限型政府的转变。

(三) 体现了依法行政的要求

行政复议机制改革,既是贯彻依法行政方略的需要,又是促进依法行政的手段。国务院在《全面推进依法行政实施纲要》中,对加强行政复议工作提出了明确要求。复议委员会打破了行政复议原有的封闭运行机制,承担相应决策职责,人员构成相对外部化,地位相对超脱独立,规避了干预因素,保证了复议结果的公正,也带动了被申请复议的行政机关对自身所做具体行政行为的规范。案件办理结果得到了绝大多数申请人和第三人的满意或理解,没有发生过一起不服复议决定到法院起诉的案件,达到了"定纷止争,案结事了"的目标。

(四) 体现了和谐社会的要求

行政复议机制打消了人民群众对复议机关"官官相护"的疑虑,树立了政府的形象和威信,增强了行政复议制度的公信力。通过行政复议,使一大批复杂的行政争议在基层得以及时化解,引导行政机关"为民谋利",防止和纠正行政机关"与民争利",最大限度地增加和谐因素、减少不和谐因素,维护了政府在人民群众心目中的形象,行政复议越来越赢得人民群众的信任,老百姓希望通过行政复议来解决行政争议的愿望日益强烈,行政复议正在成为化解行政争议的主要渠道。

(五) 体现了行政体制改革的要求和方向

哈尔滨市的行政复议改革,在探索建立行政复议委员会机制中,较好地解决了行政复议工作中长期存在的公信力不强、机构不独立、人员不专业、内部办案、受干扰多等普遍性问题,对行政复议的功能定位、委员会组织形式和运行程序等一系列问题都在理论和实践上给出了系统的明确的回答。通过优化行政组织结构,优化民主决策程序,使人民主权思想和民主政治理念真正体现到政府工作中来,达到了形式正义和程序正义对实体正义的最大保障,有效转变了政府职能,保证了行政复议工作在体现自身特点的同时,切合行政管理体制改革的要求,具有一定的示范推广效应。

(六)形成了解决行政争议的长效机制

哈尔滨市行政复议机制改革将政务公开、社会参与、专业保障、民主决策,权力制约等理论综合运用到政府决策中来,使民主、科学和依法决策落到实处。既汇集了舆情,倾听了民意,又体现了政府依法办事的决心,树立了社会的公平正义感。进一步增强了行政机关与百姓相互之间的信息沟通和理解认可,加强了行政机关与百姓之间在处理诸如拆迁、城建、企业改制等涉及群众切身利益问题时的良性互动,有利于减少百姓与行政机关之间的对立情绪,建立了百姓信赖的、依法解决行政争议的长效机制,有效密切了政府和人民群众的联系,适应了新形势下建立适合我国国情的、能够反复适用的、法定的解决行政争议的长效机制的迫切要求,对于社会的和谐稳定具有重大的现实意义。

综上所述,通过哈尔滨市行政复议机制改革的实施,强化了对具体行政行为的法律监督,规范了行政机关的执法行为,带动了全市各级行政机关执法水平的提高和社会主义法治理念的普及。哈尔滨市政府法制工作注入了新的活力,行政复议机关理念得到更新,研究领域得到拓展,工作水平得到提升。方便了群众及时地表达自身利益诉求,保障了复议决定的公平公正,依法维护了群众合法权益。办理的行政复议案件较以往更具公信力和社会影响力。

行政处罚权自由边界的厘定与有益探索

——云南省昆明市行政处罚自由裁量权规范细化制度探究

□贺琳凯*

一、行政处罚自由裁量权的法律界定和必要性

（一）行政执法中自由裁量权的法律界定

行政处罚自由裁量权是指国家行政机关在法律、法规规定的原则和范围内有选择余地的处置权利。它是行政机关及其工作人员在行政执法活动中客观存在的，有法律、法规授予的职权①。各行政执法机关作为对社会监督管理的职能部门，国家法律法规赋予了其较多的自由裁量权。在依法治国的根

* 贺琳凯，云南大学公共管理学院讲师，民族政治与公共行政博士，研究方向：民族政治学、民族地方公共行政等。

① 缪梅玲：《正确行使行政处罚自由裁量权的原则及控制对策》，载《江苏农村经济：品牌农资》2008年第9期。

本理念之下,行政处罚的自由裁量权体现了国家法律制度赋予行政执法机关充分的自主权利,照顾到了各个不同地域和各种不同的处罚情形千差万别的实际状况,具有高度原则性和灵活性。但是,正是由于国家的法律给予地方政府行政执法部门及其工作人员的处罚自由裁量权赋予权限较大,法律仅做了原则性和裁量范围的规定,而没有就具体的行政处罚适用法律适用情况作出详细的规定,因此,如何合法、合理地行使自由裁量权,树立政府的公信力,提升执法队伍的基本素质,同时能够实现公平公正执法、进行人性化的行政管理,构建和谐社会的法制目标,显示出极大的现实性和必要性。

(二) 行政处罚自由裁量权的分类和“自由”的限度

为了更加有效地说明行政处罚自由裁量的“自由”限度,首先从法理学的角度和我国现行法律的规定来看行政自由裁量权的分类。根据《中华人民共和国行政法》以及国务院、各部委各种行政法规的规定,可将自由裁量权归纳为以下几种:

第一,在行政处罚幅度内的自由裁量权。即行政机关在对行政管理相对人作出行政处罚时,可在法定的处罚幅度内自由选择。它包括在同一处罚种类幅度的自由选择和不同处罚种类的自由选择。例如,我国的《治安管理处罚条例》第 24 条规定了违反本条规定的可“处以十五日以下拘留、二百元以下罚款或者警告”,也就是说,行政处罚主体可以视具体的行政违法行为和违法情形在拘留、罚款、警告这三种处罚中选择一种,也可以就拘留或罚款选择天数或数额。这样就给自由裁量留下了较大的空间。

第二,选择行为方式的自由裁量权。即行政机关在选择具体行政行为的方式上,有自由裁量的权力,它包括作为与不作为。具体而言,即行政主体可以根据行政违法行为具体的情况做出是否采取必要行为进行有效处置或者约束。例如,《海关法》第 21 条第 3 款规定:被行政没收的“所列货物不宜长期保存的,海关可以根据实际情况提前处理。”也就是说,海关在处理方式上(如变价、冰冻等),有选择的余地,“可以”的语义包含了允许海关作为或不作为。

第三,作出具体行政行为时限的自由裁量权。通观我国的行政法律和行政法规,有相当数量的条文中未规定作出具体行政行为的时限,这说明行政机关在何时作出具体行政行为上有自由选择的余地,对于行政处罚权,也是如此。

第四,对事实性质认定的自由裁量权。即行政机关对行政管理相对人的行为性质或者被管理事项的性质的认定有自由裁量的权力。例如,《渔港水域交通安全管理条例》第 21 条第(3)项规定:“在渔港内的航道、港池、锚地和停泊区从事有碍海上交通安全的捕捞、养殖等生产活动的”可给予警告或罚款。这里的生产活动对海上交通安全是否“有碍”,缺乏客观衡量标准,行政机关对“有碍”性质的认定有很大的自由裁量权。

第五,对情节轻重认定的自由裁量权。我国的行政法律、法规不少都有“情节较轻的”、“情节严重的”这样语义模糊的词,又没有规定认定情节轻重的法定条件,这样行政机关对情节轻重的自由裁量权就不易把握。

第六,决定是否执行的自由裁量权。即对具体执行力的行政决定,法律、法规大都规定有行政机关决定是否执行。例如,《行政诉讼法》第66条规定:“公民、法人或者其他组织对具体行政行为在法定期限内不提起诉讼又不履行的,行政机关可以申请人民法院强制执行,或者依法强制执行。”这里的“可以”就表明了行政机关可以自由裁量。

从上述的分类可以看出,无论是从行政法律、法规厘定权利边界的角度来看,还是从具体执法的主观赋权来看,均有巨大的弹性空间,一方面使行政执法主体执法的依据不足,另一方面主观判断的偏颇难以避免,正是在这样的情形之下,昆明市人民政府展开了行政处罚自由裁量权规范细化的具体工作。

(三) 行政执法中自由裁量权存在的必要性

行政执法,是政府行政执法机关及其工作人员针对行政相对人的行为进行的肯定、约束、管理或者惩罚的政府行为。这项行为中特别能够引起行政相对人的第一感性认识的就是行政处罚。毕竟,行政处罚是针对行政相对人所做的行为违反了国家的法律法规而进行的惩处,如果惩处得当,能够起到较好的管理效能;如果惩处不力或者惩处过度,都将不能够达到有效的社会管理效果。随着现代社会的不断发展,行政管理的职能愈加重要,行政执法部门监督和管理社会生活的职能和范围不断扩大,对管理的需求不断增加,管理的难度不断提升,必须完善相应的行政处罚自由裁量权,从而与日新月异的社会管理现实相适应。因此,行政处罚自由裁量权是应对千差万别的行政管理现实状况的基本需求。

其次,从法律本身的存在和制定逻辑而言,面对纷繁复杂的社会关系和行政管理要求,法律法规不可能概括完美,罗列穷尽,做出适应每一种现实情况的规定。因此,从立法技术上看,有限的法律只能做出一些比较原则的规定,做出可供选择的措施和上下活动的幅度,促使行政主体灵活机动地因人因事做出更有成效的管理。从这个意义上讲,行政处罚自由裁量权正是适应各种现实管理要求的必由之路。

再次,各个行政处罚自由裁量权的载体——各级地方政府所面对的行政行为大相径庭,行政处罚自由裁量权的行使,必须根据各地的客观实际情况和法律原则及各级政府及其公务员自己的理性判断加以灵活处理,做到"因地制宜、因事制宜"而非一刀切,无视差别。这就要求行政机关必须有行政处罚的自由裁量权。

二、行政处罚执法过程中存在的问题

(一) 行政处罚自由裁量权中可能存在的普遍问题

行政处罚自由裁量权,具有高度原则性和灵活性,从国家法律制定的高度来看,行使行政处罚权的政府机关是有严格的主体资格限定的,在所有的政府部门中,只有具有行政主体资格、负有管理和规制行政相对人的行政行为的一部分政府机关具有处罚资格;然而,从具体执行的角度来看,却又具有法律规定的处罚范围过广、处罚幅度过宽、处罚随意性较大的一系列现实因素存在,具体而言,主要可能受到以下一些因素的影响:

首先,由于行政执法主体的"社会人"角色而显失公平。公务员是行政处罚权的执行主体,而公务员本身不可避免地受到社会人角色的影响,受到情感和人际关系的干扰而导致在执法中存在可能偏离执法公正的情形出现。美国麻省理工学院教授埃德加·沙因(E. H. Schein)对人性的假设是"理性—经济人"(rational-economic man),人群关系学派的人性观为"社会人",人力资源学派的人性假设为"自我实现的人"(self-actualizing man)[①]。按照人性假设的观点,人是有感情的,人最重视的是在工作中与周围人的友好相处,物质利益和制度的约束处于次要地位。在不少地方政府公务员的观念中,存在有"有事好好说"的人情关系观念,由于亲戚、朋友、战友、同学等原因,出现自由裁量权的弃用;而如果公务员在执法中不能够受到法律的有效约束,也有可能会公报私仇、可能导致自由裁量权的被滥用。不管是哪种情形,都是自由裁量显失公平的状况。

其次,由于行政执法主体个人的工作能力、认识能力、知识水平冲突、道德水准等因素,可能导致的自由裁量权的显失公平。在中国行政执法的现实情形中,存在着执法主体的业务素质不高、文化水平偏低、执法能力有限等突出的问题,而这种问题,越往基层的执法部门深入就越加明显。因为个人主观的原因,可能带来在执法过程中难以避免的执法不公、执法不力、执法失当

① 参阅张德:《组织行为学》(第二版),高等教育出版社2004年版,第19页。

问题。

再次,受到外力因素影响而显失公平。由于公务员是国家公共权力的承担者,因此不可避免地牵涉到各种利益因素,尤其是体现着国家权力对社会客体做出的社会行为进行约束、规制的行政处罚权力,更是直接和利益方的直接利益相挂钩,容易受到多种外力的影响和干扰。例如,一项行政处罚决定做出之后,此项决定对具体工作人员有利害关系,或由于具体工作人员受贿等因素,都可能导致自由裁量权的被滥用,从而使行政处罚自由裁量显失公平。此外,在一些地方政府中存在官本位思想,由于受领导的压力、同事的说情等因素的影响,也可能导致的自由裁量权的被滥用。

自由裁量权的滥用和显失公平,具有十分突出的社会影响。一是不利于社会秩序的稳定。由于行政执法工作人员如果滥用行政处罚自由裁量权,处理问题随意性很大,反复无常,不同情况相同处理,相同情况不同对待,容易引起群众怀疑、不信任,产生对立情绪,不配合执法,行政违法行为增多,导致社会、经济秩序的不稳定;二是助长特权思想,滋生腐败,影响党和政府的形象。但是,社会事务是复杂的,对于偶发的事务,具体工作人员首次处理,法律虽然规定了原则,工作人员的判断标准可能会与公众标准发生偏差,工作人员认为是公正的,公众可能认为不公正;特别是在公正标准没有形成之前,对于偶发的、复杂的事务的公正处理,是很难把握的。因此,自由裁量权的滥用,在客观上也是不可避免的。正因为自由裁量权可能会被滥用,所以对自由裁量权必须进行控制。

正是由于在行政处罚的过程中存在一系列的问题,引起了昆明市政府,尤其是法制办的重视,从法律技术和法律规范的角度对行政处罚自由裁量权进行了规范,出台了可资参照的执行标准,厘定了行政处罚自由裁量权的边界,使得这一项紧密联结着政府和民众的政府执法行为得到了有效的规制,也大大节省了行政成本,提高了政府及其公务员的公信力。这项厘定法律中公权边界的制度出台以后,使得行政处罚的操作更加规范,裁量的定位更加准确,大大降低了行政处罚的随意性,有效增强了行政处罚的公正性和合理性。从行政相对人来看,实现了权益的有效保护,使罚有所因、罚有所依,心服口服;从行政执法主体来看,避免了受到不良胁迫的影响,保证了人身安全,也免于贿赂的干扰,能够做到问心无愧。

(二) 昆明市行政处罚执法中存在的具体问题

随着我国市场经济体制的不断深入和完善,行政执法部门的职能和执法的范围不断扩大,昆明市作为西南地区、甚至是辐射东南亚、南亚的国际招商引资城市,面临着必须改善投资软环境的现实问题,而改善投资环境的一个关键性问题是为投资者提供优质的法治管理环境。因此,基于行政处罚权具有高度的自由裁量限度,可能会引起的不确定性和显失公平的问题,昆明市人民政府法制办公室针对本市行政处罚自由裁量权的执法状况进行了深入的摸底,总结了不同的执法部门在执法过程中存在的问题,为进一步规范行政处罚自由裁量权的工作奠定前期基础。在经过一系列的实际调研之后,发现在昆明市具有行政处罚自由裁量权的行政机关中存在如下的一些问题:

首先,自由裁量权在行政处罚中存在显失公平的情况,表现为畸轻畸重,自由裁量往往会受到行政执法主体的主观判断差别和一些客观的外力而明显地超过或者低于合理的标准、范围,造成自由裁量权运用中的严重失衡。

其次,由于自由裁量的法律厘定范围过宽,处罚的幅度规定较大,同一行政执法部门的不同执法人员出于主观或者客观的种种原因,致使同一行政执法机关做出"同形不同罚"的行政行为,即同一行政机关,不同的行政执法人员,甚至是同一个行政执法人员,对于相同情形和性质的违法行为所做的处罚结果不一致,进而使得法律的威慑力打了折扣,行政相对人对执法公正性产生怀疑。

再次,在行政执法的过程中明显存在轻错重罚、重错轻罚、以罚代管、重罚轻管、看人处罚、因事处罚等显失公平的行政处罚自由性过大、随意性过强,无法统一规范、难以实现法律教育为主、惩处为辅的法理学精神。

此外,长期的行政处罚自由裁量在某些部门和某些具体执法过程中显失公平的状况,致使行政相对人产生一种游离于法律之外和程序之外的"潜规则"心理,在自己出现行政违法行为时,托关系、找熟人、向执法者施压或者贿赂、变相贿赂等,对行政执法主体的心理和生理造成了很大的影响,更加干扰了行政执法的公正性。

三、昆明市行政自由裁量权规范细化制度的运作过程

昆明市行政处罚自由裁量权细化制度早在2008年就已开始。自2008年开始,昆明市政法就确定了部分市、县部门开展行政处罚自由裁量权规范细化的试点工作,选择一些条件比较成熟的执法单位进行了一年的探索,为来年的行政处罚自由裁量权细化制度的出台奠定了基础。2009年,昆明市在全市范围内具有行政执法权的39家市级部门完成了行政处罚自由裁量细化制度的具体工作任务,在县(市)区行政执法部门中统一执行按照市级部门统一

制定的行政处罚自由裁量细化标准。

(一) 梳理行政处罚项目

梳理行政处罚项目,是出台行政自由裁量权规范细化制度的起点。昆明市采用了先在条件较为成熟的试点单位进行试点工作,然后在具有行政处罚自由裁量权的市级单位中广泛进行梳理和细化的做法。从2008年始,昆明市、县试点部门就着手针对本部门执行的具有自由裁量权的行政处罚项目,从处罚项目、处罚依据的名称、制定机关、处罚种类、处罚程序、处罚幅度等六个方面进行了认真的梳理,为制定规范细化的标准进行全面摸底。据统计,全市辖区范围内8家市级试点部门共梳理行政处罚项目853项,其中具有自由裁量权的处罚项目767项;14个县(市)区政府的42家试点部门共梳理出行政处罚项目3827项,其中具有自由裁量权的处罚项目2972项。2009年,昆明市法制办在余下的具有行政处罚权的39家市级单位又对实施的3471项行政处罚项目进行了全面的梳理,截至2009年底,全市46家市级单位一共清理出具有自由裁量权的处罚项目2912项,按照细化的档次和细化的幅度,一共制定了15675细化的标准。[①]

(二) 制定行政处罚自由裁量权的规范细化标准

行政处罚自由裁量权的细化标准分为两个递进的阶段进行。从2008年的细化标准来看,昆明市人民政府法制办要求各级具有行政执法权的行政部门依据行政相对人违法行为的主观故意、涉案标的、违法手段、社会危害程度、行为持续时间、相对人具备的客观条件等情节,将违法行为的情形分为轻微、一般、严重、比较严重四类违法行为,并对处罚依据进行分类细化。2009年,经过了前面工作的基础,在总结实践经验的基础上,又进一步提出了细化更高的要求:各市级部门对具有自由裁量权且适用简易程序的行政处罚项目,根据不同的情形细化为四个档次;对具有罚款数额幅度且适用一般程序的行政处罚项目,按照显著轻微、轻微、一般、严重、比较严重、特别严重六个档次制定出行政处罚自由裁量的细化标准;对责令停产停业、暂扣或者吊销行政许可证、行政拘留等有时间、数量幅度的行政处罚项目,依据不同情形细化为三个以上档次。[②] 例如,滇池保护是昆明市环境保护的一个重大任务,围绕滇池保护的滇池综合执法机关在行政处罚自由裁量权中细化了处罚的种

① 参见《昆明市人民政府法制办行政处罚自由裁量权规范细化制度》(2009年内部资料)中的相关数据。

② 参见:《昆明市人民政府法制办行政处罚自由裁量权规范细化制度》(2009年内部资料)》中对行政处罚自由裁量权的细化标准。

类和处罚的细化标准，大大提升了执法的效率，收到了良好的执法效果。表1列举了部分细化的处罚项目和适用的处罚种类，细化了针对不同违法情形的罚款数额。①

表1　昆明市部分项目行政处罚自由裁量权规范细化情况

执法类别	处罚项目	处罚依据	制定机关	处罚种类	处罚程序	处罚幅度
滇管综合	未经批准在滇池界桩内构筑建筑物的	《滇池保护条例》	昆明市人大	罚款	一般程序	10000—50000元
滇管综合	在滇池水体保护区内取土、取沙、采石的	《滇池保护条例》	昆明市人大	罚款	一般程序	2000—10000元
滇管综合	损坏堤坝、桥闸、泵站、码头、航标、渔标、水文、科研、测量、环境监测、滇池水体保护界桩等设施的	《滇池保护条例》	昆明市人大	罚款	一般程序	2000—10000元
滇管综合	在滇池内网箱养殖水产品的	《滇池保护条例》	昆明市人大	罚款，没收非法财物	一般程序	2000—10000元
滇管综合	私自打捞对净化滇池水质有益的水草和其他水生植物的	《滇池保护条例》	昆明市人大	罚款	一般程序	50—500元

（三）建立健全行政处罚自由裁量权规范细化标准的相关配套制度及社会公开

在行政执法机关日常开展行政管理的过程中，行政处罚自由裁量权面对的对象是具有行政违法行为的各个行政相对人，可以说，行政管理的对象是处于一个开放的环境中，是对有目共睹的社会行为进行规制、掌控和引导的过程。因此，政府机关的行政行为、特别是行政处罚行为，是民众最为关注的焦点问题，要是这项具有积极意义和价值的制度得以顺利地执行，就必须是这项制度向公众公开，提升其社会影响力和公众知晓度。因此，昆明市法制办按照现代电子政务的要求，充分运用现有的市级单位公众网络平台，促使各种行政处罚自由裁量权细化分类实现了对外公开。具体而言，各个行政执法部门拟定的行政处罚自由裁量权细化标准在征求了上一级行政主管部门的意见后，报经本级人民政府法制办机构进行审查、备案，然后对外公开。依

① 参见昆明市滇池管理局：《规范行政处罚自由裁量权工作材料》，2009年9月30日。

据各个行政执法部门的现有条件,公开的方式有两种:一是各部门将经本级政府法制办机构备案的行政处罚自由裁量权细化标准在政务公开栏进行纸质文件的公开;二是在行政执法部门的电子政务网站上进行电子版细化标准的社会公开。此外,对适用听证程序的行政处罚,应当将听证的内容、时间、地点在本部门的政务公开栏或电子政务网站上对社会公布,以方便民众参与听证;各行政执法部门建立的规范行政处罚自由裁量权的内部管理制度,也逐步对社会公开。

四、昆明市行政自由裁量权规范细化制度的特点及效果

(一) 行政自由裁量权规范细化制度的特点

经过上述三个步骤的有序进行,昆明市行政处罚自由裁量权规范细化制度逐渐完成,对行政处罚自由裁量权的自由边界的厘定进行了积极而有益的探索。通过在全市范围内逐步地实施,形成了适应云南省昆明地区经济发展水平、行政相对人具体情况和行政管理现实条件的制度规范,取得了良好的管理效果。具体而言,这项制度的特点如下:

第一,行政处罚自由裁量权规范细化制度的可行性和适用性较好。为了考察行政处罚自由裁量权规范细化制度的可行性,这一制度采用试点先期开展,逐渐在全市各执法单位铺开推广的方式进行。昆明市政府先期在区市中选取一部分行政执法条件较好、执法人员素质较高和执法行为较为规范的单位中进行试点,以先梳理各单位行政处罚项目的方式,依据国家法律规定的各项具有自由裁量权行政处罚项目,进行了详细的分类,区分出区县一级行政执法机关具有的行政处罚自由裁量权项目;在梳理的基础上规范细化行政处罚自由裁量权标准,着手制定依据实际情况、因地制宜的六档行政处罚标准并采用网络平台、各类媒体向社会公众公布;经过一段时间的实施,取得较好的实际效果,在此基础上逐渐向全市四区十县范围内推广。

第二,业已形成比较完善的行政处罚自由裁量权规范。自2008年试点单位进行行政处罚自由裁量权规范制度建设以来,经过近两年的建设和完善,昆明市具有行政处罚自由裁量权的各个执法单位均已完成了本单位具有的各项自由裁量权的梳理和处罚标准制定,基本形成了一系列直接可以进行适用的行政处罚自由裁量权标准,下一步在全市辖区范围内各区县的推广和扩大的开展计划已经形成,使该制度具有发展完善的制度价值和意义突出。

第三,行政处罚自由裁量权规范的配套监督管理机制同步实施。在调研中成员有一个共识是着重关注该项制度的实施效果,因此比较注重对该制度监督方式和实施效果的调研。昆明市法制办的具体做法是,在行政处罚自由裁量权规范作出以后,采用纪委监督、法制办领导监督、行政相对人监督的多重监督方式、处罚卷宗上报核查、不定期抽查和网络平台、热线电话、投诉监督电话等多种监督手段进行监督,确保各个执法单位和执法人员对行政处罚自由裁量权规范的严格遵守和合法、合理适用。

第四,承担行政处罚自由裁量权规范的工作人员配备合理。调研组关注的另一个问题是在具有严格的行政处罚自由裁量权规范之后,承担一线行政处罚自由裁量权的执法工作人员是否能够具有与这项良性制度相匹配的基本素质、执法经验和执法能力。经过调研,昆明市法制办的做法是,为保证执法质量,辖区内的执法工作人员采用岗前严格选拔和培训、岗中定期培训和监督、定期汇报执法情况的办法来予以保证。具体而言,与国家机关公务员一样,经过笔试和面试选拔出准执法人员,在到岗后进行执法岗前培训,考试合格后方可上岗,上岗执法后严格监控,定期再培训、以提升执法能力,保证执法质量。

(二) 行政自由裁量权规范细化制度的效果

经过两年多的建设,行政处罚自由裁量权规范细化制度的效果如下:

首先,为地方基层行政执法人员提供了一个具有较强可操作性的行政处罚自由裁量标准。对于地方基础公务员而言,面对的是千差万别的实际情况,仅仅依靠国家行使自由裁量权应当遵循的原则性规定,没有具体细化可行的执法标准,并不能保证执法者都能遵循原则办事,也不等于自由裁量权不会被滥用。而现实效果是,自从梳理并制定了比较详细的六类行政处罚自由裁量标准之后,大大减少了执法者的随意性、缩小了自由裁量的空间,使执法者和相对人处于信息对等的地位,既保护了执法者免于行贿说情者的困扰,又提升了法律执行的权威、相对人得到了更加公正、公平的处罚结果。

其次,大大减少了因行政处罚自由裁量权所致不公正引起的复议、诉讼案件。经过调研组对当地行政复议、行政诉讼案件的数据对比,在实施行政处罚自由裁量权规范细化制度之后,各个地方执法机关及其工作人员因行政处罚自由裁量权所致不公正引起的复议、诉讼案件数量大大减少,既提高了行政效率,又加强了行政相对人对执法部门的信任,提升了地方基层执法部门及其工作人员的威信。

再次,最大限度地避免了权力寻租和腐败、获得保护执法者和行政相对人的双赢效果。由于行政处罚自由裁量权以政府规范的形式被细化和规范,并向社会公布,执法者自由裁量的空间大大缩小,能够腐败的机会被屏蔽,一方面执法者不会再受到相对人说情、行贿的困扰,另一方面相对人的权力被制度保护,尤其是社会弱势群体能够获得了解处罚规定、公开处罚结果和监督不法行为的知情权,因而,达到了双方均获益的双赢效果。

最后,行政处罚自由裁量权的规范细化制度具有可推广性。一项制度的出台,不是为了解决一个个具体的问题,而是必须要具有一定时间、一定范围内的适用意义和价值。经过两年的完善,昆明市行政处罚自由裁量权的规范细化制度也必须要向辖区范围内逐渐推广,使得这项制度的作用更加明显。基于此,这项制度的基本框架之下,昆明市法制办在全辖区范围内依据各个区县经济社会发展的实际情况,划分了三个板块:第一板块的经济较为发达、社会相对进步,行政处罚的六类标准就相对高;第二板块的标准居中;而第三板块的经济社会发展相对落后,则主要依据实际情况,在法律许可范围内酌情从低。这样,行政处罚自由裁量权的规范细化制度即可在全市范围内推广。

余论:困难和展望

可以说,行政处罚自由裁量权的规范细化制度取得了较好的成效。尽管如此,在实施过程中,却难以避免地仍面临着以下的问题和困难。

第一,行政处罚自由裁量权的规范细化制度的社会公众知晓度较低。尽管昆明市法制办要求各个执法单位在各自的政府网站上进行全规范制度的公开、公示,但是由于各区县的经济条件不一,在经济条件较好的区县中,群众可以直接上网查询了解行政处罚自由裁量权的规范细化制度及其案宗,但是在比较偏僻的县级政府,网络公示的效果不佳,相对人往往被处罚之后才知晓处罚的具体情况和标准,导致执法者和相对人信息不对称。此外,如果采用纸质宣传方式,则经费不许可且法律的不断出台和更新也使纸质文件的时效性很低,因此,宣传与普及问题在各个执法单位均比较突出。由此可见,一项良性制度的有效运行,还需要硬件设施的完善和财政投入的增加,对于昆明这样的西南边陲省会城市而言,制度创新的同时还需要进一步大力发展经济,为良性的制度提供施展的平台和空间,因此,现代政府网络政务的开展是保证偏僻的县级单位也能够分享行政处罚自由裁量权细化制度成果的基本条件。

第二,行政处罚自由裁量权的规范细化制度的推广经费不足。尽管从实践来看,整个昆明市各个执法单位依据行政处罚自由裁量权的规范细化进行执法成效斐然，但是要继续完善执法制度、提升执法质量、推广执法成效，昆明市法制办去深感经费有限，无论是网络平台的构建，卷宗的管理和查阅还是实时监督系统的建立，都存在着经费不足的问题，成为制约这一制度继续发展的瓶颈。仍然是面临着经费投入不足的问题，这一项制度要实现继续在昆明市以下的县级单位进行推广，必须要增加对该制度的财政扶持力度，使其能够有保障地实施下去。

第三，行政执法者的素质有待进一步提升、执法任务繁重、人手不足。尽管行政处罚自由裁量权的规范细化制度的实施大大提升了行政效率，减少了复议和诉讼，但是在基层执法单位中，执法者的素质尚待提高，面对复杂的执法对象和情况，还要进一步改变其执法观念、提升其执法能力；而另一个突出的问题是，基层执法任务及其繁重，执法工作人员严重不足，以致有些执法单位不得不依据国家法律规定招用执法协管员，在这样的情况之下，尽管执法协管员不具备执法权，只可协助执法者进行监督管理，但是由于没有执法资格和身份，是否能够对其进行有效监督管理，保证这一制度的可执行性，也是需要着手解决的问题。可以说，加强行政执法队伍建设，提高执法水平是该制度继续有效实施的又一保障。在西南地区，行政执法人员素质不高是个较普遍的问题，这与我国正在进行的法治国家建设很不适应，某些基层行政执法人员甚至有十分突出的地方官僚主义思想，而法律素质不高、执法效率低下也是一个突出的问题。为此，一方面要加紧通过各种渠道培训行政执法人员，另一方面对那些不再适宜从事行政执法活动的人要坚决调出，使行政执法队伍廉正而富有效率。

农村留守儿童教育管护长效工作机制建设

——陕西省石泉县的经验[①]

□刘承礼　赖海榕*

一、案例背景与项目概况

在我国,改革开放之后的城市现代化建设离不开一支功勋卓著的队伍——农民工,而由于户籍制度、生活成本等门槛的限制,绝大多数农民工无法向城市举家迁徙,在这种情况下,作为农民工伴生物的留守儿童[②]的出现便不可避免。尽管农村留守儿童现象是城市现代化的必然产物,但是留守儿童问题在相当长时期内却不可能期待城市化甚至小城镇化来解决。在其他社

① 本文是作者于2009年11月26日至28日在陕西省石泉县进行实地调研的基础上写成的报告。报告的写作参考了石泉县委县政府、县教体局等相关单位提供的文献资料和其他有关报道。在实地调研过程中,石泉县委书记邹顺生、县委常委刘昌兰、县教体局局长董沧海、县教体局党委书记阮长凌、县教体局办公室主任杨帅、县留守儿童管理中心主任夏玉琴以及其他相关人员给予了支持和帮助,许多观点的形成得益于他们的启发。此致谢忱,但文责自负。

* 刘承礼,经济学博士,中央编译局比较政治与经济研究中心助理研究员。赖海榕,政治学博士,中央编译局海外理论信息研究中心执行主任、研究员。

② 按照有关部门的解释,留守儿童是指父母双方或一方流动到其他地区,孩子留在户籍所在地并因此不能和父母双方共同生活在一起的14周岁及以下的儿童。

会主体缺位的情况下，解决留守儿童问题的重担自然地落到了留守儿童所在地（或农民工输出地）政府的身上。

当前，全国留守儿童数量已接近5800万，这一庞大的数字正在考验着留守儿童所在地政府的执政能力。显然，对于留守儿童所在地政府而言，这是一个两难抉择，一方面，如果由它们牵头来解决留守儿童问题，那么资金从何处出、人力从何处来？我们不得而知；另一方面，如果它们听之任之，那么由留守儿童问题所引发的社会隐患必然会影响到当地乃至全社会的安定团结。实际上，留守儿童问题带有准公共品性质，因为它既关系到作为祖国下一代新人一分子的留守儿童的健康成长，又涉及全社会的长治久安、外出务工家长的收入增长、义务教育质量的提高、党和政府执政能力的改善等一系列课题。为此，留守儿童所在地政府在处理这一问题上既要采取积极的、开放的态度，又要开发“四两拨千斤”的务实举措。近些年来，为了解决农村留守儿童问题，全国各地进行过诸多探索，其中，陕西省石泉县的经验在县级政府层面上或许是较为系统和富有成效的一种创新。

位于秦巴腹地、汉水之滨的陕西省石泉县，人口只有18万，外出务工人员就达4万之多，由此产生了一个占比较高的留守儿童群体。据统计，近三年该县留守儿童的数量稳定在1万人左右的水平，占其义务教育阶段在校学生人数的比重近50%（2007、2008、2009年分别为49.6%、48.4%和47.6%）。如此高比重的留守儿童群体，如无正确的引导，将会给家庭、学校和社会带来不可预测的负面影响。在两起恶性侵害留守儿童事件的触动下[①]，石泉县委县政府把农村留守儿童教育管护工作纳入了经济社会发展总体规划和党委政府工作的重要议事日程。在充分调研的基础上，该县于2007年9月启动“留守儿童成长中心”、“留守儿童校外活动中心”、“留守儿童托管中心”建设试点，探索并推行代理家长制，设立专职辅导员岗位，以政府之力调动全社会关爱农村留守儿童健康成长的积极性，逐渐建立并形成了“党政统筹、部门联动、教育为主、家庭尽责、社会参与、儿童为本”的“六位一体”农村留守儿童教育管护长效工作机制，在化解各类因留守儿童问题而衍生的社会矛盾，提高义务教育质量等方面取得了很好的成效。本文在实地调研和文献梳理的基础上，通过综述石泉县留守儿童教育管护工作的理念和经验，以便为其他地区尤其是广大贫困地区做好农村留守儿童教育管护工作提供借鉴。

① 石泉县委常委刘昌兰谈到：“2006年两起侵害留守儿童的恶性事件触动较深，我们认为这是缺少安全监管造成的。仅靠妇联组织救助，不能解决根本性问题。要标本兼治，必须探索有系统的教育管护方法。”

二、调研方法与资料收集

(一) 调研方法

实地调研主要采取座谈会、实地走访和个别访谈的形式。在调研过程中,我们分别召开了1次项目发起人、执行人代表座谈会和2次项目受益人座谈会;先后走访了设立在两河小学、饶峰中学、银龙乡中心小学、城关镇中心小学、池河镇中心小学、后柳镇中心小学的6所留守儿童成长中心,以及设立在池河镇的1所留守儿童托管中心,设立在城关镇的1所留守儿童校外活动中心;与项目发起人、项目执行人、代理家长代表、志愿者代表、留守儿童代表进行了个别访谈。

(二) 资料收集

收集的资料主要有:石泉县历年关爱农村留守儿童工作总结;《陕西省石泉县建立留守儿童教育管护长效工作机制》、《陕西省石泉县留守儿童管理与教育模式研究结题报告》、《石泉县留守儿童教育管护工作文件汇编》、《石泉县留守儿童心理手册》、《石泉县留守儿童心理健康自助手册》、代表性留守儿童成长中心、校外活动中心和托管中心基本情况介绍。

三、农村留守儿童教育管护的"石泉模式"

(一) 创新工作理念,明确责任主体

1. 理念创新与政府主导

解决留守儿童问题的重要性自不待言,而这种重要性并不以GDP为导向,正如县委书记邹顺生所言,"可能这个问题的解决不会带来直接的GDP的增长,但它的确关乎民族,关乎社会,关乎我们的未来。"相反,正是这种不能创造GDP的行动反而需要以相应的财力为支撑。在石泉县,留守儿童问题的解决不具备"等"、"靠"、"要"的条件,表现为:第一,在政府采取有意识的统筹行动之前,与留守儿童相关的案件越来越多,标本兼治刻不容缓;第二,石泉县不是国家级贫困县,没有对应的贫困援助项目;第三,石泉县的年均财政收入只有4000万元,仅够应付吃饭财政,没有余力对留守儿童项目进行大规

模投资。在形势严峻、资金匮乏的情况下，石泉县委县政府认识到，资金瓶颈只是问题的一个方面，更重要的是工作思路要理顺。只有政府牵头把事情先做起来，才能形成聚集效应和示范效应，以便争取到更多的外部资源。为此，2007年7月，县委县政府成立了以县委书记为组长，县长、县委常委、副县长为副组长的关爱留守儿童工作领导小组①，成员包括县教体局、妇联、团委、财政局等相关职能部门，并以工作领导小组为基础建立了关爱留守儿童工作联席会议制度，以及专门的工作机构——石泉县留守儿童管理中心。在工作领导小组和专门工作机构的协调下，定期召开相关单位的联席会议成为可能，在联席会议上，工作领导小组可以通报情况并解决相关问题，这显示了政府在解决留守儿童问题上的主导作用。在留守儿童问题的解决方面，尽管政府的主导作用十分突出，但这并不意味着所有工作都齐头并进，也不意味着一切工作均由政府来承担。县委书记邹顺生谈到："做这件事不是一哄而起，而是试点示范，分步推进。首先在后柳镇先行试点，在后柳镇的试点也不是针对所有的留守儿童，而是先选择双亲都在外面打工且极需关爱的留守儿童，实行代理家长制。"当然，在政府主导的同时，也不排除使用市场化运作的办法。对于市场化运作的办法，县委主要领导有一个认识转变的过程，例如，县委书记邹顺生谈到："我曾对这个事情（指以市场化运作解决留守儿童问题。——作者注）甚至是有排斥的看法，我认为关爱留守儿童是一个公益性质的东西，必须是政府推动，现在看来，外面已经有了成功的市场化推动的经验。"据了解，石泉县留守儿童托管中心的运作主要是靠市场的手段，政府只是在政策上给予了一些支持。

2. 责任主体及其分工

在解决留守儿童问题方面，有四个重要的责任主体，即，党政部门、学校、家庭、社会，它们在留守儿童的教育与管护工作中应该有明确的分工。首先是党政部门的责任。党政部门的责任主要体现在提出工作思路、筹措启动资金、分配工作任务和监督任务执行上。石泉县委县政府于2008年年初将关爱留守儿童工作列为全县十大民生工程之一，并为相关工作安排了预算资金。"通过党委政府的统筹协调，多方筹措资金，落实各乡镇、各职能部门的任务、考核和奖惩，尤其是明确各乡镇党委、政府的责任，要求把以留守儿童为突破的教育工作作为政府的一项重要工作来抓"②，以便弘扬关爱理念，营造关爱氛围，从而调动和发挥社会力量参与留守儿童教育管护工作的积极性。其次

---

① 工作领导小组的主要职责是："（1）研究决定关于留守儿童工作方案及其他事宜；（2）建立留守儿童教育管护体系，健全相关部门责任机制；（3）积极争取外援，建立留守儿童寄宿学校，解决留守儿童教育缺失问题；（4）协调解决留守儿童工作中的各类问题。"

② 2007年9月10日《县委书记邹顺生在关爱留守儿童健康成长工作办公会上的讲话》。

是学校的责任。学校的责任主要体现在硬件设施建设、辅导教师的配备和培训、教育管护能力的提高上。在石泉县,通过建立留守儿童成长中心,学校的硬件设施得到了改善;通过选聘专职辅导教师,留守儿童的心理辅导和生活照料工作有了起色;通过传递关爱理念,全校上下形成了关爱留守儿童的共识。在石泉县第一个留守儿童成长中心——池河镇中心小学雏鹰成长中心,我们看到,学校的教学设施、住宿条件焕然一新,至少在硬件设备上,已与城区中小学相差无几。再次是家庭的责任。作为直接监护人,留守儿童的父母最有义务对留守儿童的健康成长负责,正如后柳镇中心小学王校长谈到,"留守儿童家长的责任不容忽视,不能缺位",这种意识需要通过家长学校对监护人的培训来传递。据了解,石泉县在全县有条件的中小学都建立了这种以培训监护人为目的的家长学校。最后是社会的责任,包括社会组织、爱心人士和闲置设备的支援。石泉县教体局、妇联、团委在发动社会力量,遴选代理家长和志愿者,倡导社区建立留守儿童校外活动中心,取得社会机构(如世界宣明会、宋庆龄基金会等)的资助等方面做了大量的工作。

(二) 促进资源整合,夯实硬件基础

1. 以留守儿童成长中心、校外活动中心、托管中心为载体,实现教育与管护工作的对接

据了解,在"两基"(即基本普及九年义务教育、基本扫除青壮年文盲)达标验收工作完成后,石泉县中小学的基础设施、校园环境等硬件条件均得到了明显的改善,这为留守儿童成长中心的建设奠定了基础。2007 年 11 月,由县教体局负责,县计划、财政、国土、城建等部门配合,池河镇中心小学启动了留守儿童成长中心建设试点,新建的成长中心设有学生宿舍、亲情接待室(心理咨询室)、娱乐室、图书室、卫生间、餐厅、浴室及锅炉房等集生活、学习、娱乐、辅导为一体的硬件设施,并按照统一的标准,配备了闭路电视、亲情电话和微机等软件设施,贯彻了县委县政府提出的把留守儿童成长中心建设成为"校园、家园、乐园"的理念。到目前为止,全县已有 26 所留守儿童成长中心项目按期竣工并投入使用。

与成长中心解决留守儿童的校内学习与生活问题不同,校外活动中心的功能是为留守儿童的校外活动提供场所。2007 年 11 月,由县民政局、教体局负责,在县妇联、团委等相关职能部门及镇党委和政府的配合下,城关镇向阳社区进行了留守儿童校外活动中心建设试点。根据县委县政府提出的要求,校外活动中心建设的原则是"科学规划、量力而行、整合推进",按照先城镇社区、后重点村庄的总体要求,依托社区居委会,与社区服务中心建设同步进行。由于校外活动中心依托在社区居委会,因而其工作人员主要来自社区居

委会成员和志愿者。在我们访问的石泉县第一个留守儿童校外活动中心——向阳社区留守儿童校外活动中心，图书室、家长阅览室、活动场所、活动器材等设施一应俱全，同时，居委会主要工作人员和大学生村官志愿者为孩子们免费提供课业辅导，解决了部分留守儿童校外学习、教育、管护缺位问题。在校外活动中心试点成功的基础上，石泉县委县政府提出，"整合资源，充分发挥石泉县青少年活动中心的示范引领作用，形成了以县级青少年活动中心辐射、带动、管理、指导全县各社区留守儿童活动中心的格局"。到目前为止，全县已建成并投入使用了5所留守儿童校外活动中心。

对于学龄前留守儿童，成长中心和校外活动中心均不能覆盖，托管中心正好可以弥补这一空缺。2007年11月，由县妇联牵头，镇党委和政府负责，在县民政、团委等相关职能部门的配合下，充分利用社会力量和市场机制，池河镇进行了留守儿童校外托管中心建设试点。如果说成长中心的建设由政府来主导，校外活动中心的建设任务由社区居委会承担，均带有公益性质，那么留守儿童托管中心建设则引进了市场化运作的机制。其基本做法是由政府出台优惠政策，发挥政府的引导、监督和服务功能，鼓励和支持各类组织、社会团体和个人自筹启动资金，以市场化运作的方式开办留守儿童托管中心，为留守儿童提供全托或半托式服务。为了规范留守儿童托管中心的运作，县妇联在充分调研的基础上起草了《石泉县发展和扶持民办留守儿童托管中心实施办法》，对留守儿童托管中心的申办条件进行了明确的规定，如对托管人的资质、托管场所的标准等的规定。该办法还规定，"托管中心实行有偿服务"。从我们访问的池河镇的一所留守儿童托管中心来看，尽管他们向学生家长收取了一定的费用，但承担了包括接送幼儿上学、管理幼儿食宿在内的全托式管护任务，家长比较放心，也取得了良好的社会声誉。到目前为止，全县已建成并投入使用了7所留守儿童托管中心。

2. 资金运作情况

从以上描述来看，留守儿童成长中心建设的资金消耗最大。在这方面，石泉县探索了"政府投入为主，社会援助为辅，积极吸纳民间资金"的关爱工作经费投入机制。在试点阶段，由县财政和教体局从2006年、2007年教育危改资金、"两政一教"化解债务奖补资金、政府配套资金以及其他各类教育资金中安排350万元用于留守儿童成长中心建设。2008年，全年留守儿童成长中心建设投资累计1075.5万元（其中政府投入504.5万元，社会各界捐款571万元）；2009年，全县多渠道筹措资金4300万元（其中，中央、省、市、县投入资金3514万元，争取到红十字会项目资金765万元、宋庆龄基金会援助20万元），用于启动11所留守儿童成长中心建设。在社会捐助方面，例如，世界宣明会捐资104万元建设城关中学留守儿童成长中心、捐资54万元建设饶峰中学留守儿童成长中心;宋庆龄基金会和朱英龙先生分别捐资15万元和40万元建设饶峰小学留守儿童成长中心。同时,县财政预算每年安排50万元作为留守儿童教育管护工作专项经费,主要用于留守儿童教育管护工作的软件设施添置、日常运转、项目争取和对外宣传。为了发挥资金使用的规模效应,县教体局、计划、财政、妇联、团委等部门在争取项目资金的同时,还有效整合危改资金、寄宿制项目资金、灾后重建资金、社会资助资金、教育附加,推行各类资金捆绑使用。在资金使用的监管方面,县教体局、财政局曾联合发文,将项目资金直接下达到各有关学校,按照专项资金管理办法进行监管,确保专款专用,不得用于偿还债务。

由于留守儿童校外活动中心和托管中心分别以社区举办和民间资金运作为主,作者未作详细了解。

(三) 调动社会力量,健全管护队伍

围绕留守儿童的教育管护工作,石泉县建立了四支常设队伍:

一是专职辅导员队伍。我们在走访中多次听到这样的意见,认为留守儿童虽然不是问题儿童,但他们的确在相当大程度上存在心理障碍,需要心理辅导和生活帮助。后柳镇中心小学胡老师告诉笔者:"留守儿童比其他学生更需要帮助,他们在心理方面更加敏感、脆弱,受到的委屈会放大,从而变得更加自卑;他们平常跟老师沟通也比一般学生更有障碍。"为了解决留守儿童的心理障碍、学习和生活问题,由县教体局牵头,县人劳、财政、妇联等相关职能部门密切配合,采取多种办法:第一,在全县中小学经过考察和层层遴选[①],从学校撤并调整后的富余教师中遴选出部分符合条件的教师;第二,从县人才库中招录师范类大中专毕业生;第三,将专业对口的西部计划大学生志愿者、选调生和新招录的教师优先补充到辅导教师队伍中去,从而建立了一支专业化的辅导教师队伍。为了提高辅导教师的专业素质和业务水平,促使其尽快完成角色转变,县教体局还专门组织了留守儿童自主发展、安全保护和儿童教育学、心理学等方面的专题培训;同时,还选派部分骨干辅导教师参加了由省妇联组织开展的全省留守儿童教育骨干培训。此外,石泉县教体局还

---

① 留守儿童管理中心辅导教师遴选标准有:"(1)热爱教育事业。(2)有较强的事业心和责任感,能够把简单的工作当作事业来做,有奉献精神。(3)有敏锐的观察力,乐于思考、善于总结,有探究意识和创新精神。(4)讲究卫生,仪表端庄,衣着整洁。(5)待人诚恳,能够尊重同事,尊重家长,善于学习借鉴。(6)师德高尚,无不良行为记录,家庭关系和谐稳定。(7)能够以父母、兄弟、师生、朋友之情,尊重每一位学生的人格。(8)有较强的语言表达能力、协调沟通能力和随机应变的能力。(9)性格温和,有较强的亲和力,善于做耐心细致的思想工作。(10)具有中师以上的学历,五年以上的工作经验。"参见2007年10月20日石泉县教体局印发的《石泉县留守儿童管理中心辅导教师遴选标准(试行)》。

专门出台了《石泉县留守儿童成长中心辅导教师工作职责(试行)》(内容涉及对留守儿童进行心理辅导、行为纠偏、安全教育、生活照料等12个方面)等相关文件,对于提高专职辅导教师队伍的素质起到了重要的作用。目前,全县中小学成长中心的辅导教师已基本就位,形成了由校长负责、班主任和辅导教师主抓、科任教师密切配合的教护体系。从实地调研的情况来看,石泉县培养的这支辅导教师队伍也逐渐趋于稳定并摸索出了适宜的教育管护方法,实现了多方共赢,如城关镇中心小学留守儿童成长中心专职辅导员张老师所说:“学校为我们专职辅导教师提供了就业机会,我们也从对留守儿童的辅导中收获了学生的真挚感情。我们的日常工作是拉近与学生的距离,多观察,多记录,多做心理辅导,有时采取面谈的方式,有时通过知心姐姐信箱,向他们传递亲情,教会他们自立自强。”

二是代理家长队伍。2007年6月,县委县政府在后柳镇中心小学进行了“留守儿童家长代理制”试点,通过代理家长征集、报名和筛选等流程,最终确定了78人为全县首批留守儿童“代理家长”。代理家长人选确定后,相关部门及时召开了全体代理家长会,并现场签订了《代理家长协议书》,明确了代理家长在经济援助、功课辅导、与代理对象父母联系、课外社会活动等方面的职责,要求代理家长及时了解代理对象的家庭情况、学习情况和性格特点,给孩子以力所能及的帮助,尽力弥补孩子的亲情缺失。2007年10月,为全县15个乡镇中父母双方均在外务工的留守儿童遴选了代理家长。2008年,县妇联、教体局等相关职能部门先后制定了《代理家长职责》和《代理家长与留守儿童结对帮扶协议》、《留守儿童成长记录手册》,进一步规范了代理行为,明确了代理家长与代理对象的责任和义务,要求每位代理家长秉承“在奉献中追求幸福”的参与理念,积极开展形式多样的关爱活动,例如,“每周为代理对象辅导一次作业;每月与代理对象进行一次沟通交流;每月帮助孩子与家长进行一次电话联系;每学期与代理对象参加一次社会实践活动;每学期参加一次学校家长会;每半年进行一次家访。”[①]2008年10月,县直机关工委和县委组织部牵头扩大了代理家长队伍,进一步将初中留守儿童也纳入“1+1”结对帮护范畴,重点在县直机关干部职工、教师和社会爱心人士中发展代理家长。几年的经验表明,代理家长制的成绩是显著的。后柳镇中心小学是代理家长制的试点学校,据该校王校长介绍,“(学校)2006年展开摸底调查,掌握双亲在外、单亲在外、孤儿、单亲家庭留守儿童人数等具体情况,了解到这些学生平常缺乏亲情呵护,思想品德较差。因此,想到了为这些留守儿童寻找代理家长。我们学校有一个学生叫李清美,是个弃婴,跟随七十多岁的爷爷

① 参见2007年9月27日石泉县委县政府印发的《石泉县关爱留守儿童健康成长工作方案》。

奶奶生活,家境贫困,很调皮,坏毛病较多,自从给她找了代理家长后,学习成绩明显好转,也知道感恩了。”目前,代理家长制还在进一步推进,县教体局提出,力争到2010年全县留守儿童代理家长由覆盖10%增至覆盖30%以上。当然,在推行代理家长制时,还应进一步完善这项制度,特别是使这项工作更能满足留守儿童的个性化需求,而不是停留在公式化、程式化、表面化上,需要“用欣赏和包容给留守儿童以快乐的童年”(城关中心小学四年级班主任陈老师语)。

三是志愿者队伍。志愿者队伍的组建与政府有十分密切的关系,这支力量也是由政府发动并以公职人员为主要组成部分的。根据县委县政府的要求,由团县委牵头,县教体局、工会、妇联、计生、老干局、文明办等相关单位结合自己的业务特点,有组织、有系统地开展形式多样的志愿者活动,在全县各学校、机关、医院、企业等单位招募了一批身体健康、文化程度较高、热心留守儿童公益事业的志愿者,经过培训后,他们为留守儿童提供了健康保健、心理辅导、精神抚慰、经济扶持等方面的志愿服务。据统计,全县已有200余人长期参与关爱留守儿童志愿服务活动。2009年,团县委扩大了招募范围,目前全县关爱留守儿童志愿者总数已近300人。志愿者队伍在留守儿童的教育管护中的作用是显著的,据水利局一名志愿者介绍,他“响应团县委的号召,与一名12岁的留守儿童结成对子,每隔一个月来学校与他谈一次心,给他买点衣服,小孩过生日时给他送个蛋糕。他的学习成绩比以前有了很大的提高。”

四是专家学者队伍。专家顾问队伍建设由县教体局牵头,从相关部门和中小学选聘专兼职研究员,同时采取“走出去、请进来”战略,积极与县外高校和科研机构合作,进行人员培训和课题研究。在这方面,石泉县取得了陕西师范大学教育心理学专家的支持。陕西师范大学赵薇教授领导的团队中标陕西省2008年基础教育科研重大招标课题《陕西省石泉县留守儿童管理与教育模式研究》,该课题已于2009年上半年结题,为石泉县留守儿童教育管护工作的进一步提高提供了智力支持。同时,在陕西师范大学教育心理学专家的帮助下,石泉县留守儿童管理中心编绘了《石泉县留守儿童心理健康自助手册》、《石泉县留守儿童心理援助手册》,对于留守儿童问题的解决起到了重要的辅助作用。此外,石泉县还聘请知名儿童问题专家和教授组成专家顾问团,与县课题组成员组成一支专兼结合的留守儿童教育管护专家顾问队伍,对于深化全县留守儿童教育管护工作提供了理论和技术支持。

(四) 加强制度建设,形成长效机制

1. 健全规章制度

为了使留守儿童教育管护工作制度化、规范化、常态化,2007年9月以

来,石泉县相关部门先后制定了《石泉县关爱留守儿童健康成长工作方案》,将工作重点规定为“摸清底子,建立档案”;“大力改善留守儿童学习生活环境”;“抓好关爱留守儿童队伍建设”;“全方位对留守儿童进行帮扶”;“加强对留守儿童的教育管理”等五个方面,并将关爱留守儿童工作纳入对党政干部履行教育工作职责评估和考核的范畴。

为了加强留守儿童成长中心的标准化建设,并支持留守儿童托管中心的建设,石泉县相关部门先后出台了《留守少年儿童成长中心建设标准》、《石泉县留守儿童教育成长中心管理办法》、《石泉县发展和扶持民办留守儿童托管中心实施办法》等文件。

为了规范留守儿童代理家长的结对帮扶行为和辅导教师的辅导行为,石泉县相关部门先后制定了《代理家长职责》、《石泉县留守儿童辅导教师管理办法》、《学校留守儿童成长中心辅导老师工作职责》,提高了代理家长队伍和辅导教师队伍的教育管护水平。

此外,为了增强留守儿童法定监护人的责任意识,提高其教育子女的能力和水平,还在家长学校的基础上,初步建立了司法、妇儿工委和村(社区)组织督促留守儿童法定监护人履行监护教育职责的监督机制和教育培训机制。

2. 建立奖惩机制

2007 年 9 月 27 日印发的《石泉县关爱留守儿童健康成长工作方案》提出,要将关爱留守儿童工作纳入对县级党政干部、乡镇党政部门、社区、村委会和各级教育部门的年度考核范畴,制定考评程序和办法,评选关爱留守儿童工作先进集体、个人和代理家长;评选优秀留守儿童,确保关爱工作落到实处,取得实效。2008 年 1 月 20 日,石泉县委县政府印发《石泉县关爱留守儿童工作考评暂行办法》,对考评范围和考评内容、考评程序和方法、考评等次、标准和奖励进行了明确的规定,提出县关爱留守儿童工作领导小组每年 12 月份对被考评各单位进行考评。从该县提供的考评计分标准上看,它囊括了关爱留守儿童工作的几乎所有方面,但在考评结果的使用去向和分值设置标准上还有值得探讨的空间。

作为关爱留守儿童教育管护工作的主要职能部门之一,团县委还专门制定了适合于共青团系统的考评办法。从考核重点来看,涉及建立留守儿童之家、开展结对关护系列活动、建立留守儿童家长联系制度等 11 项内容。撇开对其分值设置和使用去向的探讨,单就这些丰富的内容而言,我们有理由相信,如果它们能够顺利地得到贯彻执行,团县委的关爱留守儿童工作应该有声有色。

3. 长效机制建设

对于农村留守儿童教育管护的“石泉模式”,石泉县党政部门和相关研究者将其总结为“党政统筹、部门联动、教育为主、家庭尽责、社会参与、儿童为本”的“六位一体”农村留守儿童教育管护长效工作机制。这一机制明确了党政部门、学校、家庭、社会等主体的相关职责,并坚持一切以关爱留守儿童为出发点,突出了党政部门的主导地位。

第一,由党政部门主导,制定中短期工作规划,明确各相关单位和个人在留守儿童教育管护工作中的职责。在关爱留守儿童的工作中,无论是在试点阶段,还是在推广阶段,县委县政府各部门始终起着主导作用。县委书记和县长多次召开专题会议,研究部署深化留守儿童教育管护工作,制定了留守儿童教育管护工作三年规划和分年度工作计划——《石泉县2008—2010年度留守儿童教育管护工作规划》、《石泉县2008年度留守儿童教育管护工作计划》等相关文件,将关爱留守儿童教育管护工作细化到每个月、责任到每个部门、具体到每个责任人,并建立了经费保障机制和督查考核考评体系,充分突出了党政部门的主导地位。

第二,以留守儿童工作领导小组为中心,以留守儿童管理中心为平台,整合各部门的力量,消除教育管护工作中的盲区。留守儿童工作是个系统工程,需要各部门的相互配合,以便整合各种资源,形成合力。副县长易红彬认为,留守儿童问题不是石泉县的个案现象,但在部门协作的广度和力度上,石泉县是领先的,她谈到:“关爱留守儿童工作要实现校内与校外、学习与生活的全覆盖。团委牵头,鼓励涌现更多的青年志愿者;妇联牵头,鼓励更多的爱心妈妈;民政部门多解决家庭困难的留守儿童问题;财政部门提供财政保障;卫生部门提供卫生保障,做到部门联动。”此外,县公、检、法、司等部门在维护留守儿童合法权益,县计生局在留守计生家庭帮扶,县残联在残障儿童的调查摸底和救助办法的制定和落实等方面也均是各司其职。各部门的联动,均以县关爱留守儿童工作领导小组为中心,以留守儿童管理中心为平台,积极协作,共同做好留守儿童教育管护工作,最终实现县委书记邹顺生所提出的“从行政推动到自觉行动”转变的目标。

第三,延伸义务教育范围,实现留守儿童教育管护工作的广覆盖。留守儿童教育管护工作既有义务教育所能涵盖的一部分,又有义务教育向外和向下的延伸。在教育管护工作中,学校应成为整个工作机制发挥作用的主要阵地。为此,石泉县在完成“双高普九”(指高水平、高质量的普及九年义务制教育)的基础上,充分发挥县教体局等相关职能部门的作用,推进了全县26所留守儿童成长中心建设,将对留守儿童的心理辅导纳入学校的常规教育项目;同时,在相关部门的配合下,积极推进全县留守儿童校外活动中心和托管中心的建设工作,大力培植代理家长和志愿者队伍,这既能弘扬助人为乐的社会风气,又能提高留守儿童的自我管理和自我教育能力。

第四,通过家长学校等多种形式,实现留守儿童监护人职责的归位。尽管有学校教师和专职辅导员、代理家长和志愿者的帮助,但是,在留守儿童成长过程中,其直接监护人的作用仍然不可忽视,留守儿童与其家长的沟通交流是其他交流形式所不可替代的。为此,由石泉县妇联牵头,在有条件的中小学建立了家长学校,利用重大节假日留守儿童父母返乡的机会,积极组织他们参加培训,安排代理家长与留守儿童父母见面,不断增强家长作为留守儿童法定监护人的责任意识。同时,通过建立法律援助通道,对无故不能履行教育抚养职责的法定监护人予以法律追究。

第五,以代理家长、志愿者队伍建设为基础,先在全县各部门调动社会力量关爱留守儿童的积极性,再将此类关爱活动推向全省、全国乃至全球,形成一股全社会关爱留守儿童的社会风尚。社会参与主要是为了调动社会力量的积极性,这些社会力量既包括当地的爱心人士,又包括全国乃至全球的社会组织、爱心人士和专家学者。通过推行代理家长制度,开展“爱心妈妈”、“手拉手”等志愿服务活动,将全县各级部门的党员干部、团员和社会爱心人士集聚到关爱留守儿童的队伍中来,实现“在奉献中追求幸福”;通过宣传推广,广大高校大学生也纷纷来石泉县开展关爱留守儿童的社会实践活动,不少企事业单位和社会爱心人士也积极为留守儿童捐款捐物。

第六,所有的关爱活动都以留守儿童为中心,努力帮助其健康成长。在解决留守儿童问题上,社会各界最容易把留守儿童标签化、问题化,从而只重视物质上的给予,而忽视了精神上的援助。正是针对这一弊端,石泉县委县政府充分尊重留守儿童的成长规律,加强教育管护工作的人文关怀,设置专职辅导员岗位,根据留守儿童的心理需求和特点,创新关爱方式,开展形式多样的主题活动,培养留守儿童的自强意识和自理能力。

四、石泉县关爱留守儿童项目的创新与成效

石泉县关爱留守儿童项目的创新之处在于:

一是建立了动态的留守儿童档案。为了提高留守儿童教育管护工作的针对性,减少教育资源浪费,石泉县教体局联合其他相关部门从 2007 年秋季学期开始,即有意识地对留守儿童的数量、性别比、家庭经济状况、父母在外务工和监护人状况,以及留守儿童的学习、生活、心理情况进行了动态的、全面的资料收集工作,以便为不同的留守儿童提供个性化的教育管护服务,同时,这项工作也为留守儿童教育管护工作方案和相关文件的制定提供了第一

手的素材。目前,这些档案分门别类地陈列于各留守儿童成长中心和校外活动中心的档案室。

二是建立了能够覆盖留守儿童教育与管护工作全部范围的三大中心。作为一个特殊的群体,留守儿童的学习、生活与娱乐活动不宜也不可能在同一场所实现。石泉县以政府为主导,通过发动社会力量,建设了依托于中小学的留守儿童成长中心、依托于社区的留守儿童校外活动中心、依托于有资质的学龄前管护机构的留守儿童托管中心,将留守儿童的校内教育、校外活动和管护工作结合起来,对学龄前教育和义务教育阶段的留守儿童实施了全覆盖。

三是招募并培训了专职的辅导员队伍。留守儿童是一个特殊的群体,相比其他儿童,因为亲情缺失,他们存在心理偏差;因为教育不足,他们存在性格缺陷;因为动机不足,他们缺乏进取心理[①],这迫切需要进行心理矫正。针对这些心理健康问题,石泉县教体局及相关部门在留守儿童成长中心配备了专职的辅导员队伍,通过设立心理咨询室(通常冠名以"悄悄话屋"、"心灵驿站"、"心灵有约"等称谓,为的是避免使用心理咨询等敏感字眼对留守儿童构成负面的心理暗示),由专职辅导员对留守儿童进行心理辅导,撰写成长日志,帮助其解决学习和生活中的困惑。

四是建立了代理家长和志愿者队伍。代理家长和志愿者在留守儿童的生活、学习方面给予的精神和物质帮助,不但弥补了留守儿童的亲情缺失和生活抚育、教育管护方面的缺位,而且弘扬了"在奉献中追求幸福"的社会风尚,改善了留守儿童的整体生存状况。

五是实现了基本教育资源的均等化。从我们的实地调研来看,包括宿舍、微机、通讯设施在内的硬件标准化建设基本到位,专职辅导员、代理家长培训等软件建设也在逐步跟进,从而缩小了城乡教育资源的差距,为实现义务教育资源的均等化打下了基础。相关文件提出:"陕西省'两基'目标基本实现后,2008年工作的重点是义务教育均衡发展。"石泉县委常委刘昌兰也说:"我们的这项工作,实现了一个小县、穷县的教育资源的城乡均衡发展,可以以此作为深化义务教育工作的突破口,实现义务教育资源的均等化。"

石泉县关爱留守儿童项目的成效体现在如下方面:

一是解决了与打工经济相伴生的留守儿童的健康成长问题,达到了教书育人和维护社会稳定的双重功效。将留守儿童的教育与管护工作结合起来,可以避免留守儿童跌入学校和家庭之间的不安全的中间地带,这既有利于留守儿童自身的健康成长,同时也防止了与留守儿童相关的社会治安问题的发

① 石泉县留守儿童管理中心编:《石泉县留守儿童心理援助手册》,2008年9月。

生。石泉县城关中心小学六年级学生王佳的一段话反映了留守儿童在成长中心的生活情况,她说:“我目前与两位辅导老师一起生活,她们对我照顾得十分周到,我也常常与辅导老师一起调解同学之间的矛盾,成为老师的小帮手。我平常生活在成长中心,暑假可以参加夏令营,只有过年时才回家。”

二是解决了外出务工父母的后顾之忧,有利于其提高务工收入。既然留守儿童与打工经济相伴而生,那么,解决了留守儿童问题,留守儿童父母外出务工的牵挂也就更小,更有利于他们在外安心工作,提高务工收入。县委书记邹顺生谈到:“要改变政绩观,把解决留守儿童问题看做是让外出务工人员在外安心务工以增加劳动收入,……的重要抓手。”

三是教化了社会风气,密切了政府与学校、学校与家庭、干部与群众的关系。后柳镇中心小学王校长说:“留守儿童教育管护工作需要多方合作,加强交流,使得各方面的关系得到了改善。”通过代理家长和志愿者的结对帮扶活动,以留守儿童为纽带,不但鼓励了乐于助人的社会风气,而且加深了留守儿童代理家长与其监护人之间的关系;通过主动地承担留守儿童的教育与管护任务,学校的工作更加能够得到学生家长和党政部门的支持。

四是社会影响日益扩大。自开展这项工作以来,各级政府和媒体越来越关注石泉县的做法。石泉县委领导同志应邀在全国部分省份农村留守儿童工作研讨会上做了主题发言,并在全国家庭教育工作“十一五”规划实施经验交流会上被授予“全国农村留守儿童工作示范县”的称号,取得了较好的社会效果。

五、改进建议

石泉县关爱留守儿童项目还需改进的地方体现在:

一是在政府资金投入有限的条件下,需要继续发动更多的社会资源,包括非政府组织、企业家、爱心人士等社会力量来支援农村留守儿童的教育管护工作。正如后柳镇党委何委员所说:“虽然政府的投入是主要的发动机,但还需要社会给予更多的支持。”在实地调研过程中,我们发现,石泉县关爱留守儿童工作在争取外援方面还停留在依靠个别能人的基础上,这固然重要,但却不容易形成合力,同时会弱化党和政府在此项工作中的威信。

二是少数代理家长和志愿者存在重视物质帮助,忽视精神帮助的倾向。后柳镇党委书记谈到:“我对代理家长制表示拥护,它不仅在物质上,更主要的是在精神和心理上对留守儿童进行了帮助。”然而,在实地调研过程中,有些学校领导和教师对代理家长和志愿者的重物质帮助,轻精神帮助的倾向表示了担忧。实际上,由于父母在外务工,留守儿童在物质上也许并不欠缺,而是缺少亲情呵护,教体局及相关部门应该积极引导和实现代理家长和志愿者从物质帮助到精神帮助的观念转变。

三是不能因为有了三大中心、四支常设队伍而忽视了留守儿童家长的监护责任。政府和学校等相关部门应该通过家长学校等多种途径,加强对留守儿童父母责任意识的培训,解决留守儿童父母法定责任的缺位问题,将亲情教育、学校教育与社会教育结合起来。后柳镇党委何委员说:“父母的管护责任别人无法替代,应多组织返乡务工父母进行家长培训,让他们关心孩子的成长。同时,要加强代理家长与留守儿童家长之间的联系,提高其责任意识。”

四是此项目只有持续不断地得到县委县政府主要领导的重视,才能调动和协调教体、妇联、团县委等相关职能部门和乡镇党委和政府的积极参与和支持,从而实现部门联动。当然,党委和政府的重视固然重要,但社会关爱行动的制度化、习惯化也应极力培育。

参与式社区治理与社区服务项目化管理

——北京大兴清源模式案例分析

□宋庆华 等*

一、传统社区服务体系的困境

中国历来有大政府、全能政府的传统。在计划经济时代,政府职能几乎无所不包。这种"全能政府"的做法在本应是居民自治性组织的社区居委会工作中也有所表现。随着单位制的终结,原本由单位管理的诸多事务被转移到居委会。如2006年出台的《国务院关于加强和改进社区服务工作的意见》①认为社区服务应包括就业服务、离退休人员社会化管理、低保救助、计划生育、文化建设、社区安全服务等。在《意见》中提到"政府有关部门不得将应由自身承担的行政性工作摊派给社区组织",但是在实际操作中,社区居委会仍承接了很多行政性的工作。据了解,在社区工作中,90%的任务都是政府派

* 本文由社区参与行动服务中心主任宋庆华、项目执行人王瑞卿、李旭芳、李旭、赵旭合作撰写。

① 国发【2006】14号文件。

下来的,这就导致居委会工作人员很少有时间和精力关注社区的公共事务①。民政部曾在全国开展了“全国社区建设试验区工程”,出现了“上海模式”、“沈阳模式”、“盐田模式”等社区治理的创新模式,但是“其创新的方向大多数是以政府为主导的,把政府的职能更多延伸到社区层面”②。

随着经济的发展,社会结构越来越复杂,社会问题不断出现,下岗职工、40—50人员、农民工等相对弱势群体出现并被边缘化,人口流动带来社区异质性增强,进而出现利益主体多元化等问题。这些问题单纯依赖自上而下的政府主导型的发展模式已经不能很好地解决。传统状况下,每个社区都在执行不同政府部门的指令,而不同社区做着相同或相似工作的情况也越来越暴露出其局限性与弊端。

中国城市基层治理改革面临着一个非常关键的方向性调整,即基层治理结构的调整。2009年,北京市社工委社区建设处处长孙志祥提出,社区建设要由管理转向治理,实现主体多元化、过程互动化、结构扁平化、目标内生化。让社区多元利益群体自我组织起来,形成自我帮助、自我管理的自下而上的服务体系是作为城市基层治理主体——街道办事处面临的现实选择。探索适合中国国情的、以政府推动和社区自治相结合的社区发展制度和与之相适应的社区发展治理模式,成为越来越多理论和实践工作者的共识。和谐社会框架下的现代城市治理模式及相关理论如何有效地在社区实践,也是当前我国城市社区发展过程中迫切需要解决的问题。

2007年开始,北京市大兴区清源街道办事处与社区参与行动服务中心(以下简称社区参与行动)开始合作。其共同开展的“参与式社区服务模式与社区服务项目化管理”项目在一定程度上探索了一条解决上述困境的途径。这个项目旨在淡化政府行政指令,提高社区居民参与社区发展的意愿与能力,倡导政府加强对社区弱势人群服务项目的资金投入。

二、北京市大兴区清源街道和社区参与行动介绍

北京市大兴区清源街道成立于2001年11月,下有28个社区居委会(2007年开始合作时为23个),辖区人口近13万。28个社区中,既有北京市最早的商品房社区,也有高档别墅社区,还有破产企业职工构成的社区和外来居民聚居的平房社区。清源街道社区服务中心成立于2003年,为满足居民

---

① 于燕燕:《社区:自治与和谐》,中国人事出版社2009年版,第55页。

② 贾西津等:《中国公民参与——案例与模式》,社会科学文献出版社2008年版,第80页。

社区服务的需求,实现了市区街居社区管理软件四级联网,开通了街道社区服务热线,开展了家政、保洁等十大类社区服务项目。然而,面对需求多样,结构复杂的现状,社区服务中心看到,由政府提供统一模式的社区服务并不能有效地满足社区居民的需求。

社区参与行动是一个促进城市社区参与式治理的民办非企业单位,成立于2002年12月,旨在帮助中国城市社区建立和提高社区参与能力,推动持续性的社区参与式治理,促进和谐社区的建立,其理念是相信每一个人都有能力为创建一个公平、公正、充满活力的社会贡献力量。其主要的工作领域有:(1) 向城市社区提供社区参与的方法、信息、咨询和培训;(2) 开展中国城市社区参与式治理试点的行动研究;(3) 传递社会创新理念和实践;(4) 收集城市治理案例并出版;(5) 在政府、专家学者、NGO和城市社区间建立沟通、交流与合作的平台;(6) 培育社区自组织发展。

三、参与式社区治理与社区服务项目化管理的开展

(一) 参与式社区治理与社区服务项目化管理的内容

参与式社区治理旨在推动社区协商民主制度的建设,而这个目标是通过建立以需求为导向的社区服务为契机的,因此,参与式社区服务项目化管理是社区参与式治理的载体,是对街道政府传统工作的一种改革与创新。

参与式方法产生于对传统发展方式的反思。传统发展理念以经济发展为目标,没有把发展的主体——人和社会作为目标,发展的结果是穷人依然贫困,贫困社区仍然落后。参与式方法使政治经济权利向有利于弱势群体的方向调整,让弱势人群分析他们所处的真实状况,在决策中参与,并在整个变革过程中发挥作用。

"参与式社区治理与社区服务项目化管理"中开展的社区服务围绕社区需求与资源开展。项目中的目标群体不仅仅是服务的受益者,也是项目决策、实施、管理、监督和利益分享等过程的参与者。因此,该项目依托社区内部资源,满足社区需求,基本实现了发展社区和培育社区自治组织的目标。

(二) 参与式社区治理与社区服务项目化管理的具体操作

大兴区清源街道与社区参与行动合作开展的"参与式社区治理与社区服务项目化管理"项目在操作环节上主要包括两个方面的内容,即能力建设培训与社区服务项目化管理。这两方面的内容彼此联系,互相促进。

1. 能力建设培训

北京市大兴区清源街道与社区参与行动于2007年签署的合作协议中,首先达成的共识就是能力建设。能力建设包括几个内容:一是分析社区现状,二是发现问题和找到社区需求,三是撰写社区服务项目申请,四是项目实施计划的确定和项目执行人的选定,五是如何实施社区服务项目。

首先,清源街道社区服务中心与社区参与行动一起对23个社区居委会工作人员进行了为期两天的"参与式社区服务能力建设培训"。培训中,社区居委会工作人员分析了社区服务现状,认为现有的社区服务都是社区活动,这是参与式社区服务项目与项目化管理要重点解决的一个问题。培训使社区居委会工作人员普遍理解了参与式社区服务的意义以及社区的可持续性。[①]

其次,基于利益相关方作为主体应参与到项目决策、实施、监督与利益分享全过程的理念,社区服务项目的主体之一社区居民也应成为项目的设计者和实施者。然而,受中国传统做法的影响,社区居民习惯了政府来解决问题,自己不承担责任和提供服务。为改变这一状况,还设计了"能人工作坊",即对社区中的"非正式领袖"和一些社区居民积极分子开展培训,发展具有执行力和影响力的社区服务项目团队。这些培训一开始没有得到居民的理解和认同,然而,随着培训的深入,居民们纷纷感慨,这才是我们要的社区和社区服务。

清源街道康隆园社区居民郭荣退休后从黑龙江哈尔滨来到大兴康隆园居住,现在是康隆园社区项目"绿岛生活馆"的负责人之一,他讲述了他参加培训的转变:

> 正当我休闲自得过小日子时,居委会通知我参加服务中心举办的社区能人工作坊培训。我在东北没有接触过社区工作,我的第一想法就是借着机会增长知识,开拓眼界。当我听了宋庆华老师[②]第一堂课的时候,感到很失望,我就觉得她讲的主要是居民如何参与社区活动,我想社区是由居委会来管的,居委会来搞活动的,我一个居民怎么能参与这样的活动呢?如何以居民为主,社区居委会为辅开展居民参与的各类各项活动,更让我迷茫了。而且要达到什么?要进一步达到居民自治,我想这怎么可能?而且这应该是居委会的事,不是我们居民的事,并且特别是宋庆华老师讲到了,美国、德国等其他一些国家的社区管理建设的先进理念的时候,我认为在现在的中国是根本办不到的。所以对不起,下午我就不辞而别了,没再继续听下去。

---

① 引自"关于大兴区清源街道实施参与式社区服务项目第一阶段合作协议书"。

② 社区参与行动创办人及现任主任。

可是好奇心又让我欲罢不能，我想反正在家没有事，既然答应了居委会去参加了，那么不如再听下去，结果这一听下去，真的让我割舍不了。宋老师把我带进了崭新的天地，她让我知道了社区建设和发展的真正主力军是我们居民，她教给我们如何利用开放空间[①]这种新的会议方式来征求居民的意见，真正了解居民的需要与扩展社区项目的工作方法和解决需求，她给我打开了居民参与社区事务的激情钥匙，同时也给了我们做社区工作的勇气和智慧。

通过学习我认识到社区能人工作坊的培训不仅可以开阔视野，增长知识，而且也能学习到做社区工作的技巧和方法，宋老师让我们意识到了，自己不仅是社区居民，更重要的是社区活动的参与者和组织者。

能力建设的重要性被合作各方在各种场合反复提及。清源街道办事处主任冯波曾提到："通过开展培训、组织参观、座谈会等活动，强化了社区工作的基础知识、工作技能，提高了社区工作者召开会议以及解决问题的能力。"社区参与行动主任宋庆华也指出，居民中社区服务项目执行负责人和核心团队的出现，居委会解决问题的能力提高，是重视能力建设所产生的结果。

2. 社区服务项目化管理

2007年8月至9月底，清源街道社区服务中心与社区参与行动合作开展了社区座谈、需求调查、能力建设培训等工作。2007年9月底至11月底，进入社区服务项目确定、实施阶段。这一阶段确定了社区服务项目化管理的目标及项目的实施，并在项目实施过程中进一步培训了项目实施人员的项目管理能力。

社区服务项目化管理的操作过程和步骤在图1中可以看到：

在社区服务项目的起始阶段，清源街道社区服务中心工作人员与社区参与行动工作人员一起发放了需求调查反馈表、项目申请书及社区服务项目指南等。在社区层面，开展需求调查、确定社区服务项目，撰写项目申请书等，都是居委会工作人员和社区居民共同完成。各社区确定社区服务项目后，清源街道社区服务中心与社区参与行动共同举办项目评选会，并制定了评选结果汇总表。项目被批准之后，各社区服务项目需确定项目执行小组名单，并签署项目小组成员职责合同。在项目结束时，项目执行小组要完成执行报告表、财务审计表和评估报告等。从这一过程可见，社区服务项目化管理已基本实现了制度化与规范化。

具体到社区服务项目，在2007年，清源街道一共确定了四个社区服务项

① 笔者注，开放空间是一种参与式讨论会，参与者提出自己感兴趣的话题、共同讨论、并制订行动计划等。具体可见社区参与行动相关资料。

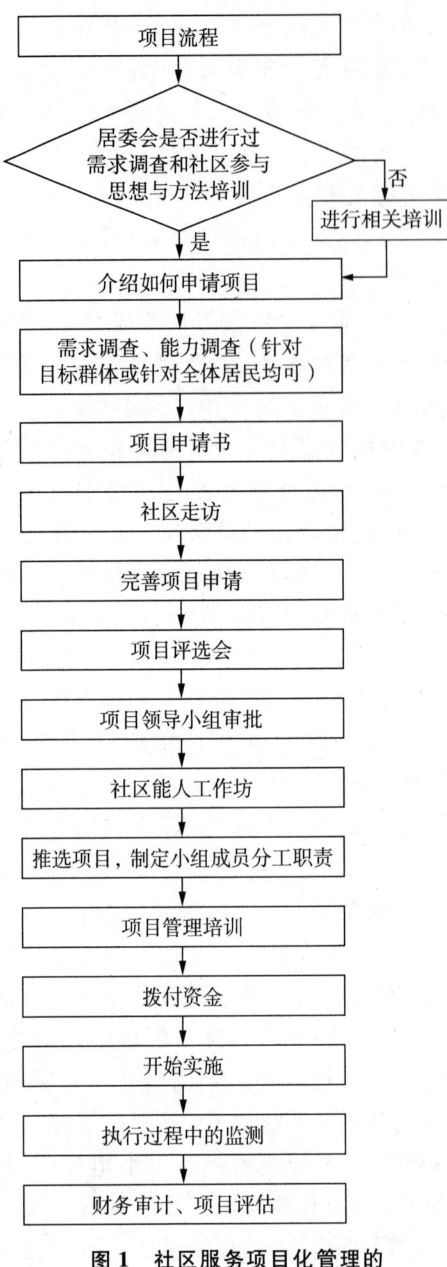

图1　社区服务项目化管理的操作过程和步骤

目作为试点,分别是:金华里社区的“新居民之家”项目,郁花园社区的“社区文化活动中心”项目,金惠园二里的“e家亲服务社”项目,兴华园社区“儿童创意及表现空间”项目。这四个社区特点鲜明,各有不同。

金华里社区是清源街道唯一的平房区,外来人口众多,占社区总人口的一半以上。“新居民之家”项目通过对社区新居民进行需求调查,确定了“爱心超市”和“小小乐园”两项内容。此项目由新居民自我组织、自我服务、自我管理。“爱心超市”向学校、社区募捐衣物和生活用品,经清洁消毒后低价出售给新居民;“小小乐园”提供儿童看护服务。在项目开展过程中,项目执行人员发现新居民对裁裤边、修拉链、烫洗衣服等也很需求,因此,“爱心超市”又相应的增加了这些内容。

郁花园社区是北京最早的商品房小区,居民来自全国各地,相互之间不认识,也很少沟通。然而,在需求调查中发现有不少居民喜爱文艺活动,于是社区成立了郁花园文化艺术中心。中心里容纳了十多支社区文化团队,有舞蹈、唱歌、书画等。这些团队的负责人构成了文化艺术中心理事会,理事会对文化艺术中心的管理负责。

金惠园二里社区以独栋别墅为主,社区居民经济条件好,对于社区服务的依赖性也相对较弱。然而,开展居民需求调查后,社区居委会发现社区的家政服务员比较多,需要请家政服务员的业主也很多,而社区内现有的家政服务员基本上没受过专业培训。因此，确立了“e家亲服务社”项目。该项目帮助家政服务员建立了自己的理事会，协调联系各方资源为家政服务员提供培训学习，增加家政服务员被雇佣的机会，也提高了社区居民对家政服务员的满意度。

兴华园社区居民年龄结构较年轻，孩子比较多，因此，社区确立了关注青少年社区教育的项目。这个项目开展了一系列寓教于乐的活动，目的是引导未成年人增强创新意识和实践能力。

以需求为导向，依据社区特色确定社区服务项目，使社区服务项目既体现了社区特色又有针对性地满足了社区居民的需求，因此，能够广泛动员社区居民参与其中并为之作出贡献。最终，这一做法形成了多赢的局面。

在2007年项目实施的基础上，2008年，“参与式治理与社区服务项目化管理”更追求规范化。清源街道社区服务中心与社区参与行动商议后决定，通过开展项目评审会确定社区服务中心支持的社区服务项目。即，凡申请项目的社区需提交规定格式的项目申请书，阐述该项目的目的、计划、指标、实施主体及预算等。清源街道社区服务中心组织召开项目评审会，每个社区邀请居委会工作人员和参与项目设计实施的居民共同参加。在评审会上，每个申请项目社区公开介绍自己的项目，并接受其他社区居民、居委会工作人员、街道领导及参会专家的提问。之后，所有参会者对各个社区项目的公益性、可行性和可持续性分别投票，工作人员按照事先约定的不同权重对各个项目的公益性、可行性和可持续性获得的票数进行加权计算，最后将每个项目的这三项得分相加，得出该项目的最终得分，并排名。在排名的基础上，综合街道领导及与会专家的意见，最后确定清源街道社区服务中心资助实施的社区服务项目。

社区服务项目确认获资助实施后，由居民为主体的项目执行小组确认各自的分工、职责，并制定规则，最终推动项目的实施。这个阶段，社区参与行动继续跟踪项目，并提供项目执行管理方面的培训。

（三）参与式治理机制

在“参与式社区治理与社区服务项目化管理”的实施中，清源街道社区服务中心与社区参与行动共同制定了与之相适应的参与式治理机制，包括组织架构与制度文件。其中，组织架构是指（1）指导机构，由清源街道办事处、社区参与行动双方领导组成的领导小组组成；（2）项目协调组，由清源街道社区服务中心工作人员和社区参与行动工作人员组成，是日常工作机构；（3）项目实施机构，由居委会工作人员、居民代表、志愿者组成，是项目执行小组；（4）项目监审组，由清源街道纪检部门、人大、财政所、财务室组成，用于规范

项目评选和审核项目资金使用。组织架构的具体运作、相互之间的关系及在项目实施中的作用见图2:

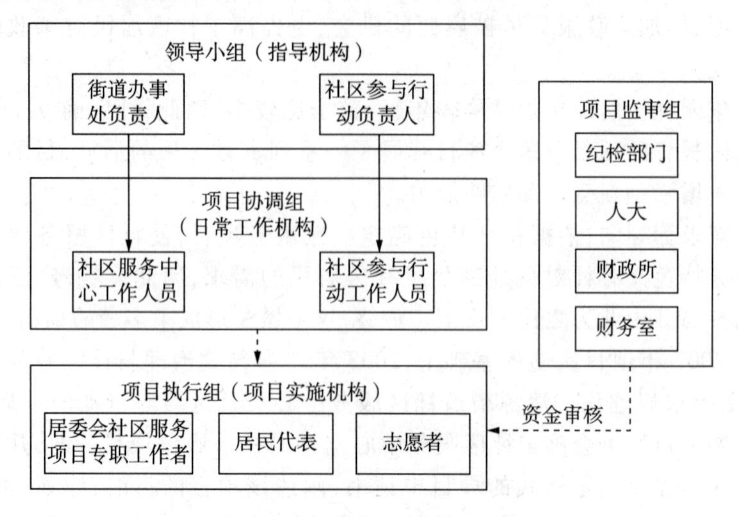

图2 社区服务项目化管理的组织架构

为了确保项目的顺利开展,清源街道社区服务中心还制定了一系列制度文件,如项目管理办法、例会制度、协商机制等,并统一了社区服务项目的运作程序。从分析社区特点,开展需求调查开始到项目的申请、审批、实施、监督等每个环节都制定了相应的工作程序,制作了标准的工作记录卡。从2008年起,社区居委会还专门设置了社区服务项目专职工作者,负责发现社区需求、申请社区服务项目。

项目实施半年后,领导小组专门研究制定了《大兴区清源街道办事处关于社区服务项目化管理的实施办法》。《办法》对各种组织的职责及项目的申报、审核、实施、评估、监督、终止、资金使用等都作了明确的要求。《办法》从制度上保证了参与式社区服务项目的发展。

(四) 多元主体的参与

"参与式社区治理与社区服务项目化管理"的实施,打通了多元主体参与社区事务的渠道。治理最强调的就是多元主体的参与,而社区服务项目化管理有效地实现了多元主体的参与。如图3所示,在社区服务项目化管理中,形成了清源街道办事处、清源街道社区服务中心、社区居委会、辖区单位、民间组织和社区居民多元互动、合作治理社区的新格局。

"社区服务项目化管理"中,各主体都有其扮演的角色和承担的工作。具体内容是:(1) 社区居民:有效地参与到社区服务项目的决策、管理、实施和

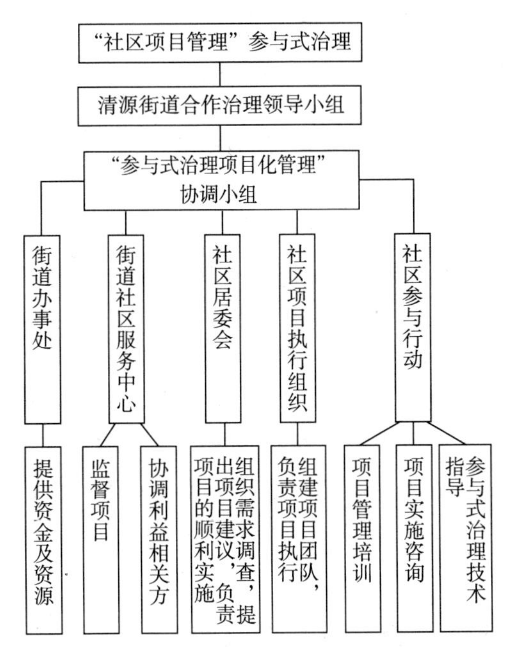

图 3　社区服务项目化管理的多元主体参与模式

利益分享等过程中，通过社区服务项目的实施形成社区里的自治组织；(2) 社区居委会：协调社区居民需求与政府要求之间的矛盾，但要保证社区居民对社区服务项目的自治权；(3) 清源街道及街道社区服务中心：从社区事务中"撤出"并授权给社区服务项目执行团队，为社区服务项目化管理提供资金和资源；(4) 社区参与行动：与街道结成合作伙伴关系，社区服务提供专业化的咨询和技术支持。

这一分工使各主体的角色更加清晰，责任更加明确。社区居民开始接受合作的概念，他们不再仅仅是被服务的对象，也可以成为提供服务的主体，一起做事和分享工作成果使他们成了能够发现需求、组织居民实施项目的项目执行人。而居委会成了项目所需资源的协调人，从习惯当"政府的腿"学会当"百姓的头"，回归社区居委会的身份。

在 2009 年 7 月召开的"参与式社区治理与社区服务——大兴清源模式研讨会"上，一位居民在发言中两次用到了"我的什么什么我做主"这样一个时下在年轻人中流行的句式。上海大学社会发展研究中心的顾骏教授对此评论道：

> 这么一句话背后体现了一个理念，这个理念应该成为我们社区建设和社区服务的指导性理念。社区的根本是什么？社区不是地域，不是一堆事情，不是几个人，社区是一种方法，一种动员当地资源解决自己问题

的方法。这种方法怎么才能用起来？我们过去一直有很大的困惑，觉得好像社区建设现在还是忙来忙去，政府的事情老百姓不参与，居民没有积极性。所以，如何调动居民积极性成为我们社区建设中的一个难题。我想大家熟悉社区建设的都会觉得里面(居民发言的案例——引注)干的这些活，好像没有什么新意，这个活我们全国各地到处都在干。作为典型，它们的意义到底在哪里？我想可能不在他们做了什么，而在他们怎么做？关键在于'我的社区我做主'。'我的社区我做主'让我想到了一个生活小现象，就是一个人背上痒痒，自己又挠不到，这时候请别人帮忙，可是别人再怎么帮忙，最后自己能挠到的话，还是自己挠到的最舒服。'我的社区我做主'就是我的社区痒痒在哪里我自己明白，我自己来挠。参与式社区服务项目化管理就是我的社区有什么需求，我最清楚，我清楚的需求我自己来满足。这样一个自己动用资源满足自己需求的做法，给了我们社区服务一个内生的动力。①

四、参与式社区治理与社区服务项目化管理取得的成效

清源街道与社区参与行动合作开展“参与式社区治理与社区服务项目化管理”已有三年多的时间，今天回过头来看，这项工作取得了很大的成效。

(一) 社区居委会工作人员工作态度和工作方式发生转变

兴华园社区居委会主任在项目分享会上说：“兴华园社区是一个5000户的大社区，现已入住4000多户，人口过万。社区居民结构分为回迁上楼的农民、市区搬迁户、本地购房户、外省市户籍在此地购房户。复杂的居住环境，督促我们必须改变固有的工作模式，探索符合居民意愿的社区工作方式。”从2005年开始，社区就开始注重加强青少年教育，但当时基本上是居委会想给孩子们搞活动，把活动设计好了就把孩子找来，完全是被动参与。成立“儿童工作坊”社区服务项目以后，运用参与式的理念指导项目，项目活动完全是孩子们自己讨论、自己设计、自己执行，演变成小手拉大手，互帮、互促，共同进步。参与式社区服务使社区居委会由居民找上门来被动服务，转变成上门听取居民意见，主动服务。更主要的是社区居民也真正地参与到社区服务的实

① 顾骏：在2009年7月28日清源街道“参与式社区治理与社区服务模式研讨会”上的发言。

施及决策,而不仅仅是接受被动服务。这样一来不仅服务效果明显,而且节约了成本,居民有更多的机会接触社区,了解社区。渐渐的这种参与式的方式被运用到了社区居委会的述职报告,以及居民代表大会中,参与式的工作方法使得社区居民更愿意和社区居委会说出他们的心里话,居委会在居民心目中位置也更加牢固,增进了社区居民与社区居委会的互动。

(二) 参与的深层化和社区自我组织的成立推动社区自治

在"参与式社区治理与社区服务项目管理"的推动中,居民对社区事务的参与形式和参与程度发生了很大变化。社区居民不再是单纯参加社区活动,而是真正的自主参与社区事务的决策。社区自治组织正在发展,发掘社区领袖,社区组织核心团队的形成有助于持续性工作的开展,定期的工作例会使社区组织不断完善。以社区服务项目为载体,每个项目均成立了项目协调小组,有着明确的职责分工,如总负责人、财务负责人等。通过定期例会与座谈,无论是居委会层面还是社区居民都得到了协商民主的训练,项目协调小组逐步朝社区自治组织方向发展。

郁花园二里社区的居民提出了要自己建立环境保护的项目,从决策开始,社区居民领袖就在其中起着重要作用。滨河北里社区的健身器材也是志愿者自筹资金,自己购买的。滨河北里社区的巴立丹书记提出,把社区组织变成一个筐,居委会的工作就是发展社区组织,想办法把"筐"变大、变多、变得更能装,由社区组织开展社区服务工作。

(三) 社区服务供给的新方式

通过参与式社区治理与社区服务项目化管理的实施,我们看到,社区所需要的服务,越来越以需求为导向由社区组织提供;例如在金华里社区,新居民洗衣熨烫的需求由"新居民之家"提供;在滨河西里南区社区,照顾老人的需求由"社区参与行动(帮老助困)服务队"提供。这种针对社区特定需求由社区内生组织提供服务的方式有着自己的优势。

常见的社会服务供给有市场供给、政府供给以及外部组织供给等。由于市场的逐利性质,必然造成无"利"可图的事没有人去做,而且会排挤一部分弱势群体享受服务,造成社会的不公。政府提供公共物品不会出现这样的状况,但是政府提供的服务难以对细微的需求区别做出差别化的调整,而且会出现"搭便车"现象,因此在一些需要差别对待的领域效率不高。另外,政府提供服务还面临着自己提供服务自己评估的尴尬境地。而由外部组织直接提供社区公共服务也存在一些弊端,如对于社区的了解不足,受项目期影响不能长期为社区提供服务等。一位在社区工作多年的社区工作者谈到这一点时曾说:

"现在很多的社会组织在社区工作时走入了一个误区,往往是到社区去做项目,事实上,这些社会组织应该做的是社区的服务项目而不是到社区做服务项目。"

相对于此,社区内生组织在社区提供服务项目的优势就显现出来了:(1)成本更低,如,清源街道的项目经费多数在万元左右,部分项目每年预算只有几千元;(2) 针对性更好,项目依据对社区的需求与资源调查而制定,更能满足社区需求,并有针对性地向弱势群体倾斜;(3) 能持续地开展项目活动,因为社区内生组织扎根于社区,主要成员都是社区居民;(4) 把资源留在社区,相对于政府部门和商业部门而言,社区可以自由支配的资源相对较少,而通过社区自组织提供社区服务,就可以实现将资源留在社区,并向社区弱势群体倾斜的目标。

(四) 社区基层民主协商制度的初步建立

参与式社区治理的内容是以需求为导向的社区服务为基础的协商民主制度建设,通过社区服务项目的实施,居民和社区工作者有了开会讨论的自觉,在社区居民不断参与社区服务项目的设计、调查、申报、参加评选会的过程中不断学习理性地发表自己的观点、为社区事务贡献力量,逐步提高参与能力以及参与社区事务的意识,形成参与式民主协商制度。"有问题就要开会","发现这个问题走不动了,出现了矛盾,开会商量一下",这些都是对民主协商的一种训练。滨河东里"189 民商联合会"项目开展至今,取得了不错的效果。这个项目的主要背景是在这个社区有 189 个商户,商户之间、商户与居民间存在着不同程度的冲突,如餐馆噪声、商户垃圾乱放、营业时间过晚扰民等。根据这些问题居委会提出要建立一个居委会、居民与商户自治管理的联合会项目。项目目标是辖区内商业街中 189 家商户协商自治。项目前期,通过走访方式拟定了联合会成员名单,并开展了筹备座谈会,社区居民和商户在座谈会上一起商讨,制定出项目的工作流程图、绘制商业街的分片示意图等,确定由居民与商户共同组成的理事会成员,制定组织框架图,设计联合会 logo,制定项目工作计划及联合会章程等。在项目开展之初各利益相关方参与决策讨论,在日后开展的项目活动中,商家、居民都贡献想法并积极参与到实施管理的过程。项目实施后,商户加强了与社区的联系并了解到社区一些弱势群体需要帮助,商户们决定建立互助行动,让社区居民受益。

在项目年度分享会上,滨河东里社区居委会主任说:"在 189 项目推进的过程中,我们可喜地发现,参与人群——居民和商户的参与热情不断提升,从最初抱着试一试的态度参加意见征集活动,到现在主动联系社区居委会要求参与 189 项目服务工作,我们看到社区内部力量参与社区自治的强烈愿望,以上这些都是在民主协商机制的基础上达成的。"这也如商户代表所说:"正是在这种协商制度的基础上,我们才能有机会坐在一起来多认识一些人,这样一来我们也才有机会和社区的人交流沟通,听听大家的想法。"

民主协商制度的形成使得政府部门认识到了居民参与社区事务的优势,通过近三年的项目工作,清源街道逐步把更多决策社区事务的权利赋予给了社区居民。

五、参与式社区治理与社区服务项目化管理中政府工作的创新

"参与式社区治理与社区服务项目化管理"中,政府实现了从提供服务、为民办事到提供资源、助民办事的转变。这一转变表现在以下方面:

(一) 街道办事处相关部门职能的转变

清源街道社区服务中心作为街道办事处的派出部门,在项目实施中实现了从管理到服务的角色转变。作为"参与式社区治理与社区服务项目化管理"的执行部门之一,社区服务中心承担着项目化管理的项目设计咨询辅导、项目监督以及项目资金使用的审计等工作。社区服务中心真正承担了为社区居委会、社区组织提供社区服务协调和指导服务的角色。

在每年的社区服务项目评选中,邀请社区服务项目的申请方展示项目,并由社区居民、社区居委会、社区服务中心、街道部门以及社区参与行动共同参与评选,确定社区项目。之后,由街道办事处财政拨款支持社区服务项目,社区居民执行,并由街道办事处相关部门监督资金的使用和评估项目各个阶段的完成情况,街道办事处真正成为"裁判员"。为了更好地发挥"裁判员"的作用,街道办事处有关部门深入社区了解民情,为有效解决民生问题探索了一条可操作的途径,并在制度层面实现了创新,避免了政府通过社区途径做事,行政权力向社区扩张,从而导致政府体制再度膨胀和基层民主建设压抑的风险。①

(二) 政府—社会组织合作实践探索

传统上,政府对于社会组织采取"不承认"、"不干预"、"不取缔"的态度②。这种思想是"全能政府"的一种体现。但是,拒绝抵制社会组织是不可能的,

---

① 贾西津等:《中国公民参与——案例与模式》,社会科学文献出版社 2008 年版,第 100 页。

② 康晓光、韩恒:《分类控制:当前中国大陆国家与社会关系研究》,载《社会学研究》2005 年第 6 期,第 73—89 页。

卡罗琳·M. 库珀在《中国非政府组织的发展与地方治理》中论证并强调了社会组织在地方治理中扮演角色的必然性。于燕燕则从社区自治角度提出了社会事务交由社会组织承接的建议①。但是这种合作如何展开,一直缺乏有成效的实践。大兴区清源街道与社区参与行动的合作是一次成功的政府与社会组织合作实践探索。双方不仅合作开展"参与式社区治理与社区服务项目化管理"工作,还建立了一系列的合作制度,如开放空间民主协商机制、领导小组联席会议制度、以社区服务中心为核心的项目化管理协调制度等,显现出了有效的共同协商、角色分工明确的职能。另外,合作还建立了不同层面的沟通机制。

(三) 政府财政设专项资金

清源街道社区服务中心所需资金由街道全额拨付,使社区服务中心可以安心于项目的推动、审批与管理。街道还设立了社区服务项目专项资金,对社区服务项目进行资金支持。

清源街道办事处的资源在向社区分配时,传统的做法是在所有社区中平均分配。而在清源街道社区服务项目化管理的探索中,各社区根据本社区需求申请社区服务项目并得到政府资金支持,打破了原来社区吃"大锅饭",资金平均分配的传统模式。资金按需求分配,并由于在项目审批时关注项目的公益性,使得更多的资金向社区弱势群体倾斜,以及为弱势群体服务的支持上,这是"关注民生"在社区的具体体现。政府对于社区项目资金投入,不直接执行,而是监督资金使用的做法改变了以往社区服务中政府出资,政府使用,政府提供具体服务到政府审核的现象。

清源街道从街道层面将原来既要给社区布置社区服务内容又要提供资金支持的双重身份转变成为让社区提出申请,街道批准后提供财政支持的社区服务管理新模式,从原来政府部门的服务投入导向转变为现在的资金投入导向,逐步实现街道办事处、社区居委会与社区居民合作治理社区的新局面。

六、问题与思考

"参与式社区治理与社区服务项目化管理"由地方政府与民间公益组织合作推动,利用参与式方法开展社区建设工作,动员各种社会力量开展社区

---

① 于燕燕:《社区自治与政府职能转变》,转引自李妍焱:《关于促进NPO与政府建立合作关系的有效条件之探讨》,载《中国非营利评论》第五卷,第111页。

建设,开创了地方政府参与式社区服务工作的新局面。相对于中国自上而下政府行政工作方式而言,这种自上而下与自下而上相结合的工作方式是一种有效的创新实践。这种模式将给社区建设带来源源不断的活力,真正解决社区实际需求与问题。这种创新模式的推广将会极大地促进中国基层民主的发展和地方政府治理改革。然而,我们也要看到目前这种模式的推广中可能遇到的障碍:

1. “全能政府”观念的制约

参与式发展还只是个案,缺乏较高层面的制度化规范。社区治理中传统的责权分离的体制,政府工作人员不让渡本该属于社区的权力,对于“全能政府”的认同等对参与式治理的推广都是阻碍。

2. 多方合作空间的脆弱性

多方合作中谁是最主要的推动者?其中各方是否平等?谁能有效地保护这个多方合作的空间?以上问题目前并没有相应的法律保护,还需要进一步探索。

3. 需要较多的时间成本

不管是政府官员还是社区居委会工作人员以及居民,普遍缺乏对参与式治理理念的理解,在一些解决社区问题的公共讨论会议上,居民们不习惯发表自己的建议,不会妥协,缺乏协商利益平衡的公民意识。这些都需要通过较长时间的能力建设和实践练习才能改善。政府很多时候表现出能够接受方法,但缺乏足够的耐心。

4. 财政支持系统存在缺陷

街道一级政府仅能支配有限的资金,参与式治理在社区层面的实践缺乏足够的资金支持。另外,政府在向社会组织购买服务上还没有可行的制度安排,很多时候因为没有项目资金而不能够做有效的实践,这对推动参与式治理也是一种障碍。

基于合同的公共服务供给

——以上海市浦东新区预防和减少犯罪机制创新为例①

□龙宁丽*

一、问题的提出

某种服务被认定为公共服务，并不意味着一定要由政府来提供。政府可以选择由自己提供还是由其他组织提供。当政府将公共服务的提供转移给市场或社会组织来承担时，就出现了服务提供和公共产品生产之间的区别，由此我们可以确定公共服务的不同制度安排。在萨瓦斯总结的十种公共服务的制度安排中，合同外包是其中最常见的一种形式，受到各国的广泛重视。在美国，据粗略估算，至少有200种公共服务是由承包商通过合同向政府提供的。②

---

① 本文是作者于2009年12月1日至3日在上海浦东进行实地调研的基础上写成的报告。调研组组长为中央编译局当代所副所长杨雪冬，成员包括龙宁丽、杜妍冬、朱忠壹。报告的写作参考了上海浦东新区政法委等单位提供的文献资料。感谢浦东新区政法委副书记凌德铭、综治办副主任祝建国、预防犯罪处处长金士强和董姣姣等人对调研工作的支持。

* 龙宁丽，中央编译局当代所助理研究员，博士，主要研究方向为民营化与公私部门的伙伴关系、干部人事制度改革。

② [美]E. S. 萨瓦斯：《民营化与公司部门的伙伴关系》，中国人民大学出版社2002年版，第74—75页。

英国、德国等西方国家在20世纪70年代开始的福利制度改革中,大量采用合同外包推动社会福利社会化,实现“福利国家”向“社会投资国家”的转变。[①]中国的北京、上海、无锡、深圳等地也在积极地实践这种“替代性的服务提供方式”。

合同外包之所以备受青睐,是因为它能节约成本[②]、削减政府开支和控制政府规模、提升服务效率和效能、增强服务的专业性等。尽管大多数公共服务仍然毫无必要地以政府垄断的形式组织和运营,但在改善服务绩效尤其是在提供低成本高质量的服务方面,有意义的竞争往往优于垄断[③]。既然公共服务供给主体的公私身份并不重要,问题的关键在于垄断还是竞争,那么,在从政府永久垄断(直接生产)到市场持续竞争(自由市场安排)的连续谱线上,合同作为一种“具有阶段性竞争特点的临时性垄断”[④]方式或者“市场竞争模型和内部权威模型这两个端点间的一个妥协”[⑤](图1),对许多公共服务而言是一种极佳选择。

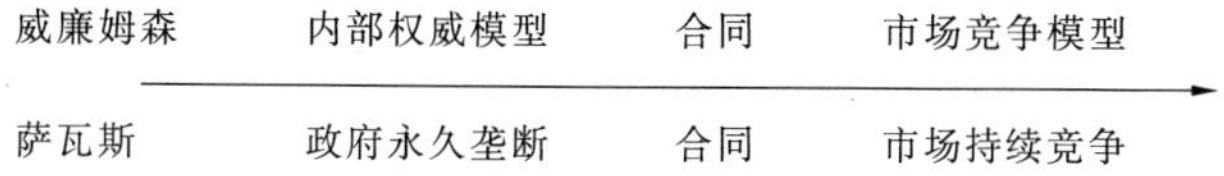

威廉姆森	内部权威模型	合同	市场竞争模型
萨瓦斯	政府永久垄断	合同	市场持续竞争

图1　有关合同的模型(根据威廉姆森和萨瓦斯的观点制作)

本文以荣获第五届“中国地方政府创新奖”入围奖的上海浦东新区预防和减少犯罪机制创新为例,在对其合同外包的具体实践、创新及成效分析的基础上,回答了合同外包为什么对预防和减少犯罪这项公共服务是一种极佳选择。本文是一项个案研究,笔者作为“中国地方政府创新奖”课题组成员赴浦东新区进行了实地考察,通过查阅相关工作文献、召开利益相关方座谈会、走访上海中致社区服务社等方式收集了大量第一手资料,在此基础上结合文献研究方法,对此问题进行了具体分析。受个案研究的限制,本文分析结论的普遍性仍有待检验,但这不会影响该问题在理论和实践上的研究价值。

---

① 许芸:《从政府包办到政府购买——中国社会福利服务供给的新路径》,载《南京社会科学》2009年第7期,第101—105页。

② Pack, Janet Rothenbert. 1989. “Privatization and Cost Reduction”, *Policy Sciences* 22(1):1—25; Hilke, John. 1992. *Competition in Government-Financed Services*. Westport, CT: Greenwood.

③ Donahue, Hohn D. 1989. *The Privatization Decision: Public Ends, Private Means*. New York: Basic Books. P. 78.

④ E. S. Savas. 1977, “An Empirical Study of Competition in Municipal Service Delivery,” *Public Administration Review*. 37(6):717—724.

⑤ Williamson, O. 1985. *The Economic Institutions of Capitalism: Firms, Market, Relational Contracting*. New York: Free Press. As cited in DeHoog, Ruth Hoogland. 1990. “Competition, Negotiation, or Cooperation: Three Models for Service Contracting”. *Administration & Society*. 22(3):317—340.

二、合同外包的具体实践及其创新

近年来,在经济迅速发展、城市化步伐不断加快的同时,上海市的犯罪问题日益突出,且犯罪呈现低龄化、智能化、团伙化特点,成为影响社会稳定、和谐的重要因素。上海市委政法委在对过去各类犯罪现象分析后发现,需要对四类特殊人群进行有效监控和帮教,即吸戒毒人员、社区服刑、刑释解教对象、社区闲散青少年。

按照现行《中华人民共和国刑法》和《刑事诉讼法》的规定,对吸戒毒人员、社区服刑和刑释解散对象的监控和帮教工作为公安的执法职能,而对社区闲散青少年的帮教为政策文件规定的司法行政、团委的业务拓展项目。但事实上,由于种种原因,这几类特殊人群在社区中常常处于脱管漏管和缺失关爱的状态,导致违法犯罪和重新违法犯罪持续上升。针对这种状况,上海市委政法委为了加强社会管理,维护社会稳定,确保实现新世纪发展目标,从提高社会管理水平,转变政府职能和维护社会稳定的需要出发,提出构建预防和减少犯罪工作体系。

2003 年 8 月,上海成立了三个专业社会组织:上海市自强社会服务总社、上海市新航社区服务总站、上海市阳光青少年事务中心,为吸戒毒人员[①]、社区服刑和刑释解教对象、社区闲散青少年提供社会化帮教服务。浦东新区作为全市开展预防和减少犯罪工作体系建设的四个试点区之一,在区级层面对应市级层面三个社会组织成立工作站,承接禁毒、社区矫正和刑释解教对象安置帮教、社区闲散青少年帮教服务工作。但由于浦东区域面积大,居住人口多,特殊人群的体量大,区三个工作站彼此隶属市三个总站,单兵作战,资源分散,管理不善,互不相干,出现许多问题。社会组织应有的地位不够,支持社会组织发展的政策较少,社会组织与政府间的关系不明确,社团管理有行政化趋势,社工队伍不稳定,流失较大等等。

2007 年 7 月,浦东新区成立了全市首家区域民办非营利性企业——上海中致社区服务社(以下简称“中致社”),170 多名社工承接政府出资购买专业服务,帮教特殊人群归正。浦东新区社会治安综合治理委员会办公室(以下

---

① 2008 年 6 月 1 日起实施的《中华人民共和国禁毒法》第三十四条明确规定,城市街道办事处、乡镇人民政府负责社区戒毒工作。城市街道办事处、乡镇人民政府可以指定有关基层组织,根据戒毒人员本人和家庭情况,与戒毒人员签订社区戒毒协议,落实有针对性的社区戒毒措施。这条规定事实上确认了社会组织在不具备禁毒执法权的情况下,可以参与社区禁毒工作。实际上,无论在该法颁布之前还是之后,上海浦东新区中致社的禁毒工作都主要是围绕社区戒毒和社区康复展开的。

简称“新区综治办”），代表相关业务部门与中致社签订《社会工作服务合同》，中致社得以承接新区相关职能部门专业帮教服务事项，和政府间形成了“定向委托、合同管理、评估兑现”的新型关系。政府通过合同外包的形式，支持社会组织按照政府的委托和授权从事预防和减少犯罪工作。

合同明确了专业社工服务项目内容、项目经费及双方的权利义务。具体而言，作为合同发包方的政府主要负责：(1) 科学定标，明确合同任务及任务价值标的。浦东新区综治办与高校专家、法律专业人士、业务职能部门等制定《经费预算项目报告》和《社会工作服务合同》，明确任务要求，确保经费列入年度财政预算。(2) 制定政策杠杆，明确社会组织和社工的准入标准。新区综治办制定了《浦东新区关于政府购买禁毒、社区矫正和安置帮教、社区青少年事务社会服务的社会组织培育与准入机制》等规范性文件，明确社会组织的执业标准，鼓励和培育浦东新区的社会组织。(3) 制定评估办法，组织绩效评估。按照《社会工作服务合同》的任务要求，新区综治办制定了《浦东新区关于政府购买禁毒、社区矫正和安置帮教、社区青少年事务社会服务的考评办法》，初步理顺了新区综治办、业务指导部门、各街镇与中致社之间的关系，明确各自职责与工作界面。(4) 监管政府资金合理有效运行。中致社董事会、监事会分别发挥职能，在不同层面监管中致社经费预算和经费使用，确保资金的有效运作。(5) 建立招投标机制，规范管理。新区综治办制定了《浦东新区关于政府购买禁毒、社区矫正和安置帮教、社区青少年事务社会服务的招投标制度》，在社会组织市场成熟后向社会公开招投标，鼓励社会组织参与竞争，以实现工作目标的最优化和社会效果的最大化。

作为合同承包方，中致社签约后按照合同要求履行任务，依合同规定取得政府购买服务的相关费用，并对内部人、财、物享有独立支配权。在整合各种社会资源、切实为服务对象帮困解难的同时，中致社还大力完善内部治理结构并成立党团组织、探索管理岗位竞聘和职业晋阶薪酬改革，以及完善规范考评机制等，加强自身的组织建设。[①]

尽管将社会治安领域公共安全的部分服务外包给社会组织承担是一项具有开拓性的工作，但在浦东地区，合同外包的运作模式却已经相对成熟。上海市每年涉及的合同外包资金从几百万到数亿元不等，据不完全统计，市、区政法系统通过合同购买社区犯罪矫治、问题青少年引导、吸毒人员管理等服务的资金达 6779 万元；浦东新区 2004 到 2006 年通过合同购买服务的资金分别达到 2228.2 万元、2197.3 万元、5955 万元；2006 年，市有关部门在公益文化项目合同外包的资金高达 1.5 亿元。作为国家综合配套改革试点区域的

① 相关资料来源于浦东新区综治办申报第五届“中国地方政府创新奖”的材料。

浦东新区在转变政府职能、推动政社合作互动的改革中,已经通过公共服务合同外包建立起了“政府承担、定向委托、合同管理、评估兑现”的规范模式。[①]

与一般的公共服务合同外包相比,该案例的最大亮点在于将社会治安领域公共安全的部分服务外包给社会组织承担,是观念、制度和实践上的巨大突破。目前国内经济发达地区的公共服务合同外包主要集中在医疗卫生、养老、教育培训、扶贫、环保等领域,例如北京市 20 世纪 90 年代开始在公共医疗、环卫和特殊人群家政服务等领域进行公共服务市场化改革[②];无锡市 2005 年起先后对全市市政设施养护、水资源监测、文化、旅游、结核病防治等十余项公共服务由政府直接提供转为合同外包[③],而公共安全方面的极少。由于公共安全的纯公共物品属性以及所涉及的国家专政权力的特殊性,政府供给一直以来被认为是它的最佳实践。就社会治安领域的公共安全而言,尽管中央早在 20 世纪 80 年代就提出了综合治理的指导思想,指出“根本的方法就是走群众路线。不能只靠哪一个部门,而是要靠全党全社会,不能只用哪一种方法,而是用千百种方法[④]”,但现有的工作力量配置仍然主要依靠公检法部门、街镇、居村委会等公共部门组织以及保安服务公司等少量的市场组织,真正的社会力量的作用远没有发挥。作为社会治安治本之策的以及尤其需要动员全社会力量的预防工作,与严打相比,基本上没有进行有目的、有指导的、具有行动意义的实践。[⑤] 浦东新区的预防和减少犯罪机制创新,通过委托和授权社会组织,运用社会化、专业化和人性化管理的思路管理社会,把专门机关工作与群众路线相结合发展到一个新水平,“既从源头上预防和减少了犯罪,又是制度上的重大创新,是具有中国特色和时代特征的开拓性的工作[⑥]”。

具体地看,该案例的创新表现在以下几个方面:(1) 理念创新。通过“中致社”这一平台,不仅可以动员和利用政府之外的资源和力量共同提供公共安全,也实现了预防和减少犯罪手段的柔性化。浦东新区政法委与中致社以合同为载体,明确两者的行政指导关系、行政契约关系和行政监督关系,肯定和鼓励了社会组织对政府职能实现的延伸与弥补功能,使政府从公共服务的

---

① 曾永和:《城市政府购买服务与新型政社关系的构建——以上海市政府购买民间组织服务的实践与探索为例》,载《上海城市管理职业技术学院学报》,2008 年第 1 期,第 13 页。

② 童伟:《从市场检验到政府职能转变——北京市公共服务供给模式改革分析》,载《北京社会科学》,2008 年第 1 期,第 37—41 页。

③ 黄元宰、梅华:《无锡实施“政府购买公共服务”的改革实践与启示》,载《改革与开放》,2008 年第 2 期,第 16—18 页。

④ 1986 年全国政法工作会议讲话。

⑤ 唐皇凤:《社会转型与组织化调控——中国社会治安综合治理组织网络研究》,武汉大学出版社 2008 年版,第 167 页。

⑥ 2003 年 7 月,上海市委副书记刘云耕在讨论预防犯罪工作体系这项工作时所作的讲话。转自乐伟中:《上海的社区预防犯罪工作状况》,载《犯罪研究》2005 年第 1 期,第 3—5 页。

直接提供者转变为间接提供者和监督者,有效地促进了政府职能的转变和社会组织的成长,是理念上的巨大突破。

(2) 机制创新。一是明确行政契约关系。新区综治办以"项目委托、项目管理、项目评估"方式规范政府职能部门与社会组织的工作职能、业务范畴。政府职能部门根据工作业绩、成本收益等因素,确定中标社团并签订委托合同。二是保证社会组织的独立运作。政府提供政策环境和资金支持,中致社进行民主管理,并通过法人治理结构、薪酬体系、人才培训、思想政治工作等规范化建设提高自主运作能力,避免了自身的"二政府化"。三是加强监管。新区综治办作为业务主管部门,首要是通过合同与财务审查对中致社进行管理监督。此外,将原来由不同社会组织分别承担的禁毒、社区矫正和社区青少年管理工作整合为中致社的三个项目部,消除了社会组织区域分割和无序竞争的状况,有利于监管。四是加大政社合作力度。通过新区综治办等部门与各街镇的协调和沟通,将中致社的各项业务与各街镇相关工作内容进行对接,社会组织通过有效汲取基层政府提供的社会资源,提升了工作能力,并进一步提高了公共服务质量。

(3) 工作方法创新。新区综治办作为合同甲方,从直接管理转为通过政策杠杆与合同进行间接管理,充分保证了中致社的自主运作权;中致社作为合同承担方,改变了"条线化、机关化、部门化、公务员化"的运作趋势。在具体业务工作中,中致社运用专业社会工作方法和柔性多样的工作方式,结合社会心理学、医药治疗、政策法律指导、就业技能培训、帮扶救助等综合手段,以项目制为运作模式,不仅培养了一支专业化的司法社工队伍,而且在实践中逐步形成了一批品牌项目,如禁毒项目部的"综合运用社会心理干预方法建立戒毒后预防复吸模式"、社区矫正项目部的"危机干预工作室"以及青少年事务项目部的"体验式帮教培训项目"等,有力地保证了业务绩效。

三、成效分析

20 世纪 70—80 年代关于合同外包的许多大规模的实证研究,在回答合同外包的效率、效益和公平方面提供了大量令人信服的证据。萨瓦斯指出,衡量合同外包是否有效,最基本的三项指标是效率(efficiency)、效益(effectiveness)和公平(equity)[①]。事实上,对许多非竞争性合同而言,效率往往并不

① E. S. Savas. 1978. "On Equity in Providing Public Services" *Management Science*. 24(8):800—808.

是它的首要考虑因素,与效率相比,效益和公平才是非竞争性合同更值得关注的因素。因此,本文拟采用效益、公平和效率这种分析框架。与萨瓦斯的观点相比,本分析框架的不同之处在于强调了不同价值的权重和优先次序。(1)效益。如果一项服务是高效的,它是否以牺牲效益为代价?效益评价的是服务的效果和利益,本文从服务的消费者、生产者、安排者以及社会层面逐一进行了剖析。(2)公平。经济学和管理学的传统是偏重效率与效益,这种做法现在受到了政治学者的广泛批判,在他们看来,公平至少是和效率、效益同等重要的一个指标,如果一项服务既有效率又有效益,但无法均等地对待每个群体,那它显然存在巨大的缺陷。本文从投入、产出和消费者满意度调查三个角度对公平进行评价。(3)效率。效率通常从技术角度测量投入与产出,高效率通常意味着低投入高产出或者低成本高收益。投入通常容易界定,可以根据金钱、人力和时间来计算投入成本,但常见的问题是哪些成本应该纳入计算范围?本文采取的一个办法是计算该项服务的合同金额以及直接生产这项服务的人数,尽管这会忽略其他机构为此支付的间接费用和人力成本。与市场组织不同,公共部门与社会组织的目标通常比较模糊,产出相对难以界定,因此需要根据服务内容制定具体的衡量标准,本文以《社会工作服务合同》中设定的部分服务指标来衡量。

(一) 效益

围绕合同的签订,浦东新区政法委、中致社(社工)和四类特殊人群形成了服务的安排者、生产者和消费者的逻辑关系(见图1)。因此,对效益的分析必定包括上述三类主体所获得的效果和利益,此外,它还包括对社会影响的评估。

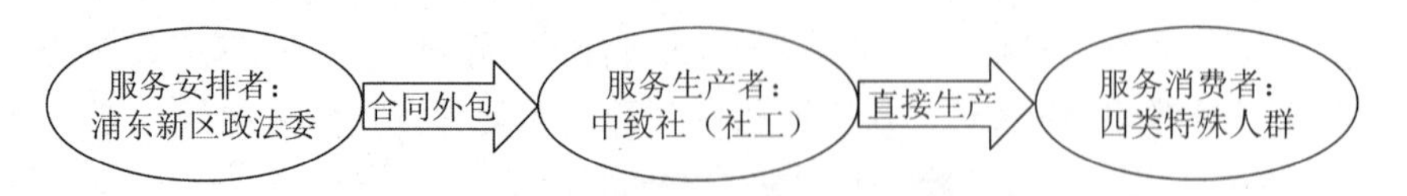

图1 《社会工作服务合同》中的逻辑结构关系

消费者获得了何种直接收益?《社会工作服务合同》的一个重要目标是通过开展各类社会环境改善和社会资源整合性活动,使特殊人群重新适应和融入正常社会生活并实现自我发展。数据显示,2009年中致社在帮助服务对象就业上,推荐就业和协助办理劳动手册的成功比例分别达到50.75%和55.71%;在解决服务对象的迫切生活困难上,协助申请低保的成功比例达到60.42%;在解决服务对象学习教育问题上,推荐技能培训与推荐学历培训教育的成功比例均低于20%,而协助复学和协助办理学历证书的比例均高于75%(见表1)。而在之前政府直接供给的途径下,由于上述指标并不作为政府考核的硬性规定，相关部门的工作积极性和持续性有所欠缺，其效果比社会组织提供服务的要差。尽管与2009年四类特殊人群总数为20261人的规模相比，上述数据绝对值偏小，但考虑到消费者的特殊性以及巨大的个体差异，仍然可以得出以下结论，部分消费者的生活环境和状态确实得到了明显改善，在这点上，《社会工作服务合同》要优于政府直接供给。

表1　根据2009年中致社第四季度基础工作数据统计表制作

	推荐就业	协助办理劳动手册	协助申请低保	推荐学历培训教育	推荐技能培训	协助复学	协助办理学历证书
推荐/协助人数	2603	946	1925	1670	2015	102	46
成功推荐/协助数	1321	527	1163	242	375	80	38
成功比例(%)	50.75	55.71	60.42	14.49	18.61	78.43	82.61

生产者的服务规模是否得到了优化？与政府直接供给相比，合同外包理论上可以在不受政府规模大小的约束下达到最佳服务规模。不同服务的最佳规模不同，这取决于生产过程的技术特征。在政府直接供给情况下，一个司法工作人员可以为多少个工作对象提供服务的数据通常比较模糊。2003年上海市委政法委根据调研和粗略估算指出，按照1:50的比例配备组建禁毒社工队伍，按社区矫正1:50和刑释解教人员帮教1:150的比例配备组建社区矫正社工队伍，按1:150的比例配备组建社区青少年事务社工队伍。而实际情况显示，自2007年组建中致社以来，2008和2009年禁毒社工的服务规模分别达到了1:69和1:87，比预定比例高出38%和74%；青少年事务社工队伍的服务规模两年均保持在1:135的水平，比预定比例低10%；而在社区矫正和刑释解教服务中，每个社工同时承担这两项工作，因而无法与预定数据进行单项对比，但总体比例分别达到了1:136和1:160（见表2）。数据表明，

表2　2008—2009年中致社社工服务规模

	管理层	项目一部（禁毒）			项目二部（社区服刑与刑释解教）			项目三部（闲散青少年）			合计		
	社工数	社工人数	工作对象人数	比例	社工人数	工作对象人数	比例	社工人数	工作对象人数	比例	社工人数	工作对象人数	比例
2008	11	59	4054	1:69	52	7067	1:136	45	6061	1:135	167	17182	1:103
2009	*	62	5386	1:87	54	8645	1:160	46	6230	1:135	167	20261	1:121

注：2009年中致社管理层社工人数仍为11人，但由于管理层社工同时计算在各项目部中，为避免重复计算，此处用*表示。在中致社项目二部的服务对象中，2008年社区服刑人数和刑释解教人数分别为777、6290人，2009年分别为1181、7467人。

在现有工作环境下,禁毒社工、社区矫正和刑释解教社工的服务规模不断扩大,这意味着它的最佳规模仍有很大的挖掘空间;青少年事务社工的服务规模尽管比预定目标低,但比较稳定,可能已经实现了最佳规模。

安排者的规模是否有变化?合同外包的安排者一般是政府,衡量安排者的规模即政府规模通常有三个测量维度,机构数量、雇员人数和财政支出。由于政府是一个泛指概念,因此首先要弄清安排者具体包括哪些机构。《社会工作服务合同》中规定向四类特殊人群提供服务的事项直接涉及上海市各级禁毒办、司法局和团委三个业务主管机构,以及负责机构之间协调的预防和减少犯罪办公室。数据显示,早在 2003 年提出构建预防和减少犯罪工作体系的目标时,上述机构的数量和雇员人数就发生了显著变化——除了维持原有的工作格局、力量配置以及财政支出以外,上海市和下辖区县分别增加了相关机构和公务员编制,其中,浦东新区在区综治委下增设 1 个专门机构和 5 名编制公务员作为专门监管力量(见表 3)。而《社会工作服务合同》是 2007 年首次签署的,也就是说,上述机构数量和雇员人数的变化与合同之间不存在相关关系。在财政支出方面,除了因上述机构改革造成的财政预算增加以外,2007 至 2009 年,光合同涉及的专项财政资金就分别达到 768 万元、860 万元、960 万元,呈逐年上升趋势,而在政府直接供给下这项工作是没有专项财政列支的。概言之,该合同对机构数量和雇员人数的影响因子为 0,但与政府直接供给相比,它要求更多的财政支出。

表 3　上海市“预防和减少犯罪工作体系”前后的政府规模比较

<table>
<tr><th rowspan="2"></th><th rowspan="2">2003 年以前工作格局与力量配置</th><th colspan="2">2003 年后工作格局与力量配置</th></tr>
<tr><th>市级层面</th><th>区县层面</th></tr>
<tr><td>禁毒</td><td>市禁毒办仅有 2 名专职干部,全市 19 个区县禁毒办仅有 37 名禁毒干部,其中专职 7 名,兼职 30 名
专司缉毒的市公安局缉毒处仅有 40 余人,19 个区县公安分局仅有两个分局设立了缉毒专门部门</td><td>市禁毒委员会下设市禁毒委员会办公室,编制公务员 20 名</td><td rowspan="3">由各区县禁毒办公室、司法局、团委负责推进三项工作。同时在区县综治委下增设预防和减少犯罪办公室,其中浦东新区编制公务员 5 名,其他区县均为 3 名</td></tr>
<tr><td>社区矫正</td><td>没有专司社区矫正的专门机构,缺乏职业化、专业化的管理队伍</td><td>市司法局下设社区矫正工作办公室,编制公务员 20 名</td></tr>
<tr><td>社区闲散青少年</td><td>社区青少年工作对象特殊,工作方式和方法的专业性要求很高,各级团委无法保证各项工作任务在基层得到落实</td><td>团市委下设市社区青少年事务办公室,编制公务员 20 名</td></tr>
</table>

社会的安全程度如何？预防和减少犯罪的根本目的是为每个人提供一个更安全的社会环境。对社会安全的评价主要采用了四类特殊人群违法犯罪的官方统计数据。截至2009年10月底，在禁毒方面，经认定已戒断毒瘾三年人数894人，戒断巩固率为19.47%，比上年提高2个百分点；戒断后复吸33人，复吸率为3.25%，低于市规定的10%；执行社区戒毒人数54人，执行率91.52%，执行社区康复人数390人，执行率为97.74%，分别高于市规定执行率的10个百分点和20个百分点。在社区服刑和刑释解教方面，社区服刑人员重新违法犯罪率为0.17%，继续低于市规定不超过1%的指标，浦东新区五年内刑释解教人员当年重犯率为1.44%，继续低于市平均水平。两类人员的重犯率由2006年的全市排名第2位下降到第14位。在闲散青少年方面，违法的社区青少年共29人，与2008年同比下降12%。与政府直接供给下浦东新区的社会治安状况在全市总体排名偏后的情况相比，《社会服务工作合同》的履行使部分违法犯罪行为从源头上得到遏制，浦东地区的社会安全形势明显得到改善。

（二）公平

评价公平不仅要关注个体，更应当从群体的角度进行审视，这是因为群体一般是由具有相同特征的社会成员组成，如收入、年龄、教育、职业、种族等，如果某个群体长期被政府或社会忽视了，很明显他们受到了不公的对待。当政府明确提出在提供公共服务时不会歧视任何特定的群体，我们有必要探索公共服务供给的公平应当包括哪些一般性的规则。通常这些规则包括报酬的公平、投入的公平、产出的公平以及消费者满意度调查等。①

在政府直接供给的情况下，受各种因素的限制，除了向四类特殊人群中的少数重点管理对象提供防范式的长期管理外，政府对大部分特殊人群只提供应急性的临时管理，总体上缺乏资金、人力和政策支持等各项投入，投入的不公导致这部分人群在社会中常常处于脱管漏管和缺失关爱的状态，易于威胁社会安全。作为一个专门针对四类特殊人群的管理和服务框架，《社会工作服务合同》不仅改变了过去资源投入不公的状况——有持续的资金投入、社会工作力量和政府政策支持等；而且产出上，所有的服务对象不仅受到同等的、非歧视的管理与服务，而且还基于各自特点获得个性化的设计；此外，针对四类特殊人群及其家属的问卷调查显示，2008年他们对中致社工作情况满意度的评价为92.5分。从投入、产出以及消费者满意度调查这三个角度看，合同外包比政府直接供给状态下的公共服务的公平程度要高。

---

① E. S. Savas. 1978. "On Equity in Providing Public Services", *Management Science*. 24(8):800—808.

(三) 效率

在世界范围内,各国公民对政府的一个经常性批评是效率低下——投入不计成本而产出甚微,哪怕政府没有直接花费公共资金,例如在合同外包中,公众同样担忧公共资金是否得到了有效的使用。

该案例的投入产出比如何?《社会工作服务合同》中最直接也最容易测量的投入产出数据包括金钱成本——合同金额、生产者数量——社工人数、消费者数量——服务对象人数。2008 年和 2009 年,在中致社的社工总数保持不变、服务对象总数增加幅度比合同金额增加幅度大的情况下,服务对象人均成本由 500.52 元/人降至 473.82 元/人,下降 5.33%,而社工人均服务对象数从 103 人增加到 121 人,增长 17.48%(见表4)。而在政府直接供给的情况下,有关的投入产出数据十分模糊,难以进行对比。但这种困难并非不可逾越,以社区服刑和监狱服刑的成本比较为例。据统计,在全国一些条件较好的城市,每年监狱服刑人员的投入约 1.2 万元/人。2008 年,浦东新区有社区服刑人员 777 人,如果把他们全部关进监狱,按上述统计计算,约需 932.4 万元,而中致社仅招聘了 52 名社区矫正社工对社区服刑人员开展管理和服务工作,每名社工年薪 4 万元,共 204 万元,而且,这批社工同时还承担了 6290 名刑释解教人员的管理和服务工作。而当年《社会工作服务合同》规定对上述四类特殊人群提供管理与服务的总金额也才 860 万元,仍然不及社区服刑人员监禁矫正 932.4 万元的成本。也就是说,社区服刑的成本远低于监狱服刑的成本。数据表明,与政府直接供给相比,《社会工作服务合同》在降低管理成本、提高产出方面具有明显优势。

表 4 根据 2008 年和 2009 年浦东新区预防和减少犯罪工作考核评估报告中的数据制作

	投入		产出	投入产出比	
	成本金额(元)	社工数(个)	服务对象总数(个)	服务对象人均成本(元/人)	社工人均服务对象数(个/个)
2008	8600000	167	17182	500.52	103
2009	9600000	167	20261	473.82	121
比上年增减	↑11.6%	0	↑17.92%	↓5.33%	↑17.48%

服务过程中的效率情况如何?除了静态的投入产出比之外,与服务过程有逻辑联系的动态效率指标也必须考虑。《社会工作服务合同》共设定了四十余项具体指标,其中,社工与吸毒对象见面谈话人数、社工访谈完成率等二十余项指标与效率密切相关。从合同执行情况看,中致社在与社会服刑对象

见面率等11项指标上均达到100%，标准相对较低的两项指标——重点对象和回归社会一年内的刑释解教人员接触率和见面率也分别达到72%和70%（见表5），总体上看，各项指标的实际执行情况均符合预定目标。而在政府直接供给下，由于基层工作力量匮乏，根本无法做到与每个工作对象进行见面、接触、访谈或个人发展设计，这些效率指标的完成情况并不乐观。也就是说，《社会工作服务合同》执行过程中的效率比政府直接供给的要高。

表5　2009年中致社服务指标完成情况统计表

	项目部	服务指标完成情况		目标	实际
中致社	项目一部	药物滥用	与吸毒对象见面谈话人数	—	6169
			社工访谈完成率	≥85%	100%
			其他访谈人次（居村委、民警、对象家属等）	—	10656
			社工访谈完成率	≥85%	100%
			实际有效尿检协议数	—	1589
	项目二部	社区服刑	与社会服刑对象见面率	100%	100%
			与社会服刑对象帮教率	100%	100%
			集中教育人次	—	5556
			个别教育人次	—	8808
			公益劳动人次	—	19617
		刑释解教	五年内刑释解教人员帮教率	≥98%	98%
			其中重点对象和回归社会一年内的刑释解教人员帮教率	100%	100%
			重点对象和回归社会一年内的刑释解教人员接触率	≥70%	72%
			重点对象和回归社会一年内的刑释解教人员见面率	≥70%	70%
			重点必控对象人数	—	392
			重点必控对象帮教率	100%	100%
			重点必控对象接触率	100%	100%
			重点必控对象见面率	100%	100%
	项目三部	闲散青少年	重点预控青少年对象人数	—	869
			重点预控青少年对象上门率	100%	100%
			重点预控青少年对象面谈率	80%	88%
			一般青少年对象人数	—	5361
			一般青少年动态了解率	100%	100%
			一般青少年个性化设计率	100%	100%

四、讨论与总结

对《社会工作服务合同》履行情况的分析表明,尽管外包过程缺乏必要的竞争,但它对预防和减少犯罪这项公共服务而言是一项较优的选择。第一,在效益方面,尽管该合同要求更多的财政支出,但是,消费者获得的直接收益要明显高于政府直接供给途径下的收益,生产者的实际服务规模也要优于政府的预期规模,并且,自合同履行以来,浦东地区的社会安全状况比政府直接供给途径下的要好。第二,就公平而言,合同外包的公平程度甚至比政府直接供给下的还要高。第三,在效率上,与政府直接供给相比,它在节约管理成本的同时提高了产出。

不可否认,在当代中国背景下,在某些特定的公共服务领域确实很难引入竞争,类似于《社会工作服务合同》的非竞争性合同的数量不在少数,其中的原因既包括缺乏竞争传统、缺乏有资质的竞标者、地域限制等客观环境因素,也包括政府人为设置的准入障碍、利益群体游说、社会关系网等主观因素。尽管社会对此多有诟病,但非竞争性合同的成效并不能一概而论地被否定,至少在预防和减少犯罪这样一个独特的公共领域,《社会工作服务合同》为我们展示出了积极的一面——它在提高效益和公平方面具有明显的优势,同时客观上也提高了效率。但是,是不是所有的公共服务合同外包都能在提高成效的名义下采用非竞争性的方式呢,换言之,非竞争性合同的边界在哪里?有外国学者指出,竞争程度高的合同通常更适合于垃圾收集、消防、街灯照明等“硬”服务,而在更具人文关怀和更难测量的“软”服务比如精神健康、司法帮教等方面,合同所包含的竞争程度就要弱得多①,但是,该结论是否同样适合中国的现实,这仍然有待我们进一步的检验。

---

① DeHoog, Ruth Hoogland. 1990. “Competition, Negotiation, or Cooperation: Three Models for Service Contracting”. *Administration & Society*. 22(3):317—340.

区域卫生信息化[①]

——厦门"市民健康信息系统"案例研究

□江　洋[*]

区域卫生信息化是指借助现代信息网络和通讯技术，构建区域卫生信息平台，实现区域内各种卫生信息系统的互联互通，从而实现卫生资源和信息资源的共享，以降低社会卫生服务成本，提高卫生服务质量，改善居民健康状况的综合信息工程。近年来，随着世界各国人口老龄化问题和慢性病问题的加剧，推进区域卫生信息化建设成为世界各国卫生改革的重要内容。我国医改也将建立实用共享的医药卫生信息系统、大力推进医药卫生信息化建设作为重要内容，明确提出"以推进公共卫生、医疗、医保、药品、财务监管信息化建设为着力点，整合资源，加强信息标准化和公共服务信息平台建设，逐步实现统一高效、互联互通"[②]。

厦门市自2004年开始区域卫生信息化协同平台的规划，着手建设厦门"市民健康信息系统"。2006年底，该项目被纳入国家"十一五"科技支撑计

---

① 2009年11月，作为"中国地方政府创新奖"项目组成员，笔者有幸与中央编译局当代所项国兰研究员一起，就厦门"市民健康信息系统"项目进行实地调研。调研过程得到了厦门市卫生局和厦门市各大医院的大力支持和配合，获悉了大量相关材料、文献和统计数据。本文即是以这些材料、文献和调研笔记为基础写作而成。在此，特别向所有给予我们帮助的单位、同志表示衷心的感谢，尤其感谢厦门市卫生局黄如欣局长、孙卫副局长、姚冠华副局长、孙中海主任对整个调研工作的精心组织和协调。本文文责自负。

* 江洋，中央编译局比较政治与经济研究中心副研究员，博士。

② 《中共中央国务院关于深化医药卫生体制改革的意见》，www. gov. cn，2009年4月8日。

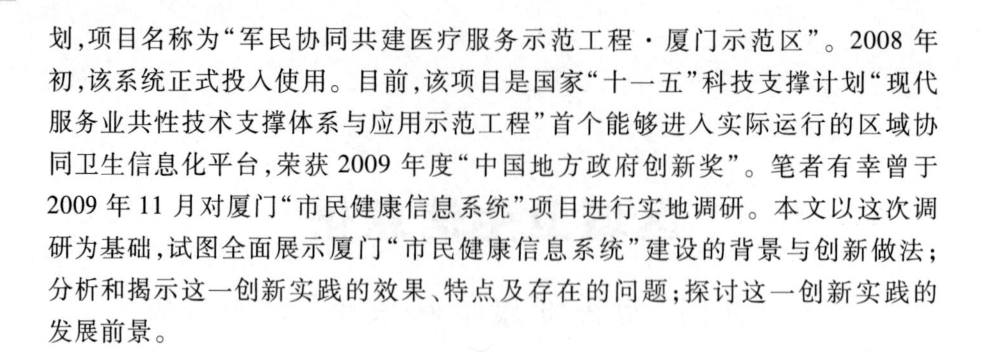
划,项目名称为“军民协同共建医疗服务示范工程·厦门示范区”。2008年初,该系统正式投入使用。目前,该项目是国家“十一五”科技支撑计划“现代服务业共性技术支撑体系与应用示范工程”首个能够进入实际运行的区域协同卫生信息化平台,荣获2009年度“中国地方政府创新奖”。笔者有幸曾于2009年11月对厦门“市民健康信息系统”项目进行实地调研。本文以这次调研为基础,试图全面展示厦门“市民健康信息系统”建设的背景与创新做法;分析和揭示这一创新实践的效果、特点及存在的问题;探讨这一创新实践的发展前景。

一、动因与目标

1. 提高政府应对突发公共卫生事件的能力的需要

随着社会主义市场经济体制的逐步建立和不断完善,我国市民逐步由“单位人”向“社会人”转变。然而,就政府管理部门而言,尽管可以及时统计并发布宏观经济运行状况、财政收支情况、社保基金使用情况等,却很难及时掌握居民的整体健康状况、就诊费用情况、疾病分布情况等。就居民个人而言,虽然有完整的户籍档案、人事档案、信用记录等,但居民个人健康信息却总是散落在家、办公室或存储在相应的医疗保健机构。2003年SARS疫情的发生和蔓延,更是充分暴露了我国公共卫生信息系统存在的缺陷,如疫情报告、疾病监测时效性差,卫生信息网络覆盖面小,缺乏国家统一的公共卫生信息平台,信息整合能力差,等等。SARS疫情过后,我国卫生部门和全社会对于我国突发公共卫生应急机制的不健全、卫生信息系统标准的不统一、信息滞后、信息不畅等问题的认识愈发深刻,对加强公共卫生体系建设形成新的共识。2003年9月,卫生部信息化领导小组办公室组织起草了《国家公共卫生信息系统建设方案(草案)》,提出国家公共卫生信息系统建设的总体目标是,“综合运用计算机技术、网络技术和通讯技术,构建覆盖各级卫生行政部门、疾病预防控制中心、卫生监督中心、各级各类医疗卫生机构的高效、快速、通畅的信息网络系统,网络触角延伸到城市社区和农村卫生室。”[①]至此,进行区域卫生信息化建设,为居民建立统一的电子健康档案、实现区域医疗业务协同、全面掌控卫生状况,成为卫生部门工作的重要内容之一。

---

① 《国家公共卫生信息系统建设方案(草案)》,http://www.moh.gov.cn/open/tjxxzx/wstjxxgzjz/1200309270045.htm。

2. 缓解"看病难、看病贵"难题的需要

近年来,随着社会主义市场经济体制的建立和发展,"看病难、看病贵"问题成为社会关注的焦点问题之一。一方面,我国医疗卫生资源配置不均衡,城乡之间、区域之间、大型医疗机构和基层医疗机构之间相差较大,居民出于对基层医疗机构的不信任,无论大病小病都要到大型医疗机构就诊,这种状况直接导致了基层医疗机构病源不足,大型医疗机构人满为患的局面。大型医疗机构不但挂号难,而且挂号时间长、缴费时间长、取药时间长、实际就诊时间短,"看病难"问题日益突出。另一方面,种种因素共同作用,如医院之间临床信息不共享,医学检验、医学影像检查不互认,传统医学影像耗材成本高、存放、查找、借阅难,病人病历、出院小结易遗失,部分职业道德较差的医务人员为了经济利益开大处方,等等,致使患者不得不做许多不必要的重复检查、重复化验,病人看病费用居高不下,"看病贵"问题日益严重,成为危及民生的首要问题之一。

3. 国际卫生信息化发展的必然趋势与厦门的良好基础

目前,区域卫生信息化建设已经成为世界各国关注的热点问题。美国政府在 1999 年提出了"政府电子病历"的发展计划;英国医疗服务机构 NHS 制订了 1998 年至 2005 年医疗信息的 8 年发展计划;日本医药信息协会健康信息系统工业协会正在进行病历安全规范和临床信息交换标准的研究;马来西亚、新加坡及香港等亚洲国家和地区,通过以政府主导的医疗卫生信息化建设,已经基本实现了区域范围内健康信息的互联与共享。[①]

根据发达国家的经验,医院信息化发展将经历三个阶段。第一阶段是以建设财务结算为中心的医院管理信息系统阶段,其目标是提高医院经济管理效率、降低医院运行成本;第二个阶段是以建设病人为中心、医疗为主线的临床信息系统阶段,其目标是提高医院医疗服务质量和提高医护人员的医疗服务能力和工作效率;第三个阶段是建设以临床信息共享为特征的区域或者集团信息系统的阶段,其目标是整合医疗信息资源,提升整体医疗水平和效率。[②]

截至 2004 年,厦门市传统的以具体业务为推动的医院信息系统已基本建立,具备了由"以收费为中心"的管理信息系统向"以病人为中心"的临床信息系统和以临床信息共享为特征的区域信息系统转变的基本条件。

正是在上述动因的共同驱动下,厦门市卫生局于 2004 年开始区域卫生信

---

① 《厦门市信息化项目预可行性研究报告 · 厦门市区域电子病历系统》,厦门市信息产业局,2004 年 7 月。

② 《厦门市民健康信息系统区域 PACS/RIS 项目》,厦门市卫生局信息版,2007 年 2 月 18 日。

息化协同平台的规划,着手建设基于居民个人健康档案的厦门“市民健康信息系统”,旨在达到以下目标:

1. 以人为本,为居民建立个人终身健康档案

在时间域上,为居民建立包含从生命的孕育至生命的终结的整个生命周期的终身健康档案;在健康状态上,为居民建立包含从健康到疾病、再从疾病到康复的整个生命周期的全息化诊疗康复管理信息链;在空间域上,为居民建立不仅可在单个医疗卫生机构调阅,而且可以在厦门市整个行政管辖区域内、以至在全国和全世界任何一个有互联网的地方查阅,包含从生命孕育至生命终结的完整健康信息的终身健康档案,实现健康信息无国界。

2. 实现区域内卫生信息的共享和区域协同

厦门“市民健康信息系统”旨在彻底打破医疗机构间长期以来形成的行政壁垒和业务壁垒,打破以往城乡之间因医疗卫生事业发展不均衡造成的医疗卫生机构的二元结构,以现代信息技术为支撑,对区域有限的卫生资源进行整合,实现区域内外各医疗卫生机构与相关部门的信息共享和业务协同。

二、做法与创新

厦门“市民健康信息系统”为全体市民建立健康档案,通过六个平台和一个中央数据中心,实现医疗卫生信息资源在厦门行政区域内的医疗卫生单位间的互联互通和共享调阅。

1. 为全体市民建立健康档案

厦门“市民健康信息系统”利用社会保障卡(或市民健康卡)作为患者的唯一身份识别标识,通过卫生信息专网为厦门市行政区域内的每一位居民(包含全体城市和农村居民)建立统一的电子健康档案,该档案包括从生命孕育到终结的整个过程及与该生命有关的所有健康信息。

2. 建立六个平台

第一,面向公众的开放服务平台。市民可通过网络、电话、短信等多种非现场方式进行预约挂号、健康咨询和诊疗查询;相关部门可通过网络、电话、短信等发布检查检验报告及体检结果,提醒疾病预防。第二,面向医疗机构的数字化集成平台。实现医疗机构的数字化管理、业务协同,流程优化、患者健康信息调阅共享、与社区的双向转诊等。第三,面向妇幼保健的服务平台。以厦门市妇幼保健院为中心连接厦门市所有的妇幼保健机构,对全市孕产妇提供全程健康保健,对儿童提供全程计划免疫监管。第四,面向社区的服务

平台。为全体市民提供全生命周期的健康服务和健康管理;为社区慢性病患者建立慢性病档案,并针对统计数据进行有效干预;为社区提供医疗、预防、康复、健康管理、健康教育、计划生育“六位一体”的服务及与综合性医院的双向转诊服务。第五,面向第三方的服务平台。为医疗机构和患者提供代理检验、代理检查等第三方服务,同时提供数据挖掘方面的增值服务。第六,面向政府的服务平台。为政府主管部门提供日常监控、疾病预警和决策支持等服务。

3. 建立一个中央数据中心

该中央数据中心支持存储患者临床就诊电子病历、体检信息、社区居民健康档案、妇幼保健信息、患者自我信息等,是实现医疗卫生信息资源互联互通和共享调阅的中心枢纽。

厦门“市民健康信息系统”的创新性主要体现在以下方面:

1. 理念创新——由以业务为本转为以人为本

传统的卫生信息化建设是以具体业务来推动系统的建设,其结果是各专业信息系统互不相通,造成“信息孤岛”。厦门“市民健康信息系统”建设把着眼点从以业务系统建设为中心转向以居民健康为中心,围绕市民健康信息的产生、采集、加工、存储和使用来设计、建设系统,致力于为厦门市全体市民构建从人生孕育到终点的完整的终身电子健康档案,真正体现了以人为本的建设理念。生成的市民健康信息档案所有权属于市民,只有市民自身才有权利查看其健康档案、授权医生调阅、查看其健康档案、对个人健康信息进行权限设置、决定其信息对谁开放及开放程度等。居民在任何有互联网的地方都可以对自己的健康档案进行管理与利用,既实现了自我保健管理,也实现了真正意义上的区域协同医疗、终身健康管理、一体化网络医疗和健康信息无国界。

2. 就医模式创新——努力打造社区(镇卫生院)首诊、双向转诊的就医新模式

区域医疗资源未整合创新之前,厦门市面临着一方面三级医院人满为患,医疗资源无法满足人民群众的正常就医需求,另一方面社区医院、镇卫生院和军队卫生队等医疗资源门庭冷落,医疗卫生资源闲置的情况。为了妥善解决这一问题,厦门市以医疗重组、资源垂直整合为主,以加大财政投入,完善财政补偿政策为辅,努力打造社区(镇卫生院)首诊、双向转诊的就医新模式,实现医疗卫生资源利用最大化,提升全市医疗水平。

首先,以医疗重组、资源垂直整合为主,努力打造社区(镇卫生院)首诊、双向转诊的就医新模式。厦门市把三级医院与社区医院整合,把城市医院与农村医院整合,把军队三级医院与军队卫生队整合,努力实现医疗资源的垂

直整合。具体做法如下:(1) 对社区卫生服务中心(镇卫生院)的管理体制和运行机制进行改革,整合全市医疗资源。将社区卫生服务中心(镇卫生院)的基本医疗服务职能与公共卫生服务职能彻底分开,成立社区医院(镇卫生院)和社区卫生服务中心(镇卫生服务中心)两个独立机构。社区卫生服务中心(镇卫生院)原从事医疗服务的在编人员,编制划转到社区医院(镇卫生院),主要承担基本医疗服务职责,由所属的综合性三级医院实行人、财、物一体化管理;原从事公共卫生服务的在编人员、编制划归社区卫生服务中心(镇卫生服务中心)。社区医院(镇卫生院)所属综合性三级医院按照三级医院门诊部标准建设社区医院(镇卫生院),定期派医师到社区医院(镇卫生院)坐诊,为社区医院(镇卫生院)提供代理检验、检查、培训等服务。厦门市通过医疗资源的垂直整合,逐步形成了由综合性三级医院分区、分片延伸医疗服务,以综合性三级医院为骨干、与社区医疗机构、工业集中区医疗配套服务机构实行人、财、物管理一体化的"医疗服务集群",带动了社区医疗服务和镇卫生院医疗服务的发展,提高了百姓对社区医院、镇卫生院的信任度,从体制上解决了社区、镇医疗资源匮乏问题。(2) 对军队医疗机构进行改革,把军队三级医院与军队卫生队整合,军队三级医院为军队卫生队提供培训、远程医疗指导等服务,提高军队卫生队医疗水平。

其次,以加大财政投入,完善财政补偿政策为辅,努力打造社区(镇卫生院)首诊、双向转诊的就医新模式。一方面,厦门市在推进医疗资源垂直整合的同时,对归入三级医院的社区医疗分支机构给予项目补助和基本支出补助,以确保整合社区医院(镇卫生院)的三级医院的积极性。项目补助包括基本建设补助和一次性开办费补助。基本建设补助主要用于满足新设立社区医疗机构(镇卫生医疗分支机构)必要的用房需求,一次性开办费补助主要用于按照三级医院门诊部的标准建设社区医院(镇卫生院),按标准配备诊疗、辅助检查等基本设备,补助标准为100万元。项目补助由市、区两级财政各按50%的比例承担。基本支出补助包括在编人员的基本工资、城镇职工社会保险费用、收费标准降低的减收部分(挂号费减免,医疗服务收费和药品加成率的减收部分)及离退休人员的离退休金。另一方面,厦门市政府出台一系列优惠政策,引导市民到社区医疗机构(镇医疗机构)首诊,试图逐步建立服务规范、运转高效的社区首诊(镇医疗机构首诊)、双向转诊制度,使患者的流向科学合理,有效分配和充分利用医疗资源,真正实现"小病不出社区,大病上大医院"的基本就医方式。例如,厦门市市民凭社会保障卡以及其他相关证件在社区医疗机构(镇医疗机构)门诊就诊,可享受免收挂号费,检查、检验、治疗费用执行一级医疗机构收费标准,社区基本药物目录范围内的药品零差价,其他药品实行优惠差率,医保个人首付比例优惠的优惠政策。与此同时,对需到上一级医疗机构进一步诊疗的患者，由社区医疗机构（镇医疗机构）负责联系进行转诊。病人在有效期内到上级医疗机构就诊，可享受免挂号费和预约专家门诊、预约住院等优惠服务。

3. 医疗服务模式创新——打造全新数字化市民健康信息系统和区域协同医疗服务模式

厦门市以现代信息技术为支撑，打造了全新数字化市民健康信息系统，实现了区域内居民的门诊、住院、体检、社区保健、妇幼保健等医疗保健信息在区域内医疗卫生保健机构间的共享，这在国内国外均属首创。对于当地市民来说，只要手持“社会保障卡”而不必携带病历便可到各大医院看病；如果授权医生查阅自身健康档案，就可避免医生重复检查和重复开药，降低就医费用；可以随时查阅检查结果，减少就诊时间。对于医疗卫生机构来说，只需患者授权，便可通过“社会保障卡”实时调阅患者以往的就诊信息，及时掌握患者病史和诊疗的整体情况，借鉴其他同仁的经验，减少误诊或误治，提高医疗服务质量。对于政府来说，通过检查、检验信息的共享，大大提高了卫生资源的使用效率，在降低医疗支出的同时减少了政府和医疗机构对大型设备重复投资造成的浪费；可以通过市民健康信息系统实时收集全市医疗保健机构有关信息，及时了解全市医疗卫生状况，提高应对突发公共卫生事件的能力；可以随时监控大处方、大额病历及不合理用药等各类异常情况，加大对医疗机构医疗行为的监管力度。对于第三方服务机构来说，代理检查检验为第三方服务机构提供了就业机会、创造了商业机会；市民健康信息系统提供的强大数据，为第三方服务机构（科研、药品厂商、保险机构等）提供了科学决策的依据。

市民健康信息系统促成了区域协同医疗服务模式，使市民在社区医院便可享受到三级甲等医院的服务，看病更为方便快捷。首先，三级医院会定期派医生到社区医院坐诊，使患者在社区医院（镇卫生院）用一级医院的医疗费用，享受三级医院的服务。其次，市民健康信息系统的建成使代理检验、检查等成为可能，市民可以在社区医院（镇卫生院）做抽血化验，由社区医院委托第三方送至所属三级医院进行代理检验、检查，通过市民健康信息系统实时了解检验、检查结果。区域协同医疗平台的建立不仅可以使三级医院的医疗资源（如专家资源、设备资源等）得到充分利用，而且改变了医疗资源投入与配置不合理不平衡的状况，节约了政府和医疗机构的投入。再次，社区医院和三级医院可数据共享、双向转诊。社区医院患者如需转往三级医院，社区医生可通过市民健康信息系统把患者诊疗信息实时提交到区域卫生信息数据集成平台，系统向所有医院开放此信息，以确保被转诊患者自由选择就诊医院的权利。患者到三级医院后，医院系统自动从区域卫生信息数据集成平台读取患者的社区诊疗信息，进行自动挂号或者办理入院手续等操作。

三、效果与特点

1. 厦门“市民健康信息系统”在实践中取得了良好效果

(1) 实现了为全体市民建立终身健康档案。

厦门“市民健康信息系统”为厦门市行政区域内全体居民构建了从人生孕育到终点的完整的电子健康档案,突破了行政管辖区域和不同医疗卫生单位的限制,确保了居民在任何有互联网的地方都可以对自己的健康档案进行管理和利用,实现自我保健管理和终身健康管理。

(2) 解决了“看病难”问题。

首先,医疗资源总量扩大、质量提升、存量盘活。总量扩大:按照“海西一流、国内先进、与国际接轨”的标准,重点建设了厦门市第一医院、厦门大学附属中山医院、厦门市中医院等重点医院,进一步提高其规模效应和综合服务能力;加强了市妇幼保健院等重点公立专科医院的建设;以高等医学院校附属医院和三级甲等综合医院标准新建五缘医院和翔安医院,引入极具竞争力的台湾长庚医院。质量提升:医生询问患者病史的时间减少,单位时间诊治患者增多,医疗资源质量提升。存量盘活:通过三级医院对社区医院(镇卫生院)的垂直兼并和将医疗资源发达的岛内闲置三级医疗资源搬到医疗资源相对不发达的岛外,盘活了社区医院和原闲置的三级医疗资源,进一步优化了医疗卫生资源的配置。其次,使用唯一身份标识“社会保障卡”进行预约挂号,杜绝了倒号行为,居民到三级医院看病挂号难的现象得到有效缓解,也在一定程度上缓解了“看病难”问题。

(3) 解决了“看病贵”问题。

小病患者可以到社区医院就诊,用一级医疗机构的医疗费用享受三级医疗机构的医疗服务(如在社区医院用以及医疗机构的医疗费用享受三级医院的高端设备和高技术检查服务);诊疗结果共享节约了患者重复检查、重复拍片的费用;卫生监管部门通过系统对“大处方”的监控,有效抑制了过度医疗问题。诱发“看病贵”问题的众多因素得到有效遏制。

(4) 协同医疗模式促进医疗水平提高,使医疗监督多一种机制。

医生调阅患者以往病历的过程是向同行学习医疗经验,提高医疗水平的过程,同时也是同行相互监督的过程。

(5) 政府对医疗机构的监管能力和对突发公共卫生事件的应急处理能力显著提高。

政府可通过系统自动生成的全市医院门诊量、处方大小、疾病种类等信息对医疗机构进行有效监管、对突发公共卫生事件进行应急处理。

(6) 显著提高经济、社会效益。

系统的预约功能和信息共享功能极大地缩短了患者就医等待时间和医生诊疗时间,避免了重复检查、重复拍片造成的资源浪费,仅此两项2008年就节约资金2100万,区域医疗资源整合使每一个医疗机构的医疗能力充分发挥。建立和广泛使用居民电子健康档案,为区域共享医疗保健信息、增进居民健康提供宝贵的信息服务;为政府卫生科学管理提供及时高效的监管和决策信息服务。

2. 厦门"市民健康信息系统"项目的特点

(1) 强有力的行政执行力是推进区域医疗资源整合的根本保证。

该项目于2007年和2009年两次被厦门市委、市政府列为"为民办实事"项目。"以民为本"和"以病人为中心"的执政理念使厦门市能够利用行政垂直管理力量打破行政壁垒,最终完成区域医疗资源整合。

区域卫生信息化建设的初衷是实现信息资源的共享。区域卫生信息化建设的特殊性决定了只有政府亲自挂帅,运用强有力的行政执行力,才能够保证区域卫生信息化建设的顺利进行。首先,打破行政壁垒是实现区域卫生信息化的关键。受传统行政、管理体制等因素的影响,各医疗机构分属不同的部门管辖,行政壁垒严重。与此同时,由于卫生信息资源涉及大量的商业信息,牵涉巨大的经济利益,因此,打破行政壁垒难度很大。在这种情况下,只有政府亲自挂帅,才能够打破行政壁垒,从而实现信息资源的采集及对区域卫生信息资源的统一规划。其次,协调工作是区域卫生信息化建设的重中之重。区域卫生信息化建设涉及建设流程设计、系统规划设计、网络建设、软硬件建设、医疗卫生机构系统改造、人员培训、普及宣传等一系列工作,没有足够的组织资源很难进行有效的协调、沟通和实施。政府的行政执行力是区域卫生信息化建设顺利实施的根本保证。再次,区域卫生信息化建设投入大、周期长、公益性强(不仅与经济效益有关,而且与社会效益和政治效益有关)、涉及个人隐私及法律层面的种种问题,这些因素决定了区域卫生信息化建设的责任主体只能是政府。最后,区域卫生信息化项目的建成并投入使用,将改进卫生行政管理机构的管理模式,约束医疗卫生机构及医护人员的不规范行为,将医护人员的行为置于政府和百姓的监督之下,实施之初难免会遇到医院方面的阻力。只有在政府的引导和行政管理干预下进行组织协调才能确保医疗卫生机构主动接受居民或政府的监督。

(2) 总体规划,分步实施。

"市民健康信息系统"形成之初,厦门市政府便在充分调研基础上进行了总体规划,确立了以人为本、以居民健康为中心的基本原则,确立了实现卫生部门信息化、整合化的目标。截至目前,“市民健康信息系统”按照顶层规划、分步实施、先易后难、逐步整合、不断完善的实施原则,已经经历五期建设工程,逐步走向完善。

第一期(2005 年—2006 年):统一电子身份识别,完善基础信息建设;规划设计市民健康档案结构,建立市民健康档案测试平台(包括部分医院、部分社区服务中心及其他医疗机构)。

第二期(2006 年—2007 年):正式建立市民健康档案平台,并进一步推广应用,尽可能加入所有的医院、社区服务中心及其他医疗机构,实现集中管理与索引,提供健康的档案的查询和访问服务。

第三期(2007 年—2008 年):升级市民健康档案结构为电子病历平台,加入更丰富的信息,使之能够满足医疗、管理的需求。

第四期(2008 年—2009 年):完善市民健康信息系统结构,优化软件流程。

第五期(2009 年—2010 年):在前期建设的基础上,结合新医改方案要求,进一步完善系统方案的总体设计,提升系统质量。①

(3)惠及面广,多方共赢。

该项目惠及面之广属国际国内首创。截至 2010 年 1 月 16 日,厦门“市民健康信息”系统已覆盖厦门市 95% 以上的医疗卫生机构,并为厦门市一半以上的常住人口建立了个人健康档案(约 130 万份)。

该项目是一项百姓、医院、政府多方共赢的项目。首先,对居民来说,通过医疗保健信息共享,就医无须携带以前的有关纸质记录,方便了就诊,也避免了重复检查和重复开药,降低了就医费用。据统计,自系统投入运行至 2010 年 1 月 16 日,仅诊疗结果共享一项就已经为市民节约重复检查、拍片、冲洗、打印等费用约 5000 多万元。与此同时,就医更加容易、方便、快捷。网上预约、电话预约、短信预约使就诊更加容易,挂号、就医等候的时间大大缩短。其次,对医疗卫生机构来说,通过医疗保健信息共享,只需患者授权,医护人员便可实时调阅患者信息,及时了解患者病史和诊疗的整体情况,减少误诊和误治;医疗资源整合有效提高了社区医院和镇卫生院的就诊人数,分流了三级医院的医疗压力。再次,对政府来说,通过医疗保健信息共享,尤其是检查、检验信息的共享,提高了卫生资源的使用效率,降低了政府和医疗机构对大型设备重复投资造成的浪费;提高了政府对医疗机构和公共卫生情况

---

① 《厦门市财政性投资信息化项目建设方案·厦门市民健康信息系统》,厦门市信息产业局,2009 年 7 月。

的监管能力;创造了就业机会和商业机会,催生了更多的第三方服务机构;有效提升了政府形象,提高了政府威望。

(4) 先进性和节约性并存。

目前,卫生信息化已经成为世界众多发达国家和地区的重要战略方向,众多发达国家和地区不惜重金建设本国的卫生信息化网络。

美国前总统布什在2004年众议院的年度国情咨文中专门强调医院信息系统建设,要求在10年内确保绝大多数美国人拥有共享的电子健康记录。2009年,新一届奥巴马政府提出在未来5年投入500亿美元用于医疗卫生信息化建设,先期投资200亿美元用于发展电子健康档案信息技术系统。目前,美国印第安纳州卫生信息交换系统是美国仅有的几个能够提供慢性病和预防性健康服务的卫生信息交换系统之一。

加拿大联邦政府于2000年9月注资成立了名为Infoway的非盈利性机构以促进卫生信息网络的建设。自2002年起,Infoway投资12亿加元开发区域卫生信息共享基础架构,推动地方卫生信息化,计划于2009年为50%的加拿大人口建立电子健康档案,于2020年覆盖全国。2007年,Infoway出版了《电子健康档案蓝图》一书,这是加拿大政府为实现上述目标所制定的纲领性文件和路线图,连同它的构件库成为Infoway集大量人力、物力、财力奋战8年后产生的最重要的产品。

英国政府于2003年底到2004年陆续与多家跨国卫生信息化巨头签署了为期10年、总金额逾60亿英镑的合同,拟搭建一个全国性的卫生信息网,从而实现患者可以选择并预定医院服务、获取自身的电子病历档案并办理出院手续等;医生可以实现包括电子病历、网上预约、电子处方、医学影像共享及远程医疗咨询等。目前,该全国性卫生信息网已经取得阶段性成果,成为欧洲国家级卫生信息化建设的典型代表。①

日本政府于2001年投入200亿日元资助电子病历系统的安装实施,2003年投入250亿日元资助区域化电子病历的实施,2004年投入15亿日元支持电子病历基本数据集等标准化活动,2006年投入8800万元对拟在全国推广的静冈县电子病历系统进行升级并免费在全国推广。截至2004年,日本12%的400张床以上的医院和3%的诊所已经实现了无纸化的电子病历。②

与其他发达国家相比,厦门"市民健康信息系统"先进性和节约性并存的特点尤为突出。厦门"市民健康信息系统"不但已经付诸实施,且已经覆盖全

---

① 《基于健康档案的区域卫生信息平台建设指南(试行)》,卫生部信息化工作领导小组办公室,2009年5月。

② 黄如欣:《区域卫生信息化建设实践》,人民卫生出版社2009年版,第10页。

市95%以上的医疗卫生机构,并为厦门市一半以上的常住人口建立了个人健康档案(约130万份)。与此同时,截至目前,厦门"市民健康信息系统"耗资仅为3300万人民币。

(5) 可持续性和可推广性强。

首先,从身份识别和系统开放性两方面来讲,厦门"市民健康信息系统"具有很强的可持续性。一方面,厦门"市民健康信息系统"以社会保障卡作为唯一的身份识别标志,社会保障卡具有唯一性,不仅在厦门市范围内能唯一标识个人身份,而且加上厦门市的识别码在全国范围内也能唯一标识个人身份,与此同时加上中国的识别码又可在全球范围内唯一标识个人身份。另一方面,厦门"市民健康信息系统"建设之初就考虑到了系统的可持续性及将来与其他信息系统的对接问题,因此系统设计之初就充分考虑到了其开放性、可扩展、可升级、可与新的业务子系统无缝或很好对接的问题。

其次,厦门"市民健康信息系统"具有很强的可推广性,在打破医疗机构间行政壁垒的情况下,地方政府只需视自身能力购买与健康系统匹配的相应软件(注:厦门"市民健康信息系统"软件可免费提供给其他地方政府)便可移植厦门"市民健康信息系统",免除了重复开发、试验、探索和改进的过程。

四、影响与挑战

厦门"市民健康信息系统"是卫生信息化领域的一项重大创新,引起了社会各界和各级领导的广泛关注,得到了温家宝总理、李克强副总理、刘延东国务委员等领导的批示;《人民日报》、《光明日报》、《经济日报》、《科技日报》、中央电视台《新闻联播》、《焦点访谈》、《军事新闻》、中央人民广播电台、人民网、新华网等国内权威媒体对其进行了深度报道;财政部、卫生部、科技部等部委领导,昆山市、乌海市、都江宴市等市领导,河南省卫生厅、福建省卫生厅、福建省数字办、成都市卫生局、广东省卫生信息中心、广州市卫生信息中心等相关单位负责同志,先后到厦门考察调研。

与此同时,与所有的创新一样,厦门"市民健康信息系统"在实践中也遇到了一些实际问题,需要进一步思考和探讨。

(1) 电子签章的合法性问题。

随着网络信息技术在医疗卫生行业的广泛运用,电子病历、电子处方、电子申请、电子报告等已在全国许多医院应用。但医疗人员在诊疗过程中的电子签章的法律性质、法律效力问题还有待进一步探讨。目前,我国不承认医务人员电子签名的法律效力，因此多数医院采取内部电子签名，对外发出的文书采取打印后手写签名的办法，电子病历则普遍采取病人出院后打印一份签名后归档的方法。

（2）隐私保护的法律依据问题。

现行体制下出于对居民隐私的尊重，基于居民健康档案的区域卫生信息系统把隐私设定与居民健康档案开放程度的权利交给居民个人，因此可能出现居民刻意隐瞒某种健康问题而误导医生诊疗活动的情况。由于患者刻意向医生隐瞒病情、误导医生诊疗活动所导致的医生误诊的法律责任问题还需法律正式规定。

（3）远程医学行为的责任问题。

远程医学是随着网络信息技术和数字医学设备的飞速发展而形成的新兴学科。其中不少行为涉及法律认可和规范，如通过网络和数字视频进行的远程医学检查、检测、诊断和治疗行为，目前尚无法律认可。目前的解决方案是，远程医疗活动中远端医疗专家所做出的各种诊疗建议均属建议性质。至于远端专家的意见或建议是否采纳则属于近端专家的决定权限，与此相对应，采纳后的法律责任亦由近端医疗机构和当事医务人员承担。但这仅是权宜之计，亟须法律规范适用的长效机制。①

（4）经济利益分配问题。

区域卫生信息化使医疗资源共享成为现实，不仅使居民在社区医院就能享受三级医院的高端设备和高级检查服务，而且对于缺少高级设备的基层医院或社区发展也具有十分重要的意义。但是对于跨地区、跨部门、跨行业、跨系统的医疗机构来说，检查费、检验费由谁来收，如何分配等问题，都是十分重要的问题。在厦门，由于市政府及时采取强力措施，从体制和机制上进行重大改革，对医疗卫生资源进行重大重组，将社区医院捆绑给三家医院，使这些问题不太突出。但是在其他许多地方的实践中此问题十分突出，甚至因此而导致系统不能运行，严重影响病人的利益和区域卫生信息化的展开。另外，区域内居民检查检验结果共享固然能节省居民的费用支出，但减少重复检查和治疗的直接后果之一是最后接诊医疗机构收入的减少。在经济利益驱动下，区域共享居民健康档案势必遇到很多阻力。②

---

① 黄如欣:《区域卫生信息化建设实践》，人民卫生出版社 2009 年版，第 163 页。

② 同上

五、结论

厦门"市民健康信息系统"是以人为本的民生建设的重大举措,是医疗卫生系统的一次信息化革命,如果能在全国推广,不仅能极大地方便百姓就医,有效提高医疗卫生资源的利用率,逐步缓解人民反响强烈的"看病难、看病贵"问题,而且将显著提高政府应对突发公共卫生事件的能力,提高政府的社会管理能力和监管能力,促进社会的和谐与稳定,加速实现医疗卫生现代化。

重庆市黔江区农村卫生管理体制创新案例分析报告

□闫　健*

1977年5月,在第30届世界卫生大会上,世界卫生组织确立了各国政府应在"2000年实现人人享有卫生保健"的目标。作为对这一世界性共识的确认,中国政府于1986年明确承诺,要在2000年确保人人享有卫生保健。然而,近30年来中国社会的急剧转型却使得这一目标难以在预期内实现。一方面,30多年的市场化改革占据了中国政府的议事日程,社会领域的改革迟迟得不到推进;另一方面,经济改革带来了国家与社会以及政府间关系的重新调整,中国社会的治理结构正在发生深刻的变化。在权力、社会和市场之间的关系尚未完全确定的情况下,卫生管理领域的改革显然难以取得根本突破。

由此造成的后果,就是我国卫生管理体制的长期滞后,难以适应深刻而复杂的社会变迁。特别是在农村,公共卫生体系的衰落以及医药成本的几何式增长,使得广大农民不堪重负,在某些地区甚至造成了"治理危机"。农民占我国总人口的近60%,能否使他们享受到基本的医疗卫生服务直接关系到我国社会的稳定以及改革的成败。这也是各级政府必须承担的社会责任。

2000年以来,重庆市黔江区在构建农村医疗卫生网络、提高乡村卫生机构能力以及改革农村卫生管理体制方面迈出了坚实的步伐,被誉为发展农村

---

* 闫健,中央编译局助理研究员,主要研究方向为当代中国政治。

卫生事业的“黔江经验”。通过分析其改革的动力、过程和结果,本文试图加深我们对中国农村卫生管理体制改革的理解。

一、问题的提出

现代国家的一项基本职能就是为其居民提供基本的医疗卫生服务。可以说,一国居民医疗保障程度的高低一定程度上反映了该国的现代化水平。近代以来,中国的现代化进程虽屡受中断,但最终还是缓慢前行。1949 年中华人民共和国的成立,掀开了中国现代化进程的新篇章。

新中国不仅确立了基本的现代国家架构,而且通过农村合作医疗制度为广大农民提供了基本的医疗服务。1959 年 11 月,在山西稷县召开的全国农村工作会议上,农村合作医疗制度得到了肯定,并于 60 年代起在全国推行。然而,农村合作医疗制度在全国的真正普及却是在“文革”期间。1968 年,毛泽东批示了湖北省长阳县乐园公社办合作医疗的经验,称赞“合作医疗好”,于是这一制度在全国农村迅速推广。[①] 农村合作医疗制度迅速改变了我国农村医疗卫生的落后状况,极大地提高了农民的医疗保障水平,并引起了国际社会的广泛关注。联合国妇女儿童基金会在 1980—1981 年年报中指出,中国的“赤脚医生”制度为落后的农村地区提供了初级护理,为不发达国家提高医疗卫生水平提供了样本。世界银行和世界卫生组织把我国农村的合作医疗称为“发展中国家解决卫生经费的唯一典范”。

到了 20 世纪 70 年代末,随着农村“去集体化”运动的开展以及人民公社制度的终结,中国农村的合作医疗制度日渐衰落。当时,公社卫生院的运行在很大程度上依赖于社队财务的支持,而大队卫生室则几乎完全靠集体经济维持。集体经济的解散和人民公社的瓦解使其失去了存在的根本。通过分析安徽凤阳县 1949—1983 年的档案材料,朱玲教授认为,合作医疗制度实际上在公社最稳定的时期就难以为继,它的衰落是自身缺少制度可持续性的结果,“第一是财务制度不可持续,资金来源有限但支出却没有控制。合作医疗垮台的第二个主要原因,是干部和社员在享受医疗保健服务中的不平等……当收入分配机制随着农业生产家庭承包制的实施而发生变化的时候,合作医疗费的筹集在大多数村庄那里就成了难以逾越的关隘,因而使得衰落下去的制度未能再度崛起。由此可以得出结论,虽然合作医疗制度的瓦解并不取决

---

① 朱玲:《政府与农村:基本医疗保健保障制度选择》,载《中国社会科学》2000 年第 4 期。

于公社的解体,而是其内在运行机制的缺陷使然,但它的迅速推广和普及却是以集体经济组织的存在为前提的"[①]。

中国农村的改革使得本就运转艰难的合作医疗制度,更是失去了存在的根基。同时,随着经济改革的推进,国家权力从经济社会事务中逐渐收缩,这也使得国家没有能力在农村维持一个庞大的公共医疗体系。由此导致了乡村卫生部门的商业化倾向。正如黄佩华指出,"由于预算资源萎缩,同时政府又不愿意裁减服务机构或员工,唯一的解决办法就是允许地方政府及服务机构通过向用户收费和创造性地使用资源来寻求额外收入……政府间财政体制'断裂了',其含义是它不再能够支持国家政策的实施:中国的体制要依靠地方政府来执行社会政策,却没有相应的机制来确保地方政府拥有足够的财力,以完成指定的任务"[②]。到 90 年代末,全国大多数村卫生室已经转变为个体诊所,大多数乡镇医院经营困难,举步维艰。由于作为农村卫生经费主要来源的县、乡两级财政日益困难,政府财政预算补助又主要用于解决县、乡卫生机构离退休人员工资,用于卫生机构开展业务和改善服务设施的资金则十分有限,乡村卫生机构的正常运行几乎全靠自身业务收入解决。

农村医疗卫生服务保障体系的缺失,直接影响到农民所享受的医疗服务水平。1991—2000 年,占中国总人口 60%—70% 的农村人口,每年只消耗了大约 32%—37% 的卫生总费用。以 2000 年为例,农民人均卫生总费用为 188.60 元,城市居民人均卫生总费用为 710.20 元,前者仅为后者的四分之一。[③] 同时,我国农村卫生费用中政府、社会和个人卫生投入的比重在 1991—2000 年间发生了重大变化。政府农村卫生投入比重由 12.54% 下降到 6.59%,社会卫生投入从 6.73% 下降到 3.26%,而同期农民的个人支出从 80.73% 上升到 90.15%。[④] 乡村卫生机构商业化的倾向,导致农村医疗卫生成本几何级上涨,极大地加重了农民的负担。许多农村出现了"因病致贫"、"有病不医"的现象。

以黔江为例。首先是乡村卫生服务机构经费的匮乏。1999 年,黔江区卫生事业费用仅为 517.18 万元,卫生事业费用占该区财政支出的 1.46%,而全国同期水平为 1.79%。[⑤] 乡村两级卫生服务机构在相当程度上失去了相应的财政支持。其次是乡村卫生服务机构的衰落。2000 年,黔江区乡镇卫生

---

① 朱玲:《政府与农村:基本医疗保健保障制度选择》,载《中国社会科学》2000 年第 4 期。

② 黄佩华:《中国能用渐进方式改革公共部门吗?》,载《社会学研究》2009 年第 2 期。

③ 李卫平、石光、赵琨:《我国农村卫生保健的历史、现状与问题》,载《管理世界》2003 年第 4 期。

④ 同上。

⑤ 穆迪、冯泽永、贺春香:《重庆黔江区乡村卫生服务管理一体化的经验及启示》,载《管理改革评论》2009 年第 7 期。

院专业卫生人员745名,远远超过人事局600人的编制。卫生人员年平均工资仅为4165.65元,没有相应的医疗保险。同年,黔江区乡镇卫生院收入总计1213.27万元,支出总计为1197.87万元,除去职工福利基金等款项后,实际亏损28.40万元。[①] 从总体看,黔江区乡镇卫生院三分之一名存实亡,三分之一濒临解体,三分之一勉强维持。有的卫生院因医技人员匮乏导致部分设备闲置,有的村庄因找不到合格的村医而无法设立村卫生室。再次是农村人口医疗卫生状况的下降。2000年,全国婴儿平均死亡率为22.2‰,黔江区为25.07‰;全国农村孕产妇死亡率为69.6/10万,黔江为176.88/10万。[②]

表1 重庆黔江区基本医疗卫生条件(2001—2009)

年份	卫生机构	卫生技术人员	床位
2001	76	1303	748
2002	39	1164	767
2003	37	1053	746
2005	37	1073	857
2006	37	1240	1097
2007	66	1644	1151
2009	71	1989	1452

来源:重庆市黔江区2001—2009年国民经济和社会发展统计公报。

2000年以来,在基本医疗条件欠缺并且财政收入有限的情况下,重庆市黔江区致力于重建乡村的医疗卫生服务保障体系(参见表1、表2)。如前所述,农村的"去集体化"运动以及国家投入的减少,使得乡村医疗卫生机构日渐萎缩退化。更为严重的是,由此而来的乡村医疗卫生机构的商业化倾向更是完全背离了其"公共性"的本意。通过实施卫生Ⅵ项目、卫生Ⅷ及其支持性项目、卫生X项目、妇幼"降消"项目、"母婴平安-120"项目和一批国债建设项目,黔江区极大地改善了农村地区的医疗服务状况。黔江区的经验表明,重建乡村医疗卫生服务保障体系的关键就在于提高农村医疗卫生服务机构[③]的能力的同时,确保其公共性。

---

① 穆迪、冯泽永、贺春香:《重庆黔江区乡村卫生服务管理一体化的经验及启示》,载《管理改革评论》2009年第7期。

② 同上。

③ 本文所指的"农村医疗卫生服务机构"仅包括乡镇卫生院和村卫生室。

表2　重庆市黔江区历年财政收入与卫生支出情况(1999—2009)

年份	财政总收入（亿元）	地方财政收入（亿元）	财政总支出（亿元）	卫生支出（亿元）
1999				0.13
2000	3.11			
2001	3.61	1.19	5.32	0.20
2002	5.02	1.42	6.54	0.22
2003	6.18	1.74	6.91	0.26
2004	7.55	2.19	7.92	1.28（文教卫生社会事业合计）
2005	8.58	2.44	9.05	0.1142
2006	10	3.04	10.75	
2007	12.99	4.65	13.59	增长82.3%
2008	17.45	6.83	18.66	0.48
2009	22.12	9.64	26.3	0.59

来源:重庆市黔江区2001—2009年国民经济和社会发展统计公报统计。其中,2001年数据为作者推算所得;2005年数据来源:《2006年区卫生局向卫生部副部长陈啸宏汇报卫生工作材料》,2006年9月29日;2008年数据来源:穆迪、冯泽永、贺春香:《重庆黔江区乡村卫生服务管理一体化的经验及启示》,载《管理改革评论》2009年第7期;2009年卫生支出数据由2008年数据推导而来。

二、能力

黔江区位于重庆市东南部,是2000年撤销原黔江开发区和原黔江自治县组建的新区,幅员2402平方公里,现辖6个街道、12个镇、12个乡,共有219个村(居委),总人口51.93万,其中农业人口占80%,以土家族、苗族为主的少数民族占总人口的72.8%,2008年农民人均纯收入3332元。2009年,全区共有乡镇卫生院24个、社区卫生服务中心6个、社区卫生服务站8个、村卫生室158个;乡镇卫生人员554人,村(居委)卫生人员361人。

为了重建乡村医疗卫生服务保障体系,黔江区首先致力于提高乡村医疗卫生机构的服务能力。如前所述,农村的"去集体化"运动以及国家投入的减少,使得乡村医疗卫生机构日渐萎缩,甚至失去了基本的医疗服务能力。为了改变这种状况,黔江区在以下方面进行了探索。

首先,优化资源配置,健全农村卫生服务体系网络。

长期以来,乡村医疗卫生服务机构不仅基础薄弱,而且分散,使得本就稀缺的卫生服务资源得不到集中有效地利用。为了改变这种局面,2002 年,黔江区在乡镇行政区划调整之际,按照“一乡一院”的原则,将乡镇卫生院由原来的50 多个调整为 30 个,保证每一个乡镇都有一所政府兴办的卫生院,同时把被撤销的乡镇卫生院改建为农村社区卫生服务站,实行“院管站”的管理模式。按照“一村一室”、“一室多点”的原则,根据调整后的村组建制,对村卫生室进行重新规划设置,共设置了村卫生室 182 个,服务人口较多的村卫生室还下设 1 至 2 个医疗点,尽可能满足农民群众就近就医的需求(参见表 3)。经过调整,黔江区较好地解决了乡村医疗卫生服务机构布局不合理和卫生资源利用率低的突出问题,以中心医院和中医院为主体的医疗服务体系、以区级预防保健机构为龙头的公共卫生体系、以乡镇卫生院为枢纽的农村卫生服务体系得到巩固和发展,基本建立了覆盖全区、辐射周边的卫生服务网络。

表 3　被调查住户距最近医疗点的时间

调查地区	时间构成			
重庆黔江区	<10 分钟	10 分钟	20 分钟	>30 分钟
	20.50%	27.17%	10.33%	42%

(资料来源:2008 年国家第四次卫生服务调查——黔江区卫生局提供)

其次,加快乡村医疗卫生服务机构的基础设施建设,改善农村卫生条件。

如前所述,乡村医疗卫生服务机构基础设施的落后,极大地限制了其医疗卫生服务能力的提高,制约了农村卫生事业的发展。2000 年,黔江区大部分乡镇卫生院房屋破旧、设备简陋,大部分村卫生室没有业务用房,乡村医生只能在自己家中行医,卫生服务提供能力低下。为此,黔江区通过向上争取项目、区财政投入、自行筹集等多种渠道,累计筹集近 2000 万元资金用于乡镇卫生院和村卫生室的基础设施建设。黔江区财政对乡镇卫生院配套建设按每个卫生院 25 万元的标准给予补助,对村卫生室业务用房建设按每村 5000 元的标准给予资金支持。

在乡镇卫生院基础设施建设方面,黔江区采取了“统一规划、政府补助、资金打捆、分步实施、一步到位”的办法。“统一规划”,就是在合理设置乡镇卫生院后,按照规范化建设标准和人性化服务的要求,编制《乡镇卫生院配套建设规划》,对每一个乡镇卫生院的业务用房、辅助用房、职工宿舍、院内环境和仪器设备都进行详细规划,明确了建设规模和资金来源,统一了功能布局和设计要求;“政府补助”,就是区财政对每个乡镇卫生院配套建设给予专项补助;“资金打捆”,就是区政府把项目资金、财政补助、扶贫资金、民族资金和转向资金集中起来,由区卫生局统筹安排,集中用于乡镇卫生院配套建设;“分步实施”,就是按照轻重缓急,统一安排建设时间,分年度实施 30 个乡镇卫生院和街道社区卫生服务中心配套建设；“一步到位”，就是根据乡镇卫生院的功能定位和实际要求，业务用房、辅助用房、职工宿舍、院内环境和基本医疗设备综合配套，建设一个、完善一个、搞活一个。截至 2007 年，黔江区已有 21 个乡镇卫生院和街道社区卫生服务中心完成配套建设，占总数的 70%；同时，所有的乡镇卫生院、街道社区卫生服务中心都拥有了 X 光机、心电图机、B 超机和下腹部手术设备、一般检验设备等基本医疗设施。

在村卫生室业务用房建设上，黔江区按照诊断室、药房、注射室、观察室和治疗室“五室分开、配套齐全”的要求，统一设计建设图纸，区别不同情况采取了 3 种投入和建设方式。一是“村医出资、政府补助”，以乡村医生投资为主，区财政给予补助；二是村卫生室与村委会活动室合并修建，建设经费主要由区财政投入；三是由乡村医生、乡镇卫生院和政府共同投资建设。不论采取哪种投入和建设方式，新建的村卫生室产权一律归公，乡村医生投入的资金实行“逐年折旧、离任退款、滚动运行”。截至 2007 年，黔江区已有 150 个村卫生室完成业务用房建设，占村卫生室总数的 95%。

乡镇卫生院配套建设和村卫生室业务用房建设工作的开展，极大地改善了农村医疗卫生条件。完成配套建设的乡镇卫生院基础设施有了明显改善，卫生服务能力显著增强。新建的村卫生室使乡村医生从家中搬了出来，有了固定的工作场所，有力地促进了村卫生室的标准化、乡村医生的职业化以及乡村卫生服务管理的一体化建设。

再次，加快卫生信息化建设步伐。

加快卫生信息化建设对规范医疗服务行为和提高医疗服务透明度，尤其是规范新型农村合作医疗管理体制，都十分重要。2004 年，黔江区指定了《卫生信息化建设规划》，明确了建设目标和思路。2005 年，覆盖全区所有乡镇卫生院的光纤网络、视频会议系统、新型农村合作医疗信息系统和自动化办公系统相继开通。2006 年，全区乡镇卫生院拥有的微机数量超过了 200 台，乡镇卫生院实现了参合农民就诊信息的实时录入，乡镇卫生院管理、疾病控制、妇幼保健信息系统、卫生综合信息平台启动建设。同时，信息网络逐渐向村卫生室延伸，49 个村卫生室装备了微机。卫生信息化建设取得的突破，为创新农村卫生工作运行管理机制、加强农村卫生服务监管以及增强乡村医疗卫生服务机构能力建设奠定了基础。

最后，拓展农村医疗卫生人才培养模式，提高医疗卫生服务人员素质。

2000 年，黔江区卫生队伍的整体素质较差，乡镇卫生院职工素质尤为低下，无学历、无职称的“双无人员”所占比例达到了 58.6%，成为制约农村卫生事业发展的瓶颈。为此，黔江区采取了一系列措施加强人员培训和人才培养。一是立足实际，制定了大规模人员培训规划，将规划细化到年度，落实到单位和职工,并把规划实施情况纳入年度目标管理。二是建立了人才培养基金,从区级医疗单位和乡镇卫生院的业务收入中,每年提取3%—5%作为人才培养基金,同时从农村卫生事业费中预算安排专项补助经费,集中用于人员培训和人才培养。三是拓展人员培训和人才培养模式。有计划地选派人员到上一级医疗卫生单位进修、学习,提高业务技术水平。建立了乡村医生培训制度,采取脱产培训与远程培训相结合的办法,每月25日定期通过视频会议系统召开乡村医生培训会,每年举办2期乡村医生脱产培训班,努力提高乡村医生素质。同时鼓励乡镇卫生人员接受中专、大专学历教育。四是认真实施"万民医师支援农村"工程,建立健全了区级医疗卫生单位对口帮扶乡镇卫生院制度、区级医疗卫生人员晋升中高级职称前到乡镇卫生院服务制度。到2006年底,全区先后举办各种专题培训120余班次,有460多人到上一级医疗卫生单位进修,乡镇卫生人员人均接受培训12次以上。550名乡镇卫生人员中,112人通过学历教育取得大专以上学历,415人取得中专学历,"双无"人员所占比例降到了5%以下。[①]

综上所述,黔江区通过加大对农村医疗卫生事业的投入,改善了广大乡镇卫生院和村卫生室的医疗卫生条件,提高了农村医疗卫生服务机构的服务能力。随着农村医疗卫生服务机构服务能力的提高,广大农民更愿意就近到乡镇卫生院和村卫生室就医,乡镇卫生院和村卫生室也得以发挥其对农村地区的基本医疗服务保障作用,整个农村医疗卫生服务机构呈现了复苏的迹象(参见表4、表5、表6)。

表4 黔江区乡镇卫生院的复苏(2000与2005)

年份	门诊人次	住院人次	业务收入	平均年工资	药品收入比例
2000	84.1万	4925人	897万	4166	76.22%
2005	107.8万	15669人	2460万	15774	63.22%

数据来源《2006年区卫生局向卫生部副部长陈啸宏汇报卫生工作材料》,2006年9月29日。

表5 黔江区两周患病就诊单位分布

调查地区	两周就诊人数	就诊单位构成(%)						
		私人诊所	村卫生室/站	乡镇卫生院/社区中心	区医院	区中医院	市级医院	其他
黔江	210	19.52	40.48	32.86	6.19	0	0	0.95

(资料来源:2008年国家第四次卫生服务调查——黔江区卫生局提供)。

① 黔江区卫生局:《农村卫生事业改革与发展的黔江经验》,2007年5月8日,未刊稿。

表 6　黔江区住院病人住院医疗机构的分布

调查地区	调查住院人数	机构分布(%)					
		卫生院/社区中心	区医院	中医院	市级医院	市中医院	其他
黔江	178	62.92	30.34	3.37	2.24	0	1.12

(资料来源:2008 年国家第四次卫生服务调查——黔江区卫生局提供)。

农村医疗卫生服务机构能力的提高,在重建农村医疗卫生保障体系方面迈出了第一步。然而,更为重要的是,如何为农村公共医疗卫生服务机构提供适当的激励,使其得以发挥基本的医疗保障职能。政府对农村医疗卫生事业的投入确保了农村医疗卫生服务机构的基本运行以及能力的提高,但是,如果没有适当的激励机制,农村公共医疗卫生服务机构不仅难以有效为农民提供医疗服务,反而会成为政府的财政负担。因此,为农村医疗卫生服务机构提供适当的激励,便成为农村卫生资源有效运转的关键。

三、激励

在为农村医疗卫生服务机构提供适当激励方面,黔江区进行了如下改革。

首先,改革院长任用制度。黔江区对乡镇卫生院院长实行了院长竞聘制、任期目标责任制和薪金激励制管理。全区乡镇卫生院院长和社区卫生服务中心主任通过公开招聘竞争上岗。院长受聘上岗时,与区卫生局签订任期目标责任书,每年进行年度考核,任期届满进行综合考核,依照考核结果决定去留。

乡镇卫生院院长年薪,由基本薪金、绩效薪金、奖励薪金三部分构成。中心乡镇卫生院院长的基本薪金为每月 700 元,普通乡镇卫生院院长的基本薪金为每月 600 元。基本薪金标准原则上每 4 年调整一次;乡镇卫生院院长的绩效薪金,以全区乡镇卫生院职工现行档案工资总额减去岗位工资总额后的平均数作基数,根据对工作业绩指标的百分制量化考核结果确定(参见表 7、表 8)。考核得分在 60 分以下的,不享受绩效薪金;考核得分在 60 分以上的,按基数的 1—3 倍享受绩效薪金;工作表现优异、绩效特别突出的,可按基数的 4 倍享受绩效薪金;奖励基金则根据经营成效指标的百分制量化考核结果,结合乡镇卫生院院长的工作业绩、经营结余等情况,由区卫生局审定。黔江区规定,经营成效指标考核得分在 70 分以下的乡镇卫生院院长,原则上不享受奖励薪金。

表 7 乡镇卫生院院长工作业绩指标

公共卫生工作指标 40 分	免疫规划接种调查吻合率(7 分);结核病人转诊率(3 分);居民健康知识知晓率(3 分);慢性病规范管理率(2 分);孕产妇系统管理率(4 分);儿童系统管理率(4 分);孕产妇住院分娩率(5 分);报告传染病发病率(5 分);视频行业和公共场所从业人员健康证持证率(4 分);农村家庭宴席卫生规范化管理率(3 分)
基本医疗卫生服务指标 40 分	卫生服务质量(20 分);基本卫生服务满意度(5 分);基本卫生服务满足度(5 分);新农合医疗服务(10 分)
社会卫生管理指标 20 分	村卫生室建设情况(4 分);村卫生室人员管理情况(4 分);村卫生室药品管理情况(4 分);村卫生室新农合医疗服务管理情况(8 分)。

来源:重庆市黔江区卫生局:《关于印发乡镇卫生院院长年薪制实施办法(试行)的通知》,黔江卫发(2007)37 号。

表 8 乡镇卫生院院长经营成效指标

指标	分值
年度收支预算实现情况	35
职工工资增长情况	35
人均年度经营结余	30

来源:重庆市黔江区卫生局:《关于印发乡镇卫生院院长年薪制实施办法(试行)的通知》,黔江卫发(2007)37 号。

通过实行院长竞聘制、任期目标责任制和薪金激励制,黔江区真正转变了乡镇卫生院院长的激励结构,充分发挥了院长在经营管理中的核心作用,收到了“用好一个院长、搞活一个卫生院”的效果。

其次,改革乡镇卫生院人事制度。黔江区对乡镇卫生院职工,实行了全员聘用和“双末位淘汰”制度。2003 年,黔江区开展卫生事业单位人事制度改革,推行全员聘用制度,乡镇卫生院职工在全区范围内双向选择、竞争上岗,重新明确人事关系。这次人事制度改革共分流 193 人,其中辞职辞退 70 人,达到了优化人力资源配置、建立新型人事用工制度的目的。2004 年,黔江区又推行了“双末位淘汰”制度,每年对乡镇卫生院职工分类进行理论考试和工作考核,考试、考核结果处于全区末位的人员待岗 1 年,待岗期间参加学习培训,只享受基本工资,待岗期满重新竞争上岗。人事制度改革带来的竞争和压力,为乡镇卫生院职工提供了充分的激励。

对于乡村医生,黔江区明确了其对于乡镇卫生院的人事关系。黔江区将村卫生室定位为乡镇卫生院职能的延伸,村卫生室人、财、物由乡镇卫生院管理;乡村医生由乡镇卫生院聘用,但身份不变,不占用乡镇卫生院的人员编制;建立乡村医生绩效考核机制,并将考核结果与乡村医生的每月补助联系起来;统一乡镇卫生院对村卫生室的财务管理、药品管理、卫生服务管理,同时,乡镇卫生院还统一为乡村医生办理了农民工养老保险。这些措施有效地调动了乡村医生的积极性。

对乡村医生绩效考核项目参见表9。考核得分在90分以上的乡村医生为优秀,每月补助不少于180元;考核得分在70分及其以上者为合格,每月补助不少于140元;考核得分在60分以上者为基本合格,每月补助不少于120元;考核得分在60分以下者为不合格,不给予乡村医生补贴。

表9　乡村医生绩效考核表

考核项目	分值
乡村医生义务履行情况	20分
基本医疗卫生服务情况	30分
公共卫生工作情况	30分
参加培训和例会情况	10分
资料报告情况	10分

来源:重庆市黔江区卫生局:《关于印发黔江区乡村医生工作考核与补助办法(试行)的通知》,黔江卫医(2009)36号。

再次,改革乡镇卫生院分配制度。在分配制度上,黔江区积极探索个人收入与技术水平、工作业绩挂钩的分配方法,推行了岗位绩效工资制。乡镇卫生院职工工资分为两部分,即岗位工资和绩效工资。其中,岗位工资按照岗位的不同,固定为350至600元;绩效工资则与工作绩效挂钩,按照量化积分考核的结果确定,上不封顶、下不保底。绩效工资的推行,避免了处方金额与医生收入直接挂钩,体现了奖优罚劣、奖勤罚懒和兼顾公平的原则,进一步调动了职工的积极性。

同时,为了解除乡镇卫生院职工的后顾之忧,黔江区筹集资金解决了乡镇医院职工的医疗保险和养老保险问题。黔江区乡镇医院职工分别于2001年和2005年参加了养老保险和城镇职工基本医疗保险。养老保险和医疗保险经费由全区统筹解决,由区财政、乡镇卫生院和个人共同承担。其中,按规定应由乡镇卫生院承担的部分,后者只承担40%,其余60%纳入农村卫生事业费"定额"预算。

通过以上激励,乡村卫生服务人员的积极性被充分调动起来,农村医疗卫生保障体系也得以正常运转。但是,人们不禁要问:如何确保重建的农村医疗卫生保障体系真正服务于农民呢?为了保证农村公共医疗卫生机构的公共性,黔江区在加强监管方面进行了一系列探索和改革。

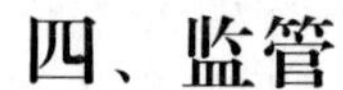

四、监管

如前所述,基本的医疗卫生服务是现代国家应当为其公民提供的公共品,其基本特征就是其公共性。与此同时,由于我国的现代国家建设过程仍未完成,在现阶段,国家尚没有足够的财力为全体公民提供免费的基本医疗服务,因此公共医疗卫生服务机构必须通过收费来维持自身的运转,表现出一定的盈利性。那么如何协调公共医疗卫生服务机构的公共性与盈利性之间的矛盾呢?特别是在农村,农民人均收入的低下(参见表10)使其更无法承受公共医疗卫生服务机构盈利性导致的医药成本的上升。

表10　黔江城乡居民年均收入差距(2002—2008)

年份	城镇居民人均收入	农村居民人均收入
2002	6000	1580
2003	7413	1716
2004	7881	1968
2005	8289	2129
2006	8824	2279
2007	9780	2828
2008	11132	3332

来源:2003—2009年黔江区人民政府工作报告。

因此,必须加强对农村公共医疗卫生服务机构的监管,才能有效遏制其盈利倾向的过分发展,保证其基本的公共性。在这方面,黔江区进行了以下改革。

首先,遏制医药费用的不合理增长。医药费用一直是农村公共医疗卫生服务机构营业收入的主要来源,也是加重农民看病负担的主要因素。在建立健全农村卫生服务体系、增强卫生服务提供能力的同时,黔江区加大了对医药收费的监管力度,探索建立了以单病种限额付费为核心的医药费用综合控制体系,遏制了医药费用的不合理增长。一是实行乡镇卫生院药品集中询价采购制度。在区卫生局的组织下,乡镇卫生院成立了药品集中询价采购联合体,按照最低价中标原则,每季度组织1次药品集中采购工作。每次采购前,临时成立集中询价采购小组,由乡镇卫生院院长轮流担任组长,工作人员由乡镇卫生院民主推荐。乡镇卫生院使用的所有药品和卫生材料全部纳入采购范围，卫生院财务不支付集中询价采购以外的任何药品采购费用。村卫生室药品由乡镇卫生院免费代购，并贴上“黔江区乡镇卫生院集中询价采购药品”标签。在采购价的基础上，采取顺价作价的办法，西药和中成药顺加15%、中药顺加20%，作为全区乡镇卫生院和村卫生室药品的统一零售价。[①]同时，将采购价和零售价全部向社会公开，从而控制了采购成本，降低了药价。

为了限制参加新型农村合作医疗制度农民的医疗费用，黔江区推行了单病种住院限额付费和单病种定额付费制度。参照《重庆市医疗服务收费标准》，黔江区制定了547种疾病的住院医药费用限额标准，医疗机构只能在最高限额以内收费，参合农民只需在最高限额内支付自付的医药费用。同时，区级医疗机构对31种常见病、多发病，实行了单病种住院定额付费制度。在医疗质量不降低和医药费用地域限额标准的前提下，定额付费标准采取公开招投标的办法确定，中标的医疗机构按承诺的定额标准收费，参合农民按定额标准承担自负费用。为了降低门诊的医疗费用，黔江区实施了月门诊次均处方费用限额制度，规定乡镇卫生院月门诊次均处方费用不得超过15元，村卫生室不得超过10元，乡镇卫生院观察病人临时输液的次均费用不得超过40元。各种限费措施的实施，极大地减轻了农民的医疗负担（参见表11、表12），黔江区农民参加新农合的积极性空前提高。

表11　次均门诊费用（黔江区与重庆市对比）

	2004	2005	2006	2007	2008	2009
黔江村卫生室次均门诊费	9.8	9.8	11.07	11.35	12.34	11.9
黔江卫生院次均门诊费	13.79	14.16	16.14	17.45	19.43	19.93
重庆市次均门诊费	21.2	21.9	27.7	29.8	31.2	35.1

来源：重庆市黔江区卫生局：《加大改革创新力度，推动农村卫生事业发展》（内部报告）。

表12　次均住院费用（黔江区与重庆市对比）

	2004	2005	2006	2007	2008	2009
重庆市均	928.5	952.8	995.9	962.9	1079.3	1264.8
黔江区	229.38	336.43	329.22	481.44	686.78	649.21

来源：重庆市黔江区卫生局：《加大改革创新力度，推动农村卫生事业发展》（内部报告）。

---

① 自2010年2月25日起，黔江区所有的药品均按采购价出售，实行“零差价”。见黔江区卫生局《关于基层医疗卫生机构药品零售价格的通知》（黔江卫发〔2010〕9号）。

其次,加强对乡镇卫生院财务监管。为了防止乡镇卫生院出现违规收费的现象,黔江区重点加强了对乡镇卫生院的财务监管。2007 年,黔江区被卫生部确定为全国 6 个实行乡镇卫生院收支两条线试点的区县之一。在试点过程中,黔江区重点加强了对乡镇卫生院的财务监管,其基本思路是:在乡镇卫生院人、财、物由区卫生局统一管理的条件下,黔江区在区卫生局设立会计核算中心,负责所有乡镇卫生院的财务会计事务。每个乡镇卫生院设立 1 名兼职报账人员,作为会计中心工作的延伸,负责所在乡镇卫生院的日常收支管理。乡镇卫生院账簿独立,会计中心设立专户,对各单位资金实行专簿管理,乡镇卫生院的收入按时缴存到乡镇卫生院会计中心,按照“乡财区管乡用”原则,严格实施对乡镇卫生院的财务监管。

再次,强化对日常医疗卫生服务的监管,提高卫生服务水平。黔江区大力推进临床诊疗规范,实施基本药物目录制度、双向转诊制度、院内感染控制制度、医疗过失和医疗责任追究制度,推进卫生服务质量管理的标准化、规范化。同时,黔江区建立健全了乡镇卫生院卫生服务质量评价体系,区卫生局每季度对乡镇卫生院进行 1 次卫生服务质量抽查,抽查结果作为乡镇卫生院年度综合考核的重要依据,并对乡镇卫生院院长实行“一票否决”。

最后,加强对新农合基金的监管。为了加强对新农合基金的监管,降低新农合基金的风险,2007 年 7 月黔江区在村卫生室开展了按人头支付参合农民门诊医疗费用补偿试点工作,并于 2009 年在全区范围内推广。人头付费基金补偿实行“一次预算、超支不补、结余归己”,按照全年总额预算包干、按月申报、按月拨付、按季考核、违规扣减的方式进行结算。在实际操作中,黔江区根据每个乡镇(街道)参合人数和前两年的人均门诊人次、人均门诊医药费用,核定服务数量、补偿总额,按人头支付门诊医药的补偿经费,以最大限度降低新农合基金风险(参见表 13、表 14)。

综上说述,通过能力建设、提供激励以及加强监管,黔江区在整合现有卫生资源、调动农村医疗卫生服务机构积极性的同时,切实保证了其公共性。黔江区农村卫生管理体制改革创新,提高了当地农民的健康水平,被誉为农村卫生事业改革与发展的“黔江经验”。

表 13　黔江区农民参加新农合比例

年份	比例
2006	76.6
2007	76.65
2008	82.5
2009	92.3

来源:重庆市黔江区 2006、2007、2009 年国民经济和社会发展统计公报统计。

表 14　2009 年 4—12 月黔江区各乡镇新农合门诊人头付费核定标准①

单位	参合人数	门诊人次	人头付费标准
城东街道办	7355	23212	25.8
城南街道办	14176	35021	29.9
城西街道办	10700	27745	30
正阳街道办	10160	30710	30
舟白街道办	16638	38240	27
冯家街道办	16957	39679	30
小南海镇	7777	16077	27.2
邻鄂镇	11350	28091	30
阿蓬江镇	23006	58642	29.5
石会镇	17147	51441	30
黑溪镇	19023	48167	27
黄溪镇	11689	27177	26
黎水镇	11621	27019	26
金溪镇	12081	51119	30
马喇镇	14358	48496	30
濯水镇	21159	49363	30
鹅池镇	10776	30340	30
中塘乡	14230	28816	27
蓬东乡	6733	15677	28.7
沙坝乡	13583	50617	30
白石乡	15514	46488	26.7
杉岭乡	8737	18253	27
太极乡	10713	24128	29.6
水田乡	5763	20006	30
白土乡	6706	21038	30
金洞乡	10204	26888	30
五里乡	10251	20201	27
水市乡	10533	27168	27
新华乡	9385	34416	30
石家镇	12189	34650	26.7
合计	370514		

来源：黔江区新型农村合作医疗办公室：《关于下达 2009 年新农合门诊人头付费标准的通知》（黔江合医办【2009】15 号）。

① 新农合门诊人头付费标准的核定公式为：人头付费标准 = 参合农民年平均门诊就诊人次数 × 年门诊次均费用 × 实际补偿比 × 系数。

五、几点反思

通过能力建设、提供激励以及加强监管,黔江区重建了乡村医疗卫生服务保障体系,并在一定程度上改善了当地居民的健康水平。黔江区农村卫生管理体制创新的经验表明,必须要在农村公共医疗卫生服务机构的盈利性和公共性之间保持适当的平衡。一方面,适当的盈利性对于农村公共医疗卫生服务机构自身的生存和发展至关重要,同时也有利于为其提供必要的激励;另一方面,公共性又是农村公共医疗卫生服务机构的本质属性,如果不能保持其公共性,农村公共医疗卫生服务机构将违背其设立的初衷。正是在这方面,黔江区进行了积极的探索和制度创新,较好地缓解了农村公共医疗卫生服务机构盈利性与公共性的内在张力。

从黔江区农村卫生管理体制创新案例的分析中,我们可以得到以下几点启示:

首先,国家应当进一步加大对农村医疗卫生事业的投入,尽早建立覆盖全民的公共医疗卫生保障体系。党的十七大提出了人人享有基本医疗卫生服务的战略目标,但是黔江的案例表明,经费不足仍是实现这一目标的最大难题。经费不足不仅使得农村公共医疗卫生服务机构丧失了基本的服务能力,更为严重的是,农村公共医疗卫生服务机构不得不通过提高药价和增加收费的方式来维持基本的生存。这样一来,就违背了农村公共医疗卫生服务机构的"公共性"初衷,加重了农民的看病负担。我们看到,黔江区主要是通过国际组织和外国政府的捐赠来重建乡村医疗卫生服务保障体系。但是,如果没有来自国家的更多投入,仅靠国际组织和外国政府的捐赠是无法保证项目的持续性的。全民公共医疗保障制度是现代国家必须承担的一项职能,这几乎已经成为世界各国的普遍共识。不仅西方发达国家,就是印度这样的发展中大国,都已经建立起来覆盖全民的免费公共医疗保障体系。① 在这方面,中央政府应当尽早下定决心,将财政资源倾斜到这些关乎"国计民生"和"社会安定和谐"的战略部署上来。

其次,应当逐步消除农村公共医疗卫生服务机构盈利性,使其回归"公共性"的本意。如前所述,盈利性与公共性之间的矛盾是当前农村公共医疗卫生服务机构面临的首要矛盾。以黔江区为例。对乡镇卫生院院长的考核既

① 关于印度全民免费医疗的基本情况,可以参见刘成军、张宜民、冯学山:《印度农村医疗保障体系发展现状及其对我国的启示》,载《中国初级卫生保健》,2009 年第 5 期。

有“工作业绩指标”,又有经营成效指标。前者要求卫生院院长关注公共卫生和基本医疗服务,而后者又要求卫生院院长关注乡镇卫生院的经营情况和职工工资收入的增加情况。这就使得乡镇卫生院院长实际上处于一种两难的境地。如何处理这种两难取决于不同选择的成本收益计算。在目前的制度安排下,理性的乡镇卫生院院长有很强的动机将经营收入和职工工资放到第一位,因为普通农民很难有制度渠道对乡镇卫生院的服务质量和水平进行评价,而卫生院职工的不满却很可能使得一个院长无法取得连任。因此,只有真正消除农村公共医疗卫生服务机构的盈利性,其“公共性”才能得到充分的彰显。同时,为了保持医疗卫生服务质量,政府应当通过“购买服务”的方式,增加不同医疗卫生服务机构之间的竞争,鼓励“优胜劣汰”。黔江区的“公共医疗服务券”和“单病种定额付费”等机制创新,代表了他们在这方面的积极探索。

最后,应当保持对农村公共医疗卫生服务机构监管的有效性,防止监管为“关系网络”所稀释。中国社会的一大特征就是“关系网络”的盛行,特别是在基层的“熟人社会”,情况更是如此。“关系网络”可以降低单个社会成员的行事成本,但这却是以践踏规则和增加其他人行事成本为代价的。规则意识的缺乏将使整个社会陷入一种“不公平感”之中。仅就对农村公共医疗卫生服务机构的监管而言,“熟人关系网络”的存在完全可能使得监管者与被监管者之间形成“共生关系”而非“监督关系”,从而导致各项监管规则流于形式。因此,如何保持对农村公共医疗卫生服务机构监管的有效性,是摆在各级卫生行政部门面前的一个难题。

农民领到了养老金

——河北省青县的农村“合作养老制度”案例分析

□项国兰*

2008年5月,河北省青县在全国率先推行农村“合作养老制度”。农民领到了养老金。这种制度是在怎样的背景下建立起来的?这是一种什么样的制度?青县为什么能建立起这样的制度?有着怎样的效果、创新性、影响和意义?还存在哪些问题?本文拟就这些问题进行叙述和分析,以飨读者。

一、青县农村“合作养老制度”建立的背景

青县农村合作养老的背景要从两个方面谈,一方面是大背景,即我国现代化发展中人口现状及农村养老制度的建设情况;另一方面是青县农村养老的具体背景。

1. 我国目前农村养老现状和制度建设

(1) 我国目前农村养老现状。我国处于现代化中期。现代化的发展使我国人均寿命普遍延长。随着人均寿命的延长,人口老龄化问题日益显现。

---

* 项国兰,中央编译局研究员,研究方向:列宁思想、苏联问题、俄罗斯问题、当代俄罗斯的马克思主义。

到2007年底,我国60周岁以上的老年人口已经达到1.53亿,占总人口的11.6%。我国老龄化的特点,一是速度快。65岁以上老年人占总人口的比例从7%上升到14%,这样的比例发达国家大多用了45年以上时间,而我国只用27年就将完成。二是“未富先老”矛盾突出。发达国家是在基本实现现代化的条件下进入老龄社会的,我国则是在现代化中期、经济尚不发达的情况下提前进入老龄社会,现有经济和社会保障水平不足以应对来势凶猛的老龄化问题。在老龄人口中,农村超过1亿,高于城镇1.24个百分点。而农村参保老人中有政府补贴的只有1000多万人。农村老龄化问题成为我国人口老龄化中最为突出的问题。现存的城乡二元经济结构深刻影响我国社会保障体系的建设,缺乏制度化的社会保障,使农民的养老保障成为问题。

(2)我国养老制度建设情况。早在1986年,我国开始了农村社会养老制度的探索。1986—1992年,为试点阶段。当时的做法就是建立以个人缴费为主、集体和政府补助为辅的养老保险制度模式。1992—1998年,为推广阶段。1998年以后进入衰退阶段。由于农村社会养老保险制度中政府和集体应承担部分没有落实,农村社会养老制度因养老保险演变成“个人储蓄保险”而中断。1999年7月,国务院指出,目前我国农村尚不具备普遍实行社会养老保险的条件,决定对已有的业务进行清理整顿,停止接受新业务,有条件的地区应逐步向商业保险过渡。

随着我国社会经济的进一步发展,农村最低生活保障制度、五保供养等农村社会保障体系的建立,建立新型农村养老制度迫在眉睫。时隔8年后,再度提起农村养老问题。2007年全国两会和党的十七大提出“加快建立覆盖城乡居民的社会保障体系,保障人民的基本生活”,鼓励各地开展农村养老保险试点。中央政府《关于开展新型农村社会养老保险试点的指导意见》于2008年10月首次征求国务院有关部门、各省、自治区、直辖市劳动和社会保障厅的意见。《指导意见》提出的缴费办法是个人缴费、集体补贴和政府补贴相结合,基础养老金和个人账户养老金相结合的资金来源和制度模式。《指导意见》预计2009年9月1日在全国选择10%的县(市、区)启动试点。2020年前基本实现全覆盖。

实际上,在国家新型农村养老保险制度未出台前许久,各地已在新型农村养老保险制度模式、筹款方式等方面进行探索。比如“苏南模式”,苏南农村目前的老年保障模式是一种多形式并存的局面,其基本特征是“以家庭保障为基础,社区保障为核心,商业性保险为补充”。上海市农村也基本上属于这种类型。而浙江省一些地方,如余姚等地实行“个人缴纳,政府兜底”的办法。总体看,一些财力较强的地方新型农村养老制度进展顺利,财力较弱的地方则难出自己的养老模式。

河北省青县的财力不算强。2008年,青县在河北省县域经济实力排名由第42位上升到第35位。青县不论从财政收入,还是从农民纯收入在河北省乃至全国都属中等水平。可是他们却创造出自己的农村养老制度。

2. 青县农村的老年人养老现状及民生总体改善情况

(1) 养老现状。青县与全国一样,已进入老龄化社会。从现状看,绝大多数农村老人仍旧是“养儿防老”。但是现在家庭的储备能力有限,个人和家庭的风险承担能力薄弱。而随着社会经济转型,农村劳动力的流动性加大,一些青年农民的观念也在发生变化,致使家庭赡养功能弱化。还有,由于计划生育政策的成效,现在两个人要供养四个人的情况越来越多。总之,现在儿孙、土地的养老效用越来越弱,仅凭传统的道德约束已无法保障农村养老,家庭养老的压力将越来越大,传统的养儿防老面临严峻考验。随着商业保险事业发展和社会养老保险向个体私营经济扩张,个别经济条件好的农民和在企业打工的部分农民有了“养老金”,但是80%—90%的农民还是靠孩子养老。农村吃粮、菜不用花钱,可是孩子们每月给的几十元钱还是不够开销。而且这种钱不固定,有时孩子手头不宽裕,或者自己的孩子想给,而小家庭的另一方不愿给,老人还要看人家脸色,而有时遇到特殊情况,可能就不给了。多数农村老人日常开销窘迫,处于焦虑、无着状态。他们迫切渴望政府出台农村养老政策,能像城里人一样按月领取养老金。

青县县委、县政府体察到了农村养老面临的这种形势。

(2) 青县改善民生状况。21世纪以来,青县在村民治理和民生方面接连创造出“青县模式”,如2003年在全县推广的“青县村治模式”①,即“党支部领导、村代会做主、村委会办事”的制度。这种村治模式在后来包括合作养老在内的改善民生的一系列举措中发挥了组织、引导作用。2004年成立了贫困学生救助基金,对贫困学生进行资助,标准是每年小学阶段300元,初中阶段500元,高中阶段800元,大学阶段2000—5000元。此外,对一些特别贫困的学生还给予特殊照顾。他们的目标是:青县的孩子,一个都不能因为贫困而辍学。2005—2006年实行新型农村合作医疗和新城合②。青县的医疗保障制度实现了全覆盖。2007年青县建起了在全省乃至全国一流的敬老园,农村部

---

① 北京大学中国政府创新研究中心编辑的首部中国政府创新蓝皮书《和谐社会与政府创新》由社会科学文献出版社出版发行,在蓝皮书收录的16个典型案例中,“青县村治模式”成为中国政府创新典型案例之一。

② 在实施新农合过程中,他们注意到有一些下岗、无业居民,这些人既不是公务员,或事业单位工作人员,也没有农村户口,这个群体没有医疗保障。而国家政策暂时还没有顾及到他们。这部分人在青县大概有2万多。县委县政府经过测算,认为县财政能负担。于是就把这些人按照农村合作医疗标准包纳进来。

分生活无着老人入园。随着学有所教,病有所医、困有所帮及部分老有所养问题的解决,多数农村老人老有所养的问题凸显。

青县于2007年2月,先于两会和党的十七大,开始具体谋划实施农村合作养老政策。经过一年的研究、测算、讨论、论证、征求意见、修订,最终确定了青县农村"合作养老制度"方案。2008年5月8日,青县召开近千人参加的农村合作养老动员大会,会议标志着全县农民进入了"老有所养"的新纪元。

二、合作养老的具体做法

具体做法包括测算运行机制风险、制定具体政策制度、确定管理模式、规定工作程序、进行政策宣讲等。

1. 测算运行机制风险

上文谈到了青县的经济实力和农民的纯收入情况。在测算运行机制风险过程中,他们充分考虑到政府和农民两方面的承受能力,力求制定出一套政府能够兜得住底,农民也能够接受的方案,甚至预测未来十几年的人口变化情况,以期建立一种长效制度。

(1) 入户采集现有农业人口信息。这项工作在全县349个村同时进行。《青县农村合作养老工作运行程序(试行)》要求,村级农村合作养老会(或村委会)负责对本村现有农业人口信息进行入户采集,不落一户一人,逐个按家庭关系填写《青县农村合作养老户籍登记册》。

(2) 方案论证。在摸清全县农业实有人数的基础上,对农村养老现在和未来17年的人口变化情况进行风险测算。据测算,到2024年,青县农业人口将由现在的33.34万人增至37万人,其中25—64周岁人口将由现在的18.6万增至21万,65周岁以上人口将由现在的2.85万增至7万。按照测算的人口基数,先后设计了十余套方案,在镇上、村里、网上公开征求意见。最终确定了包括农村合作养老机制、缴费年龄、缴费标准、领取年龄和领取标准的政策制度。

2. 制定合作养老具体政策制度

在制定具体政策制度时,他们确立了制度基本框架即合作养老及实施过程中要达到的三个目标:全县农业人口"全覆盖";政府财政在二次分配中向农民倾斜,农民没亏吃,有光沾;制度体现公开、公平。

(1) 青县农村合作养老的机制。青县农村合作养老包括五个方面:一是政府与农民合作,即设立农村合作养老基金,农民群众按规定缴纳参合基金,县财政每年根据实际参合人员数量予以资金补贴①,按目前我国平均寿命73岁计算,财政给参合人员平均每人补助6000元。越高于平均寿命者受益越大。二是村民之间合作。以行政村为单位进行整体审核确认,只有全村参合率达到80%的规定标准,村民才能加入合作养老。如果经过审核认定全村整体参合率低于80%,全村人都不能加入合作养老。已参合的村在以后年度应始终保持80%以上,整个参合率达不到80%时,自当月起取消该村直接受益者的受益资格。三是家庭成员之间合作。制度规定年龄达到65周岁(含65岁)以上老人,可以缴纳100元注册费,免缴参合费而直接受益,但是条件是其适龄子女、孙子女及其配偶(户口在本村的)全部参合。如果老人的上述亲属中有一位不参加农村合作养老,那么老人也不能直接享受农村合作养老金。四是参合人员之间合作。青县合作养老采取的是联合会管理模式,县、镇两级设立农村合作养老联合会,村级设立合作养老会,所有参合人员都是联合会会员,彼此之间平等合作,共同参与合作养老政策的制定与修改,共同实施对农村合作养老基金的监督管理,共同维护参合人员的合法权益等。五是全社会多元合作。《青县农村合作养老社会捐赠办法(试行)》(以下简称《办法》)将农村合作养老社会捐赠活动作为一项长效机制来推行。《办法》提出了"组织捐赠"、"褒奖捐赠人"、"受助对象、标准和程序"、"捐赠资金管理"等措施,以保证社会捐赠的可持续性。

(2) 规定缴费年龄。《青县农村合作养老办法(试行)》规定,凡具有本县常驻农业户口,年龄在25—64周岁为适龄参合人员;具有本县常驻户口,年龄在25周岁以下者,如有参合意愿,也可参照25周岁人员缴费办法缴费参合,缴费额满即可;县外农业人口因婚姻新入本县或迁入人员,年龄在55周岁以下(含55周岁)且有不动产者,按本县常驻农业人口对待。

(3) 设定缴费及领取标准。缴费标准为3800—4800元②,可一次性趸交,也可按年缴纳。达到65周岁后年收益率不低于1200元。《办法》规定2008年5月1日为基准日,当日达到65周岁以上(含65周岁)并符合相应条件的,缴纳100元注册费即可直接受益,年受益标准不低于600元。《办法》在60—70岁之间设置了"利益缓坡",即60—64岁人员每增一岁,缴费降低200元;65—70岁人员每增一岁,增加100元。达到80周岁以上的老人,每年赠发一个月养老金。另外,《办法》对缴费中途死亡和中途退出者的资金和利

---

① 预计到2024年,县财政总共投入补贴2.55亿元,年补贴资金1500万,2007年青县财政收入是5.1亿元,本级可支配收入为1.7亿元。

② 2007年青县农民收入人均为4522元,2008年达到5030元,农民对3800—4800元的基金支付压力能够接受。

息都有相应规定。

3. 确定管理模式

青县农村合作养老采取的是联合会管理模式。联合会的性质是县委、县政府领导下参合农民自愿结合的组织。联合会的一切活动以国家相关法律、法规和本县农村合作养老政策为准，严格遵守《青县农村合作养老基金财务管理实施细则（试行）》的各项规定，接受人大、监察、审计及财政部门的监督检查，依照规定向县政府报告参合基金的管理和保值、增值等情况。

4. 规范工作程序

为确保参合工作质量，青县县委、县政府专门制定了《青县农村合作养老工作程序（试行）》（以下简称《程序》）。《程序》详细规定了每个工作环节的操作程序和具体要求，主要包括三个方面：

（1）把握住人口信息管理环节。全县 349 个村同时对现有人口入户采集，统一填报《青县农村合作养老户籍登记册》。乡镇经办机构会同乡镇派出所对各村呈报情况核准后，登记录入微机管理程序，随时调整增减人员信息。县经办机构对乡镇登记录入的户籍信息实施动态监控，不定期组织入户抽查，并于每年 12 月底，对全县人口变化情况进行汇总分析查找问题，拾遗补缺。

（2）掌握好参合审批环节。要求各村先进行民意调查，经本村合作养老会议（或村代会）讨论通过后，以《协商决议》形式向所在乡联合分会提出申请。经村级合作养老会议（或村代会）讨论并在全村公示后，报所在乡镇和县经办机构审核审批。缴纳养老金后得到的是乡镇联合分会开具的河北省财政厅监制的收款收据。

（3）严格基金拨付、收缴和发放管理环节。青县严格执行“收支两条线”的管理办法，制定《青县农村合作养老基金财务管理实施细则（试行）》，对包括基金预算、基金筹集、基金支付、基金决算、监督检查都有明确、详细、严格的规定。比如，县联合会必须于每年 12 月份编制报送本年度基金决算报告和下年度基金预算报告。每季度末向县政府报送下季度基金决算报告和下季度基金预算报告，每季度组织金融部门及各乡镇核对一次账目，每年年底进行一次综合审计。财政补贴资金的划拨、养老金的发放，必须经主管县长批准后实施。社会捐赠资金统一纳入民政局专户，然后再按程序发放。通过对以上各环节明确细化工作程序，从源头上保证养老基金会财务管理工作不出纰漏。

5. 搞好政策制度宣讲

在政策制度宣讲环节上青县提出了三个目标：一是让农民认识到，合作养老是政府掏钱搞的福利事业，向农民收取的基金和政府补贴资金全部用于发放养老金，不会被占用、挪用；二是让农民认识到，自己的本金连同利息能够 100% 保证收回来，而且在保本的前提下实现老有所养；三是让农民认识

到,合作养老与社会养老保险和商业保险有本质区别,引导农民主动参合。宣讲由县、乡政府和村委会通过多种媒体及各种手段进行:

(1) 县政府。青县县政府人事劳动与社会保障局对镇村干部、村民代表多次进行政策培训;印发了10余万张“明白纸”;连续在县电视台播放县长电视讲话、专家电视访谈、镇、村干部访谈等专题节目。充分全面宣传合作养老制度政策的好处,提高农民对该政策的了解程度。

(2) 镇政府。镇政府在县政府的工作基础上,深入到农民群众中进行政策宣传工作。一方面,加强对村长、村委会成员的宣传教育。另一方面,直接安排分配镇政府工作人员入村宣传,“分片包干”,使责任落到实处。

(3) 村委会。村级的宣传工作主要由村委会负责,采用村务会议、村中大喇叭、公示栏宣传,同时村委会成员挨家挨户宣传讲解,有威望、懂政策的老人在田间、街头随机宣传讲解。

三、青县合作养老的动因

按照亚里士多德的“动力因”说,动力是青县养老制度的制造者。前文我们谈到青县不论从经济发展,还是农民人均收入在全国都属中等水平,我们不禁要探究激励青县主动自觉去创建“合作养老制度”的动因和他们要达到的目的。动因从其构成看由内外因两部分组成。外因是近年来中央、省、市党委和政府都非常重视民生问题,把重点放在农村,连续几年的中央一号文件都是关于“三农”问题的。在统筹城乡发展、改善民生方面推出了取消农业税、推行新型农村合作医疗、取消农村中小学学杂费等惠民利民举措。下面看看青县合作养老动因中的内因及其要达到的目标。

1. 带着共产党人的情怀落实关注民生工作的职责

青县提出民生是最大的政治,解决民生是县政府义不容辞的责任。站在讲政治高度,县委、县政府有责任、有义务把农村合作养老工作谋划好、组织好、实施好,努力为农民“老有所养”建立保障。在青县县委、县政府执政理念中有这样一种认识,即党委在小心翼翼保护市场经济积极一面的同时,也要认清市场经济的负面,在社会治理和公共产品提供上尽量保证政策的公平,推进社会主义的公正与平等。这是党的领导干部的责任。“作为共产党的干部与普通官员是不一样的,我们不仅担负着政府官员的责任,而且在履行这种责任的过程中,还要尽量腾出时间和精力来履行作为共产党员的责任。”正是意识到共产党人的这份责任,他们动情地认为,在中国目前的城乡二元结构中，农村处于弱势地位，而农村的老人属于弱势中的弱势，他们将自己一生都给了社会，给了子女，老了就剩下贫病交加、孤独无助，生活得很没有尊严，而社会经济发展也并不会自发地有利于他们。自觉的责任意识和深切关注民生的情怀使青县要尽财政所能解决农民老有所养问题。

2. 实现公共财政向农村倾斜

农村合作养老是青县公共财政向农村倾斜的又一个新的尝试，以便让农民享受青县经济发展成果。与当前一些专家设想的“个人缴费为主、集体补助为辅、国家政策扶持”的农村养老保险运行模式相比，青县采取了政府直接投入的办法，通过政府补贴、个人缴费、社会捐赠相结合的方式，保证合作养老基金的正常周转，以确保制度的生命力与动力。

3. 最大限度地提高农民养老保障水平

随着商业保险事业发展和社会养老保险向个体私营经济扩张，个别经济条件较好的农民和在企业打工的农民有了养老金。但是，绝大多数农民没有养老金。农民最渴望的就是政府出台农村养老政策，使他们能像城里人一样按月领取养老金。青县的农村合作养老不影响农民参加商业保险和职工养老保险，同时还有利于调动和激发年轻人赡养老人的自觉意识，更重要的是让农民享受到按月领取合作养老金。这三种元素合并在一起，足以保证农民群众安度晚年。

4. 建设农民养老长效制度机制

在农村合作养老政策制定过程中，有人曾建议实行政府直接发放养老补贴的办法。青县经过调查研究认为，发放补贴属于临时性措施，不能从根本上解决问题，而且有随意性，今天张县长决定给补贴，明天李书记来了可能决定不给补贴，另外补贴也容易助长等、靠、要心理。而要真正解决农民老有所养问题就要从建立一种长效工作机制，建立依靠制度稳定运转的合作养老机制。

四、合作养老的创新性

青县农村合作养老的创新性主要体现在以下几个方面：

1. 养老方式创新

多元合作养老在全国属首创。当下在一些发达地区实施的社会养老是政府补贴为主，国务院《关于开展新型农村社会养老保险试点的指导意见》的规定是个人、集体与政府都出一部分。青县采取的是家庭成员之间、村民之

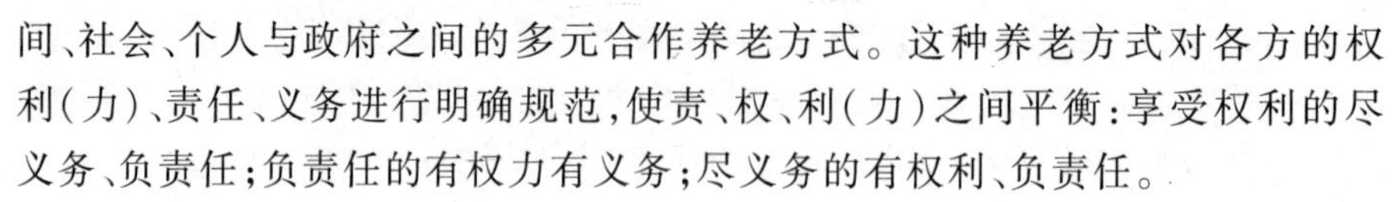

间、社会、个人与政府之间的多元合作养老方式。这种养老方式对各方的权利(力)、责任、义务进行明确规范,使责、权、利(力)之间平衡:享受权利的尽义务、负责任;负责任的有权力有义务;尽义务的有权利、负责任。

2. 管理模式创新

联合会式的养老金管理模式使参合人,甚至捐赠者,既是参与者,也是管理者,共同参与合作养老政策的制定与修改,共同实施对合作养老基金的监督管理,共同维护参合人员的合法权益。这种管理方式极大地激发了参合者、捐赠者的主体意识,调动起他们的积极性。

3. 制度运行前的风险评估和制度设计创新

青县在全国从农民人均年纯收入和县财政可支配收入看,属中等水平。考虑这两个实际情况,青县提出建立一种农民拿得起,政府兜得住,低水平、全覆盖的养老长效机制。他们对未来17年青县人口变化情况、农民的收入和县财政的收入进行风险测算、评估。按照测算的人口基数,结合农民和财政的预期收入,先后设计出十余套参合方案,并逐一进行可行性分析论证,最终确定了目前实施的方案。

4. 青县农村"合作养老"制度设计创新

制度创新表现为制度设计缜密、科学、易操作、可复制性强。《青县农村合作养老办法(试行)》在60—70周岁之间设置了"利益缓坡";规定缴费者年龄在25周岁以上,直接受益者年龄在65周岁以上;对县外农业人口迁入本县也都有规定。"利益缓坡"设计保证了公平、公正;25周岁以上则考虑实际就业情况,而65周岁以上则既有农村老人的实际体力考量,也有县财政实际能力的计算;县外迁入本县的相关规定体现了农村人口"全覆盖"。只要改变系数就能复制青县合作养老模式,则体现了易操作性。另外还制定了控制参合率下降条款、基金监督及责任追究条款等。这些缜密、科学的规定保证制度的稳定、长效运转。

5. 工作程序和基金管理制度创新

《青县农村合作养老运行程序(试行)》详细规定了每个工作环节的操作程序和具体要求。比如在人口信息管理环节上,要求全县349个村同时对现有农业人口信息入户采集,统一填报,建立各村合作养老信息库,对变动信息实时处理等。在工作程序上实现规范化。

《青县农村合作养老基金财务管理实施细则(试行)》严格基金运行管理,采取"收支两条线"的办法,对基金预算、筹集、支付等操作环节进行严格把关,确保不出纰漏;建立了内部审核、年度审计、责任追究、监事会监事、全体会员监督等制度,从源头上把关,确保了合作养老工作的正常运转。实现了基金管理制度化。

五、青县合作养老的效果、影响和推广

1. 青县农村合作养老的效果

效果表现为以下四个方面：

（1）实现了农村老人“老有所养”，解除了老年人的后顾之忧。2008年7月15日，开始发放养老金，首批11186名65周岁以上老人开始按月领取养老金，开启了青县农村养老事业的新纪元。截止到2009年9月，全县参合农民达160900人，到账基金10201.3万元，发放养老金2976.5万元，受益者达25142人。“过去花钱都是向儿女要，现在政府给咱钱，花起来有底气！”“政府的政策太好了，没想到，我们老了也能和城里人一样拿工资了！”“一年可以多领1200元钱，等于我又多了个孝顺儿子，今后腰板更直了，活得也更带劲了。”老人们这些质朴的语言足以表达出他们领到养老金时的兴奋、踏实心情和对未来生活的希望。

（2）减轻了年轻人的养老负担，年轻人自己年老时也有了保障，也增强了年轻人尊老敬老的自觉意识。

（3）改善了社会风气，增强了社会的和谐度。农村合作养老不单单是一项社会保障工程，也是一项社会道德工程和一项社会和谐工程。家庭、全村连带及社会捐赠的合作养老方式以制度的刚性规范了人们应恪守的尊老责任、义务和团结互助的公德，从而增加了家庭和社会的凝聚力，以制度的形式在全社会倡导形成尊老敬老的社会风气。通过合作养老这块“试金石”，可以看出哪个村的风气正，哪个村治理得好，哪个人孝敬父母，把道德显性化。将农村合作养老社会捐赠作为一项长期机制，采取经常性捐助和定期捐助相结合，集中捐助和分散捐助相结合的方式，最大限度地筹集社会捐赠资金。社会捐助这部分资金主要用于救助缴费困难群体，体现困有所帮，从而使社会多一份和谐。

（4）夯实了党和政府的执政基础。农村合作养老涉及每家每户的切身利益，需要各级干部深入基层与群众面对面地做工作。发动群众的过程是检验干部的形象和他在群众中威信的过程。有人形容“镇、村参合率多高，镇、村干部的威信度就有多高。”通过实施农村合作养老，使党和政府的威信明显提高，增强了基层党组织的凝聚力和战斗力，促使广大基层组织和基层干部明白了“水能载舟，亦能覆舟”的道理，进一步强化了工作的责任感和压力感，夯实了党和政府的执政基础。

2. “合作养老制度”的影响和推广情况

(1)“合作养老制度”的影响。青县农村合作养老引起了广泛关注,新华社发的通稿被全国17家媒体引用,《人民日报》、中央电视台、《河北日报》等20多家媒体做了深度报道。截至2009年12月底,前来参观考查的有河北省劳动厅、国务院发展研究中心等30多批次。

(2)“合作养老制度”的推广情况。就目前了解的情况:河北省制定的全省农村养老政策基本用的是青县农村合作养老框架;河南省信阳市采取的基本是青县的合作养老框架,称为“农村合作养老保险”,于2009年6月实施。

青县农村“合作养老制度”从创始之初就受到国家有关部门关注并得到国家相关部门认可,国家新型农村社会养老保险政策在制定过程中,多次邀请青县主要负责人参与讨论,并采纳了许多来自青县的意见和建议。2009年年底青县被正式确定为“国家新型农村社会养老保险试点县”。①

六、“合作养老制度”的意义

青县在河北省乃至全国综合经济实力都处于中等水平。青县的养老模式可谓是在有限的地方财力背景下自行探索的低水平、广覆盖的农村社会养老制度,是解决我国养老难题的有益尝试。在我国现代化的背景下,其意义是深远的。

1. 将促进当地农村的现代化进程

现代化是一个百年工程,需要许多代人的不懈努力。这是一个充满艰辛、不乏曲折的过程,其中农村现代化比城镇难度更大,包括的方面多,这更是一个循序渐进的漫长过程。农村养老的社会化是农村现代化的重要组成部分和鲜明特征之一。青县的“合作养老”是农村社会化养老的一个成功案例。从长远看,它是缩小城乡居民的二元结构中的一步,但这是开创纪元的一步,会促进当地农村的现代化进程,甚至会对全国的农村社会化养老产生深远影响。

2. 合作养老制度化对现代公民意识、道德意识的培育将发挥不可替代的作用

社会主义市场经济要求公民从个人与国家、自我与社会的关系中予以合

① 青县作为国家新农保试点后,“合作养老制度”与国家新农保政策并轨。到2010年5月底,全县349个村全部参保。成为国家的“新农保”试点后,国家、省、市都要有相应的资金补贴,青县老百姓又将率先得到更多实惠,同时青县的“合作养老制度”也会更加可靠,更有保障。

理、合法地认同和内化,明确自己在社会中的地位、使命和责任。但是这只是现实和理论上的要求。要使公民能从行为上展示自己的地位、使命和责任需要采取一系列措施。制度化和法治化是现代化的内在要求。要公民意识和道德意识成为公民的自觉行为需要宣传、教育、倡导,更需要法律规章的具体、严格规范,而且主要靠法律规章。法律规章的规范过程也是教育过程,是现代公民意识、道德的培育过程。合作养老中的家庭成员和全村居民的合作将公民在家庭和社会中的责任和义务制度化。这种制度也使原本模糊、抽象的公民意识清晰具体,使原本隐性的道德显性化。合作养老基金的联合会管理模式则使会员的参与和监督这种公民的主体意识得以发挥。总之,从合作养老实施的过程看,现代公民意识和道德意识在刚性的制度规范中慢慢生成。其作用是宣传教育等功能替代不了的。

“合作养老制度”是在国务院 2009 年 9 月出台《关于开展新型农村社会养老保险试点的指导意见》之前,结合本地情况自行探索解决农村老有所养问题的一个创举。任何制度创新都需要有一个不断完善的过程。合作养老也如是。就目前看“合作养老制度”有两个方面需要完善。

1. 缴费水平固定与物价上涨形成矛盾

在经济全球化发展中,由于种种原因时常会面临通货膨胀压力,物价指数会向上运行,于是固定货币的购买能力在一个长时间段内,比如 10 年,15 年,就会缩水。而青县的“合作养老制度”规定缴纳固定数额的养老金,没有考虑到相关物价水平变化的问题。

2. 缺少有关风险防范、应对的制度安排

我国正在进行的现代化面临多重风险:经济全球化带来的风险,由传统农业生产方式向现代集约经营方式转型带来的风险,伴随社会转型和体制转轨而来的改革风险以及其如他自然灾害和公共卫生疫情风险等等。其中,经济全球化不仅增加了风险的来源,也增大了风险的影响和潜在后果。由 2006 年美国次贷危机引发的这次世界性经济危机提出许多风险教训,比如由高工资和过度福利引发的希腊政府债务危机,我国一些沿海省份的工厂倒闭,一些地方政府举债度日。而随着青县经济的深入发展无疑也将面临上述风险。青县在制定合作养老政策制度时有风险预测,但是只是针对未来青县人口发展状况和政府财政收入增长状况的预测,而没有针对比如发生上述风险如何防范、应对的相关制度安排。